橙红年代

AGE OF LEGENDS

壹 风云乍起

骁骑校 著

山东人民出版社

1 浪子归来

凌晨时分,刘子光走出江北市的火车站,漆黑的天幕上星光熠熠,出站口上方那昏黄的灯光将他挺拔的身影投射在广场上。看到出站口有旅客涌出,拉客的出租车司机和小旅馆服务员们如同苍蝇一般围过来,但是没有人搭理他这个一身民工打扮的人,只有几个拿着纸牌子的中年男子有气无力地冲他招呼着:"X 县,Y 县长途车,上车就走啊。"

刘子光大踏步地在路灯照耀下的街道上走着,心中百感交集。八年了,终于回来了,不知道家还在不在,父母还好么,他们头发白了么,身体怎么样……想着想着,他不禁加快了脚步。

走到距离自己家还有一段距离的时候,刘子光忽然停住了脚步,目光落在街边一位保洁员身上。那是一个头发花白的大妈,穿着工装,带着套袖,正清扫着马路。昨夜不知道是什么节日,地上到处扔的都是垃圾,她不时弯下腰去捡起饮料瓶子和废纸,塞进一个蛇皮口袋中,她的腰似乎不是很好,每弯一次腰都很艰难……

"妈!"一声低沉的呼喊,让老人整理垃圾的手一停,但她随即摇了摇头,叹口气继续忙碌。那个声音再度响起,这回老人不再怀疑自己的耳朵,她慢慢地转身,黑暗中站着一个似曾相识的身影,老人不敢确信自己的眼睛,颤声道:"小光,是你么?"

"是我，儿子回来了。"刘子光冲了过去。长期戎马倥偬的生涯已经将当年的文弱少年锤炼成铁铸的硬汉，八年来他流过血、流过汗，就是一滴眼泪都没有流过，但在这一刻，热泪夺眶而出，铁骨铮铮的汉子竟然哭得像个三岁孩子。

母亲早已泪如雨下，抱着刘子光泣不成声，失踪了八年的儿子终于回来了，没有盼头的日子终于闪起了新的希望之光，八年了，她苦苦挣扎着，等待的就是这一刻。老人紧紧抱着儿子不敢撒手，生怕这只是一个梦。

儿子黑了，瘦了，但却比以前壮实多了，摸着儿子胳膊上发达的肌肉，老人终于欣慰地笑了："回来就好，回来就好。"

不知道什么时候，路灯熄灭了，一轮红日破晓而出，天亮了。

刘子光的家位于本城有名的"高土坡"，是个脏乱差的棚户区，由于种种历史遗留问题，这里一直没有拆迁。帮妈妈拉着保洁车回到家后，刘子光才发现院子变了许多，很多人家加盖了两层甚至三层的楼房。妈妈解释说，因为本地区快要拆迁，加盖楼房能增加面积多要赔偿。但自家却依然是老样子，两间低矮的平房，外面一个石棉瓦搭建的小厨房。

打开门锁，刘子光推门而入，一股霉味扑面而来，因为阳光都被挡住，家里自然阴暗潮湿。家中的陈设竟然还保持着八年前的模样，甚至连自己那间只有六平方的卧室也是老样子，床上铺着蓝色印花的被单子，床下放着自己的皮鞋，鞋子干干净净，显然是经常擦拭的。

"小光，你饿不饿？妈这就生炉子给你做饭。"妈妈说着，将煤球炉的炉门打开，拿起火钳换了一块新煤球。

"妈，我不饿，你别忙活了，爸呢？"刘子光问。

"在附近至诚花园上夜班还没回来。你看我差点忘了，赶紧打他的小灵通让他回家。"妈妈说。

妈妈拿起电话拨了半天，终于打通了，喂喂几声过后又嗯嗯两声，放下电话回过头来，满脸都是焦急："你爸爸在班上被人打了，现在医院急救，这可怎么办啊?"

刘子光沉着道:"妈,不要慌,咱们先带钱去医院,救人要紧。"

妈妈从柜子深处拿出一个人造革的小包,取出薄薄一沓钱和两张存折,眼圈又红了,紧张地念叨着:"可千万别出事,咱家真经不起折腾了。"说着腿就有些软。这些年来,老两口相依为命,互相照应着艰难度日,老头子要是垮了,这个家的顶梁柱就算塌了。

一双有力的大手扶住了母亲。

"一切有我,不会出事的。"儿子坚定的声音响起,如同给母亲打了一针强心剂。对啊,儿子回来了还有什么可怕的? 不管再苦再难,有儿子顶着呢。

母子两人打了一辆车来到市立医院。

急诊室外面,两个穿着保安制服的中年人正在抽烟,看见刘子光母子过来赶紧迎上来:"嫂子你来了。"

母亲急道:"我们家老刘呢?"

"在里面,拍过片子了,刚进抢救室,公司领导也通知过了,过一会就来,嫂子你千万别急……"父亲的同事丢了烟头,快步陪着母亲往急诊室里面走,也没问刘子光是什么人。

急诊抢救室的门紧闭着,戴着口罩的医生护士在里面忙碌。母亲怕耽误医生救治,站在门口不敢进去,父亲的同事低声介绍着事情的来龙去脉。

"老刘值的是后半夜到天明的班,咱们小区有两个门,为了方便管理,一进一出,早上五点多的时候,有辆宝马车堵在出口非要进去,老刘上去劝他,哪知道那家伙一脚就把老刘踹倒了,还拿出方向盘锁劈头盖脸地打老刘,要不是我们及时赶来,就不是单单胳膊骨折这么简单的事情了。"

听到自家男人被人家如此欺凌殴打,母亲的眼泪又下来了:"老张,老李,谢谢你们了。垫了多少钱? 我拿给你们。"

老张道:"嫂子,可别说那见外的话,老刘这是因公负伤,公司能报销的。再说咱们已经报警了，这回怎么着都得让他赔咱几万块钱。"

"凶手住在哪里？叫什么名字？"刘子光忽然插言问道。

老张狐疑地看看刘子光："这是？"

"这是我儿子。"母亲介绍道。

"哦。"老张点点头，叹气道："那人是做大生意的，开一辆香槟金的宝马越野车进进出出的，住在十六栋，具体哪一户还真不知道。那人可不是善茬儿，两口子可凶着呢，咱们平时见了他都躲着走的，也就是老刘死脑筋，非得和他对着干，这不是自找苦吃么？"

刘子光怒火中烧，一双铁拳捏得啪啪直响，他并不责怪老张老李，这两位年近半百的保安员和父亲一样，无非是混一碗饭吃，谁有胆子和地痞恶霸对着干啊。

"妈，你先在这守着，我去去就回。"刘子光说完转身就走。

"小光，你去哪里？你快回来。"等母亲追出去，早已不见了儿子的身影。

至诚花园十六栋，楼下停车位上只有孤零零的几辆车，其中就有一辆是香槟金色的宝马 X5 SUV，很霸道地横在两个停车位上。

刘子光从驾驶位的车窗看进去，车里没有人，一支粗大的方向盘锁扣在方向盘上，奇怪的是方向盘中央竟然有一个巨大的"S"标志。什么狗屁宝马越野车，分明是辆双环 SCEO 改的。

刘子光一拳打出，车门上顿时出现一个深深的凹坑，"山寨宝马"尖利地啸叫起来，警报声响彻小区。

刘子光抬头环顾，十六栋楼上并无人探头观望。他又是一拳砸下去，引擎盖变了形，警报再次响起，这回楼上终于有一扇窗户打开，一张红彤彤的肉拓脸露了出来，由于角度问题，他没看见刘子光，所以只拿着遥控钥匙按了一下，警报声戛然而止，胖脸又缩了回去。

刘子光看准了房子的位置，径直上到八楼，按了按门铃。

半天，里面没动静，刘子光耐着性子又按响了门铃，里面终于传出怒吼："还让不让人睡觉了！干什么的？"

刘子光撇着普通话说道："我是物业的，邻居投诉您的汽车扰民……"

防盗门忽然拉开，一个怒气冲冲的胖子站在门口，一脸的不耐烦："有完没完了！"

刘子光二话不说，抓住胖子的头发往外一拽，顺势往过道里狠狠一掼，胖子一头撞在墙上，顿时血流满面。

刘子光上前一步踩住胖子，冷冷问道："小区门口的保安是你打伤的吧？"

"你……你是谁？"胖子还没回过味来，刘子光也不再问，直接一脚踩下去，胖子的右脚踝骨"咯啪"一声，杀猪一般的惨叫声传出老远，回响在至诚花园内，久久不能平息。

刘子光又问："早上用哪只手打的人？"

胖子这才明白过来，人家上门报仇了，好汉不吃眼前亏，他呻吟道："别打了，你要多少钱？"此时的胖子再没有刚才的神气，花睡衣敞开着，肥胖的肚皮上肉浪翻滚，鼻涕眼泪和鲜血涂了一脸，说话也带着哭腔，看起来要多可怜有多可怜。

"左手还是右手？"刘子光和和气气地问道，好像是在猜谜语一般。

"杀人了，救命啊！"房内冲出一个健硕的妇人，一脸横肉，眼影漆黑，新纹的眉毛如同两条细长的黑虫子趴在三角眼上，一看就不是善类。

妇人张牙舞爪地扑向刘子光，刘子光看也不看，直接一个后摆腿将悍妇踢入房内，继续问胖子："你要是不回答，我就当是两只手。"

"右……不，是左手，两只都不是，你饶了我吧。"胖子竟然号啕大哭起来，亮晶晶的鼻涕流进嘴里，一口烟熏的黄板牙暴露在光天化日之下，要多恶心有多恶心。

刘子光不为所动，伸脚踩住胖子右胳膊肘，捏住他的前臂反关节猛力一拉，一声脆响，胳膊便以一种不可思议的角度垂了下来。

这回胖子没再号叫，他直接休克过去了。

"市立医院急诊室,带上钱去看我爸爸,不然把你老公另外一边的手脚也打断。"刘子光对房内吓得噤若寒蝉的悍妇丢下一句话,转身扬长而去。

半天后,胖子才悠悠转醒,外面救护车的声音越来越近,悍妇跪在一旁哭道:"老公,报警吧。"

"报警太便宜他了,打电话给强子,快!"胖子有气无力地说道。

刘子光急匆匆赶回医院,跑到急诊室门口却忽然停了下来。透过门上的玻璃能看见躺在病床上的父亲,胳膊上打着夹板,头上缠满绷带,脸色苍白,憔悴不堪,花白的头发从绷带间露了出来。

父亲老了,不会再像二十年前那样,骑着二八永久自行车带着一家人去动物园了,不能再像十五年前那样,教自己打球、游泳,也不能再像八年前那样,手脚麻利地帮自己修理出摊子用的三轮车。

如今,他只是一个老人,一个需要照顾的老人,却还在用瘦弱的肩膀为这个家撑起一片天,遮风挡雨。

"你站在这里到底是进还是不进啊?"急诊室的小护士端着托盘站在刘子光身后嗔道。

这人好奇怪,穿一套早已过时的灰色涤纶西装,土得掉渣渣,偏偏还留了个垂到肩膀的长头发,在急诊室门口低头傻呆呆地站着就是不进。不对,他好像哭了,眼角似乎有晶亮的东西在闪烁。善良的小护士赶忙掩住了嘴。

那人猛地一抬头,脸上哪里还有哭过的痕迹? 一张冷峻的面孔,坚毅挺直的鼻梁,狂野不羁的眼神,紧闭的嘴唇,都散发出一股强大的男人气息,让小护士没来由地一阵心跳。

刘子光微微侧身,很绅士地将门推开,请小护士先进去,然后才跟了进去。

父亲已经听母亲说过刘子光回来的事情,但是看到分别八年的儿子,还是忍不住老泪纵横,拉着刘子光的手说不出话来。

父亲是个坚强的人,除了奶奶去世的时候刘子光见他掉过泪,这还是头一回。

握着病床上父亲的手,刘子光鼻子一酸:"爸爸,我回来了。"

母亲也忍不住擦了擦眼角,但还是说道:"都别哭了,刚才大夫看过 X 光片了,说不严重,你爸爸公司领导也来过了,给了二百块钱慰问金,费用咱先垫付,等出院的时候开了发票一起报销。"说着拿出一大卷卫生纸来,揪下两截给父子二人擦泪。

小护士在一旁帮父亲换着点滴瓶子,也跟着劝:"老爷子腰部压缩性骨折,臂部线性骨折,就是骨头裂了个缝,并不是开放性、粉碎性的骨折,已经打上夹板了,没多大事儿,你们放心好了。"

刘子光向小护士点头致意:"谢谢。"

小护士的心又是没来由的一阵狂跳,她生怕被别人发现,拿起不锈钢托盘有些慌张地走了。

忽然一声刺耳的急刹车声音传来,一辆宝蓝色马自达 6 型五门掀背轿跑车停在急诊室门口,四门同时打开,从里面跳出来四个年轻人,一色的板寸头,戴着墨镜,穿着紧身 V 领的短衫,脖子上挂着金光闪烁的大粗链子,脚下是阿迪达斯的运动鞋,手里还夹着小包,胳膊上刺龙画虎,一看就不是善类。

急诊室的门"哐当"一声被踹开,为首一个穿紫色 T 恤的年轻人嚣张地喊道:"至诚花园送来的保安呢?"

"你们乱喊什么,出去!"刚走到门口的小护士倒不怕他们,声色俱厉地喝道。

"没你的事,滚一边去!"紫 T 恤嚼着口香糖,目光在急诊室内扫视着。早上看急诊的病人不多,很快他的目光便定格在刘子光一家人身上。

"强哥,你姐夫说的不就是那个穿西装的小子么?"另一个年轻人指着身穿灰色涤纶双排扣西装的刘子光说道。

紫 T 恤摘下墨镜,"呸"的一口将口香糖吐在地上:"妈×的,不就是一民工么,给我打!"

小护士见状不妙,赶紧摸出手机拨打110。

二老明白怎么回事了,刚才肯定是儿子报仇去了,现在人家又打上门来,看这打扮就是道上混的,这可怎么得了？母亲猛推刘子光,声音都变调了:"小光,快跑!"

刘子光不慌不忙站起来,安慰二老说:"没事的,马上就好。"说着迎着四个流氓走过来。

三个流氓呈品字形包抄过来,也不说话,抬手就打,刘子光径直照最前面一人小腿迎面骨踹了一脚,一声脆响那人就趴下了,然后刘子光又用一记侧踹将左边一人踢飞,那人连续撞翻了两张急诊床才停下,随即刘子光又以左脚为轴心,身子一转,右脚扫在右边那人脸上,又是当场放倒,一米八的大个子,连哼都没哼一声就栽倒在旁边的小推车上,止血钳、纱布、针剂、针筒稀里哗啦落了一地。

刚才小护士那一声喊,把急诊科另外几个护士都引来了,刚好目睹了这一幕,四个护士全看傻了,只有电影中才会出现这样精彩绝伦的身手,全程用腿,不超过十秒钟放倒三个人,而且主角还是个长发飘飘的帅哥,尤其当他旋转侧踢的时候,长发随之舞动,简直酷毙了!

不光护士们的嘴巴张成了 O 型,紫 T 恤也傻眼了,眼睁睁地看着那"民工"走过来,一把掐住了自己。

"强子是吧,来来来,哥哥和你说个事。"刘子光掐着强子的后脖子往厕所走去,强子小脸煞白,啥话也不敢说了。

来到厕所里,刘子光让强子靠墙站好,这才问道:"你混哪里的?"

强子道:"弟弟经常在堤北一带玩,不知道哥哥是做哪一行的?"

刘子光劈脸就是一记耳光:"老子问你话,你就答,还敢反问,×!"

强子捂着脸不敢言语了,刘子光道:"是那个胖子叫你来的吧?"

强子不敢说话,只好点头。

"行,胖子的账回头和他算,先说说你,你他妈的带了三个人过来算干什么的?还刺龙画虎的你当你是洪兴浩南啊,你说说你这要把老人吓出病来怎么办？这事大了,你得给我个说法。"

强子嗫嚅道:"哥哥,我错了还不行么?"

"认个错你以为就行了? 这样吧,你先替胖子掏十万块钱,押在我这,算是预支的老人医药费,要是十年八年里没有后遗症,我就饶了你。"刘子光说着,一把将强子身边的自来水管掰弯了,这可不是 PVC 的管子,而是老式的镀锌钢管。强子吓得不轻,哪敢说不行,嗫嚅道:"我没带那么多。"说着拉开带着鳄鱼标记的真皮手包,拿出一沓钱来,估摸着有六七千块。

刘子光把钱一把抓过来,顺手把马 6 的车钥匙也给摸出来了:"车先扣下,什么时候交钱什么时候还车,滚吧。"

强子都快哭出来了:"哥哥,这车不是我的啊。"

"还废话,拿钱赎车,快滚!"

强子连滚带爬蹿出厕所,迎面看见一男一女两个制服警察走过来,黑色皮质武装带上挂着全套警械,女警察抬起带着白手套的右手指着强子:"站住,说你呢,站好。"

强子赶紧站住,中年男警察扫视一周,问道:"谁报的案?"

小护士道:"我报的案,刚才有人打架……"

"谁打架?"

"这位护士妹妹看错了,没人打架,他们是来送医药费的。"刘子光晃晃悠悠地出现了,涤纶双排扣西装搭在肩头,露出里面的班尼路 T 恤,腰间很随意地绑了条带子,一头长发飘飘,神态自若。

"你是谁? 身份证拿出来。"那位陪同老警察出任务的女警却丝毫不为之所动,冷着一张俏脸对刘子光喝问道。

"王警官,他是我儿子刘子光,出外打工刚回来。"刘子光的老爸在病床上说道。

王警官是那个年龄偏大的男警察,是本辖区派出所的民警,和老刘认识,恍然大悟道："哦,原来是你那个走了八年的儿子啊,怪不得有些印象,所里档案上有照片。"

"刚才是不是你们打架?"女警察继续问道。

"没有没有,我们都没打架。"强子随口敷衍道,这个女警察肩章上是两个拐,一看就是实习的学员,要不是老警察在,强子根本不屑搭理她。

"那这三个人怎么回事?"

"自己撞的。"

"胡扯! 你自己撞一个我看看。"

"小胡,算了,既然没事,咱们就回去吧。"还是老警察经验丰富,见到这场景就明白了。

"可是……"小女警还不甘心。

"走了。"老警察一使眼色,带着女警离开了。强子等人也互相搀扶着离开了,他们不敢在这里就医,只好到另外一家医院去急诊。

"爸妈,没事了,那人是来送钱的,你们看,拿来七千块钱。"刘子光把钱数给二老看了一遍。

"小光,可不能打架啊。"妈妈对刘子光说,"你刚才出手那么重,万一伤了人怎么办? 现在是法治社会,有事情要找政府处理。"

刘子光点头说:"妈,我知道了。"又招手让护士过来。

"这是五千块钱,麻烦你存到柜上去,这是一千块,是我谢你的。"刘子光道。

小护士的脸一下就红了,心想这人真怪,哪有把护士当佣工使唤的,还打赏,他以为自己是谁啊。要是换了别人,小护士早就恼了,可是在他面前,小护士只是红着脸小声说:"我帮你存就是,不过这一千块钱我不能要。"

医院停车场上,王警官正在教育小胡:"刚才的情况你还不懂么,这伙人有纠纷,但是已经自己解决了,所以这案子咱们不需要接。"

"可是……"

"我知道,那个叫刘子光的很可疑。八年前他因为一起斗殴事件而逃离,虽然当事人已不再追究,我们也没有立案,但是据我三十年的经验看,这个人在消失的八年时间里,可能做过不少大案了,那种眼神,那种神态,只有在一些江洋大盗脸上才能看到,这人……不简单啊。"

"那赶紧把他抓起来吧。"小胡道。

"不慌,刚才我已经用手机把他拍下来了,回头到所里上内部网查询一下,看看通缉犯名单里有没有这个人,说不定能牵出一件大案子呢,到时候你就立功了。"

"王叔叔,还是你厉害。"

"呵呵,我这个老家伙还管用吧?"

说笑声中,桑塔纳警车离开了医院。

医院外墙,强子正抱着手机打电话:"喂喂,伟哥,我小强,车让人家扣了,不是交警,是个……我也说不清楚,伟哥你赶紧带人来吧。"

放下电话,强子长出一口气,忽然脸前出现了一张熟悉的面孔,那个"民工"不知道啥时候来了,正笑眯眯地看着自己。

"电话打完了? 手机不错,借我玩几天。"刘子光不由分说将强子的诺基亚 N85 夺了过来,又道:"刚才你让那个什么伟哥过来,怎么不说带钱的事情啊?"

"我……"强子张口结舌,刘子光面色一变,"还敢喊人! 我叫你喊人!"一拳掏在强子胃部,强子疼得跪倒在地,鼻涕眼泪都出来了。刘子光还要再打,突然想起妈妈刚才的教导,便收了手,整理一下西装,没事人一样走了。

2 谜一般的男子

老爸的骨折不是很严重,已经从急诊转往病房了,这一切都不用烦劳刘子光,一帮急诊的小护士就给办妥了,看到刘子光回来,她们一拥而上,唧唧喳喳地问道:"帅哥,你手机号多少,QQ多少?"

刘子光笑笑,摸出强子的N85道:"新买的手机,还没上号呢。"

正说着,手机响了,刘子光按了接听键,话筒那边传来声音:"强子,我们马上到,两辆金杯,二十个人,全带着家伙,哪里下?"

"停车场下。"刘子光说完就挂断了电话,又拨了三个数字:110。

"110么,市第一医院有人打架,开两辆金杯车,二十个人都带着凶器,赶紧来。"说完挂断,关机。

小护士们的嘴都张成O型,半天那个急诊小护士才道:"他们是来堵你的么?"

"呵呵,是来给我送钱的。"刘子光道。

话音刚落,两辆金杯就风驰电掣般驶进了医院,一个急刹车停住,推拉门打开,从里面跳出二十条汉子来,全都赤裸着上身,穿着牛仔裤和运动鞋,手里铁棍、链条都有。

当二十个手持凶器的流氓还没走进大门的时候,刘子光已经迎了上去,主动问道:"是强子叫你们来的吧?"

"你是谁?"一个二十来岁的小伙子用镀锌钢管指着刘子光问道。

刘子光把马 6 的车钥匙举起来道:"强子来医院闹事,车让我扣了,拿钱才能提车,你们带钱了么?"

众流氓大怒,一人喝道:"扁他!"于是各种武器劈头盖脸地打来。按照常理被打的一方早就该抱头鼠窜了,可是刘子光却纹丝不动,任由铁管和链条打在自己身上。

"那个帅哥马上就要反击了。"急诊科的小护士自信满满地说道,可是半天过去,刘子光却依然在挨打,人已经被打趴下了。那些流氓倒也有分寸,只是拿铁棍照着身上乱打,所以倒也不会闹出人命来。

"别打了!"小护士焦急地喊起来,可是那帮流氓根本没有停手的意思,医院的保安远远看着也不敢动,只有那帮善良的护士急得快要哭出来。

刘子光躺在地上,心中暗骂:警察怎么还没来。

与此同时,街对面的巷子里,一辆警用涂装的桑塔纳正静静地停着,派出所民警老王和小胡正在关注着医院停车场的斗殴事件,由于半小时之内两次接警,110指挥中心怀疑是假警报,所以只是通知派出所出警,并没有派防暴队之类。

"再等等,那个刘什么光就会出手了。"老王自信满满地说,"等他一动手打人,咱们就出动把他们全抓起来,带到所里慢慢问。"

女警小胡很着急,殴打已经持续了五分钟,那人竟然还在硬撑着,难道老王的判断是错的? 如果再不出现的话,恐怕就要闹出人命了。想到这里,小胡毅然拉响了警报,驱动警车开了过去,老王只能轻轻叹一口气:这孩子还是太嫩啊。

见警车来了,流氓们丢下武器四散而走,金杯车里坐镇指挥的中年男子也把烟头一丢,喝道:"走!"

最终警察还是一个人没抓到,偌大的停车场就只有遍体鳞伤的刘子光躺在地上,一帮小护士呼啦一下围了上去,七手八脚把他往担架上抬,女警小胡走过来道:"慢着,我要问伤者几个问题。"

小护士们怒目而视:"来这么晚,人都快被打死了,还问什么问题? 等过了危险期再说吧。"

小胡被堵得没话说，眼睁睁看着人被抬走，老王过来拍拍她的肩膀道："别担心，都拍下来了，想抓人的话调医院的监控录像就可以了。"

小胡恍然大悟："我知道他为什么不还手了。"

急诊室里，护士们解开刘子光的衣服，露出一身坚实的肌肉，流氓们殴打了五分钟竟然只是留下了一些皮外伤，让见惯了血淋淋场面的护士们都有些惊讶。

刘子光忽然吐了一口气，坐起来道："警察走了吧?"

护士们更惊讶了："你不是昏迷了么?"

"他们按摩得太舒服了，我打个盹而已，谢谢你们了。"刘子光从急诊床上下来，又对目瞪口呆的护士们说："我练过硬气功，他们那些三脚猫功夫伤不着我。不过打架的事情别告诉我家人，我不想让他们担心。"护士们纷纷点头。

刘子光整理好衣服，对她们说声再见，便出了急诊室，来到停车场，钻进那辆马6，先翻了一遍，从副驾的手套箱里将行驶证找了出来，看了看上面的名字：孙伟，禁不住冷笑了一声："伟哥，你要倒霉了。"

刘子光虽然没有驾照，开车的经验可是相当丰富，他打火，倒挡，油门踩到底，整个车闪电一般倒出来，径直倒着开出医院大门，一个摆尾就把车头调正了。整个过程如行云流水，一气呵成，惊得想过来指挥倒车的保安大嘴张着，半天都合不拢。

刘子光一踩油门向前开去，忽然又一脚踩死，马6发出一声怪叫停在公交站台旁边，刘子光降下车窗玻璃问道："回家啊?"

站台上正在等车的是那个急诊室的小护士，先前报警的就是她。女孩子身材秀颀，换上便装更显得动人婉约。听见车里有人搭讪，她本来还以为是什么登徒子，便一扭头不搭理，忽然又回头惊喜地说道："是你啊。"

"别等了，我送你回家。"刘子光道。

小护士稍微犹豫了一下，还是拉开车门坐上了副驾的位置，按了按真皮坐椅道："这是那个小混混的车吧。"

刘子光道:"管他谁的,我开就是我的,你家住在哪里?"

小护士报了一个小区的名字,幸好这地方刘子光认识,便嘿嘿一笑道:"坐稳了。"然后一踩油门,马6飞　般蹿出去,从自行车道直接切入快车道,惊得后面几辆车连忙踩刹车。

一路上刘子光基本把能违章的项目都违全了,摄像头不知道拍了他多少次,反正车子不是自己的,可劲地玩就是了,不到二十分钟便跑完了原本一个小时的路程,来到了小护士家。

临下车的时候,小护士咬着嘴唇犹豫着说:"嗯,你……要不要上来喝杯茶?"

刘子光眨眨眼,痛快地答应:"好啊。"

小护士家是三室两厅的大房子,装修得还不错,小护士拿着拖鞋刚想让他换,刘子光已经很随意地走了进去,小护士一撇嘴,只好作罢。

刘子光在沙发上坐着,小护士在一边泡茶,问道:"对了,还不知道你叫什么名字?"

"我叫刘子光。"

"我叫方霏,去年刚参加工作,对了,你是做什么工作的?"

"我刚回家,暂时没有工作。"

方霏把茶杯端过来,刘子光微笑着端起来啜了一口,眉头稍微一皱。

"怎么?不好喝么?"

"没什么,挺好的。"刘子光平时喝的可都是极品贡茶,方霏家的茶叶虽然好,但远远跟不上他的口味,当然这一点刘子光是不会说出来的。

"对了,我的西服破了,你能不能帮我补一下?"刘子光将那件三十元一套的灰色涤纶双排扣西服上衣脱下来抖了抖,上面全是裂口和破洞,都是被那些流氓弄的。

"没问题,我们急诊护士的手艺最好了。"方霏很高兴能为刘子光做些什么,拿出针线便缝补起来。这件衣服是上个世纪九十年代的存货,布料已经糟了,要在一般人家当抹布都不合格,可是刘子光却当成宝贝,让方霏有些纳闷。这个人太奇怪了,穿着这么不上档次的衣服,可是气质却出奇的好,当他嚣张的时候,就连电视里那个李云龙都比不过他;当他安静的时候,就算是本院那个留美的医学博士似乎都没有他儒雅。总之,这人真是太奇怪了。

方霏一抬头,正看见刘子光望着窗外小区游乐场,顺着他的目光看过去,只见三四个小孩正在大人的带领下玩耍,再看刘子光,眼神忧郁又充满深情,一双眼睛是如此深邃,仿佛那里是无边无际的宇宙。

方霏整个人都呆了,在这一刻她断定,这个男人身上,一定有着不同寻常的故事。

衣服破洞太多,补了好久才搞定,方霏并没有把衣服给刘子光,而是走进房间将父亲的一件西装上衣拿了出来道:"你那衣服脏了,我帮你洗了,你先穿我爸爸的衣服吧。"

刘子光皱皱眉,还是接过西装穿上了,大小正合适。

墙上的大钟响了,刘子光抬头一看:"呀,十二点了,我请你吃饭吧。"

方霏欣喜道:"好啊好啊。"

两人下楼,方霏说要去小区门口的拉面馆吃,但是刘子光却执意要开车去好一点的饭店,方霏拗不过他,只好指引着他开车来到一处档次还不错的酒楼。

酒楼停车场,保安看见轿车过来,赶忙上前帮着开门,刘子光刷的一声就甩出一张百元大钞,保安看看他的行头,又看看大钞,惊讶得张大了嘴,刘子光将钱塞进保安的领子,领着一脸惊讶的方霏进了大堂。

方霏心说这人太怪了,腰里没有几个大子儿,出手却这么豪爽,开个车门都给一百小费,敢情他是外国来的吧?让她惊讶的还在后面,刘子光开口就要最大最豪华的包间,在招待小姐耐心说服之下才要了一个双人卡座,菜单拿来,他也不让方霏点,刷刷点了十个菜,而且都要做双份的。

刘子光点的都是比较贵的招牌菜,而且各种口味都兼顾到了,不一会儿十个菜摆上来,刘子光招呼一声便大吃起来,那副吃相虽然文雅,但是速度实在惊人,风卷残云一般啊,盘盘见底,搞得服务员们都窃窃私语:"这人八辈子没吃过饭了。"更有人怀疑他是来吃霸王餐的,可是人家是开车来的,又有美女相伴,除了打扮得寒碜点,一点也不像是吃霸王餐的啊。

吃饭过程中方霏想说点儿啥,可是一直找不到机会,一生气也跟着大吃起来,两人闷头吃饭,不一会儿就吃完了。酒店也把刘子光要的另外一套菜打好包,一结账,正好一千八百元。

方霏惊得张大了嘴,一千八,可是自己大半个月的工资啊,这个民工一般打扮的男人竟然出手这么大方。刘子光掏出钱来付账,把打包的菜提在手里解释道:"这是给我爸妈带的。"

方霏顿时心中暗喜,这人绝对是个心地善良的人,身上只有这些钱,就全花在亲人身上,两套菜,一套请我,一套给父母,这是不是说明……

小女孩的花痴梦还没做完,便被刘子光惊醒:"走吧,我送你回家。"

小区门口,下了车的方霏依依不舍地看着刘子光,有心想请他再上楼坐坐,可是人家还要去送饭,只好咬着嘴唇不说话。刘子光连车都没下,只说了声"再见",就加油门倒车,迅速出了小区,一个漂移甩尾,向医院开去。

来到医院,二老果然还没吃饭,正等着刘子光一起吃呢,刘子光将饭菜打开,一家人就这样在医院吃了第一顿团圆饭。

吃完饭,刘子光再次开车出去,这会儿是去找马6的主人。根据行驶证上的地址,很快找到一家酒吧门口,门前还停着一辆金杯,正是上午去医院闹事的那两辆之一。

酒吧半新不旧,门上有两个用霓虹灯组成的大字"糖果",踹门进去,里面很暗,下午时间尚未营业,酒吧里空荡荡的,只有单调的台球撞击声和哀伤的蓝调布鲁斯。

"咣当"一声,大门外刺眼的阳光照了进来,一个挺拔的身影出现在门口,台球案子旁正在躬身瞄准的青年慢慢直起了身子,台球杆子在手中掂着,吧台前喝酒的几个男子也回过头来,眯起眼睛看着这位不速之客。

居然是他!上午在医院挨打的那个小子,他居然敢找上门来!七八个青年站了起来,嘴角挂着嘲讽的冷笑,慢慢围了过来。

刘子光眉头都不皱一下,道:"我找孙伟有事。"

"伟哥的名字也是你喊的?"一个长发青年猛然挥起啤酒瓶迎头砸过来,刘子光身子一侧,啤酒瓶抢在手里,一声脆响,啤酒瓶在长发青年头上化作无数咖啡色的碎片,血从额上流下来,青年一声不吭便栽倒了。

另一个鼻子上穿着金环的家伙从侧面发动袭击,台球杆带着劲风以雷霆之势扫过来,却被一只手牢牢握住,鼻环青年一愣,想往回抽,哪里还能抽得动?抬头正看见一张笑脸。

"×!"鼻环青年怒骂道。话音没落,他手中的台球杆已经被刘子光从当中折断。只见刘子光挥舞着半截台球杆,"啪"的一声抽在鼻环青年脸上。鼻环青年被击中后,抱着头跌跌撞撞,接连碰翻了几张桌子。

青年们停住了脚步,有些惊恐地看着这个凶神恶煞的家伙。

"我找孙伟。"刘子光再度开口,语气依然平和如初。

"谁找我?"吧台侧面打开一扇门,里面走出一个三十来岁的汉子,身穿修身黑衬衣,敞开的领口里露出一根粗大的金链子,嘴里还叼着一根烟。

汉子看了看满地狼藉,并没有丝毫的震惊之色,只是瞪了刘子光一眼,冷冷道:"到我办公室谈。"

刘子光走进办公室,孙伟已经坐在了大班台后面,一指墙角的椅子,冷冷道:"坐。"

刘子光却并不按照孙伟的吩咐坐在墙角,而是拉了一张沙发到办公室正中央,大模大样地和孙伟面对面坐下。

孙伟掏出硬中华的盒子,抛了一根烟过去:"抽烟。"然后自己也拿出一根,用大班台上的镀金拿破仑大炮点燃,仰坐在宽大的老板椅中,俯视着刘子光。刘子光也掏出一次性塑料打火机点燃香烟，两个人就这样吞云吐雾地互相对视着。

两分钟过去，孙伟便有点撑不住了，他企图以气势压倒对方，但可耻地失败了，这个男子的眼神如同刀片一般犀利，让他不敢对视。

不是猛龙不过江，对方敢一个人打上门来，说明此人有这个实力；能坐在办公室里和自己放胆对视，而不是急火火地提什么条件，说明此人并非鲁莽之辈。

孙伟拉开抽屉，拿出一沓钱推过去，银行捆扎好的一百张红色大钞，整整一万块。

孙伟不是什么善男信女，上次有个体校的学生来闹事，一个人打八个，那可是散打专业选手，到最后还是被放倒，孙伟亲自挑了他的脚筋，别说赔钱了，孙伟还得让他赔酒吧损失的装潢费用呢。

可是这次不同，孙伟竟然破天荒地拿出一万块钱来，这是因为他从对方身上嗅到一丝让自己不安的味道。

是杀气。

"钱拿走，车留下。"孙伟很简短地说，力图使自己显得镇静自若，可是他手中微微颤抖的烟蒂已经深深将他出卖。

刘子光拿起钱来掂了掂，忽然砸在孙伟脸上："一万块，你打发要饭的呢！"

孙伟下意识地蹦起来，太阳穴处的血管突突直跳，他直勾勾地瞪着刘子光，半晌还是泄了气，坐回去低声道："店里只有这么多了。"

刘子光盯着他看了一会，孙伟额头上的汗都下来了，再也撑不下去，低三下四道："哥哥，真的只有这点钱了，店里平时不留钱的。"

刘子光哼了一声，将那一万块塞进兜里，顺手又拿了桌上一条硬中华，转身就走："车我先玩两天，玩够了还你。"

"哥哥，有话好说，那车……"孙伟站了起来。

刘子光一回头："不高兴?"

"不是不是……"

"不高兴找强子去，这事他惹出来的。"说完，刘子光扬长而去。

刘子光走出办公室的时候，围在门口的几个青年下意识地往后退，都不敢和他对视。

等这尊凶神开着马6离去，青年们才涌进办公室。

"伟哥，怎么不做了他？"

"再厉害他也是一个人，怕个屌！"

青年们七嘴八舌地嚷着，恢复了往日的神气。

孙伟点燃一支烟，猛抽了一口道："你们不明白，这个人不一般。"

"有啥不一般的，不就是会两手功夫么？"

孙伟摇摇头，喷出一股烟："你们不懂的。"说完便仰头躺在老板椅上，陷入了回忆。青年们知道伟哥有话要说，都静了下来。

"那年，我被监舍抽调去陪一个死刑犯，其实也就是陪着说说话啥的，防止执行前一天犯人想不开。那人纵横六省一市，手底下七条人命，临刑前一天该吃的吃，该喝的喝，没事人一样。"

青年们瞪着眼睛等待下文。

孙伟掐灭烟蒂："今天这个人，和他是同一种人。"

办公室内鸦雀无声，开酒吧的小混混和江洋大盗完全不能同日而语，每个人都在后怕，今天他们都在鬼门关上走了一遭。

刘子光驾车返回，中途停车在大商场买了一些人参、鹿茸之类的补品，另外又找了个移动公司的合作网点，买了一张不用身份证登记的神州行卡，放进了N85里。

办完这一切，回到医院，一家人正在病房里说话，管床医生来了，拿着CT片子说只是压缩性骨折，不算严重，在医院观察一周就能回家了，一家人皆大欢喜。

晚上要留人陪床，妈妈说已经在保洁公司请过假了，晚上她在这里陪护便可，让刘子光回家休息。刘子光哪里愿意，说自己在这里陪着便可，妈你回去睡觉吧。老妈拗不过他，只好先行回家。

刘子光送妈妈回家，一群人刚进电梯，后面又跑来一个小女孩，体态窈窕，面容生得极其清丽，让刘子光这样见惯了美女的人都为之一动。

女孩手里拎着个塑料袋，梳着马尾巴，身上的衣服很朴素，甚至还有两个不起眼的补丁，电梯虽然还有空间，但站在门口的几个粗壮妇女丝毫没有相让的意思，女孩便咬着嘴唇默默地站到了一边。妈妈并没有看见这个女孩，只顾唠叨，刘子光便将心思收回，不再多想。

将妈妈送回家中，刘子光再次赶到医院，路上顺便买了些饭食，父子俩在医院吃了晚饭。一天折腾得够呛，老人家饭后便睡了，刘子光就坐在病床边陪伴，倒也不算无聊，因为小护士每隔一会儿就找个由头过来看看，其实是想和他搭讪。

次日上午，方霏又跑来了，告诉刘子光说可以出院了，压缩性骨折不严重，留在医院也没什么特别有效的治疗方法，还不如回家静养呢，毕竟住院费用在那里摆着。本来刘子光的意思是再观察一下，可是耐不住老人的意思，还是办理了出院手续。

出了住院部的大门，老爸看到眼前的蓝色马6，惊讶地张大了嘴，问刘子光车是哪里来的，刘子光含糊地说是借的，老人担心地说："可不敢偷车啊。"

方霏在一旁嘿嘿直笑，帮刘子光圆场道："确实是借的，我可以作证。"

老人这才放心，刘子光一家人坐进汽车，方霏摆手道："再见啊，呸呸呸，医院里不兴说再见的，祝愿你们全家身体健康哦。"

刘子光说声"谢谢"，一踩油门就走了，留下气鼓鼓的方霏，狠狠地一跺脚，这个没良心的，居然连个电话号码都没留。

回到家里，妈妈张罗了七八个菜，一时间小院子里菜香四溢，老邻居们也都来道贺，顺便看看失踪八年之久的刘子光，刘子光掏出一包中华烟四下里散发，邻居们都说老刘家这小子出息了，说了一阵子才笑眯眯地离去。

菜做好了，老爸还让刘子光开了一瓶洋河大曲，一家人刚坐到饭桌旁，就听到微弱的敲门声,似有似无的,响了一下就没声了,就连刘子光这样听力灵敏的都以为是幻听呢,可是过了一会儿又响了起来,刘子光便过去猛然拉开了屋门。

门口站着一个少女,面庞很熟悉,正是昨天在医院见到的女孩,女孩下意识地退了一步,手捏着衣角,用蚊子般的声音道:"叔叔好。"

刘子光刚想纠正少女的称呼,妈妈就过来了:"小雪吃饭了么?来家吃点吧。"

少女怯生生地说道:"吃过了,我是来借保温瓶的,刚做了汤想给我爸爸送去,怕路上凉了。"说完这段话,雪白的面庞已经变得通红,显然是个极其内向的丫头。

仿佛为了证明她说的是谎话一般,少女腹中忽然传出"叽叽咕咕"的声音,明显是还没吃饭。妈妈不由分说便将少女拉了进来:"别客气,今天家里做的菜多,奶奶给你盛饭。"说着将少女按在座位上,又给她盛了满满一大碗米饭。

刘子光也回到座位上,好奇地看着少女,妈妈一边给少女夹菜一边介绍道:"这是大前年搬来的邻居,丫头在第一中学上高二,年年三好学生,那可是咱们省的重点高中啊,可惜她爸爸有病,在医院常年住着,把个好好的家都拖垮了,孩子几年没买过衣服了,真是可怜。"

眼瞅着少女眼睛红红的就快要哭出来,刘子光插嘴道:"妈,少说两句,让人家吃饭。"

老妈这才停下不说,放下筷子准备保温瓶去了,少女拿着筷子很羞涩地吃着米饭,除了碗里的菜之外,根本不去夹盘子里的菜,那副表情让刘子光看了都心酸。

不一会儿,小雪就吃完了饭,站起来说道:"谢谢爷爷奶奶叔叔,我该送饭去了。"

妈妈拿过来两个不锈钢饭盒和一个保温桶道:"里面放着菜,是奶奶做的哦,带给你爸爸尝尝。"

小雪接过饭盒和保温桶,双眼中已经有些晶莹的东西在闪烁了,她努力克制着泪水,不敢说话,生怕一张嘴就哭出来。妈妈赶紧将小雪送出去,临走又摸出两个硬币给她:"小雪啊,可别走路去了,坐公交多方便。"

回来后,妈妈长叹了一口气:"可怜这家人了,一年到头不知道能吃几顿肉,在厂里干了一辈子,当了几十年劳模又有什么用? 到头来还不是几千块钱买断下岗。眼瞅着房子就要拆迁,一家人还不知道在哪里安家呢。"

爸爸哼了 声道:"咱们家又能强多少,还不是一样? 现在小光回来了,也是三十岁的人了,可不能再走歪路了,这么着吧,我和公司领导说说,你接我的班,去物业公司当保安员。"

刘子光无语,只能点头同意。

晚上,老爸打了十几个电话,动用了不少关系,终于将这件事敲定,物业公司让刘子光明天早上去面试。

次日一早,刘子光来到物业公司,说是面试,其实很简单,就是一个经理随便问几句话。

"多大年龄了?"

"二十九。"

"以前干过什么? 当过兵么?"

"这个……什么都干过,就解放军没当过。"

"哦,做十个俯卧撑我看看。"

于是刘子光趴在地上做了十个标准的俯卧撑,经理见他不喘粗气,既不是近视眼又不是大胖子,便点头道:"好吧,看老刘的面子就收下你,交五百块钱服装费,带身份证复印件到综合办登个记,下午就正式上班吧。对了,把你的长毛剃了,不男不女像什么样子。"

回到家把这个好消息一说,爸爸妈妈喜上眉梢,中午时间紧迫来不及做菜,老妈破天荒地出去买了烧鸡、卤牛肉等熟菜,老爸让刘子光把珍藏多年的剑南春从柜子里取出,并且不顾胳膊上打着夹板,亲自给儿子斟满一杯酒。

刘子光吓了一跳,虽然自己已经不小了,但在父母眼中还是个孩子,爸爸主动给自己倒酒,这可是长这么大以来,开天辟地头一次。

他赶紧把酒瓶接过来:"爸,我来。"

老爸端起酒杯道:"孩子,一转眼你都快三十岁了,耽误了八年青春,可不能再不正干了,三百六十行,行行出状元,当保安员没什么丢人的,你可得认真干啊,爸妈都老了,以后不能照顾你了。"

一番话说得刘子光鼻子酸酸的,他也举起酒杯道:"爸,您放心好了,我一定努力工作,干出个人样来! 就算当保安也要当得有出息!"说罢一仰脖把酒闷了。

老爸欣慰地点点头,也把酒干了,老妈端着盘子站在门口,看到这一幕,眼中早含了泪水。

下午两点,保安刘子光就正式上岗了,他把头发剃得很短,灰色的保安制服穿在身上,不知怎么就比别人精神许多,尤其是那顶大檐帽,压着眉毛戴在头上,显得极酷极帅,黑皮武装带勒在身上,一双洁白的手套,整个人看起来不像是保安,倒像是德国党卫队队员。

"帅哥,新来的么? 叫什么名字?"小区出口,一个开着宝马320的中年美妇竟然将车停下堵住大门不愿意动了,降下车窗玻璃不停地和刘子光搭讪,搞得后面一阵阵鸣笛,中年美妇才将一张喷香的名片递给刘子光:"帅哥,有事打我电话哦。"美妇抛了个媚眼才走。

"哥们儿,有艳福了哦。"同在大门执勤的保安王志军艳羡地说道,这个小伙子是退伍兵出身,在部队里喂了三年猪,去年年底才进的物业公司,也算是个新人了。

"没兴趣,要不你试试?"刘子光看也不看,就把名片扔给了王志军。王志军把名片放在鼻子上嗅了一下,做陶醉状:"好香啊,可惜人家没看上我。"

"抽烟吧。"刘子光抛出一根中华,王志军赶紧接住,先帮刘子光点上,自己才点上,抽了一口惊呼道:"竟然是真货! 那个娘儿们给你的?"

"屁,老子自己买的。"刘子光不屑道。

"你两个! 上班时间不许抽烟!"巡逻至此的保安队队长喝道,王志军赶忙把烟熄灭放进口袋里,刘子光却置若罔闻,继续吞云吐雾。

"新来的那个,你还想干吗!"队长气冲冲跑过来,正在此时,一辆桑塔纳警车开了过来,保安队长来不及去管刘子光,赶紧去招呼警车。

"王警官,胡警官,巡逻啊。"队长热情地招呼着。

"是啊老白,过来看看,通报点儿情况,最近有几个流窜抢劫犯来我市作案,各单位都要加强警惕……"王警官介绍着情况,那边女警小胡却打开车门向刘子光走过来。

"是你啊,两天不见找到工作了。我告诉你,别看那几个人不敢告你,只要你再惹事,我一定抓你回去!"小胡冷着脸说。

"胡警官,警服不合身啊,都快撑开了。"刘子光故意盯着小胡饱满的胸部说。气得小胡的脸色当时就白了,"你……流氓!"

"怎么? 我说啥了,这就流氓了?"刘子光哈哈笑起来,一旁的王志军刚跟着笑了一声,就不敢再笑了,因为威严的老王已经过来了。

"小子,你以前做过什么我不管,但是在我的辖区里一定要本分! 我想你父母也不想看你再走错路吧。"老王丢下冷冰冰的一句话就拉着小胡离开了。

"怎么? 你是'山上'下来的?"保安队长再看刘子光的目光已经变了,也不管他抽烟的事情了,转头就走,"不行,我得找高经理去,黄鼠狼给鸡看门,这还了得!"

3 烧烤惊魂

保安队白队长找到高经理把情况一说,高经理也犯愁,说:"他刚来第一天就辞退,恐怕不太好吧,再说如果真是刑满释放人员,怕是不好惹,万一报复咱们怎么办?"

白队长说:"可是让他在咱们这上班,迟早闹出乱子来,你是没看见他和胡警官说话那个态度,简直……"他愤愤不平地一拍桌子,好像刘子光欺负了他家女性亲属一样。

高经理低头做沉思状,半晌才道:"这样吧,先观察一段时间,找点小毛病扣他的工资,扣到他自己辞职为止,这样不至于激化矛盾。"

白队长赞道:"还是经理水平高。"

小区门口,王志军惋惜地说:"唉,以后抽不上你的烟了,这下高经理肯定得辞退你。"

刘子光一瞪眼:"敢!"

王志军凑过来问道:"哥们,你真是'山上'下来的?"

刘子光装出一副人畜无害的表情道:"你看我像么?"

"像!太像了,那个做派就和一般人不一样……"

"别瞎说。好了,这会儿没啥事,我出去转转,你帮我顶着。"刘子光把剩下的半包中华扔给王志军，摸出马6的遥控钥匙按了一下，远处的轿车清脆地响应了一声，他连保安制服也不换，就这样开着车扬长而去，只留下王志军啧啧赞叹："妈的，经理才开伊兰特，他开马6，这哥们儿真牛。"

离开家乡太久，江北市有了翻天覆地的变化，高楼大厦拔地而起，马路宽阔干净，广场喷泉叮咚，绿树掩映。八年前刘子光推着小车卖烤肠的地段已经变成繁华的商业街，红男绿女匆匆而过，真让刘子光有恍如隔世之感。

一晃八年过去了，自己依然是身无长物，如何让父母安度晚年，如何出人头地改善生活条件，成了目前最大的难题。

千丝万缕，无从下手，焦躁不宁的刘子光驾着汽车在大街上左冲右突，在车流中如同游鱼一般向前飞驰，引得路上无数车辆响起喇叭表达愤怒。不知不觉，眼前已是一条开阔的高速大路，刘子光蓦然猛醒，一踩刹车，汽车停在路中央。

与其挖空心思想怎么发达，不如从最点滴的事情做起，古语说得好，一屋不扫，何以扫天下，如果连个保安都当不好，还谈什么出人头地！

只有先融入这个社会，才能找到适合自己的道路，才能一展所长，崭露头角。

打定主意之后，刘子光将方向盘一打，回至诚花园上班去了。

来到小区门口，就见堵了一长串的汽车，其中几辆车还在不耐烦地按着喇叭，刘子光将车停在路边，走到大门口一看，一辆本田飞度竟然车头向外停在大门里，车门落锁，司机不知去向。

要知道这可是小区的入口，只进不出的，这辆飞度横在门口，外面十几辆车都进不来了，又是下班高峰期，眼瞅着门外车辆还在增加，可把王志军给急坏了。

"刘哥，你可回来了，坏事啦。"看见刘子光回来，满头大汗的王志军颠颠跑来向他诉苦。

"咋回事？"刘子光问道。

"本田车逆行要出门，正好碰到有车进来，双方都是硬茬子，不愿意退，就顶起来了,我劝了半天也没用,本田车主干脆下车走了。这下可糟了,咱俩的奖金泡汤了。"

刘子光道:"逆行出门本来就不对,还敢玩这套,反了他了! 报警拖他的车。"

王志军道:"打过电话了,人家交警说小区内的道路不归他们管。"

刘子光道:"那你报告经理了么?"

王志军苦着脸说:"刚不说了么,闹到经理那里,咱俩就别干了。"

"这样啊……"刘子光托着腮帮想了想,此时外面汽车堵得更多了,鸣笛此起彼伏,进进出出的居民也为之侧目。刘子光眉头一展,顺手抢过王志军手里的对讲机,按下通话键道:"车库的伙计,出口的伙计,过来支援一下。"

不一会儿,六个保安小跑着过来,见到这幅景象也是大吃一惊,刘子光道:"伙计们帮个忙,把这辆车抬到一边去。"

王志军道:"开本田车的小子好像不太好惹,临走放话说,谁敢动他的车就让谁难看。"

刘子光嗤之以鼻:"鸟毛,违反社会公德还有理了,抬! 出了事算我的。"

既然刘子光大包大揽,众人便合力将本田车抬了起来,亏得日本车减配减得厉害,八个人轻轻松松就把车抬到了一边,外面堵成长串的车流缓缓地开进小区,每个经过保安们身旁的司机都鸣笛致意,八个保安互相对视一眼,一种职业荣誉感油然而生。

正在此时,一声怒骂响起:"他妈的,谁动老子的车?"一个穿着吊裆裤的红发小青年从小区外面气冲冲地直奔这几个保安而来。

刘子光眉毛倒竖,这就要上去理论,却被王志军一把拉住。

"刘哥,别冲动,让我来。"

说着王志军便赔着笑脸迎上去,先敬礼,后道歉,慢声细语地解释,可是那红毛却更加嚣张起来,卷起袖子,露出刺龙画虎的细胳膊,一把掀掉王志军的大檐帽,又拽住他的领子叫骂:"不就是个看门狗么,敢动老子的车,打不死你个×养的。"

高大健壮的王志军就这样被个一米六高的小青年推搡谩骂着,憨厚的脸上赔着笑,连围观居民都看不下去了,但慑于红毛身上的文身,大家只敢小声嘀咕着。

此时刘子光反倒不冲动了,抱着膀子看热闹,他倒想看看王志军能忍到什么时候。

都是二十啷当岁的青年人,谁也不是天生就该被欺负的,果不其然,王志军的耐性到了临界点,一把推开红毛,指着地上的东西厉喝道:"给我捡起来!"

瘦小的红毛被推了个趔趄,差点栽倒,恼羞成怒之下,不但不捡,还狠狠踩向地上的东西。王志军一看,眼睛都红了,抓起红毛的胳膊,一个漂亮的擒拿动作就将他放倒在地,红毛被摔懵了,半天才爬起来,一瘸一拐地跑了。

周围一阵噼里啪啦的掌声响起,居民们见没热闹看了,便四散而去,刘子光嘴角浮起一丝笑意,问道:"志军,你真是喂猪的兵么?"

王志军从地上捡起一枚小小的徽章,认真地擦去上面的灰尘,骄傲地戴在左胸上道:"可不是么,喂了三年老母猪。"

夕阳映照下,一枚金色伞翼徽章在他胸口熠熠生辉。

下了班已经是夜里十二点,为了感谢几位同事的帮忙,刘子光请他们去吃宵夜,几个老保安都推托说家里有事,只有两个没有家室拖累的小伙子,一听这话欢天喜地,换下制服上了刘子光的汽车,到夜市大排档吃烧烤去了。

夜市大排档位于棚户区"高土坡"的边缘,白天是破破烂烂的马路,晚上便摆起数十家麻辣烫、羊肉串、家常炒菜摊子,煎炒烹炸好不热闹。

如今城市人夜生活丰富多彩,宵夜更是不可或缺,那些在酒吧里喝个半醉的,网吧里 PK 累了的,下夜班的,都喜欢到夜市大排档继续整点,这也造就了夜市的繁荣,每天营业到凌晨才渐渐散去,只留下满地的一次性筷子、泔水、呕吐物和随处可见的尿渍。

刘子光他们去的这家烧烤摊子名叫"地地道道",在这一带有些名气,羊肉串分量足,价钱便宜,关键用的全是真羊肉,不是那种刷了羊油的死猫烂狗,因此生意特别好。

四个下班保安挑了张看起来还算平整的矮桌子，一人一张小马扎坐下，王志军看样子是常客了，也不用看菜单，直接对前来招呼的脏兮兮的小伙计道："一斤肉，二斤烙馍，八个臭干，四瓶啤酒，赶紧的。"

小伙计吸着鼻涕不屑地问道："还要点腰子、羊球、鲳鱼、火腿肠啥的不？"

王志军头摇得像拨浪鼓："不要了，不够再点。"

羊肉串这种生意，本小利薄，靠的就是羊球、腰子、火腿肠这些暴利产品赚钱，见这几位如此寒酸，小伙计也不多说，把圆珠笔往耳朵后面一夹，冲着棚子底下的大师傅喊了一嗓子："七号桌，一斤肉！"

"慢着。"刘子光叫住了小伙计，拿起菜单浏览了一遍说道："什么腰子、羊眼、羊球、羊鞭、羊排、板筋，见样来八份，肉要四斤，啤酒有成桶的么？"

小伙计眼睛都亮了："有！新鲜的扎啤，八十块钱一桶。"

"来两桶扎啤。"

"刘哥，咱们四个人吃不了那么多。"王志军道。

"四个大男人还吃不了这点肉么？今天我请客，兄弟们放开了整。"

一听这话，王志军才放下心来，另外两个憨厚的保安也咧嘴笑了。

不一会儿，几个不锈钢盘子端上来，大把大把的肉串散发着孜然和辣椒粉的香味，整桶的扎啤搬过来，四个饥肠辘辘的汉子举起了大号啤酒杯碰在一起："干杯！"顿时雪白的泡沫和澄黄的酒液四溢。

正喝得开心，从远处闪烁着霓虹的网吧里走出十来个潮人打扮的年轻人，小的十五六，大的十七八，都是吊裆裤子板鞋紧身小上衣打扮，头发五颜六色都有，还夹杂着两个浓妆艳抹的小妹妹。

小混混们大摇大摆地走进"地地道道"，将四张桌子拼在一起，围拢着坐下，男孩们脱下上衣，露出刺龙画虎的瘦弱光脊梁，女孩子坐在小马扎上，低腰裤露出一大段雪白，从男孩烟盒里抽出香烟吞云吐雾，打打闹闹，不时发出夸张的尖叫和肆无忌惮的笑骂。

刘子光正听王志军吹嘘当空降兵时的光辉历史呢,听到兴头上却被这帮年轻人打断,他微微皱眉,伸手抓住送肉串过来的小伙计,对他说:"告诉那帮孩子,小声点儿。"

小伙计瞪大眼睛,惊讶地看了看刘子光,径直走到那一桌前,对坐在正中央一个身穿亮闪闪的红夹克的酷酷帅哥说了声什么。

一瞬间,那群人全都安静了下来,小混混们冷冷地扭头望着刘子光他们,有几个家伙还伸手抓住了啤酒瓶。

王志军等人发现情况不对,也悄悄抓住了屁股下面的小马扎。在小区里值班不能打架,在外面可就无所谓了。

刘子光若无其事,继续喝他的酒,对面那个穿红衣的酷哥瞪了刘子光一眼,甩甩挑染成橘色的头发,低声说了一句,小混混们便扭转头来继续说笑吃喝,而且声音比刚才更大了。

王志军如释重负,长长地出了一口气,对刘子光道:"这些小痞子打架不要命,少惹为好。"

刘子光笑笑,没说什么,四个人将桌子挪动了一下,距离那帮年轻人稍微远了一点,便继续吃喝起来。

两桶十升装的扎啤,大号的塑料啤酒杯,放开了量猛喝,不一会儿几个人就涨得难受了,王志军捧着肚子说:"不行了,我得去方便一下。"

另外两个同事也站起来道:"我们也憋不住了,一起去吧。"

三人到马路对面花坛后面释放"压力"去了,此时早就停在路边的一辆没有牌照的普桑轿车里钻出四个人来,都穿着旅游鞋,戴着棒球帽,帽檐压得很低,手背在身后,捏着长条形包裹着报纸的东西。

刘子光背对着马路,依然是自斟自饮,四个汉子走得很快,迅速来到他背后,二话不说抽出背后的利刃,照着刘子光的后脑就劈了下去。

别看刘子光没回头,早就听见他们的脚步声了,长刀带着风声劈下来,他只是将头微微一偏就躲了过去,手里早已拿好一支串羊肉的钢条,这种钢条是用三轮车辐条磨制而成,锋利无比。

"扑哧"一声,钢条刺穿了袭击者的右手手掌,顿时长刀脱手,那人已捂着右手惨叫起来,刘子光紧接着一肘捣在他脸上,于是惨叫声立刻戛然而止,袭击者趴在地上不动了。

另外三人估计是久在道上混的,见同伴受伤并不慌乱,反而更加凶悍,挥动手中利器向刘子光劈来。

刘子光以一敌三,阵脚丝毫未乱,先是迎着块头最大的那个家伙上去,闪身躲过他的砍刀,一记右勾拳打在此人的太阳穴上,一米八几的大汉,就这样一声不吭地栽倒了。

另外两人还没反应过来,刘子光已经欺身上前,"腾腾"两记鞭腿抽在他俩脸上,就连坐在远处的那帮小混子都能听见响亮的击打声,俩人也是一声不吭地栽倒,其中一人躺在地上一条腿还犹自抽搐着。

刘子光拍拍手,继续坐下来喝酒吃肉,举起酒杯后,忽然扭头对着那一桌瞠目结舌的小混混点头一笑。小混混们齐刷刷地将头背过去,不敢再发出任何声音。

王志军他们放完了水,拉着拉链走过来,看到地上躺了四个人,不由吓了一跳:"刘哥,咋回事?"

刘子光淡淡一笑,走到肉串摊子老板跟前,丢下一叠钱道:"老板,不好意思了。"

中年老板叼着烟,手里切羊肉的砍刀停都不停:"走你的,没事。"

"谢了。"刘子光转身拉着三个目瞪口呆的同事扬长而去。

把三个同事送回家,刘子光方向盘一转就去了糖果酒吧,不用想都知道刀手是孙伟请的,没想到这小子下手挺黑,这点小事就要杀人,这次一定要好好教训他一顿。

来到酒吧门前,却发现里面黑灯瞎火,卷帘门也关上了,门口一辆车也没有,看来孙伟已经收到风,唯恐刘子光前来报复,连夜出逃了。

孙伟跑了,刘子光也没招,兜了两圈之后,他驾车回家,鬼使神差地路过"地地道道"。此时已经是凌晨四点,大街上一个行人都没有,大排档的食客们也散了,老板正在收拾帐篷火炉杂物,准备回家歇息了。一切都平静如常,丝毫看不出这里刚刚发生了一场恶战。

刘子光把车停在路边,下来打量了几眼,昏黄的路灯下,小伙计拿着破拖把正在洗地,此时少年再看向刘子光的目光,已经微微带了一点崇敬。

"老板,麻烦了。"刘子光甩了一根烟过去。

中年老板抬头笑笑,脸上赫然一道陈旧的刀疤:"小事儿,常见。"

"那几个小子呢?"

"自己爬起来走了。"

"没报警?"

"还报警呢,这几个小子一听口音就是外地的,身上指不定带着什么事儿呢,还敢找警察?"

听这话,这位老板像是混过的,不过看他淡然的样子,并不想和刘子光多攀谈,刘子光便点点头,开车走了。

第二天一早,刘子光早早地爬起来,买了包子油条豆浆晨报,伺候二老吃了早饭之后又开始打扫卫生。把二老哄得开开心心之后,刘子光趿拉着拖鞋出门了。离家八年,他想好好看看家乡有什么变化。

"高土坡"还是原来那个"高土坡",除了比八年前更加残破之外,几乎没有什么变化,乱搭乱建的小土楼外面,胡乱扯着电线,路边污水横流,墙壁上贴满小广告,甚至连街口那个修自行车的摊子还依然存在。

"郭大爷,新养的狗啊。"刘子光亲热地和修车子的老头打着招呼,慢悠悠地走了过去。

不知不觉间,走到了自己的母校附近,路边摆着三张破旧的斯诺克案子,墨绿色的台面已经斑驳不堪,三三两两的无业青年拿着球杆,叼着烟,百无聊赖地玩耍着。

刘子光晃晃悠悠走过来,看到桌球案子忍不住技痒想玩两把,忽然路边平房里走出一个穿红色 T 恤的酷哥,正是昨夜那帮小混混的老大。

"刘子光?"红衣青年试探着喊了一声。

"嗯?你认识我?"刘子光上下打量着他。

"还真是你!我小帅啊,咱们一个大院的。"青年欣喜万分地喊道,"昨天我还纳闷呢,怎么那么像,还真是哥哥你。"

刘子光也拍拍脑袋恍然大悟:"想起来了,贝叔家那个拖鼻涕的小毛孩,还老尿床,贝小帅!"

4 老大发威

贝小帅不好意思地挠挠头,挑染成橘黄色的头发一阵乱抖:"哥,小时候的事儿咱不提了,对了,你啥时候回来的,在哪干呢?"

刘子光道:"回来没几天,现在至诚花园干保安。"

贝小帅撇撇嘴:"至诚花园啊,那里的保安最窝囊,整天被人追着打。不过没关系,弟弟我现在玩得还不错,有事你打我电话,绝对速度赶到。"

说着就写了个电话号码给刘子光,刘子光笑笑就拿着了,贝小帅又热情地邀请刘子光到平房里坐着。屋里别有洞天,居然摆着十几台电脑,貌似黑网吧,贝小帅给他上烟,拿矿泉水,两人聊起了往事。

不一会儿,一群半大孩子拥了进来,看年龄不过是十三四岁,有的还背着书包,不过没长毛的嘴上全都叼着烟,见到贝小帅之后都毕恭毕敬地喊一声"老大"!

刘子光下意识地看看墙上的挂钟,现在才九点半,这帮学生就出来鬼混了,分明是逃学的。

贝小帅微微点头示意,掏出一包五块钱的红梅甩给他们,学生们欢笑着一抢而空,有的坐在平房里上网,有的在外面玩台球,贝小帅得意洋洋地说:"哥,怎么样,我现在混得还行吧,我一个电话,百十号兄弟速度赶到。"

刘子光一脸的不屑:"你可以啊,成了'孩子王'了,很威风啊!"随即他一脸正色道,"可你想过没有,你能带给他们什么?就整天逃学喝酒打游戏?你小心把他们一辈子都毁了！"

似乎是被刘子光说到了痛处,贝小帅脸上的得意神情立刻就不见了,他叹口气:"哥你也知道,咱们这片的孩子,爹妈不是工人就是下岗工人,要权没权,要钱没钱。就算有个把孩子有点出息,考上了大学,可毕了业还不是找不到工作出来混么?我也想玩大点,开家大公司,把咱这里的孩子都招进来,可条件有限办不到啊……不如我跟你混吧。"

刘子光说:"我就一保安,跟我混有啥前途?"

贝小帅一撇嘴:"哥,你少装了,昨天你一出手我就明白了,绝对猛人。最近道上有个大新闻,咱这一带最能打的堤北四虎全让人干趴了,我寻思过了,这准是你做的。"

刘子光淡然一笑,不置可否。

"哥,你一走就是八年,这八年肯定在外面玩得挺大,现在虽然不知道为啥回来,但我坚信你肯定还是一条猛龙,不如就领着我们这群小弟混吧。咱们是一个大院出来的,这帮小兄弟也都是咱们晨光机械厂子弟中学的,算起来也是你的学弟,你不当老大谁当老大?"

贝小帅的话刘子光根本没有听进去,此刻他想的是:这群孩子现在跟着贝小帅这样混,肯定是废了,如果跟着他刘子光,虽说不知道未来会怎样,但至少可以让他们不至于滑得更远。

想到这里,刘子光说:"既然都是一个学校的,那我就当仁不让了。"

终于得到刘子光的同意,贝小帅高兴得直搓手,站起来大喊道:"都他妈的别玩了,来见见新老大。"

二三十个男孩子困惑地放下手头的游戏,汇聚到贝小帅面前。

贝小帅隆重将刘子光请出,向众人介绍:"这位就是咱们的新老大,堤北四虎是他一个人干趴的,昨天在'地地道道'更是一个人放倒四个拿刀的杀手,彬彬、小新他们都是亲眼看见的。"

少年们眼中顿时闪耀起崇拜的火花,在下面小声议论起来,看得出堤北四虎的覆灭对他们的心理冲击很大。

刘子光微笑着点头致意，慈祥得像个中学老师，他说："我是刘子光，'高土坡'老户，也是咱子弟中学出来的，以后大家跟我混，在外面有啥事报我的名字。小帅！"

"在！"

"这一块还是你带着，我公司里事情忙。"

"好嘞。"

收了几十个小弟，刘子光不但没有丝毫得意，反而有些心事重重的样子，午饭时间他才趿拉着拖鞋回去，刚到家手机就叫个不停，拿起来一接，话筒里传来同事焦急的喊声："刘哥，赶紧到公司来，出事了。"

连衣服也没来得及换，刘子光便驱车来到至诚花园。老远就发现小区门口被几辆车围堵住，交通已经瘫痪，另有五六个横眉冷目的汉子围着保安室，嘴里不干不净地骂着。

刘子光走到门口，眼球差点瞪出来，几个保安同事抱着头一字排开蹲在地上，大气也不敢出，汉子们手里抡着棒球棍、镀锌钢管，剃得溜光的头皮泛着青色，眼神凶悍，透着浓浓的江湖气，一看就不是贝小帅那种低级小混子能比的。

刘子光眉头一皱，点燃一支烟慢悠悠地走过去，镇定自若地问道："怎么回事？"

那几个汉子被他从容的气势弄晕了，还以为刘子光是保安的头头，一个黑胖子从黑色本田雅阁里下来，道："我弟弟昨晚被你们的保安打伤了，你要是不给个说法，这门就别想再开了。"

"你想要什么说法？"

"谁动的手，卸谁的胳膊。另外赔三万块钱医药费。"

正说着，六个穿着牛仔裤、旅游鞋的赤膊秃头汉子拖着一个血淋淋的人从旁边绿化带里出来，被打的那人穿着保安制服，一个胳膊以奇怪的角度扭曲着，虽然满脸满头的血,但仍能认出是王志军。

刘子光拿着烟的手忽然僵住了,心底有一团火急剧地燃烧起来。昨天的事情本来就是那个开飞度的家伙不对,保安们只是履行职责而已,即使王志军出手打人,对方最多也只是皮外伤而已,现在这帮流氓居然把人打成这样!一股怒火以势不可挡的速度从刘子光心里涌上来。

此时,物业保安部的同事们在白队长的带领下赶了过来。至诚花园是个很大的小区,门卫、车库、巡逻等岗位三班轮换,也有好几十人,白队长带了七八个机动人员跑过来,一看这架势也懵了。

"彪哥,有话好说,好说嘛。"白队长战战兢兢地说。

黑胖子不耐烦道:"你是谁?认识我?"

"我是至诚花园的保安队长,听说过彪哥的名头。"白队长诚惶诚恐。

此时一名背着书包的少年从门前路过,正看到刘子光站在这里,少年愣了一下,忽然撒丫子原路跑了回去。

没人注意这小孩子的举动,小区门口的对峙还在继续。说是对峙其实并不合适,因为保安们手无寸铁,他们的队长又是如此的低三下四,所以只能看着被打惨了的同事敢怒不敢言。

"彪哥,实在对不起了,我马上把这小子开除,活该他倒霉,瞎了眼了,连彪哥的弟弟都敢动。嘿嘿,那什么,能不能把车稍微挪一下,您的车停在这儿,咱们小区的业主都不方便进出了。"白队长小心翼翼道。

黑胖子鼻子一哼,两股烟气冒出来:"拿钱说话,没有三万块,车就搁这儿了。"

保安们怒火中烧,欺负人也不兴这么狠的,把人都打成重伤了还要勒索,还有天理么?可白队长依然赔着小话,屁都不敢放一个,更让大家心寒。

"愿意搁这就搁这吧。"站在一旁半天没说话的刘子光忽然冒出来一句。

"你他妈的算哪……"黑胖子还没说完,刘子光把烟往他脸上一弹,趁他分神的一瞬间抬脚就踹了过来,一记正踢命中彪哥的小肚子,把他重达一百八十斤的身躯踢得向后飞了出去,当场砸倒后面三四个汉子。

刘子光紧跟着扑上去拳打脚踢，他出拳极重，招招往人家要害上招呼，瞬间就放倒了三个人，其余人反应过来，挥舞着铁棍长刀就砍，刘子光劈手抢过一杆长刀。这杆长刀其实就是铁质自来水管上焊着尺把长的砍刀，犹如古代的朴刀，长刀在刘子光手里上下翻飞，刀锋寒光闪闪。一个流氓挥舞着砍刀，妄图从身后偷袭刘子光，刘子光反手就是一刀，那个流氓刺着青龙的后背上立刻绽开一条口子，白肉红血，分外刺眼。

俗话说，横的怕愣的，愣的怕不要命的，刘子光这种不要命的打法，小流氓们心惊胆寒，丢了家伙抱头鼠窜。

此时从远处跑过来几十个少年，手里也都拎着板砖、链子锁等家伙，为首的正是贝小帅。但是他们已经来晚了，就看见中午空旷的小区外马路上，一个穿着懒汉衫、趿拉着拖鞋的汉子，挥舞着长柄大刀在追十几个刺龙画虎剃了秃头的流氓，流氓们连滚带爬、哭爹喊娘，好不狼狈。

少年们全呆立在路边，眼睁睁地看着这帮人从眼前跑过，一个孩子都看傻了，手里的链子锁掉了也不知道，只是喃喃道："这不是咱们新老大么，我的妈呀太猛了。"

刘子光一直追出一条街才停下脚步，恶狠狠地骂了句"便宜你们了"，扭头回去。此时贝小帅率领的三十多个少年也围了上来，青涩的眼神里写满了热血沸腾。

"老大，你太屌了！"

"老大，你真拉风，我崇拜你！"

少年们疯狂了，贝小帅也是痛快得不得了，"彪哥"叫张彪，是这一带的大混子，开按摩院，给建筑工地拉土方，干的是大买卖，这种牛人在光哥面前都只有抱头鼠窜的命，可见自己的选择多么正确。

走到小区门口，刘子光一把揪起彪子，掷到王志军跟前道："志军，卸他哪个部件？你说了算。"

王志军抬起满是血污的脸，眼角亮晶晶的也不知道是血还是泪："刘哥，算了。"

刘子光一愣,明白了王志军的处境,他是退伍兵出身,又是农村人,没有一技之长,好不容易找到一份保安的工作,只能选择忍气吞声。

"志军,我明白。"刘子光说着,又看了看同事们和已经吓傻的白队长:"队长,你别担心,我一人做事一人当,和你们不牵扯。"

白队长出了一口气,年轻的保安们眼中却含起了泪花,这哥们,忒仗义了。

少年们也敬仰地看着他们的老大。

刘子光抓着彪子的领口将他提起来,道:"你卸我兄弟的一条胳膊,我也卸你一条胳膊,让你长长记性!"

彪子被刚才那一脚踢得胸中气血翻涌,哼哼都哼不出来,哪还能说话?

刘子光将他按翻在地,一脚踩住他的肩膀,一手捏住他的手腕。一时间鸦雀无声,所有人都噤若寒蝉,看着刘子光慢条斯理地进行着这一切。只见刘子光用力一拉一抖,彪子的手臂就软软地垂了下来。

"谁会开车?"刘子光扫视一下众人。

"我!"贝小帅身边一个瘦小的少年挺身而出,身上穿着破烂不堪、满是油渍的工作服,上面还有个斑驳的 Mobil 美孚壳牌标志。

刘子光把车钥匙抛过去:"开我的车送志军去医院。"

少年利落地接过钥匙,欣喜万分道:"好嘞!"

刘子光又道:"今天到场的有一个算一个,晚上'地地道道'我请客,不醉不归!"

众少年顿时发出雷鸣般的欢呼。

刘子光又拉着一个相熟的保安走到一旁低声道:"门口的监控录像帮我弄出来。"

"刘哥你放心好了。"年轻的保安眼中全是热切。

彪哥等人也走了,但是他那三辆汽车却真的搁在了至诚花园,不过不是堵在门口,而是被刘子光弄进小区地下车库,用地桩锁锁上。

做这些事情的时候,保安们非常积极,簇拥在刘子光周围,仿佛围拢在元帅身边的士兵，白队长眼红耳热，很是无趣，一个人站在门口琢磨了一会便走进了物业经理的办公室。

"这样不行啊，再这么搞下去，咱们小区成啥了，简直就是流氓窝点……"白队长声泪俱下地向高经理哭诉着。

物业公司的保安，说白了就是看大门，防贼还行，若是太过强悍，整天和社会上的流氓打架斗殴，肯定会影响到公司和小区的声誉，但是想到刘子光是个刺头，高经理也直皱眉。

"这样吧，你把他叫来，我和他谈谈。"高经理经过深思熟虑说道。

"好嘞!"白队长喜形于色，颠颠地出去了。

刘子光正坐在小区花园里和几个保安说话，小伙子们嘴上全叼着中华，兴冲冲地围着他，白队长走过来干咳一声道："刘子光，高经理找你有事。"

刘子光答应一声，掐掉烟头整理一下衣服去了，几个保安尴尬地站起来，白队长威风凛凛地扫视着他们："都长进了是吧? 不知道自己姓啥了是吧? 五十个俯卧撑，立刻!"

物业办公室，刘子光站在高经理办公桌前，耐心地听他讲着至诚物业的光辉历史，以及小区的精神文明建设。

高经理绕了半天弯子，嘴巴都说干了，这才拿起茶杯喝了一口，于心不忍地说："小刘啊，经过我们各部门领导讨论，一致认为你不适应本公司的文化氛围，不合适物业保安员这个岗位，但是你放心，虽然你只上了两天班，但是我们还是按照一个月来算，把工资足额发给你，这已经是我能给你争取到的最大福利了，你看……"

"高经理，我家的情况你也知道，我父亲是咱们公司的保安员，因公负伤才下岗的，他托了很多关系才给我找到这份工作，对我期望很高，您要是用这些虚头巴脑的理由把我辞退，我父亲一生气怕是要脑溢血，他老人家要是有个三长两短，您担得了这份责任么?"

高经理往老板椅上一靠，说："小刘呀，你回家后一定要多做做你父亲的工作，让他千万想开。不过话又说回来,他现在已经不是我们公司的员工了,就是真出现什么情况,也和我们一点关系都没有啊……"

刘子光听了之后,二话没说出门而去,高经理正摸不着头脑,他又再次推门进来,"咣当"一声将一把菜刀拍到桌上,说道:"您这是把我们家往绝路上逼,既然这样,我也不想活了。这样吧,经理,这里有把菜刀,要不然你把我砍死,一了百了,我就没烦恼了。"

刘子光的这一手搞得高经理又怒又怕,正要说话,办公室的门被推开了,物业公司的客服员小黄走了进来。

"哎呀妈呀,小区门口好吓人,一大摊血,听说是咱们……"小姑娘话说了一半,这才注意到屋里站着的刘子光,以及桌上的菜刀,惊呼了一声,摔门跑了。

高经理头上的冷汗都下来了,暗骂白队长这个小人,刚才只是说刘子光和业主起了争执,却把最关键的瞒下不说,不消问,外面那一摊血必是出自他的手笔,这种人物谁敢惹?

"咳咳,那什么,我忘了这茬了,老刘是咱们公司的优秀员工,特殊情况必须照顾,这样吧,你继续工作,门岗太累,把你分配到巡逻组去,你看怎么样?"

刘子光点点头:"好,谢谢高经理了。"说完转身就走。

高经理擦擦额上的冷汗,忽然又看见桌上的那把菜刀,赶紧站起来喊道:"小刘,你的刀……"

走廊里传来刘子光的回答:"塑料做的,你拿着吓唬别人去吧。"

高经理一屁股坐回椅子,恨不得拿头撞墙,此刻他满腹的自责和后悔,早知如此,说啥也不能收下这个祸害啊。

公司小食堂里,一群年轻的保安正聚集在刘子光身边,听他的安排调遣。

大家饭盒里的食物一点没动,烟头却丢了一地,发生那么大的事情,谁还能安心吃饭? 至诚花园的保安是出了名的懦弱,这并不是因为小伙子们没有血性,而是公司的规矩严,白队长又是个软骨头。

被业主辱骂、殴打那是家常便饭，谁也不敢还嘴还手，因为规定三次投诉就要下岗，平时管得严些，就会惹来业主们的投诉，管得松些又被投诉说不尽职，这还是轻的，有时候外面的人也会闯进小区殴打保安，有白队长这个软骨头在，保安们只有被打的份儿。

如今忽然有个人站出来，为大家撑腰解气，为王志军报仇雪恨，大家岂能不由衷地爱戴他、敬佩他？

刘子光调兵遣将，指挥有方："小张，你带两个人守住车库，看牢那三辆车，有事对讲机联系。"

"小李，你带两个人去医院陪志军，这里有三千块先拿着，不够再找我要。"

"小王，你找辆三轮车，去工具店买三十把镐，十把消防斧，再去五金水暖店买三十米自来水管，要那种老式的镀锌钢管，让他们给截好，一米五一根。"

小伙子们眼中闪着热切的火花，有人问道："刘哥，你这是要打仗么？"

刘子光冷笑一声，叼起一支烟，旁边立刻有人将打火机凑上来。

深吸了一口烟，他才道："干咱们这活儿，也需要道具。咱们不欺负人，也不能让别人欺负了，必须有所防备。我就不信了，几十个棒小伙子还怕他们这些杂碎。"

"刘哥，我们都听你的，你说咋整就咋整！"小伙子们握紧了拳头，踌躇满志。

"好，先把饭吃了，人是铁，饭是钢，不吃饭哪来力气和他们斗？"刘子光掐灭烟蒂，首先端起了饭盒狼吞虎咽起来。

一下午安然无事，到了六点钟，被刘子光派出去打探消息的贝小帅回来了，欣喜地告诉刘子光说，听说彪哥被吓得不轻，现在在医院躲着呢，暂时是没胆来报复了。

刘子光道："放话给他，想要车要给我交停车费，特事特价，一个小时一百，不讲价！"

贝小帅一脸的兴奋："哥，你太牛了，一个人吓跑了十几个人，现在道上传得神乎其神呢，说你是活关公。"

刘子光没说话。

"哥,你教我两招吧,是不是像电影里说的那样,够狠、讲义气才行?"

刘子光脸色突然一变,道:"光知道打打杀杀,迟早要进大牢。这世间的事,靠打打杀杀能解决的有几件? 你记住了,只有道上的问题,才可以用道上的方式解决。回去告诉你手下那些马仔,尤其是在上学的那几个,把心思给我用在正路上,多念点儿书,别整天惦记着打打杀杀,要走正道,别走黑道。"

贝小帅懵懂地点点头:"哦,我记住了。"

晚上,夜市大排档,"地地道道"。

人头攒动,热火朝天,这里已经被刘子光包场了,肉串敞开了上,架子上的两只羊已经剔得只剩下骨架,冰柜里的存货也空了,啤酒也马上告罄。

老板满头大汗,拿着手机大喊大叫:"喂,快给我送五十箱啤酒来,麻利点!"

十二三岁的小伙计叼着烟蹲在板凳上感慨道:"这么多人,恐怕还得再来两只羊才够。"

老板一瞪眼:"两只? 起码五只! 他们简直就是一群狼,你个小兔崽子还不赶紧切肉去!"

小伙计吐了吐舌头跑了,老板打了供应羊肉的电话之后,眯着眼望着摊子上满满当当的人,似乎想起了什么,半晌,才叹了口气,伸手掏烟,不想烟盒却是空的。

忽然一支烟递过来,老板一愣,看见递烟的是刘子光,便接过烟,用铁钳子夹起一块火红的木炭点燃。

"老板,怎么称呼?"刘子光问。

"李建国,喊我老李就行。"老板不咸不淡地回答,继续用硬纸板扇着炉子里的火。

刘子光拍拍他的胳膊:"老李,受累了。"

李建国点点头:"做生意,分内的。"

刘子光也点点头,回去喝酒了。

这场酒喝得天昏地暗，由于人数太多，"地地道道"的桌椅板凳根本不够，又从隔壁麻辣烫借了十几把椅子，附近凉菜面条摊子也跟着沾光，生意红火得不得了。

刘子光和几个骨干坐在一桌，大杯喝酒，大把吃肉，畅谈起人生理想来。

"小贝，你有什么规划么？"刘子光问。

"有！"贝小帅喝多了，满脸通红，谈到规划更是指手画脚："我想把附近几个小学中学全收服，再开一家大网吧，要那种楼上楼下、百台机器的。"

刘子光嗤之以鼻："开网吧拉更多的学生逃课？再说了，网吧能赚几个钱，想玩大的只有做房地产。"

一个保安同事瞪大了眼睛："房地产生意太大，咱玩不起啊。"

刘子光呵呵笑道："大的玩不起，先玩小的，从拉沙子土方干起，那个什么彪哥不就是搞这个的么？"

"那都是黑社会包揽的生意，咱们怎么抢得过？"同事的眼睛瞪得更大了。

小贝却极为赞同："哥，你眼光太毒了，我咋没想到呢，咱就干这买卖了，谁他妈敢不服，一砖干倒！"

刘子光在小贝的后脑勺上拍了一巴掌，道："我是带你们混社会，不是带你们混黑社会！正经生意会做不？"说着看了看手表，"我该上夜班去了。"

同事赶紧道："刘哥，你继续喝，有啥事我们去帮你顶着。"

刘子光摆摆手，掏出一叠钱给小贝："那不行，我答应老爷子的，得正干，你们喝着，我先走了，回头小贝结账。"

回到公司，换了制服，拿了电筒和橡皮棍，刘子光和两个同事开始了夜间巡逻。

至诚花园有上百座楼，加上道路车库绿化带和诸多摄像头照顾不到的边角旮旯，巡逻任务并不轻松，俩同事还沉浸在白天的兴奋中，一边走一边聊着，完全没注意到对面走过来的男子。

已经是深夜一点钟，这名青年男子一身黑衣，脚穿球鞋，眼神闪烁，当看到巡逻保安时，下意识地停了半步，然后又若无其事地走过来。

这点小动作全被刘子光看在眼里，他当即停步，举起手电筒照着那人的脸喝道："站住，干什么的？"

男子用手挡住手电筒刺眼的光芒，怒道："照什么照！我就住这里！下楼溜达溜达。"

"住哪座楼？是不是十三号的业主？"刘子光将手电往下稍微移动，男子口袋里螺丝刀的红色手柄若隐若现，他心中便有了数，随口指着旁边一栋楼问道。

"就是十三号楼！咋了，还不许晚上锻炼了吗？"男子依然是满腹怒气，振振有词。

刘子光鄙夷地一笑："根本就没十三这个楼号，伙计们上，给我拿下！"

两个早就跃跃欲试的保安立刻扑了上去，没想到那小子挺机灵，撒丫子便跑，速度比兔子还快，边跑边把螺丝刀扔向路边的草丛深处。

这小子头也不回地跑出去几百米，听到身后脚步声渐远才停下，一抬头却发现刘子光如同鬼魅一般站在他面前。

"让你再跑。"刘子光一脚将他踢了个四仰八叉，这时候两个同事也气喘吁吁地赶到，橡皮棍下雨一般抢过去："打死你个小偷！"

"教训一下就行了，赶紧报警。"刘子光拦住两个同事。

五分钟后，警车闪着红蓝相间的警灯开进了至诚花园，从车上下来的依然是警察老王和小胡。

"冤枉啊，我就是没事进来闲逛，就被他们打成这样。"鼻青脸肿的小偷恶人先告状，向两位警察哭诉。

女警小胡用凌厉的眼神扫向刘子光："为什么打人？"

"他是小偷，还跑，难道不能打？"刘子光见小胡居然指责起来，没好气地说。

"就算是小偷也有人权，就算是小偷也要由公安机关依法处理，你们私自殴打他人，是违法的。"小胡义正词严地说。

"说是小偷，那他的作案工具和赃物呢？"老王忽然问道。

这下保安们张口结舌说不出来了，从那小子身上什么都没搜出来，没有任何物证能证明他是小偷。

"好吧,全都跟我回所里去。"老王不耐烦地挥挥手。

派出所,值班室屋顶上的警灯发出红蓝相间的眩光,在暗夜里隔得老远都能看见,女警小胡正在给刘子光作笔录。

"为什么殴打他人?"

"我想。"

"你什么态度!"小胡愤然起立。

"你生气的样子很可爱哦。"刘子光盯着小胡因愤怒上下起伏不定的胸脯,肆无忌惮地说道,同时将一双腿抬到了桌子上。

小胡怒极而笑,反倒又坐下了:"我告诉你刘子光,即便这个嫌疑人真是个小偷,只要没有抓到现行犯罪,就不能作数,但是你打人的罪名是跑不了的,我就能办你个扰乱治安,拘留你十五天。"

"放着贼不抓,反倒拘留抓贼的,你警校里学的就是这一套么? 你倒是拘我一个试试。"

"你!"小胡将手中文件夹用力摔在桌子上,伸手就去墙上摘手铐,忽然值班室的门开了,老王探头进来:"小胡,你来一下。"

小胡恶狠狠地瞪了刘子光一眼,摔门离去。到了走廊里,老王拿出一份刚打印出来的资料递给她道:"逮到大鱼了,那个家伙是网上通缉的要犯,在邻省疯狂作案十余起,都是高层住宅小区,涉案金额高达五十余万,还有一条人命在身上,这回你可立大功了!"

说着,老王亲切地拍了拍小胡的肩膀。"你爸爸一定会为你自豪的。"

"真的么!"到底是小女孩,小胡高兴得脚尖一踮一踮的,差点就蹦起来了,忽然又丧气道:"那就不能拘留刘子光了,怎么说他都是有功之人。"

老王语重心长地说:"小胡啊,这个人咱们不是查过了么,没有案底的,作为公安人员,不能戴着有色眼镜看人啊,他虽说言行有点儿出格,不过没有大错,只要他愿意本本分分当保安,我们还是应该支持啊。"

小胡咬着嘴唇点点头:"明白了,王叔叔。"

片刻后,板着脸的小胡从外面进来,将笔录丢在刘子光面前,生硬地说道:"签个字,按个手印,你就可以回去了。"

"不是要拘留我么?"刘子光揶揄道,抓过笔录龙飞凤舞签上名字,又按了个手印,丢还给小胡,推门扬长而去。

小胡拿过笔录,看着签名和鲜红的手印,暗暗道:我就不信查不到你的老底子!

《江洋大盗终落网,实习女警显神威》——这是第二天本市晨报的头条。

派出所女警胡蓉机智勇敢,火眼金睛识破歹徒的狡猾伪装,在至诚花园三名保安的配合下将歹徒抓获,获得市局领导的嘉奖和群众的热烈赞扬。

报纸上的小胡笑得局促而又刻板,不像是抓获歹徒的巾帼英雄,倒有点像是围观的群众。小胡气恼地放下报纸,对市局机关宣传科的同事很是不满,歹徒分明是刘子光抓获的,因为自己的父亲是市政法委书记,他们就把荣誉全部强加给自己,真让人有种说不出的难受。

那个刘子光也不是什么正经人,下次有机会,一定要给他点儿颜色看看。

5 相 亲

至诚花园物业公司内,刘子光看着当天的报纸也是暗笑不止,这件事集团公司已经知道了,分管物业这一块的副总亲自打电话来,要嘉奖抓获歹徒的保安员。

高经理没办法,只好给刘子光提了一级,从普通保安员升为保安领班,还发了五百块钱的奖金。

消息传到家里,老爸欣喜万分,逢人便说自己儿子有出息,才干了三天就升职,老人开心,刘子光也跟着开心。

当了领班就方便调配工作时间了,同事们有事都喜欢找刘哥,反而把更高一级的白队长给架空了,白队长干着急没办法,毕竟刘子光的名气已经传到集团去了。

这天中午,刘子光开车回家,将汽车停在巷口外,向家里走去,正看见老妈陪着一个浓妆艳抹、穿着粉红色套裙的半老徐娘出来,妖艳女人意味深长地瞟了刘子光一眼,又看了看巷口的汽车,这才拉着妈妈的手道:"大姐,晚上安利张老师的课,可别忘了来哦。"

送走了妖艳女人,老妈一脸喜色,神神秘秘地说:"小光,进屋来试试衣服合身不。"

家中床上摆着一件夹克衫和一条黑色的西裤,摸起来滑滑的,感觉不像是什么好的面料,老妈又从盒子里拿出一件衬衣在刘子光背上比划着,说:"这些衣服都是我托人买的名牌，这衬衣打完折都八十多，这褂子他们都说好，是走进法国卢什么宫的品牌呢，噢，叫劲霸。你也老大不小的了，该添点像样的衣服了，快点换上让妈瞧瞧。"

刘子光无奈，只好换上全套新衣服，站在那里让老妈左左右右地打量，这套衣服是按照老妈印象中刘子光的身材买的，未免尺寸有些紧窄，但总算过得去。看到老妈喜笑颜开的样子，刘子光奇道："妈，又不是相亲，穿这么好看做什么？"

老妈道："就是相亲，昨天街坊陈大婶看见你的轿车了，以为你发了多大财呢，今天一早就过来找我，说要给你安排个对象，女孩子有正式工作，长得又漂亮，你可得认真对待。"

"咦，有这么好的事？那我得去瞧瞧。"刘子光不愿伤了老人的心，满口答应。

见儿子同意相亲，老妈更加高兴，从大衣柜抽屉里拿出个手绢包，取出一张银行卡来交给刘子光："你也老大不小的了，不能再耽误了，见面的时候大方点，还有一条，千万别说你是当保安的，就说在物业公司做管理工作。这张卡是卡折一体的，卡你拿着用，折子在妈这里放着，你有闲钱就往里面存，该攒着结婚了……"

可怜天下父母心。刘子光接过银行卡道："放心吧，我有数。"

傍晚六点半，刘子光开着马6来到中心广场，随便往路边一停，走到广场正中的喷泉边一站，等了五分钟手机才响起，拿起来对方却挂断了，抬头一看，两个女孩出现在眼前，一高一矮一胖一瘦，形成鲜明的对比，那个矮胖的女孩扬着一张满是雀斑的脸问刘子光道："你就是刘子光？"

刘子光道："我就是。"

雀斑女道："我们是安利陈老师介绍来的，现在给你个机会请两位美女吃饭，嘻嘻，当然主要是请她了，我跟着蹭饭的。"说着将旁边的高个子女孩推了过来。

说是高个子，其实不过一米六而已，主要是旁边这位实在太矮，才显得她有点"海拔"，这个女孩倒也有几分姿色，身披一件看不清楚腰身的小风衣，脚蹬马靴，一副冷美人的做派，对刘子光爱答不理的。

女孩的冷傲让刘子光有点儿不大高兴，但为了老妈的面子，他还是装作很热情的样子说："两位美女还没吃饭吧，我请你们下馆子。"

雀斑女道："那些饭店都不卫生，我们只吃必胜客。"

刘子光不知道必胜客是个什么玩意儿，纳闷道："什么？"雀斑女脸上立刻露出不屑的神情，指着广场边帝豪商厦附楼下的必胜客大招牌道："就是那里。"

刘子光在前面走着，两个女孩在后面跟着。刘子光听力敏锐，虽然隔了几步远依然能听见两人的窃窃私语。

雀斑女嘀咕道："你看他穿得真土，像个乡镇干部似的，人长得倒不算丑，就是太矮了，连一米八都不到，就是个二等残废。"

冷傲美人只是不置可否地哼了一声，好像根本不屑于对刘子光这个土条发表什么评论。

三人走进必胜客餐厅的时候，正好从帝豪商厦里走出两个女孩子，两人本来还唧唧喳喳地说笑着，忽然其中一人看到刘子光的背影以及那两个女孩，顿时愣住了，她的同伴问道："方霏，你怎么了？脸色这么差。"

小护士方霏低声道："没什么，我忽然不大舒服。"

今天不是周末，所以必胜客里尚有一些空位子，三人在靠窗户的位子上坐下，服务员奉上菜单，雀斑女一把抢过来，点了一大堆比萨饼、烤羊排、焗饭、意大利面、沙拉、鸡翅、甜品等，也不管能不能吃得下。

比萨饼很快就端了上来，两个女孩子自顾自地吃起来，边吃边低声说着私房话，根本视刘子光为无物，过了半天雀斑女才像忽然想起来旁边还有个人似的，擦一擦油手，问道："帅哥，介绍一下你的基本情况吧。"

刘子光像背台词一样说起来："我叫刘子光，在至诚物业公司做……管理工作……"

刘子光还没有说完，忽然冷傲美人一阵干呕，站起来拎起小包包道："不好意思，我去一下洗手间先。"雀斑女也赶紧站起来陪着她过去。

刘子光也有些尿意,便起身去洗手间,走到拐弯处就听到那两个女孩的对话。

雀斑女道:"丽丽,反应这么强么?"

冷傲美人捂着小腹道:"偏偏是在这个时候,真讨厌。"

雀斑女道:"丽丽,你发现那个人看你的眼神么?我看他一定是被你迷住了。"

冷傲美人只是哼了一声,大概是对自己的个人魅力很是自信。

雀斑女哀叹道:"唉,要不是那个黑人回国的话,丽丽你也不会这么惨,现在只好尽快结婚,哼,便宜这个土条了。"

冷傲美人有些不悦地纠正道:"杰克是美国人,不是一般黑人。"

那边刘子光已经气得火冒三丈,刚想发飙又忍住了,他装作没事的样子回到座位,但是却没注意到餐厅的角落里已经有一双眼睛盯住了自己。

"小胡,看什么呢?"分局治安大队的民警杨峰纳闷地问道。坐在他对面的派出所女警胡蓉不屑地哼一声道:"没什么,看到一个本辖区的小混混。"

杨峰回过头,以公安人员专业的眼光打量了一下刘子光,觉得实在不值一提,便不再讨论此人,继续谈起自己在分局机关擒拿格斗比赛上的英勇事迹来,逗得小胡咯咯直笑。

两位去洗手间的女孩回到座位上,雀斑女干咳一声道:"经过对你的考察,初步认定合格,你可以和我们丽丽交往了。"然后两只小眼睛瞪着刘子光,期待看到他狂喜的表情。

刘子光嘴角浮上一丝嘲讽的笑意,道:"怎么个交法?"

丽丽皱了皱眉头,很不耐烦地说:"你的情况呢,陈阿姨简单介绍了一下,老实说你这种条件真的蛮差的,但我可以将就。这样吧,国庆节结婚,彩礼不要多,二十万就可以,再多怕你也拿不出来。婚房必须有,起码要三房两厅,房产证上要写我的名字,婚后要单住,你爹妈最多一个月来一次。"

刘子光点头如捣蒜,还摸出一支笔来像模像样地记着,等丽丽说完才问道:"还有什么要求么?"

"有。"丽丽冷傲地说,"婚后分房睡,你不能碰我。"

"哦？请问你是怕把那个老外的什么脏病传染给我,自觉隔离么?"刘子光故作惊讶地问道。

"你……"

丽丽被刘子光的话气得又羞又恼,一时语噎。雀斑女愣了片刻就爆发了,站起来嚷道:"你以为你是什么人,连个房子都没有,要不是你妈答应买我们安利的产品,我们丽丽根本睬都不睬你,乡巴佬!"

其实刘子光本来只想逗逗她俩,但是听到雀斑女提到自己老妈,顿时气不打一处来,当场就把饮料杯子往地下一摔,玻璃杯立即化作无数碎片。

雀斑女也不甘示弱,一把就把桌子掀了,然后就杀猪一般嚎叫起来:"救命啊,打人了!"餐厅里正在用餐的客人们纷纷转头望过来。

女警胡蓉平生最恨的就是打女人的男人了,她猛然站起要上前干涉,却被杨峰按住了肩膀:"小胡,让我来。"

杨峰箭步上前,一把扭住刘子光的胳膊,想来个漂亮的反关节动作将他制服,哪知道刘子光将胳膊轻轻一带,杨峰就摔了个跟跄,差点趴在地上。

分局机关擒拿格斗大赛的冠军就这样被人家轻描淡写地甩开,又是当着心爱女孩的面,杨峰顿时恼羞成怒,脖子上的青筋都暴绽出来。他刚要再度上前,腰间的手机突然响了起来。

与此同时,胡蓉也掏出了自己的手机接电话。

"是!明白!"胡蓉挂断电话的时候,已是一脸的凝重。这个电话是从指挥中心打来的,通报发现持枪逃犯的行踪,需要紧急抽调警力进行布控围堵。与此同时,杨峰也扣上了手机,神情同样紧张,估计电话的内容和胡蓉接到的差不多。

"有情况!"

"嗯,我们走!"

他俩丢下几张钞票便匆匆离去。临出门之前,杨峰狠狠地瞪了刘子光一眼。大案当前,眼下这点小纠纷只好先过去,不过,他还是将刘子光的相貌牢牢印在心里。

刘子光懒得再去理会那两个女人,看也不看她俩,径直出门走了。丽丽和雀斑女也想开溜,必胜客的服务员已经来到跟前:"小姐,这是您的账单,一共八百五十八元。"

两个女人顿时呆在那里。

小护士方霏面色灰暗,眉头紧皱坐在广场长椅上。同伴紧张兮兮地陪着她坐着,一肚子的纳闷:平时方霏的身体很好,今天怎么忽然就不舒服了呢?

过了一会儿,刘子光从必胜客出来,一个人走了。片刻之后,先前那两个女孩也一起出来,骂骂咧咧地远去了。

坐在花坛后面的方霏看见了这一幕,原本阴郁的脸色忽然变得明媚,嘴角也翘了起来:"我没事了,走,咱们去吃肯德基,我请客。"

同伴的眼睛瞪得溜圆:方霏今天八成是中邪了吧,一惊一乍的。

刘子光来到汽车前时,一辆警用摩托刚刚离去,马 6 的前挡风玻璃上留下一张违章停车的罚单。这玩意儿刘子光已经收了一大摞了,他毫不在意地扯下来扔掉,刚要开车门,忽然注意到旁边有家自助银行。

昨天公司发的五百块奖金,正好存到老妈给的卡里,也好让老人家开心一下。刘子光打定主意,径直走向自助银行。

一阵淡淡的花香袭来,自助银行的玻璃门向两边分开,台阶下方的刘子光就看见一双圆润修长的黑丝美腿风风火火地走下来,黑丝的主人是个看上去二十多岁的女子,窈窕修长的躯体外裹着合体的短风衣,女子急匆匆地整理着坤包里的东西,头也不抬地和刘子光擦肩而过。

刘子光走到 ATM 前,刚要拿出银行卡,忽然发现插槽里吐出一张卡,自助银行里没有其他人,这张卡肯定是刚才那位匆忙的女子留下的。

刘子光迅速抽出那张银行卡,冲出来冲着已经站在路边红色沃尔沃 S40 轿车旁的女子喊了一声:"等一下!"

女子警惕地看着刘子光,好看的眉毛紧蹙着,刘子光赶忙又说道:"你的卡忘了取。"

"啊!"女了拉开坤包掏出皮夹看了一眼,银行卡果然不见了,她赶忙关上车门快步走到刘子光面前,伸手接过那张金色的银行卡,看了看背面的签名,确认没错之后便从皮夹子里抽出来两张红色的大额钞票。

"谢谢你啊。"

"下次小心点。"刘子光根本不接钞票,留下一句话便回 ATM 存钱去了。

驱车回到公司,往保安室里一坐,腿刚架上办公桌,电话就响了,抓起听筒,是小贝气急败坏的声音:"光哥,我打听到个消息,张彪正到处找人收拾咱们呢。那个×养的还放话出来,说三辆车不要了,让咱留着玩,不过有没有命玩就难说了。"

刘子光道:"行,我就等着他这一手呢,小贝你马上过来,跟我去办事。"

不到五分钟,小贝就骑着他那辆开起来冒黑烟的 JOG 摩托来到了至诚花园,此时刘子光已经叫了八个兄弟,都换了便装,镐把铁棍放在后备箱里,一辆车坐不下,又把彪哥的本田雅阁开出来,十个人上车直奔医院而去。路上,刘子光居然还买了一大束花。

来到医院楼下,刘子光留下两个兄弟守住出口,带着七个人直往电梯里走,正好有个老太太摇着轮椅过来,刘子光眼疾手快按住了快要关闭的电梯门,把老人让了进来,手放在电梯楼层按钮上亲切地问道:"老奶奶,您上几楼?"

"十八楼,谢谢啊。"老太太感激地点点头,又看了看这八个手拿鲜花、膀大腰圆的汉子,随口问道:"看人啊。"

"是啊,砍人。"刘子光笑眯眯地答道,正好十楼骨科病房到了,刘子光说声"再见",领着人出去了。

"这样有礼貌的年轻人不多了。"老人自言自语道。

一出电梯,迎面过来一个小护士,正是父亲前段时间住院时候的管床护士,她看见刘子光便兴奋地叫起来:"哎呀,是你啊!上次说给我留 QQ 号的,你都忘了?"

刘子光嘿嘿一笑:"不好意思,回头给你,我今天来看朋友的。对了,张彪住几号床?"

"五十五床,你怎么认识他啊? 那个坏蛋,不过就是关节脱臼,赖在这里不肯走不说,还把病人都赶出去,自己霸占一间病房,可讨厌了。"小护士一撇嘴,显然对张彪很不感冒。

"呵呵,生意上的熟人。谢了。"

与此同时,病房里,张彪正躺在床上打着电话。

"强子,我是你彪哥,有日子没见了啊,得空出来喝点儿……对了,帮哥哥'办'个人,至诚一期的保安,姓刘……什么,最近没时间? 那算了,再联系啊。"

"伟哥,我彪子,最近生意还行吧……那啥,帮弟弟处理点儿事,我几辆车让人扣了,就在至诚一期……哦,在外地,那等你回来再说吧。"

张彪觉得不大对劲,怎么这些朋友一听说是至诚一期的事儿就闪烁其词呢? 他想了想,又给另一个朋友打了电话。

"冯老板,最近忙吗? 有空喊上孙伟、强子他们出来聚聚……什么,强子伤了,孙伟在外地,这是咋整的? 哦,这么回事……明白了。那啥,你在哪儿呢……市立医院住院部? 巧了啊,你在哪个病房? 我找你去。"

放下电话,瞅了瞅病房里陪护自己的俩傻小子,张彪就气不打一处来,拎起床底下的拖鞋就砸过去:"就知道吃,下楼给我买中午饭去。"

俩小子赶紧丢下手中啃了一半的苹果,在裤子上擦擦手,接过张彪递过来的钱问道:"老板,还吃把子肉么?"

"还有啤酒,记得找钱,滚吧。"张彪没好气地骂了一句,悻悻地揣了手机来到同楼层的另一间病房。推门进去,病床上躺着一个人,头上缠着绷带,胳膊、腿上都打了石膏,正是住在至诚花园十六栋的胖子。

"老冯,你这是咋回事?"张彪奇道。

冯老板望着张彪悬在胸前打着夹板的胳膊,苦笑道:"别提了,在家门口让人打的。"

"你小舅子没帮你出头?"张彪更惊讶了,要知道冯老板的小舅子可是道上赫赫有名的角色,在堤北一带玩得不错,道上人称堤北四虎老大。

"咋没帮?强子就因为这个伤的,孙伟也因为这个事儿出去避风的。"冯老板的语气里透着无奈。

"到底惹了谁?老冯你给我好好说说。"

"是这么回事,那天我打了一夜牌,回家的时候……"

从冯老板病房里出来之后,张彪有些恍惚,不知不觉走过了自己的病房都没发觉,还是护士提醒了一声"有人来看你",他才猛然醒悟过来,回头走进自己的病房,刘子光正站在床头插花呢。看见张彪进来,刘子光笑眯眯地打了个招呼:"彪哥,散步回来了?"

张彪一个激灵,扭头就跑,"哐当"一声,门被关上了,站在门后的贝小帅一脸凶相地吼道:"跑什么跑,坐下!"

"误会,都是误会,两位哥哥,是我张彪有眼不识泰山,咱们有什么事四四六六谈清楚行不?别动家伙,动那玩意儿伤和气。"张彪小心翼翼地说道。

"哟,彪哥不是放话说没得谈么,怎么又改主意了?"刘子光把花束整理好,漫不经心地说,"不谈就不谈,我没意见。"

张彪更慌了,刚才从冯老板那里得知,这个刘子光刚回江北没几天,谁也摸不清他的路数,这种人最可怕,别看表面上客客气气的,越是客气越是要下狠手的预兆。他扑通一声跪倒在地,涕泪横流道:"哥哥,我错了,我认罚。"

刘子光说:"我还没给你开选项呢,你怎么就认罚了?呵呵,说说看,怎么个认罚法?"

"医药费、营养费、误工费我全包了,另外再拿十万块钱出来,权当交刘哥你这个朋友了。"张彪一边拍着胸脯说道,一边偷眼观察刘子光的反应,却看到了花束后面的消防斧。

刘子光不动声色:"十万?"

"哥哥,最近资金紧张,只能抽出十万了,要不然我把泥头车队也转给你?"张彪这回是真怕了。

"你可是自愿的?"

"心甘情愿。"

"行,十万就十万,什么时候送来?"

"我马上安排,最多一个小时就送来。"

"行,我就信你一次,一个小时后来拿钱。"刘子光说完,带着小贝扬长而去。

张彪立刻开始打电话。先打给自己的二奶,钱全存在她那儿呢,彪哥生意做得大,十万块对他来说不算大数字,花钱买平安,值。

可是电话响了老半天也没人接,张彪这个气啊。没办法只好给老婆打电话:"家里还有钱么? 先拿十万出来……没事,打牌欠的,赶紧的吧,别问了。"

这时彪哥的两个手下在医院门口吃完了米线,买了把子肉和啤酒回到病房,就看到彪哥正心急火燎地等着呢。

"你俩赶紧回去一趟,把你嫂子接来。"

刘子光带着兄弟走到电梯口,正巧电梯门打开,里面有个熟悉的身影,肥头大耳一脸蠢相,右侧的胳膊腿都打着石膏,正坐在轮椅上冲推着他的护工发脾气。

这不是打伤老爸至今还未赔钱的胖子么。

"这不是胖哥么,有日子没见了。"刘子光狞笑着将胖子堵在电梯里,对推轮椅的护工说:"这是我朋友,我和他说点事,你先走吧。"

冯胖子已经认出面前之人正是打断自己胳膊腿的凶神,吓得说话都哆嗦:"你……你……你……"

几个大汉夹着冯胖子,一路不停直接来到住院大楼顶层天台,把胖子从轮椅上揪下来,一把掼在地上,疼得他直哼哼。

"妈的,我说怎么见不着你人了,原来躲到医院里来了,打伤了人还不想赔钱,还有天理么!"刘子光蹲在胖子跟前说道。

"刘哥,误会啊。那天的事是我不对,我一直想找个机会给大爷赔礼道歉的,这不伤还没好利索么……"胖子鼻涕一把泪一把地哭诉道。

"装,继续装。"刘子光说。

"光哥,这死胖子动谁了?"小贝有点摸不着头脑。

"这货敢打我家老爷子,堤北四虎之一的强子就是他小舅子。"刘子光这么一说,小贝顿时义愤填膺:"反了天了!敢打刘大爷,这货交给我办了!"说着就要动手。

冯胖子喊道:"千万别动手,天地良心啊,钱我都预备好了,不信跟我下楼去拿。"

刘子光看了看泪光涟涟、神色诚恳的胖子,点头道:"小帅,你陪他下去看看。"

五分钟以后,小贝拿着一个大信封上来了,轻松地说:"胖子还真准备了两万块钱。"

刘子光皱着眉道:"少了点,便宜他了。"

小贝一转身就要再去找胖子,被刘子光拦住。

"就这样吧,以后我家老爷子有个头疼脑热,我再找他算账。"

一个小时后,张彪的媳妇赶来了,还带来了十万块现金。她是个朴实的农村妇女,还以为丈夫真在外面欠了别人的钱,一边给刘子光赔罪,一边怒骂张彪:"你的钱都哪儿去了?还不是贴给那个骚娘儿们,现在你个狗日的出事了,那个骚货跑哪去了?"

张彪被骂得狗血喷头,垂头丧气,不敢顶嘴,刘子光才不管他们的家事,拿了十万块钱道:"那辆昌河北斗星先给你,泥头车明天交接,雅阁和捷达等泥头车交接了再给,就这么着吧。"

提了十万块现金,一帮人神清气爽离开了医院,走到大门口的时候,忽然一个穿白大褂的老头在刘子光身边停下,扶着金丝眼镜上上下下打量着他。

刘子光也站住看了看自己身上,没啥特殊的,再看这老头,头发稀疏,文质彬彬,慈眉善目,满身学究气,一看就是个老专家。

"小伙子,你身上的西装好像是我的。"老头扶了扶眼镜说。

"你的?"刘子光恍然大悟,这件衣服是方霏拿给自己穿的,八成这件苏格兰花呢西装上衣是她父亲的,看来今天是遇到衣服真正的主人了。

"您的啊? 那我还给您。"刘子光二话不说,就要扒衣服。

"不用不用,你穿着吧,挺合身的。"老头笑眯眯地又看了看刘子光,转身颤颤地走了,远处一帮白大褂立刻将他围住:"方院长,您看这个手术怎么安排……"

冯胖子给的两万元现金,加上张彪给的十万块,一共是十二万巨款,刘子光拿在手里,有一种很踏实的感觉。

"打电话,让伙计把张彪的昌河北斗星开过来,答应人家的就得办到。"刘子光大手一挥,神气活现。到底是人逢喜事精神爽,手里有巨款,感觉腰板都比往常要挺拔。

"必须的!"贝小帅拿出手机开始安排。

一切事宜打点完毕,十个人上了马6和雅阁,得胜还朝。

两辆车正常行驶在马路上,忽然一辆停在路边的交警摩托拉响警笛跟了上来,贝小帅在后视镜里看到红蓝闪烁的警灯,吓了一跳:"哥,不会是他们报警了吧?"

6 执法如山

刘子光扭头看了一眼警车，训斥道："笨蛋，报警也是来110，你家交警还抓贼啊？"

贝小帅挠挠头，想想还真是这个理，到底是第一次做这么大的买卖，有点心慌是正常的。

正说着，交警摩托已经横在路上，将本田雅阁拦住。警察下车，走到雅阁驾驶位旁边，敲开车窗，先敬了个礼，然后说着什么，刘子光从后视镜里看到这一幕，对小贝道："下车，看看怎么回事。"

两人下车走过去，此时雅阁里的伙计已经不知所措了，他们几个人都是老实巴交的保安，对付张彪还行，在警察面前不免露怯，幸亏刘子光及时赶到，故作惊讶地问道："怎么回事？没违章啊。"

交警很年轻，二十多岁的样子，看看刘子光，又看看停在前面那辆蓝色马6，彬彬有礼道："请出示驾驶证、行驶证。"

贝小帅两个胳膊往胸前一抱，嚣张地问道："又没违章，凭什么给你看本子？"

交警向贝小帅敬了个礼，和颜悦色地说道："根据《中华人民共和国道路交通安全法》第二章第十九条规定，驾驶人应当按照驾驶证载明的准驾车型驾驶机动车；驾驶机动车时，应当随身携带机动车驾驶证。公安交管部门有权临检，这位司机师傅，请您出示您的驾驶证和行驶证。"

交警不卑不亢地引经据典，刘子光一时竟哑口无言，于是拍拍小贝的肩膀："人家要看本子，你就拿给他看嘛。"

其实这是刘子光心虚，车是他开的，而他根本就没有驾驶证，真追究起来挺麻烦的，而小贝则是有驾驶证的人。

小贝不情愿地回车里取来了驾驶证和行驶证。

交警看了一下两证，又看了看车牌照，说道："这辆车至少已经有一百三十四次违章记录，请尽快到交警部门接受处罚，不然按照相关规定要征收滞纳金。"说着将证件还给贝小帅，继续处理后面那辆本田雅阁。

幸亏那兄弟也是有驾照的人，把驾照和行驶证递给交警，交警打开"警务通"，输入车牌照号码和车架号，很快就出了结果。

"这辆车属于套牌黑车，根据《道路交通安全法》第二章第十六条规定，伪造、变造或者使用伪造、变造的机动车登记证书、号牌、行驶证的车辆，公安交管部门要予以暂扣。请您下车配合。"

一边说着，交警一边迅速将手伸入车窗，把车钥匙拔了下来。这下众人不干了，十个兄弟全从车上下来，将势单力薄的交警团团围住。

"凭什么扣车？"

"根本就没违章，开得好好的怎么得罪你了！"

"大哥通融通融，来抽支烟。"

被几个胡搅蛮缠的壮汉围着，交警竟然毫不畏惧，语气坚定地说："我按照规定暂扣你们的车辆，我叫李尚廷，我的警号是 4587，有异议的话你们可以向大队申诉，阻挠执法是严重违法行为，我劝你们冷静些，不要以身试法。"

交警肩膀上不过是一杠一花，三级警司而已，没想到这么硬气，倒让刘子光有些钦佩。

李尚廷执意要扣车，刘子光也没辙。扣就扣吧，反正不是自己的，僵在这里不是办法。就在刘子光准备退让的时候，马路边大酒店停车场里开出一辆黑色的保时捷卡宴 SUV，车前头的牌照赫然是白牌红黑字样，这辆车子肆无忌惮地从人行道拐到快车道上,跨越双黄线逆行而走,还慢吞吞的,车技特别潮。

"违章军车你怎么不管?就知道欺负我们老百姓!"贝小帅指着那辆卡宴嚷起来,其他几个人也愤愤不平地叫嚷着,声称这回交警要是执法不公,他们就要闹到天上去。

年轻的交警微微皱眉,似乎犹豫了一下,还是毅然分开众人拦到卡宴车前伸出了一只手。

卡宴似乎像是没看见警察的手势一般,继续逆行向前开,速度都不减一下,只是示威一般鸣笛两声,改装喇叭发出穿透力极强的鸣叫,震得人耳鼓生疼。

交警李尚廷依然站在原地,手掌平举,纹丝不动,宛如一尊雕像一般,卡宴"嘎"的一声刹住,距离交警的身体只有几厘米,一个中年女人从车上跳下来,气势汹汹地冲过来吼道:"你眼睛瞎了?看不见车牌子?"

李尚廷立正敬礼,动作标准利落:"请出示您的军人驾驶证和行驶证。"

妇人根本不理睬他,继续狂叫:"你有什么资格看我的本子?我这是军车,赶紧给我闪一边去。"

李尚廷脸色铁青,但依然很客气地说道:"请出示您的军人驾驶证和军官证,以及本车行驶证。"

见前面纠缠不清,卡宴的几个车门同时打开,一个戴眼镜的中年男子和两个青年走了出来,中年人上前二话不说就将李尚廷的警用头盔掀掉了:"查,查你妈×!"那两个年轻人也不含糊,一左一右上去就踹,李尚廷抓起对讲机刚想呼叫支援,对讲机就被他们抢去摔在地上,电池都摔掉了,警用多功能包也开了,一叠罚单散了出来。

面对几个人的推搡与拳脚,李尚廷依然保持着极大的克制,只是躲闪,并不还手,此时围观群众已经很多,贝小帅见警察被缠住,忙对刘子光道:"哥,趁乱闪吧。"

"等等,帮他一把。"

"帮谁?那条子?"贝小帅惊讶地张大了嘴,"刚才他还要扣咱的车呢。"

"一码归一码,那几个家伙太狂了。"

刘子光这样一说，贝小帅也觉得开卡宴那几个家伙太牛×哄哄，确实招人恨，两人对视一眼，心有灵犀地一笑，迈步上前开始拉偏架。

"别打了，有话好好说。"

"君子动口不动手，有异议可以向大队领导申诉嘛。"

"大姐，冷静，不要以身试法啊。"

几个人一哄而上，嘴上说得好听，手上却毫不客气，对中年眼镜男和两个青年推推搡搡，一个青年刚要还手，就被贝小帅摔在地上。中年妇人吓坏了，对付警察她骁勇异常，可是在这帮社会青年面前她却如同泄了气的皮球，只能掏出手机手忙脚乱地打着电话，呼唤着援军。

眼前的戏剧性的一幕，让李尚廷也傻眼了，就见刚才还和自己胡搅蛮缠的那帮人帮着自己治服卡宴车主，有个家伙还爬上卡宴拔下钥匙扔到了旁边的阴沟里……

趁着局面乱七八糟，那边贝小帅钻进雅阁，三下两下将仪表盘鼓捣开，揪出两根电线来啪啪地打着火。

"不要打架，快住手！"李尚廷大喊道，可是此时场面早已失控，谁也不听他的话了，不知不觉间，那辆被拔了钥匙的雅阁悄悄地启动，溜走了。

或许是有热心人报警了，不大工夫，远处警笛鸣响，一辆喷涂110字样的警车远远开了过来，看见交警的援兵到了，刘子光等人才迅速停手，钻进了看热闹的人群中，只剩下一个不知所措的交警和几个衣冠不整、神情狼狈的人。

本田雅阁里，贝小帅得意洋洋地把着方向盘吹着口哨，刘子光坐在副驾驶的位子上也是一脸的赞赏："你小子行啊，这一手哪里学的？"

"我手底下有个叫马超的小弟，在修车厂当小工，这一套他门清得很，我跟他学了一两手。"贝小帅从兜里摸出红梅，递了一根给刘子光。

刘子光接了烟，问道："就是那个穿美孚石油工作服的小子么？看不出来有两下子呢。"

贝小帅拨弄着电子点烟器,答道:"他也是瞎混,在厂里是帮人擦车洗车的料,不过这小子车玩得不错,每次在游戏厅飙车他都是第一。"

按下去半天,电子点烟器居然是坏的,气得贝小帅狠狠在仪表盘上砸了一拳:"×!小日本的车就是不行!"

仿佛在抗议他一般,雅阁忽然抖了两下,熄火了。

"妈的,这车还不如捷达耐操,早知道开捷达出来了。"贝小帅抱怨着,下车打开发动机舱盖,装模作样地看了半天,也没看出门道来。

"哥,怕是得去修了,你先坐马6走吧,这边离马超干活的修车厂不远,我们几个推着去就行了。"实在没辙的贝小帅只好投降。

刘子光说:"好,你们去修车,晚上'地地道道',不见不散。"

兵分两路,贝小帅等五个人推车去马超所在的修理厂,刘子光上了马6先行回去。

街头,围观群众已经被110巡警劝离。大队领导也到场了,拉着卡宴的车主在一边说话,那个中年泼妇又恢复了神气,大骂不绝,叫嚣着要扒李尚廷的警服,中年眼镜男则拿着手机不停地打电话,大有把事情闹大的意思。

李尚廷很委屈,向中队长抱怨着:"这辆车明明是假军车,怎么还这么猖狂?"

中队长三十多岁,比李尚廷这样初出茅庐的警察懂的人情世故海了去了,他拍拍李尚廷的肩膀,话里有话地说:"小李,假军车归假军车,卡宴毕竟是卡宴,一百多万的车,是能随随便便扣的么?"

"怎么不能扣?因为我头上顶着国徽!"李尚廷忽然牛脾气上来,顶撞了一句。

中队长一愣,似乎从小李身上看到自己年轻时候的影子,他无奈地笑笑:"好了好了,看王大队怎么处理吧,现在人家说你唆使社会人员殴打他们,要告你呢。"

"可是我根本不认识那些人,我正在处理他们的套牌车呢。"李尚廷一听,眼睛都急红了。

"不认识人家怎么帮你打架?不认识你怎么把他们放跑了?"中队长一句话就

顶得李尚廷无言以对。

"唉,我还不清楚你的为人么!咱们交警风里来雨里去,总希望社会理解,可咱们也要理解社会啊!小李啊,以后多学多看,别总是一根筋,艺术点儿。"中队长长叹一声,掏出烟来递给李尚廷。

李尚廷点上烟猛抽了一口,呛得直咳嗽,这时候大队长那边已经解决了问题,卡宴耀武扬威地扬长而去,从李尚廷身边经过的时候,里面两个小子还在车窗里指着他骂了一句。

李尚廷愤恨地把头盔摘下,高高扬起却又轻轻放下了,年轻的面庞涨得通红。正好大队长走了过来,干咳了一声。

中队长和李尚廷赶紧丢下烟卷,做立正姿势。

"没事了,是大开发魏总和他老婆,你们忙去吧。"

中队长赶紧问:"那小李……"

"也没事。原则要坚持,但处理问题技巧点儿,别给我惹麻烦!"说完,大队长钻进警车走了。

中队长松了一口气,拍拍李尚廷的肩膀:"给你调个班,先回家调整下情绪吧。"

"是。"李尚廷答应了一声,声音很低,很低。

至诚花园,物业保安室,刘子光两腿跷在桌子上,优哉游哉地等着下班,抽屉里放着十二万现金,想起来心里就美滋滋的。

十二万说多不多,说少不少,但是改善一下家庭生活条件是没问题的,老爸老妈辛苦了一辈子,到现在家里连空调都没有,冰箱还是上个世纪九十年代的老货香雪海,电视机也是个二十一寸的长虹。老两口没啥爱好,也就是晚上看个电视,这回有了钱,先给他们添台大液晶再说。不过,电视机空调也花不了几个钱,这笔钱的重头还是要花在发展上,找条门路让钱生钱才是王道。

正规划着小日子,电话铃响了,抓起电话,是小贝的声音:"哥,我小贝,现在修车厂了,那个破雅阁也不知道是张彪从哪里淘来的破烂,他妈的是九七年的老货,五代雅阁!人家说了,这车长期不保养,拉缸了,得大修。"

"大修要多少钱?"

"开价三万,还不一定能修好,关键是件不好配。"

"三万还修个屁,扔那里吧,等张彪把泥头车队送来后,让他自己拉走。"

挂了电话,刘子光不由得对张彪的经济状况担忧起来,这货看起来人模狗样,三辆车不是套牌黑车就是破烂货,看来就是个空架子,明天还得抓点紧,催他赶紧把泥头车队给交接了。

当晚,众人再度聚首"地地道道",走进大棚,刘子光就觉得有点不对劲,往常嘻嘻哈哈、尤其喜欢和他开玩笑的小伙计今天眼圈红红的,老板李建国也紧皱眉头,低头剁肉,似乎每一下都带着狠劲。

"毛孩,怎么了?有事给哥说。"刘子光道。

"没事,你们来点什么?"小伙计抹了一把眼泪,瓮声瓮气地问道,似乎很有难言之隐。

刘子光也不勉强他,道:"老规矩,有什么上什么,回头一起结账。"

毛孩应一声,点木炭炉子去了,那边贝小帅领着一帮人人也到了。

"哥,我来正式引见一下,这位就是马超,自己弟们,有事尽管招呼,你那个马6换机油滤芯啥的不用去4S店了,那里纯粹是阎王殿,宰人不还价的,这些小事马超就办了。"

刘子光低头瞅瞅马超,小伙子个头不高,蛮扎实的身材,头发乱糟糟一团,身上全是油污,两只手上更是黑漆漆的污渍油泥,洗都洗不干净,不过一双眼睛却是亮闪闪的。

"行,小伙子不错,以后跟哥混。"刘子光伸出右手来,马超一时间呆住了,有些受宠若惊的样子,赶紧将手在裤子上稍微干净之处用力地擦了擦,才和刘子光握手。

　　刘子光毫不在意地握着马超的黑手摇了几下,拍着他的肩膀道:"随便坐,待会儿千万别客气,放量喝,哥管够。"

　　可是马超却没有跟着贝小帅去就座,而是吞吞吐吐:"哥,有个事儿……"

　　"啥事,说。"

　　"其实那辆雅阁,是纯进口货,收音机频段和码表就能看出来,车是好车,就是开得太操蛋了,哥你要是放心,交给我摆弄,兴许能弄好。"马超说这话的时候似乎有些犹豫,毕竟他知道自己的身份,只是一个汽修厂洗车小工而已。

　　"行! 反正死马当做活马医,就交给你办了。"刘子光眼皮都不眨一下。虽然他对马超还不甚了解,但是从这个年轻人的眼睛里,他看到了一些和贝小帅他们不一样的东西。

　　"你修? 得花多少钱?"贝小帅惊讶道。

　　"一分钱不要,反正我晚上在汽修厂住,夜里偷偷起来干活,不碍事的。"马超道。

　　"别吹牛逼了,你们经理说要三万块呢,还不一定修理好。"贝小帅还是一脸的不相信。

　　"其实就是拉缸了,镗缸、磨缸这些办法都能解决,这车虽然是小日本的,但属于美版车走私货,质量还行,我相信能弄好。"马超解释道。

　　"行啊你小子,没看出来还会这个,你师傅啥时候好心教给你手艺了?"贝小帅听他说得头头是道,觉得有门,咧着嘴乐了。

　　马超挠挠脑袋:"我偷学的。"

　　"不错,偷师成才,我很欣赏,走,喝酒去!"刘子光揽着马超的肩膀走进了大棚。

　　"老大,啥叫偷师啊?"一个中学生模样的黄毛小子一脸的问号。

　　贝小帅照头就是一巴掌:"傻×! 偷师就是偷师傅家里东西的意思,这个都不懂!"

　　随着十几个下班保安的加入，烧烤大棚里更加热闹了。这些人大多都是二十嘟当岁的小伙子，吃的又是羊球腰子等上火的东西，吃多了难免觉得有些燥热，小肚子里似乎有团火在烧，不少人便将上衣脱下，冰凉的扎啤和两块二一瓶的啤酒可劲地往喉咙里倒。大棚里烟熏火燎，雄性气息肆无忌惮地蔓延着。

　　"老大，晚上有什么节目？"有人大喊道。

　　"网吧包夜！"一个中学生喊道，立刻惹来一片嘲笑。

　　"蹦迪去吧。"一个贝小帅带来的妖艳女孩提议。

　　"蹦，就知道蹦来蹦去显摆你的两个咪咪！"贝小帅当场否决，站起来高举啤酒瓶："我郑重建议，大家去'华清池'洗桑拿！"

　　这个提议立刻被荷尔蒙过剩的男人们一致通过，众人都高举酒瓶子和啤酒杯，大呼："桑拿！桑拿！"

　　刘子光手下那些保安，都是一水的光棍汉，当保安的自然没钱娶媳妇谈朋友，一个月八百块，去享受桑拿的话更是舍不得，现在有人请客正中他们下怀，再赞同不过了。

　　贝小帅手下一帮半大孩子，大多数还是"初哥"，对性怀有朦朦胧胧但又极其强烈的好奇心，现在老大提议去那个传说中的"华清池"洗桑拿，他们更是两眼放光。

　　贝小帅嘿嘿一笑，坐下来对刘子光道："哥，'华清池'还行，去爽一把？"

　　刘子光掐灭烟蒂："你们玩，我晚上还有夜班。"

　　贝小帅一脸的不以为然："我知道哥哥你嫌那里档次低，其实那里也有水平高的，听说那儿的经理是在东莞干过技师的，活儿绝对一流！"

　　刘子光不置可否，淡淡地笑了。

　　大棚里乌烟瘴气，今天又是被刘子光等人包场，李建国和毛孩忙过一阵就基本没啥事了，两个人在帐篷后面炉子旁边低声说着什么，人声嘈杂，刘子光隐约就听见"癌症"、"嫂子"之类的字眼，过了一会儿，只见毛孩双肩耸动着走了出去，瘦弱的身影消失在黑暗中。

片刻之后，李建国出来了，先过来和刘子光他们喝了一杯，然后低声道："兄弟，找你说个事儿。"

李建国一脸的严肃，刘子光也不由得郑重起来，起身跟他走到帐篷后面说话。

"地地道道"的大棚后面是一堵墙，阴暗肮脏，喝多了的食客都将这里当做临时厕所，一股尿骚味扑面而来。远处昏黄的路灯下，还有几个人岔着腿在放水。

李建国递了一支烟给刘子光，帮他点上火，两个男人面对面站着，只有烟头亮起来的时候才能看见彼此的脸。

"我想把生意盘给你。"李建国开门见山。

"为什么?"刘子光心中暗暗吃惊，羊肉串的生意虽然是小本经营，但只要勤快肯干，在这个地段一个月弄几千块钱净收入是不成问题的，李建国突然要转手，肯定有着很大的苦衷。

"家里有事，急需用钱。"李建国不愿多说。

"多少钱?"刘子光不动声色。

"大棚、三轮车、炉子、桌椅板凳、盘子、水桶、钢条……都是半旧的，三钱不值两钱，都给你，一口价，三万块!"

"好，我接了! 但是我有一个要求。"刘子光几乎没怎么想就做出了决定，他手下人多，总要有个事儿给他们干着，这个羊肉串行当再合适不过了，至于价钱嘛，说实话不算低，毕竟这些家当都和破烂差不多，重起炉灶的话五千块就办齐了，根本用不着三万，说实话买的就是个位置，但这种夜市生意不知道干到哪一天就会被取缔，所以三万块勉强算是合适。

"爽快人! 说吧，什么要求?"李建国道。

"我想知道，到底发生了什么事，让你想要盘掉'地地道道'?"

李建国猛吸了一口烟，烟卷迅速燃烧着，映红他刚毅的脸："嫂子病了，是癌症。要治病，还要照顾。"

"你嫂子?"

"对,就是毛孩他娘,他爸爸和我是战友,临牺牲前托我照顾他们,就这样。"

"行,你稍等。"刘子光转身离去,不一会儿就转回,手上拿着厚厚一摞钱,放在李建国手里。

一万一扎,一共六扎,竟然比李建国的开价多了一倍!

李建国一愣:"生意不值这么多。"

"多出来的算我借给你的,救人要紧。"

李建国点点头:"好,我拿着。"再也没有多余的话。

刘子光转身往回走,忽然听到身后一声招呼:"兄弟,谢了!"

刘子光停下脚步,昏黄的路灯将他的身影拉得很长,很伟岸。他没回头,很随意地挥挥手:"我也有战友。"

刘子光回去继续喝酒吃肉了,一个瘦小的身影才从暗处走出来,冲着他的背影跪倒,郑重地磕了三个头。

是一直躲在旁边偷听的毛孩。

7 四 哥

回到座位上,贝小帅问道:"哥,老板找你啥事?"

刘子光淡淡地说:"没什么,我把这个'地地道道'盘下来了。"

贝小帅眼神顿时呆滞,随即兴奋地跳起来:"太棒了!以后吃烧烤不要钱了!"旁边几个小子也跟着他聒噪起来,附近几张桌子上的人听见这边热闹,虽然不知道啥事,也跟着闹腾起来,碰杯声、欢呼声一片。

刘子光作势要踢贝小帅:"想白吃白喝,门都没有!摊子还是让李建国管着,你找几个兄弟晚上在附近转悠,看着点就行,有朋友就带过来照顾生意,肥水不流外人田。"

贝小帅喜不自禁。他是个眼高手低的家伙,早就想干网吧、迪厅、饭店这些实体了,只是一直没本钱没魄力下手,跟了刘子光之后,没几天工夫就有了一家餐饮业"实体",这怎么能不让他兴奋?

酒足饭饱之后,刘子光先把那些还在念书的学生打发回家,美其名曰"别学坏了",余下一行人真的浩浩荡荡开到"华清池"洗桑拿去了。"华清池"只不过是附近一个二流的洗浴中心,半旧的大门头上绘着酥胸半露的疑似杨贵妃的古典美人,两盏红色的宫灯挂在门口,昭示着这家营业场所的性质。

半夜时分,一群赤着上身、打着酒嗝的客人涌入"华清池"的大厅,可把"华清池"的老板吓坏了,还以为是有人来砸场子,看到没带家伙才知道是来捧场的,这才喜笑颜开。

虽然"华清池"有些陈旧,但是设施还是不错的,中药浴、鲜花浴、牛奶浴、蒸汽房、桑拿房一应俱全,天气不冷不热,也没什么好洗的,大家匆匆冲个淋浴,就换上白色的纯棉浴袍上二楼。

二楼分为休闲大厅和小包间,楼梯口站着两个穿白衬衣的侍应生,看见下面一群人涌上来,赶紧扯着嗓子喊道:"欢迎光临!"

一帮人踩得木质楼梯砰砰作响,肆无忌惮地笑着上了二楼,包间里伸出一颗光头,看了看这群生面孔,不由得皱了皱眉头。

休闲大厅一片漆黑,只有两个大液晶电视放着不知所谓的影片,靠墙的座位上,一排衣着暴露的妖艳女子百无聊赖地坐着,看见有客人上楼,赶紧迎了上去,热情而风骚地招呼着:"大哥,做保健么?"

刘子光挥一挥手,让大家放松去了,他自己则留在了大厅。

刘子光正躺在僻静角落的沙发上看电视,忽然一个黑影走过来,冲他喊道:"你! 过来。"

刘子光坐直身子,疑惑地看看周围,没有其他人,确认是喊自己,再看那人的衣着,也是桑拿服,并不是洗浴中心的工作人员。

"对,就是你,四哥找你,麻利点!"那个人的秃头在灯光的幻影中不停变换着颜色。

天知道是哪里冒出来的"四哥"。刘子光反正也闲着没事,索性站起来,整理一下衣服,趿拉着拖鞋,跟着那个秃头走向大厅对面的包间。

推开包间的门,里面乌烟瘴气,四个男人正围着桌子打麻将,旁边还各自陪着一个妖艳女子,帮着拿牌点烟、递个果盘什么的。

刘子光进来之后,秃头就站在门边垂手不动,刘子光注意到他一双手上拳尖已经磨平,应该是个练家子。

麻将桌边的四个人,都是满脸的江湖气,赤着上身,脖子上挂着粗大的金链子,不管是胖是瘦,都是一脸的横肉,看着就不是善类。

刘子光进来之后,他们根本连眼皮都不抬一下,继续打牌,刘子光就这样站着不动,从他们打牌之间的言语中分辨出所谓"四哥"就是坐在南风口的胖子,身上盘着一条青龙,后脑勺的槽头肉一抖一抖的。

整整打了一局,这帮人硬是把刘子光当做了空气。继续洗牌的时候,刘子光突然开口道:"四哥要是没什么事的话,我先走了。"

说罢转身就走,门口的秃头伸手卡住刘子光的喉咙,嘴里骂道:"四哥没发话就想走? 懂不懂规矩!"

刘子光一膝盖顶在秃头小肚子上,随即冲脸上又是一记重拳,秃头的鼻子立刻就破了,鲜血飞溅,人被当场放倒。刘子光身上白色的纯棉浴袍,星星点点全是血迹,宛如雪地梅花开。

这一切发生得太快,就在几秒钟之间,四哥等人甚至来不及反应,倒是那几个女子,早就尖声叫了起来。

"我×! 下手挺黑的。"四哥一推牌桌站了起来,语气倒并不很惊讶,显然是见惯了大风大浪的人。这个四哥坐着不显,站起来倒是蛮高的,大概一米八五的身高,二百斤的体重,活像一尊巨塔。

其余三个人也站了起来,冷眼看着刘子光,把碗口大的拳头骨节捏得啪啪直响,都是一副跃跃欲试的表情。

一阵嘈杂的脚步声响起,狭小的包间内又涌进了八九个人,全都是刘子光的手下。小伙子们显然是听见动静直接从包房里赶来的,只套了个大裤衩子,都是二十啷当岁的棒小伙子,赤着健壮的脊梁,横眉冷目,一副随时准备开打的架势。

形势急转直下,刘子光这边十几个人,四哥一方只有四个人,显然四哥他们是老江湖了,深谙好汉不吃眼前亏的道理。

"行,够狠,听说最近'高土坡'出来个新人,玩得不错,兴许就是你吧?"四哥冷冷地说道。剑拔弩张之际,他反倒坐下了,还点了一支烟,气定神闲,看来绝非等闲之辈。

"对,就是我,我叫刘子光,你记住了,以后没事别呼来喝去的,老子不习惯。"刘子光说完,对着小贝捻了捻手指,心领神会的小贝立刻从手包里拿出一沓钱给他。

刘子光蹲下身子,将一千块钱洒在已经昏迷不醒的秃头身上,语重心长地说:"拿去看病,下回记住,别拦哥的路。"

说罢,看也不看四哥一眼,带着人马扬长而去。到了楼梯口,经理才带着几个保安赶上来,见刘子光等人气势汹汹,也不敢拦阻,只好站在楼梯上侧着身子看着他们耀武扬威地下去。

更衣室里,大家迅速换着衣服,贝小帅压低声音道:"哥,你知道那个胖子什么来头么?"

"鸟毛,我管他什么来头,想给我抖威风,他还嫩点。"刘子光一脸的不在乎,迅速将裤子穿上,"小贝,记住了,做我刘子光的小弟,到哪里都不能倒架。咱们不欺负别人,但也不能让别人欺负咱!"

贝小帅不住地点头,一脸的崇拜。

前台结账,一分钱不少,还额外给了五十块钱,算是污染了浴袍的清洗费,十几个兄弟出了华清池,警惕地看了看周围的动静,先打开后备箱,从里面取出长柄太平斧和镐把掴在手里,这才上车启动,一帮人步行跟着汽车,快速撤离。

华清池二楼,四哥站在桌边注视着这一幕,手里捏着的手机连号码都拨好了,却始终没有拨出去。

"四哥,怎么不喊人剁了这个×养的?"一个大汉狠狠地说。

"先查他的底子,很久没见这么冲的年轻人了。"四哥悠悠地说。

刘子光明白四哥肯定是这一带的大混混,所以没让弟兄们回去,而是全都到公司打地铺。小区有铁门,有监视器,人又扎堆,不容易被偷袭。

一帮人意犹未尽,纷纷谈论着刚才的场景。刘子光找了台 DVD,弄几张盗版碟给大家放着看,太平斧、钢管、木棍就在手边,随时准备应对袭击,然后拉着贝小帅来到窗边。

"小贝,那个叫四哥的,你听说过?"

"嗯,知道,在这一片玩得挺大,华清池好像就是他罩的。"

"比张彪如何?"

"张彪就是个城乡结合部的农民工头,给四哥提鞋都不配。"

"哦。"刘子光若有所思地摸摸下巴,"小贝,怕不怕?"

"鸟毛!和光哥你比,老四就是个渣,一看咱们人多就怂了,还什么老大,狗屁!"贝小帅豪情万丈,跟着刘子光混,他有底气。

"行,有种。"刘子光赞许地点点头。

早上六点,刘子光就爬了起来,穿着汗衫球鞋出去跑步。外面人还不是很多,大都是晨练的老年人和赶着上班上学的年轻人。

跑到靠近"高土坡"这边的街角处,看到修车铺的郭大爷已经早早地出了摊子,三轮车、工具箱、水盆、四个打气筒一字排开,老头正在摆弄一辆款式老旧的斜梁 26 女车,旁边站着一位少女,单色的白衣,朴素的马尾辫,纯纯的笑容,正是邻居女孩小雪。

郭大爷用扳手最后紧了两下,将自行车提起来在地上顿了顿,对小雪道:"好了,这辆车郭爷爷就免费送给你了,以后上学就快多了。"

红色的凤凰女车,被蘸油的棉纱擦得锃亮,车轮换了崭新的辐条,亮闪闪的,车链子上足了黄油,润滑无比,车前还有个带盖子的铁丝车篮子,正好可以放书包。望着突如其来的礼物,小雪激动的脸蛋像个红扑扑的苹果。显然她和郭大爷比较熟,并没有推辞,而是坦然接受:"谢谢郭爷爷,将来等我上班工作了,一定给您买个电动三轮。"

郭大爷慈祥地笑笑,一旁的小黄狗也摇晃着尾巴,围着小雪转来转去,兴奋得很。

刘子光跑到跟前停下步子,笑问道:"这车不错啊,郭大爷的手艺就是好。"

见到刘子光,小雪的声音忽然小了下去:"叔叔好,我该上学去了,郭爷爷再见,叔叔再见。"说着,骑上自行车一溜烟地跑了,小黄狗在前面汪汪叫着领跑,小雪将车铃铛按响,咯咯笑着,少女愉快的笑声比车铃更加清脆。

"唉,这孩子命苦啊。"郭大爷感慨了一句,继续坐下修车,指着小板凳对刘子光道:"坐一会?"

"不坐了,我还有事,回见啊郭大爷。"刘子光也迈步跑远了。

头天刘子光上的是夜班,现在就是休班时间,可以自由活动,他一边锻炼一边信步往前走,迎面一个中年妇女抱着个三四岁大的男孩走过来,脚步急促,神色略带慌张,最奇怪的是这妇女的衣着打扮明显过时,面色灰黄,不像是城里人,而那个小男孩粉雕玉琢,身上的史努比小套装非常考究,这两个人无论如何也联系不起来。

妇女抱着孩子和刘子光擦肩而过,刘子光不禁回头狐疑地张望,不过那孩子不哭不闹,或许人家是保姆也未可知啊。

刘子光耸耸肩膀,继续往前走,转过一道弯,就看见路边停着一辆红色的沃尔沃 S40,一个神色焦急的黑丝套装少妇正急得团团转,不停探头寻找着花坛里、路灯柱后面,嘴里还呼唤着:"小诚,不要和妈妈捉迷藏了。"

旁边几个过路的热心妇女围上去问道:"怎么了?"

少妇焦急地说:"我刚才就进路边便利店买了点东西,一出来孩子就不见了。"

妇女们同情地说道:"赶紧找找,不行就报警,这段时间拐孩子的可多了,我们小区门口贴的都是找孩子的告示呢。"

一听这话,少妇更是心急如焚,一双好看的柳叶眉和大眼睛都蹙了起来,眼圈有些发红,拿起手机就要拨打报警电话。

正在此时,刘子光走了上去说道:"大姐,你的孩子是不是三四岁年龄,穿了一件史努比的衣服?"

"对对对！你在哪里看见的?"少妇慌忙放下电话,如同抓住救命稻草一般抓住了刘子光问道。

"那边,有个乡下妇女抱着走了!"刘子光一指过来的方向。

确认是被拐了,少妇反应还算迅速,忙不迭地说了声"谢谢",慌忙钻进汽车,也顾不得系安全带了,赶紧掏钥匙点火,可是忙中更乱,汽车钥匙在大提包里翻不出来,少妇急得马上就要哭出来了,这边刘子光见状也不多说,拔腿就朝中年妇女逃离的方向追去。

8 飞人叔叔

今天刘子光穿的是球鞋,跑得特别快,转瞬之间,几百米就跑过去了,只看见那个中年妇女正把孩子往一辆黑色的桑塔纳旅行车里面塞。

"站住!"刘子光大吼一声,加速猛扑过去,人贩子也不含糊,往车里一钻,后门"嘭"的一声关上了,车根本就没熄火,一踩油门就蹿了出去。

任凭刘子光再厉害,也是两条肉腿,怎么也跑不过四个轮子、1.8升排气量发动机驱动的汽车,即便这辆汽车很逊,只是桑塔纳而已。

虽然现在是早晨上班时间,车流逐渐密集,但桑塔纳走的是出城的路,相对车辆较少,而且这个司机的车技也不差,连超了几辆车之后就将刘子光甩掉了。

眼看人贩子的桑塔纳就要载着孩子消失在视线中,刘子光情急之下,一把抓住一个慢车道上骑自行车的人,不管三七二十一将他拽下来,跨上车子猛踏而走,他躬着身子,两脚如踏风火轮一般蹬着自行车。

马路上就看见这样一幕奇景,一辆自行车在快车道上穿梭飞行,连续超过十几辆汽车,有些司机在发觉被自行车超越之后,都不免去看码表,一看之下,眼珠子差点儿瞪出来。

刘子光蹬着自行车以接近六十公里的时速风驰电掣般向前冲刺。若是汽车以这种速度行驶,算是比较平常的了,但是一辆自行车达到如此之快,绝对是骇人听闻!

桑塔纳里面的人还以为甩掉了那个追赶者，速度慢慢降了下来，可是司机不经意地看了后视镜一眼，吓得大叫一声，猛踩油门。本来刘子光和桑塔纳的距离已经缩短到二三十米，这下又拉开了差距——两个轮子到底比不上四个轮子。

前面一段马路空旷宽阔，非常适合飙车，桑塔纳一脚油门就出去四五百米，转眼将刘子光抛在后面，可是不巧正好遇上红灯，前面几个车道都堵满了车，桑塔纳想瞅空钻过去，偏巧这几辆车不是大卡车就是公交，根本没有缝隙可钻。

后面刘子光见机会来了，大吼一声，小宇宙都爆发了，幸亏他骑的是一辆质量还不错的捷安特自行车，要是一般车子恐怕早就散架了。但这种速度早已超出自行车的设计范围，车子已经濒临散架的边缘，到处都发出异响。

眼瞅着红灯数字在一秒一秒地减少，刘子光将车子蹬得如同飞起来一般，车轮轴承似乎都变红了，车把也"咔吧咔吧"直响。桑塔纳里面的人不停地回头看着，狂按喇叭。终于，红灯灭了，黄灯闪了两下之后绿灯亮了起来，就在前面车子开动、桑塔纳刚刚起步之时，刘子光的自行车也杀到了，但不幸的是，此时自行车终于经受不住折磨，散架了。

在自行车散架的那一瞬间，刘子光整个人都飞了起来，如同一只大鸟扑向桑塔纳，可终究还是慢了一步，没有扑到车子，只是抓到了后备箱上一个突起的锁扣。

桑塔纳往前急蹿，将刘子光拖在地上，此时路边执勤的交通摩托警发现了异常，拉响警笛追了上来。

见警察也参与了追击，桑塔纳里的人更加疯狂，开始走蛇形路线，一边是想甩掉刘子光，一边是想挡住交警摩托的道路。

"黑色桑塔纳7557，立刻停车！"扬声器里传来警察的命令，但桑塔纳依然故我，不过他们的厄运也即将来到，因为强悍的刘子光已经扣着后雨刮轴爬了上来。

司机正在专注地开车，不时用眼睛的余光瞟着后视镜里的警用摩托，车里几个小孩哇哇地大哭，警笛声、哭叫声，还有路上其他司机看见这一幕按响的喇叭声……马路上响成一团。

忽然，副驾驶侧窗户上伸下一只手，坐在副驾驶位子的男人一惊，还没反应过来,那只手已经扣开了车门把手。

副驾驶席上的男人吓得一边连声惊呼一边死死拽住车门,司机也是惊慌失措,急忙打方向,试图将刘子光甩下去。幸好这是一辆旅行车,刘子光死死抓住车顶的行李架才没有被甩下来,他拼命拉开右前门,将副驾男人一把拽了出去,自己一个翻身坐了进来。

副驾驶席上的男子重重地摔在地上,后面一辆重型斯太尔卡车根本没有刹车的时间,就这样直接轧了过去。

刘子光一把拉住手刹,同时猛打方向盘,桑塔纳发出一声刺耳的尖叫,在柏油路上甩了个尾,熄火停了下来,车轮和柏油路摩擦出的焦糊味弥漫在空气中,整条马路上的车都停下了。

经历了这么匪夷所思的事情,桑塔纳司机已经傻了,两腿发抖,驾驶座下面一股尿骚味。刘子光下车,将他从驾驶座上拖死狗一般拖下来,拳打脚踢:"叫你跑!叫你跑!"

此时警用摩托也赶到了,警察刚要说什么,后座上的中年妇女忽然推开车门狂奔起来,刘子光指着她大喊一声:"抓住她,她是人贩子!"

摩托警连头盔都没摘下,拔腿猛追,一个饿虎扑食上去,将中年妇女的胳膊反剪起来。

那个司机连吓带打,已经口吐白沫晕了过去,此时刘子光才长出了一口气,走到车旁一看,后座上一黑一白两个小男孩正忽闪着眼睛看着他呢,这会儿也不哭了。

交警将女人贩子扭住,走了过来一看,惊讶道:"怎么是你?"

刘子光一看这个交警,也是熟人,这不是执法如山的李尚廷么?

因为有恶性车祸,又有警察捉贼的大戏,交通陷入瘫痪,路上所有的车都停下了。那些见识了刘子光壮举的司机们都纷纷走下车来,不约而同地鼓起了掌。

正在此时,一辆红色沃尔沃 S40 以疯狂的速度追上来,前保险杠已经掉了,右大灯也撞碎了，看来这一路跑得也是惊心动魄。

沃尔沃 S40 嘎的一声刹住，车门弹开，黑丝少妇从里面冲出来，车门也不关了，脚下更是光着的，高跟鞋早不知道丢到哪里去了，头上权当发卡的太阳眼镜也掉了，披头散发的很是狼狈。

饶是如此，也掩盖不住那种轻熟女的韵味与美丽，只是这会儿少妇脸上全是歇斯底里，如同保护幼崽的母兽一般。她飞一般冲过来，从桑塔纳后座上将那个比较白净的小男孩抱起来，上下左右快速打量着，一边看一边问："宝贝，受伤了没有，哪里疼？"语气惊惶失措，带着明显的哭腔。

"妈妈，妈妈。"小孩子奶声奶气地叫起来，忽然又咯咯笑起来，少妇确认儿子没事，紧绷的神经终于放松，也不管场合和形象了，抱着孩子一屁股坐在地上。

坐归坐，形象还不倒架，两条穿着黑色丝袜的修长美腿紧紧并着，侧着从质地考究的薄呢裙子里伸出，滑腻颀长的脖子上，小丝巾早就开了，站在刘子光的位置，正好可以看到里面峰峦起伏的风景。

"妈妈妈妈，叔叔会飞。"小男孩伸出一只稚嫩的小手指，指着刘子光，少妇一抬头，正好和刘子光的目光对上。

"小孩子很乖，很勇敢。"刘子光伸手摸了一下孩子的脑袋。

少妇这才想起刘子光是救了她孩子的大恩人，赶紧道谢："谢谢你！"说着就想站起来，可是神经骤然放松的她，两腿竟然麻木站不起来了。

少妇薄施粉黛的俊脸上通红一片，几丝散发被汗水粘住，更显风姿绰约。刘子光看到她似乎是求助的眼神，心领神会，先把孩子抱起来，然后很绅士地伸出一只手，将少妇扶起来。

"这男的太厉害了，骑着自行车追汽车，还硬是被他追上了。"

"是运动员吧，看他那个派头，兴许是国家队的。"

"开桑塔纳的听说是人贩子呢。"

"对啊，这男的是小孩爸爸吧，自己孩子丢了，当然玩命追。"

"该杀的人贩子！"

围观群众七嘴八舌地议论着,居然乱点鸳鸯谱,把刘子光和少妇说成了一家人,这也难怪他们,两人年纪相仿,相貌气质均是不俗,刘子光又抱着小男孩,看起来太像是一家人了。

少妇的脸红了一下,不过她本来脸就红扑扑的,倒看不出来什么。

"谢谢你。"少妇伸手要接过孩子,可是那小男孩仿佛认准了刘子光一样,扑腾着不让妈妈抱,就要让"飞人叔叔"抱。

车里另外一个肤色稍微黑点的男孩见到自已被冷落,顿时号啕大哭起来。看这个小孩和自己儿子差不多年纪,都是三四岁左右,身上脸上却肮脏不堪,看起来已经被人贩子拐走好一段时间了,少妇心中一软,母性的光辉散发出来,伸手抱住了这个小孩:"好可怜的孩子啊。"

忽然人群中传来一声喊:"小柱子,是你么!"紧接着就见一个老头子跌跌撞撞地扑进来,身上风尘仆仆。老头子身后还跟着一个男青年,提着个皮包,里面鼓鼓囊囊塞的全是传单。

老人冲到跟前,看清了少妇怀里那个小孩的面容,顿时老泪纵横:"小柱子,我的孙子,真的是你啊,爷爷找你找了半年啊!"

说着,老人把孩子从少妇手中接过来,也不管孩子还认识不认识他,先猛亲了十几口。小孩不高兴,一泡尿撒出来,全撒在老头身上。老头一点也不在乎,用一嘴老陈醋味的山西话问大家,到底是谁救了他孙子。

人群中自然有那好事之徒,你一言我一语将刘子光怎么骑着自行车追汽车的英雄事迹说了出来。

老人听了之后,二话不说,走到刘子光跟前,先把小孩放下,然后一个头磕下去:"恩公!你就是我们全家的救命恩人!"

提包的男青年也跟着跪下,皮包早已扔在一边,包里的传单被风吹得到处都是。围观群众捡起来一看,果然是寻找丢失儿童的内容,照片上面那个笑得甜甜的小男孩,不就是老人刚刚抱过的那个的孩子么。

刘子光赶紧搀扶起老人,说道:"老人家千万别客气,这事儿既然被我撞上了,能不管么?"

老人道:"多亏了你啊,要不然我们老焦家就绝后了!这些杀千刀的人贩子,枪毙一百回都不过分啊。"

听到这话,刘子光心中一念闪过,迅速上前开启了桑塔纳的后备箱,这一打开不要紧,就连刘子光自己都被震惊了。

后备箱里全是襁褓,数了一下足足有八个,都用肮脏不堪的小被子包裹着,奇怪的是经过如此剧烈震动,这些小婴儿居然还在酣睡!

群众愤怒了,这分明是喂了大剂量安眠药给婴儿,这帮丧心病狂的人贩子,为了牟取暴利不择手段,真的如同这位山西老人说的这样,枪毙一百回都不过分。

刘子光更是怒不可遏,率先冲上去对着躺在地上的人贩子就是一脚踩下去,义愤填膺的群众见状也冲了上去,对一男一女两个人渣拳打脚踢,李尚廷想拦也拦不住。

恰在此时,大批警察陆续赶到,有交警、巡警、刑警,前前后后有十几辆警车抵达,混乱的场面立刻就被控了。

各个警种有的疏散人群,有的疏导交通,有的处理肇事车辆,不过已经没刑警什么事儿了,三个犯罪嫌疑人,一个压成了肉饼,两个被打得不省人事,只能先抬上救护车。

车尾箱里的八个婴儿和车后座上的这两个小男孩,也被救护车送走,老人和黑丝少妇也跟着去了。一帮闻讯匆忙赶来的记者围着李尚廷问这问那,长枪短炮闪光灯不停,话筒和录音笔如同树林一般伸到他面前,记者们都想从这位神勇警察这里获取第一手新闻。

李尚廷被问得张口结舌,于是四下张望,终于看到那个熟悉的身影,他赶紧伸手招呼:"喂!"可是那个人却消失在人群中,连头也不回。

救护车中,少妇紧紧搂着儿子,却忽然想起没问那位英雄的姓名,想要再去找他,救护车却已经开动了。

那位山西老人纠缠着警察,说家里孩子奶奶因为想念孙子已经病得不行了,孩子爹娘为了找娃娃,连生意都顾不上了,所以能不能尽快让他把孩子领走。警察耐心地向他解释,由于孩子太小,被拐卖时间也不短,所以必须经过必要的法律程序才能归还,请他理解,不过可以先打电话回去报一声平安。

老人于是让救护车停了一下,他要回到自己的汽车里拿电话。这是一辆黑色的加长悍马,青年给他打开车门的时候,他忽然猛回头:"咦,恩公人呢?"

当晚市电视台的《江北新闻》就报道了这个案件,还放出了一段交通摄像头拍摄的画面:一个身穿汗衫的男青年,骑着自行车以不可思议的速度在马路上狂奔,追逐着一辆桑塔纳轿车。主播说:根据画面进行测速,这辆自行车的时速居然达到六十公里,最后的冲刺阶段,竟然高达一百公里!

另外还有不少当时在附近的群众用手机拍摄的画面,也纷纷被发到网络上。巧合的是,由于速度和角度的关系,大家都没拍到这位飞车英雄的正面。

滨江锦官城,这是本市最高档的小区之一,正好位于淮江转弯的突出部,被江水环绕,下面就是大片的绿地,闹中取静,每当晚上,江北市的霓虹闪烁尽收眼底,风光无限。

由于地处绝佳地段,滨江锦官城的均价达到了三万之巨,绝非一般百姓能住得起的。某栋高层江景公寓内,那位黑丝少妇已经换上了纯棉瑜伽练功裤,盘腿坐在锦垫上,轻薄的裤子勾勒出完美修长的曲线。她就喜欢在家里穿这种衣服。

少妇的身旁是精巧的实木幼儿床,儿子正躺在里面睡得像个天使,眼角上还挂着一滴晶莹的泪珠,那是闹着要"飞人叔叔"的后果。

落地长窗下美丽的江景,缓缓驶过的轮船和悠长低沉的汽笛声,还有儿子酣睡的容颜,都让少妇心情极为放松,她又再次打开电脑,进入"江北在线"论坛,这里有网友上传的视频图像,画面里那个年轻男子在自行车散架的一瞬间腾空而起,如同大鹏鸟般扑向那辆桑塔纳,却只是抓住了后备箱上的一个突起,被汽车拖着往前走。

每当看到这个镜头，少妇就忍不住泪流满眶，她终于知道儿子为什么总是说什么"飞人叔叔"了，她一次又一次地将视频进度条拖回来重放，看了一遍又一遍，终于拿起了手机。

"喂，雪晴吗，我是李纨……嗯，嗯，儿子没事，我想问一下，你们电视台查出那个人没有？"

手机里的声音忽然变大了："我们台长下了死命令，一定要找到他，电视里寻人的广告滚动播出了不知道多少遍，这个人就是失踪了。纨纨，你要是有消息，第一个告诉我啊！"

李纨叹了口气，挂掉了手机。

与此同时，市立医院急诊科，凑巧这会儿没有病人，小护士方霏正百无聊赖地坐着，忽然手机响了，打开一看，是个陌生的号码，她很随意地按了接听键："喂。"

"方护士么？"

方霏噌地一下就站起来了，这个声音太熟悉了，萦绕在脑海里好久不能散去，如今终于再次听见了。

神奇，他怎么知道我的手机号？强压住心中的兴奋，方霏答道："是我，你是刘子光吧。"

"是我，你好。我受了点伤，不方便去医院，你能帮我处理一下吗？"

"能！你在哪里？"方霏说这句话的时候根本没过脑子，绝对脱口而出。

急诊室的护士长很惊奇，平时最乖、从未缺勤的方霏竟突然请假，也不说原因，护士长挺了解方霏的，知道这孩子肯定不会乱请假，便同意了。

按照电话中刘子光说的地址，方霏连衣服都没换，就打车来到棚户区"高土坡"一条不知名的小巷子里，一个蹲在路边小混混打扮的人，看见一身护士装的方霏，朝她招招手："我们老大在这里。"

方霏顺着他的指引，来到路边一间铁皮屋顶的破房子里，室内摆着几台电脑，不过没有人用,刘子光正面带微笑坐在椅子上。

他的膝盖、手肘、大腿……全是伤痕。

见惯了血淋淋场面的方霏,此刻竟然呜呜地哭了起来:"你怎么了?"

刘子光气定神闲:"没事,皮外伤,就是面积大了点儿,他们都不敢处理,所以把你请来了。"

方霏强忍住泪水,把随身带来的医药箱打开,拿出剪刀、纱布、药水等器械物品,带上一次性医用手套,开始帮刘子光处理伤口。

刘子光的衣服上已经沾满了污泥和血迹,时间一长,布料被血污粘住贴在身上,方霏先用小剪刀把衣服剪开,然后用醋酸氯已定水溶液涂擦创面,纤细白嫩的小手镇定而平稳。

创面确实很大,触目惊心,根本不是皮外伤这么简单,有些部位鲜红的肌肉都露出来了,方霏紧咬着嘴唇,用棉签帮他清洗着伤口,一边擦一边问:"疼不疼?"

消毒液都是刺激性的,不疼才怪,但是刘子光没事人一样,坐在板凳上目不转睛玩着电脑里的游戏,随口道:"不疼。"

好不容易清洗完了伤口,垃圾篓里的棉签已经扔了一大堆,方霏一边帮他涂抹消炎膏,一边低声问道:"为什么不去医院?"

"我怕麻烦。"刘子光紧盯着电脑屏幕,目不转睛地说。

"我就知道,又和人打架了,以后千万小心点,打不过就跑,知道么?"方霏帮他裹着纱布,轻声道。

听到这种孩子气的话,刘子光笑了,一本正经地说:"知道了。"

这时候,出去买衣服的小兄弟回来了,拿着一件 T 恤道:"老大,试试合身不?"

刘子光接过来一看,又丢了回去:"买错了,我要班尼路。"

小弟一脸的委屈:"老大,班尼路专卖店早关张了,没办法啊。"

"算了算了,这个也凑合。"刘子光先将旁边放着的灰色保安制服裤子套上,站起来活动了两下,依旧生龙活虎。健硕的躯体上裹着白色的绷带,更显男子汉的阳刚。

"谢谢你,得空请你吃饭。"刘子光露出一个灿烂的笑容,一口白牙很是好看。

"你说的哦,不许赖账。"方霏笑着伸出小手指,"拉钩。"

刘子光也伸出小拇指:"拉钩上吊,一百年不许变!"

拉完钩,两个人都笑起来。

"我该走了,还在班上呢。"方霏迅速收拾着医药箱,又对刘子光说,"下次换药的时候,我会先打你电话。"

"嗯,你慢点。"刘子光又冲着外面喊了一嗓子:"那谁,给安排一辆车!"

门口蹲着的小弟迅速蹿出去帮方霏叫出租车去了,等漂亮可爱的小护士走出铁皮屋,一帮小混混善意地吹起了口哨。

"姐姐,再玩会儿?"

"就走了,不再坐会儿?"

贝小帅冲上去,一人赏了一个爆栗:"妈×的,老大的马子也敢调戏。"

众人嘿嘿地笑了,方霏也笑了,心里忽然甜丝丝的。

出租车来到,方霏钻进了后座,此时刘子光也出来相送,小弟很善解人意地将那件来自方霏家老爷子的苏格兰花呢西装披在刘子光肩上,又给他点上一支烟。刘子光赤膊绑着一身的绷带,披着西装叼着烟,慢慢挥动着右手,一股邪邪的草莽味道油然而生,趴在出租车后座上回头望的方霏不由得看傻了……

中午,医院食堂,悬挂在墙上的液晶电视滚动播出了本市新闻,"飞车男子协助交警擒拿人贩团伙",本来埋头吃饭的方霏不经意间看到电视中的画面,顿时呆住了。

竟然是他!原来这么重的擦伤是这样来的啊,但是为什么他不愿意去医院呢?想当无名英雄还是……

方霏正在猜测,电视里却给出了一个令人意想不到的答案。电视里说,三个拐卖幼儿的犯罪嫌疑人,一个被拉出车外碾压致死,另外两个被殴打致伤。那位飞车救人的英雄,将有可能面临过失杀人的指控。

"啪"的一声,方霏的筷子掉到了地上。

9 英雄落难

滨江锦官城，宽敞的客厅里，李纨"啪"的一声关掉了电视，拿起了茶几上的无绳电话："雪晴么，我是李纨，到底怎么回事？人家明明是救人的英雄，怎么变成杀人犯了。"

电话里的女声也很无奈："纨纨，我也搞不清楚啊，事情突然就起了变化，今天上午上面打招呼了，让我们暂停正面宣传，这件事的定性，要根据宣传部的统一口径来。"

"那宣传部是什么态度？"李纨紧跟着问。

"前段时间，咱们市政法口负面新闻相对多了一些，现在想树立一个典型，就是那个交警，救人也有他的份，准备把他塑造成救人的英雄。那个飞人，上面也没明说，估计还要研究，应该按照正常法律途径走吧。"

"好的，我明白了，谢谢你啊，小晴。"李纨放下电话，沉思了一会，又抓起了电话："我是李纨，帮我联系北京的律师，要最好的，对，最好的。"

到了下午，网上舆论的风向也变了，从一边倒的盛赞飞车英雄变成了针锋相对的辩论，正方大多是年轻冲动的草根，他们支持飞人，说这是一种大无畏的英雄行为，而人贩子则是罪有应得，死一百次都便宜他们了。

反方则多是受过高等教育的所谓"精英"，他们言辞犀利，引经据典：飞人只是见义勇为,并没有执法权,人贩子也只是犯罪嫌疑人,在没有经过司法判决前,任何私刑都是违法的,任何人都不能以任何理由剥夺他们的生命,那位飞人朋友,先将一个人扔出车外,直接导致他被后面汽车轧死,然后又带头殴打另外两个犯罪嫌疑人,这是不折不扣的杀人行为!

还有人说飞人也不是好鸟,有那工夫不去报警,反而抢别人自行车去追赶人贩子,这是一种个人英雄主义的体现,是看多了美国大片的结果,绝对不值得提倡。

更有甚者,怀疑网上的视频都是 PS 的,所谓的飞车也只是伪造的动画,这只不过是一场作秀而已……

警察真想找什么人,就算是藏在老鼠洞里也能翻出来。根据交警李尚廷提供的资料,他们先找到了那辆违章无数次的马自达 6 轿车的档案,根据登记资料找到了孙伟的酒吧,孙伟不在,听说跑路了,但是据他手下小弟交代,这辆蓝色马 6 不久前被人"借"走了。

通过调取相关路段监控资料,警方很快知道这辆马 6 经常出入至诚花园,于是分局刑警大队的警察在当地派出所民警的陪同下,来到了至诚花园。

物业经理办公室,高经理和白队长殷勤地招待着前来办事的警察同志,又是倒茶又是递烟。刑警大队的警察开门见山,拿出两张摄像头拍摄的照片,一张是蓝色马 6 违章的照片,车牌号码清晰可见,一张比较模糊,是飞人骑着自行车的身影。

"这辆车,这个人,你们认识么?"警察威严地问道,一双鹰一般的眼睛盯着高经理和白队长。

高经理把照片拿起来一看,那辆车简直太熟悉了,自己才开伊兰特,手底下保安就敢开马 6,为这件事他可憋气了好久。

而另外一张照片,白队长也是一眼就认出了自己的仇人,这不就是架空自己的保安领班刘子光么,死小子上班没几天,把几十个保安弄得晕头转向,整天跟在他后面混,完全不把自己这个队长放在眼里。

被警察找，肯定没有好事，两个人对视了一眼，不约而同地点头道："认识！"

"是谁？叫什么名字？"

"他叫刘子光，是我们这里的保安员，小痞了一个，我就知道他早晚得进去。"高经理一副先知先觉的样子。

"请问，他犯了什么罪？能判几年？"白队长掩盖不住心中的兴奋。

刑警并不理睬他俩，和派出所警察对视一眼，道："应该就是了。你们说说他的情况吧。"

因为至诚花园在自己的管区内，所以小女警胡蓉也跟着来了，确认是刘子光之后，胡蓉心里的感觉却是怪怪的，虽然她一直很想把这个讨厌的刘子光绳之以法，但是却不想以这种方式。

为了防止打草惊蛇，刑警们是开着民用牌照的汽车来的，几个警察也穿着便服，他们在白队长的带领下向保安值班室走去，一边走白队长还一边介绍着刘子光的"斑斑劣迹"，听得几个警察直皱眉。

虽然今天刘子光休班，但是怕家里人看见他的伤痕担心，所以仍然回到公司，正在值班室看电视，忽然门开了，白队长带着两个身材高大的陌生汉子走了进来。

"你就是刘子光？"

"对，我就是刘子光。"刘子光注意到来人敞开的夹克衫里面露出的皮带头，一枚银色警徽熠熠生辉，是警察！

警察拿出黑色工作证出示了一下："你涉嫌过失杀人，跟我们走吧。"

怕什么来什么！杀人罪啊！虽然只是过失杀人，但是也跑不了几年大狱。刘子光的脑海里立刻闪现出父母年迈的样子，不禁感到一片悲凉。

刑警也知道刘子光是因为解救被拐卖儿童才被抓的，所以并不想为难他，只是取出手铐将他的两只手铐在前面，铐得也不是很紧，还拿衣服帮着遮盖了一下，就这样出了值班室。

走廊里，胡蓉正笔直地站着，看到刘子光走过，她一言不发，默默地跟了出去。

一群保安兄弟也蜂拥着出去，有人喊了一声："刘哥！"

刘子光一回头，挤出一个笑容："等我回来，'地地道道'，不醉不归！"

众人都紧咬着嘴唇，眼睁睁地看着他们的刘哥被警察塞进了汽车。

清除了眼中钉，白队长终于恢复了往日的威风，颐指气使地喝道："都出来干什么？像什么话！还想干吗？都给我滚回去，把那些破烂镐、水管子给我扔了！"

警车直接驶进分局大院，在刑警押着刘子光上楼的时候，正好和治安大队的杨峰擦肩而过，杨锋身边还有个便装男子。看到这张熟悉的面孔，杨峰不由得歪嘴笑了，边笑边说："真是冤家路窄啊。"

刘子光诧异地扭过头来，看见杨峰旁边的便装男子侧着头，杨峰在对他耳语。刘子光在被推进一间办公室前听到的最后一句话是便装男子对杨峰说："你别管了，这事儿交给我。"

刘子光被带进办公室后，那两个刑警刚要坐下来，忽然房门推开，进来的正是那个便装男子，他对刑警耳语了几句，刑警有些作难："三哥，这样不好吧？"

"这是杨峰交代的。"来人道。

两个刑警还在犹豫，便装男子又说："我也是咱们分局的老公安了，我的业务水平你们还不了解么？说不定就帮你们把案子破了。你们放心吧。"

两个刑警都知道，杨峰在江岸分局绝对称得上是个人物，因为他有个重量级的父亲，是市委组织部的副部长，仗着这个背景，虽然他现在只是个二级警司，却在分局里飞扬跋扈，从科室到大队，人人都得让着他三分。眼前这位三哥，也是分局出去的老人，大家都比较熟悉，该给的面子还得给。

两个刑警终于妥协，解了刘子光的铐子走了。刘子光刚要活动活动，便被便装男子扭住了胳膊，反剪起来上了背铐。这种背铐的方式别具一格，一只手从肩膀上绕下去，和另一只手反铐在一起。这种铐法有一个特别的名字，叫"苏秦背剑"。

便装男子指着墙角呵斥道："蹲那边！"刘子光很配合地走过去蹲下。这种背铐姿势让他极不舒服，两条胳膊酸麻不堪，额头上渐渐渗出了冷汗，而那个男子就坐在一边抽烟看报纸喝茶,根本不理睬他。

"能不能换个铐法?"刘子光说。

便装男子抬起头看了看他,起身过来摆弄了一下手铐,齿轮哗啦啦地响,手铐铐得更紧了。刘子光就觉得有两条毒蛇的毒牙扼住了手腕,血流都不通畅了。

"这样满意吧?"便装男子轻笑一声,继续回去喝茶看报。

就这样过了半个多小时,房门推开,两个身材高大的年轻男子走了进来,都是一身名牌运动装,手里拿着网球拍,其中一人便是杨峰。

杨峰用搭在脖子上的雪白纯棉汗巾擦了擦额上的汗水,看了看蹲在墙角、猥琐不堪的刘子光,鄙夷地笑了笑。

刘子光穿着化纤的灰色保安裤子,套着件不伦不类的花呢西装上衣,头发蓬乱,两只胳膊以奇怪的姿势反铐在背后,看起来就是个不上台面的小毛贼,和高大魁梧的杨峰相比,真的是一个天一个地。

"你们慢慢玩,我出去有点事。"便装男子拿起烟盒出门,杨峰跟在后面笑道:"谢谢啊,三哥。"

门关上了,杨峰晃着手铐钥匙来到刘子光的跟前,阴阳怪气地问道:"怎么样,不大舒服吧?"

刘子光怒目而视。

杨峰身边的男子瞪起了眼睛:"咋的,你还不服啊?"说着就要动手。

"李子,让我来。"杨峰走过来拉同伴的肩膀,盯着刘子光满是冷汗的脸问道:"怎么了,撑不住了? 我记得你不是挺牛逼的么。"

见刘子光一脸的迷惑,杨峰又提醒道:"忘了? 必胜客里不是挺狂的么,怎么到这儿就怂了?"

这下刘子光想起来了,搞了半天是这小子在作怪啊,他不屑地笑了:"你不说我还真想不起来,像你这样的货我揍过也就忘了,记不住啊。"

被称作"李子"的男子恼羞成怒,指着刘子光的鼻子骂道:"你别给我狂! 你信不信,像你这样的小角色,我伸个手指就能捏死"。

刘子光也不示弱："只要你敢动我一指头，我出去后绝对收拾你。"

"李子"叫李志腾，是杨峰的死党，身高一米九，虎背熊腰，是防暴队的队员。看到刘子光如此嚣张，他忍无可忍，冲上去就要踹刘子光，却被杨峰拦住："李子，这是在单位，别闹大了。"

李志腾气得大叫："杨子你别拦着我，我今天一定要给他点颜色看看！"

刚才那个便装男子推开门进来："杨子，李子，你们小声点儿，外面都听见了，有点分寸。预审那边等着呢。"

"三哥，知道了，你忙你的，别忘了晚上'金碧辉煌'，不见不散哦。"杨峰客气地说着，将三哥送出去之后，对李志腾说："不用这么冲动。既然这小子落到咱们手上了，咱们慢慢玩死他。"

两人骂骂咧咧地走了。

经过预审，警察向刘子光宣布：因涉嫌过失杀人，他被刑事拘留了！

此时已经是傍晚时分，刘子光被押上一辆警用面包车，长安之星的后排座位经过改装，焊了铁栅栏，很适合押送囚徒。

小面包闪着警灯，拉着警笛，"呜哇呜哇"地开出了分局大院。三楼阳台上，杨峰看着警车远去，转脸问道："李子，给你看守所的朋友打电话了吗？"

李志腾狞笑着答道："打过了，小勇办事你还不放心么？绝对够那小子喝一壶的。"

公安局看守所位于郊外桃林镇，等开到地方已经是夜里了，黑灯瞎火一片，高大的水泥墙上拉着电网，一个黑色的大铁门如同怪兽的血盆大口，下面还有个供人员进出的小门。岗楼上，背着枪的武警锐利的目光扫视着大墙内，时不时传出一两声狗叫，更显静谧恐怖。

警车停下，一个警察下来交接了文件，然后小门打开，刘子光被押了进去，负责接收的警察是个三级警督，他看看文件，又上下打量一番刘子光，刚要说话，旁边过来个年轻警察，附耳说了一句，三级警督犹豫了一下说："那就你安排吧。"

年轻警察身材不高，却极其粗壮，走起路来肩膀头子一晃一晃的，显得特别横。他领着刘子光往里面走去，穿过长长的通道，来到一间囚室门外。铁门打开，在走廊里三十瓦灯泡的照耀下，能看到里面是一排水泥大通铺，躺了黑压压的一片人，听见开门的动静，硬是没有一个人往这边看。

"四喜！新来的犯人，好好照顾！"年轻警察说完，将刘子光推进号子，哐当一声关上了铁门。

警察一走，本来在铺上装睡觉的犯人们全都跳了起来，像看稀罕物一样看着刘子光，一个个面目狰狞，绝非善类。

睡在靠门位置上铺的一个粗短汉子，悠悠地坐了起来。号子里空间不大，他一个人至少占了三个人的位置，看来是这里的老大了。

"新来的，叫什么名字，混哪里的，犯了什么事进来的？"老大开口问道。

其余犯人也七嘴八舌地问起来。

"新来的，身上有烟么？"

"有钱么？"

"怎么还站着，×你妈！懂规矩么？蹲下！"

刘子光装作很害怕的样子蹲了下去，可怜巴巴地说道："我叫刘子光，当保安的，误伤了人进来的，大哥，我睡哪里？"

粗短汉子破口大骂："×你妈！第一次进来吧？说话前先喊报告。"然后扭头对众犯人笑道："这货是个雏儿，一点儿规矩不懂，兄弟们随便玩。"

话没说完，粗短汉子就被刘子光一把掐住脖子从铺上拽了下来，照小肚子就是一脚，直接踹出去老远，飞到号子最深处的粪槽子里去了。

然后刘子光做出一个令所有犯人目瞪口呆的动作——他扑在铁门旁捏着自己的喉咙声嘶力竭地喊道："干部，救命！打人了！"

回答他的只有外面铁门砰然关闭的声音。

刘子光回过身来，望着一群目瞪口呆的人渣，不怀好意地笑了。

犯人们突然间醒悟了,这货纯粹是扮猪吃老虎,哪里是什么第一次进号子的初哥,不但会恶人先告状,还会调虎离山,分明就是老油条了。

粗短汉子从粪槽子里爬起来,一抹脸上的污渍和鲜血,恶狠狠地喊道:"别怕他,干部发话了,要'照顾'他!照死了打,打死了就说他畏罪自杀!"

粗短汉子是这个暴力犯监房的牢头,年轻警察说的"四喜"就是他,别的犯人对他言听计从。别看这个新来的看起来挺猛,但是这号人牢里并不少见,光凭着两膀子蛮力和整个监房叫板的人,往往下场极其凄惨,上回有个甘肃汉子,仗着会两下拳脚功夫,不服四喜的管,还不是半夜睡着了被磨尖的牙刷柄刺破了脾脏,差点死了。

况且干部亲自发话了,让四喜"照顾"新来的,大家都是亲耳听到的,所以动起手来根本不会有什么心理负担,出了事情自然有干部摆平。

犯人们决定大开杀戒,纷纷将铺下墙洞里暗藏的磨尖的牙刷柄、筷子、铁片等土造武器掂在手上,杀气腾腾地向刘子光逼近。

刘子光微微一笑,今天在分局被折磨了一番,心里正有邪火发不出去呢,这帮不知死的鬼,今天要不把他们的屎打出来,就不姓刘了……

看守所今夜很不平静,暴力犯那个仓里鬼哭狼嚎,声震四野,附近几个仓的犯人不知道咋回事,只是跟着幸灾乐祸。这帮牲口,不管谁倒霉他们都开心。

声音穿透好几层围墙,传到值班室,正在电脑上打牌的年轻警察连眼皮都不眨一下,继续玩。

第二天出操的时候,暴力犯这个监房竟然没有一个人出来,负责这个管区的年轻警察开门一看,整个号子的人都靠墙倒立着,有些人的胳膊还不住地打晃,看样子这个姿势已经坚持很久了。

只有昨夜进来的新犯人刘子光一个人躺在铺上呼呼大睡,还是最靠近门的上铺。

"怎么回事？四喜呢？"警察咆哮道。

"报告干部，昨晚上躲猫猫，撞墙上，晕过去了。"刘子光爬起来嘿嘿一笑，指着粪槽子边上一个蜷缩着的粗短身子道。

"你们又是干什么呢？"警察指着墙边拿大顶的一溜犯人喝问。

"报告，我们在锻炼身体。"犯人们战战兢兢地答道。

这时，四喜睁开了眼，见年轻警察站在这里，像看见救星一样。他挣扎着说："勇哥……求您了……给我换个仓……这里，我一天也待不下去了……"

警察全明白了，怪不得杨子交代他办这件事。

这货，扎手啊。

刘子光最担心的事情还是发生了，昨天他不是夜班，按说该回家睡觉的，可是彻夜未归，电话又不通，父母担心他出事，于是找到了公司。白队长很恶意地告诉刘子光的父母，刘子光因为涉嫌杀人被警察逮走了。

晴天霹雳，好不容易把失踪八年的儿子盼回来，一家人团团圆圆，儿子最近又升了领班，眼瞅着日子越过越有奔头，突然出了这档子事，本来血压就高的老爸气急攻心，住院了。老妈愁得欲哭无泪，老伴住院需要照顾，儿子进了看守所也要送洗漱用品被窝铺盖啥的，她一个下岗工人，哪里懂得这些门道？

幸亏贝小帅以前进去过，粗通里面的道道，陪着老妈带着被褥换洗衣服乘坐公交车来到了桃林看守所。

看守所会客室。

看到儿子脸上带着伤，老妈的眼泪一下子涌了出来，哽咽着说："小光啊，他们打你了么？有啥事给政府好好说，他们不会冤枉你的。"

贝小帅一脸的愤然："光哥，谁敢动你，等出来我弄死他！"

刘子光先安慰老妈："没事的，过几天我就能出去了，你放心好了。"

又对贝小帅道："别胡说，对了，号子里有个叫四喜的，听说过么？"

贝小帅倒吸一口凉气："听说过，专门帮人看场子的，号称道上下手最黑的，前段时间因为杀人折进去了,听说到现在还没判,怎么?"

刘子光鄙夷地一撇嘴:"丫被我收拾了。"

忽然想起来老爸怎么没来,刘子光赶紧问老妈:"爸爸呢?"

"你爸,唉。"老妈擦擦眼角,"一听说你被抓,着急上火,血压二百,住院了。"

刘子光放在椅子下面的手渐渐握紧了,狗日的三哥、杨峰、李子,以及幕后所有的人,等老子出来,一个一个让你们好看!

会面很快结束,临走的时候,贝小帅悄悄塞给刘子光一个东西,刘子光不动声色,藏在手心里,回号子去了。

等他们走了,警察才过来收拾,赫然发现一件匪夷所思的事情,惊讶的声音在会客室里回响:"谁把椅子腿弄弯了!"

空心钢管的椅子腿居然变了形。

午饭时间,暴力犯仓,刘子光一个人正在狼吞虎咽,十几个饭盆放在他脸前,随便他吃,犯人们战战兢兢,全部蹲在墙角,吞着口水看刘子光用餐。

"你们怎么不吃啊?"刘子光问道。

犯人们没有一个敢吭声。

吃饱喝足了,又有两个犯人凑上来,帮刘子光点烟,递上漱口水,给他推拿敲背,生怕他有一点不开心。

如今刘子光身上穿的是阿迪达斯的正品运动服,身子下垫的是蚕丝被,抽的是软盒的中华,这些都是犯人们为讨他欢心孝敬的。

这两天刘子光的情绪已经好多了,不像刚进来第二天的时候,像是吃了火药一样,见谁揍谁,全号子的人都被他打遍了。出操的时候,有个其他监舍的大块头过来挑衅,结果两拳头下去,大块头的牙掉了一地,下半辈子只能喝稀粥了。

那天贝小帅塞给他的是一个缠着透明胶带的双面飞鹰刀片,意思是让他自残,保外就医,但是刘子光没有用,他要堂堂正正地出去。

今天刘子光心情很好,因为有个犯人贡献了一部能上网的手机,让他知道了外面正在发生的事情。

外面已经闹翻天了,就因为刘子光被抓的事情。

不知道是谁把这件事捅到了"天涯论坛"上,这可是全国性的大论坛,点击量极高,"飞人义勇救人,反被警察拘捕"的事情在短短三天之内,传得沸沸扬扬,人尽皆知。

一边倒的声讨!江北市的"市长热线"被打爆,市公安局的网站被黑,各个论坛热议的都是这个话题。

舆论的力量是无穷的,以至于省里都打电话下来过问。所以,看守所的小勇也不敢妄自举动了。

在市里原先的统一宣传口径中,这个所谓的"飞人"其实并不是救人的主角,真正的英雄是交警李尚廷,为此《江北日报》还专门登了一篇长篇通讯。

本来天衣无缝的事情,却在最关键的一环上出了问题。警察李尚廷居然私自接受了某省外媒体的采访,将当时的情况如实相告,说救人的是那个"飞人"而非自己,并且在当时的情况下,人贩子已经丧心病狂,几次欲置人于死地,甚至连他的警察摩托都要撞,作为生命受到威胁的"飞人",做出一些举动也是逼不得已的。

江北市委宣传部的能量毕竟管不到外省,只能眼看着相关报道铺天盖地地出现在全国媒体上,但按照《江北日报》上文章的说法,"司法机关在办案过程中,决不会受到其他因素的影响",该审的还得审。公安机关已经将材料移送检察院,很快就要对刘子光提起公诉了。

还有一个人在切实地帮助着刘子光,那就是被解救儿童的母亲李纨。李纨为刘子光从北京请来了大律师,但在起诉之前,律师既不能会见刘子光,也不能查卷宗;李纨还设法请几位著名的法学家出具了一份《专家意见书》,但检察院也以"等起诉后送给法院更合适"为理由拒绝接收。种种迹象表明,这件案子刘子光要想判无罪,其实并不像想象的那么简单。

想要脱困,唯有一招,北京来的大律师掏出金笔写了一张小纸条,推到李纨面前。

李纨看了,长叹一口气,想了又想,终于还是拿起手机,走到窗前,望着滚滚淮江,镇定一下情绪,拨通了那个她一直不愿意拨通的号码。

"你好,我是李纨……方便的话,我想请你吃个饭……"

10　天下掉下个女朋友

社区小诊所，简陋的病床上，刘子光的父亲正半躺着，旁边的保温瓶里放着老伴送来的稀饭，一旁的塑料袋里是馒头和咸菜。儿子进了牢房，当爹的也吃不下饭，一直长吁短叹。

又到了打针的时间，护士拿了吊瓶进来，帮老爷子打针，可是由于老人手上的血管不是很好找，这位卫校刚出来的女孩急得满头大汗，连扎了好几针都没成功。

忽然诊所的门被推开，一个穿着运动鞋牛仔裤白衬衫的女孩子走了进来，后脑勺上的马尾巴一甩一甩的，洋溢着青春的气息。

马尾巴看到护士急得面红耳赤，上前接过针头："让我来。"

护士病急乱投医，竟然真把针头交给了马尾巴。

马尾巴解下绑在老爷子胳膊上的橡胶带子，在胳膊上轻轻拍打着，不一会儿血管就若隐若现了，她迅速扎上带子，一针下去，OK 了。

一旁的护士都看傻了，紧盯着马尾巴秀丽的面庞，忽然惊呼道："我认识你，你是咱们卫校技能大赛冠军，方霏学姐。"

马尾巴甜甜地笑了："嗯，是我，你是哪一届的？"

护士兴奋地抓住她的手："哎呀学姐，我比你低两届，我可崇拜你了，真没想到能在这里遇见你，对了，你到这里来做什么？"

方霏一笑："来看人。"

转而对着床上的刘爸爸道:"大爷,您还认识我不?"

老爸虽然年岁大点,记忆力可不差,指着方霏道:"你不是市立医院急诊科的护士么?"

方霏拿起塑料袋,将一挂香蕉和一袋红富士苹果放到床头柜上,呵呵笑道:"大爷您记性真好,我叫方霏。"

刘爸爸有点摸不着头脑,疑惑地问道:"你这是……"

方霏脸上一红,道:"大爷,我是刘子光的朋友,听说您病了,特地来看看,有什么能帮得上忙的么?"

"哎呀,谢谢你了,你看还让你破费,真不好意思。"老爸赶紧客气。

"老刘,这是谁啊?"外面传来问话,是刘妈妈来了。

"是小光的女朋友,市立医院的护士。"老爸的声音里有种说不出的欣喜,擅自在方霏所说的"朋友"前面加了个关键性的"女"字,这下性质就全变了。

老妈一听这话,赶紧放下东西跑过来,她记性也不错,一眼就认出了方霏:"这不是急诊科的小方么?"

方霏落落大方地站起来:"阿姨好。"

"好好好,快坐下,死老头子,也不知道给人家倒茶。"老妈一边埋怨着老爸,一边拿起热水瓶要给方霏倒水,可是桌上只有一个老爸喝水用的罐头瓶,难道让人家闺女用这个?

幸亏方霏及时解围,她从双肩背包里拿出一瓶哇哈哈矿泉水,道:"阿姨别忙了,我自己带水了。"

老妈这才放下水瓶,又看到桌上的馒头咸菜,赶紧一把扫到抽屉里去,拿起苹果道:"小方,吃苹果。"

"嗯,谢谢阿姨。"方霏接过苹果,从包里掏出一把小刀,敏捷地削起苹果来,动作敏捷,苹果皮连成一条线,粗细均匀,中间不带断的。

很快削好一个苹果,方霏看见刘爸爸一只胳膊上打着吊针,另一只胳膊上还打着夹板,便从苹果上切下一小块,说:"大爷,吃苹果。"说着就把切下的苹果往刘爸爸的嘴里喂。

"闺女,你吃吧,我牙口不好。"老爸呵呵笑着推辞。

老妈在后面悄悄扭了他一下,老爸急忙改口:"噢,谢谢,谢谢。"张嘴咬住了苹果。

方霏又拿起一个苹果削起来:"阿姨,这个苹果是给你的。"

老妈眉开眼笑:"小方啊,和我们家小光啥时候开始的啊?"

方霏脸上又是一红,她的皮肤很白,两团红晕飞上来,特别的明显。

"嗯,其实……那个……"

见人家闺女不好意思了,这回轮到老爸在后面猛掐老妈一把。

"咳咳,吃苹果。"老妈招呼道。

三个苹果,一人一个,都默默地吃着不说话,各有心事。

"小方,我们家小光的事情你知道了么? 其实……他真的是个善良的孩子,绝对不会干那种伤天害理的事情的。"老妈终于吞吞吐吐说了出来。

老妈此刻是喜忧参半,一方面很高兴,因为儿子找了一个这么漂亮文静又懂礼貌的女朋友,而且还是市立医院的正式工,但另一方面她又很担心,因为儿子被抓,案子很复杂,不知道要判多少年,这样一来,女朋友铁定吹灯。

但这也是事实,总不能让人家女孩子痴痴地等着一个在押犯吧,这么好的女孩子,走到哪里都是抢着要的,难道为了自家儿子毁了人家的幸福不成?

方霏抿抿嘴,道:"我就是为了这件事来的,现在网上舆论都倾向于刘子光这一边,他是英雄! 不折不扣的英雄! 你们二老放心吧,要相信舆论的力量,正义的力量,五亿网民的力量,用不了多久,刘子光就会出来的。"说着这话的时候,方霏还举起粉拳在空中挥动了一下,仿佛在展示着五亿网民的磅礴力量。她白皙的面庞上,眼圈稍微有些发黑,那是彻夜上网发帖的结果。

听到这话,老爸老妈对视一眼,老泪纵横。

网民的力量未必会起作用,有时甚至会起到反作用。在这件事上,江北市政法口就有很多人被激怒了,有一种说法是"一定要把这个案子办成铁案",调查取证的工作明显加快。

但是,让所有人没想到的是,这个案子会了结得那么快,就像当初谁也没有预料到它的影响会那么大一样。就在刘子光准备在看守所里多待些日子的时候,一纸"不予起诉"的决定下来,刘子光被立刻释放了。

关于这件事,网上流传着各种说法,有人说是最高检有人过问,有人说是几位知名法学家的文章起了作用,还有人绘声绘色地说,一个来自市委的电话,把具体办案的人狠批了一顿……

总之,几乎是在一夜之间,所有的一切都风平浪静了。

桃林看守所,暴力犯仓,所有人都幸福得好像娶媳妇一般,还是娶的姊妹花那种,因为"大煞神"刘子光终于要走了。

刘子光身穿一身正品阿迪达斯运动服,脚踏耐克鞋,嘴里叼着中华烟,拎着自己的行李卷走出了桃林看守所的大门。

本来以为会有大队小弟来接,起码手底下那三辆车总是要来的吧,可是看守所大门口空旷寂寥,别说汽车了,连条野狗都没有。

倍感失落的刘子光将铺盖卷扛到肩头,暗骂一声:"这几十公里难道要老子一步步走回去?"

正在郁闷,忽然一阵汽车喇叭响,一辆黑色的五代本田雅阁风驰电掣一般开过来,车到刘子光跟前居然来了个漂移甩尾,动作干净漂亮,毫不拖泥带水。

车门打开,汽车修理厂的洗车小工马超跳了出来:"老大,我来接你。"

"怎么就你一个人,其他人呢?"刘子光惊讶道。

"说来话长,老大你'上山'这段时间,发生了不少事儿。"

刘子光将铺盖卷丢进后座,坐进了副驾驶的位子:"开车,边走边说。"

马超开车的技术很好,好到连刘子光这种人都要用手紧紧抓住车门上的扶手,刘子光只是将马6当成保时捷来开,可是马超这小子是把本田雅阁当成F1来开!

还是辆九七年的五代雅阁,老掉牙的破烂货!

"'地地道道'被人砸了,八个兄弟住院,其中小贝哥伤得最重,现在还没度过危险期;保安人哥们被辞退了好几个,有的回乡卜去了,有的另外找工作;听说你出事之后,孙伟带人过来,把马6开走了;张彪那边没动静,听说跑路了。"

马超一边开车,一边将最近发生的事情简短介绍了一下,听的刘子光面色阴沉,将手中的香烟都捏成了碎屑。

"砸我的场子,谁干的?"

"不清楚,当时我不在场,等小贝哥醒过来可能知道点。"马超不断地换挡、踩油门,这辆老爷车如同飞一般在马路上疾驰,见谁超谁,别管是宝马大奔,一律全灭。开得如此之快,或许马超的心头也有一团怒火吧。

"妈了个×的,千头万绪啊。"刘子光不禁感慨了一句。刚一放出来就要面对这么多事情,他需要整理一下思路,从长计议。

事情已经发生,急也没用,还是先回家看看二老再说,马超在巷口把刘子光放下,开车回去了。

刘子光背着铺盖卷往家的方向走,远远地就看见父母站在大院门口翘首以待,花白的头发在风中飘舞,他鼻子一酸,赶紧拔腿跑过去:"爸,妈,我回来了!"

"回来就好,回来就好。"二老围着刘子光上下打量。监狱可不是好玩的地方,吃不好睡不好还要被人打,可是看来看去,儿子倒像是比以前还胖了些。

老妈说:"老头子你还不信,我说要相信政府吧,这回小光平反昭雪,咱们可得好好感谢政府。"

回到屋里,饭桌子上已经摆了四个菜,还有一瓶酒,刘子光还注意到八仙桌上堆了很多营养品和礼物。

"小光啊,这些都是你女朋友送来的,你看看,人参鹿茸燕窝虫草,还有极品的龙井茶叶,破费大了。"老妈拿起这些礼物给刘子光介绍道。

"女朋友?哪个女朋友?"刘子光一脑袋的问号。

"怎么？你不知道,就是市立医院急诊科的护士小方啊,方霏,你被关的时候,我还要扫大街,照顾你爸爸的活儿方霏全包了,这孩子真乖,天天过来送饭,又是鸡汤面又是鱼丸粥,人又温柔大方,我告诉你小光,你要是敢对不起人家,你妈妈我就不认你这个儿子了。"

老妈一席话,刘子光更加摸不着头脑:"方霏啊,她什么时候成了我的女朋友了?"

老妈顿时慌了神,问老爸:"老头子,你到底听清楚没有,小方说没说是咱家小光的女朋友?"

老爸陷入沉思,半天后才道:"好像说的是'朋友'这两个字。"

老妈往椅子上一坐:"完了完了,这么好的儿媳妇跑了。"

坐了一会,忽然又兴奋起来:"不对啊,要是对咱家小光没意思,为啥那么热心照顾你,你说是不是这个道理。"

老爸点点头:"有道理,不过也不能确定,还得问问人家孩子。"

见老爸老妈如此上心,几乎达到神神叨叨的地步,刘子光道:"好了好了,既然你们这么喜欢,回头我请她吃个饭,问清楚就好了。"

父母这才放心,一家人坐着吃饭,吃了一会儿,老妈又想起来一个重要问题,放下筷子问道:"小光啊,你知道方霏那姑娘她家里人是做什么的么?"

刘子光略一沉吟:"好像她爸爸是市立医院的院长吧。"

"完了,铁定成不了。"老妈把饭碗一推,没胃口吃饭了,"咱家条件这么差,你爸和我都下岗,看大门扫大街,你的工作也不好,人家哪能看得起啊。唉,这是命啊,多好的闺女……"说着,老妈的眼圈竟然红了。

老爸不说话,只是低头猛喝酒。

刘子光叹口气,放下碗说道:"妈,放心,只要您相中了,就是天王老子的女儿,我也一样娶回家!"

刘子光陪父母吃过饭,就决定去探望住院的兄弟们。他买了一大堆吃的,乘着马超驾驶的五代雅阁老爷车,来到了江岸区医院。

区医院的条件比市立医院这种三级甲等医院差了不少,不过收费便宜,床位也不紧张,贝小帅等八个兄弟都在这里住院,此前王志军也是被送到这里来的。伙计们都没有医疗保险,只能选择这个地方看病养伤。

把汽车停在空旷的停车场上,马超帮着刘子光拎着大袋大袋的东西,走进了住院部。空旷的走廊上一个人都没有,到处弥漫着消毒水的味道,地砖斑驳不堪,墙皮也剥落了。

护士站里根本没人,不过马超认识地方,一指角落里的病房:"在那里。"

刘子光径直走了过去,推门一看,里面非常简陋,八张铁架子病床,油漆都掉了,床头柜也是老式的,暖水瓶也是那种上个世纪八十年代的款式。几个穿着病号服、胳膊或者腿上打着石膏、缠着绷带的青年正在里面半躺半坐,吹牛聊天。

看见老大进来,众人大吃一惊,愣了半晌,才纷纷喊起来:"老大!大哥!"

刘子光热情洋溢,走上去给他们一人一个恶狠狠的熊抱,疼得小伙子们龇牙咧嘴。

"马超,把东西拿出来!"刘子光一声招呼,马超将手中大号蛇皮袋打开,开始往外掏东西。

易拉罐装的青岛啤酒,散装的内蒙古牛肉干、牛蹄筋,成条的香烟,而且是四百五一条的硬盒中华!

兄弟们沸腾了,齐声欢呼起来,刘子光微笑着将手往下压了压,道:"大家辛苦了,好好养伤,等出来了咱们再大摆一场,吃完喝完'华清池'哥哥请客!"

兄弟们兴奋地嗷嗷叫了起来,引得一个长像恐龙级别的护士将头伸进来,没好气地嚷嚷道:"叫什么叫,再叫都滚蛋!"

众人看到护士的拽样子,更加狂笑起来,气得小恐龙一跺脚就要走,却被刘子光拽住:"护士小姐,请问贝小帅在哪个病房。"

恐龙护士一回头,看到这个男的很帅气,两排白牙笑起来真好看。

粗暴的霸王龙立刻变成了小白兔:"嗯,在那边抢救室,我带你去。"

刘子光对众人笑笑,跟着护士去了。

区医院没有 ICU 重症监护室,危重病人只能住在抢救室里,这也是一间很简陋的病房,就在护士值班室的隔壁,里面只有一张病床,下面还带着滑轮,以便快速移动,贝小帅就躺在这张床上。

昔日英姿勃发的青年,此刻如同木乃伊一样被绷带包裹得严严实实,一条腿还打了石膏,用吊环固定着,脸上也满是绷带,只露出一双眼睛和鼻孔、嘴巴。鼻子里插着氧气管,身上遍布五颜六色的电线,旁边竖着大口径航弹一样的氧气瓶,桌子上摆着监控仪,心跳、脉搏、血氧、血压都一目了然。

基本上生命垂危的病人能用上的,贝小帅全用上了。

看监视器里的图像,贝小帅的生命体征还算稳定,看来恢复得还不错,刘子光站在床头喊了一声:"小帅!"

贝小帅睁开眼睛,看清楚是刘子光,咧开嘴笑了,可是刚一笑就不知道牵动了哪根神经,疼得他直咧嘴。

"躺着别动。"刘子光掏出中华烟,在自己嘴上点燃,这才塞到贝小帅嘴里。

贝小帅美美地抽了一大口,显然是很久没过烟瘾了。

"我×!真他妈的爽。"贝小帅叼着烟,含含糊糊地说道。

"小帅,这事是谁干的,知道么?"刘子光问。

"不好说,清一色东北虎,足有三十多个,砍刀加铁棍,二话不说见人就砍,被我放翻了俩,结果还是架不住他们人多,妈×的。"贝小帅的眼神黯淡了一下。

本市黑道都喜欢养东北人当打手,耿直,下手黑,只要你把他当兄弟待,保管替你玩命,都是外乡人生面孔,所以也不好判断到底是谁的手下。

"当时李建国人呢?"刘子光一皱眉。

"建国哥带着毛孩下乡了,只有我和几个兄弟在,光哥,我给你丢人了……"贝小帅的眼眶稍微有些红。

"兄弟,你好样的,没给哥哥丢人!等你好了,哥哥带你找回这个场子!让你自己动手,教训狗日的。"刘子光轻轻拍着贝小帅的肩膀道。

"哥。"贝小帅哽咽着伸出缠满绷带的手,拉住了刘子光的胳膊:"我脸花了。"

刘子光一笑:"没事,男人脸上带疤才有味道呢,你要是太在意,赶明儿哥带你去韩国整个容,你想整成啥样,裴勇俊还是李俊基?"

贝小帅被逗笑了:"哥,你真能捣,那些娘了吧唧的家伙,想着都恶心。"

"好了,到点该吃饭了,看你这么精神,应该没啥事了,跟哥出去喝酒。"刘子光忽地站起,就开始拔贝小帅身上的插头。

恐龙护士冲进来:"你干什么?"

刘子光一边拔一边说:"糊弄我,门都没有,早过危险期了还上监控,想赚钱也不能这样搞啊。"

小护士哑口无言。还真被刘子光说对了,贝小帅虽然被劈了几十刀,伤得很重,但只是筋骨皮肉伤,输血抢救缝合伤口之后,基本没啥大问题了,医院不过是穷疯了想赚俩钱才这么搞。

医院附近也没啥好饭店,就随便挑了家牛肉馆,伤得不重、能下地走路的兄弟都来了,几个人往大棚下面一坐,成箱子的啤酒搬上来,牛骨头汤泛着黄澄澄的油花,大盘的凉拌牛肉,撒上香菜叶子,红烧牛脸,直接用不锈钢脸盆盛着往桌子上摆,还有什么牛板筋、牛蹄筋、牛杂碎、牛鞭,统统往上摆,成条的中华烟拆开了发,一人一盒,放量大吃大喝。

贝小帅也被马超用轮椅推来了,抱着个氧气包抽烟喝酒,不亦乐乎。

"对了,王志军呢?"刘子光突然问起,这伙计受伤住院,一直还没得空来看,今天来了居然没见着。

"志军前几天回家了,说是乡下有点事。"一个兄弟答道。

"哦。"刘子光端起啤酒杯:"兄弟们,来,走一个!"

慰问了众位兄弟,又补交了拖欠的住院费,刘子光这才带着马超离开。五代雅阁匀速行驶在马路上,路过长途汽车总站的时候,刘子光忽然从出站的人群中发现一个熟悉的身影,李建国。

"停!倒回去!"刘子光一声大喊,马超"嘎"的刹住汽车,迅速挂上倒挡,头也不回,只是盯着后视镜,风驰电掣般倒了回去,正好停在李建国一行人跟前。

一共三个人,李建国,毛孩,还有一个脸色蜡黄、神情憔悴,看起来有四十多岁的农村妇女。

李建国提着一个巨大的迷彩背包,毛孩挑着一根扁担,上面被卧铺盖锅碗瓢盆都有,还有两只活鸡。

中年妇女身体不太好的样子,坐在路牙石上喘着气。

刘子光下车,径直过去:"建国!"

李建国眼睛一亮:"兄弟,你怎么来了?"

"正好路过,嫂子接来了?"

"嗯,县里医院条件差,市里大医院水平好点。"

毛孩把扁担放下,恭恭敬敬冲着刘子光喊了一声:"刘叔。"

刘子光点点头:"正好,跟我车走,送你们去医院,马超,帮着拿行李!"

马超跳下车去开尾箱,这边中年妇女已经站起来,两只手在裤子上擦着,不好意思地说:"他兄弟,麻烦你了,怪不好意思的。"

"自己人,嫂子,我和建国是哥们儿。"

妇女忽然转身从毛孩挑着的口袋里抓住一把花生,硬塞给刘子光:"他兄弟,自家种的花生,炒熟的,你吃。"

刘子光赶忙接过:"谢谢嫂子,您怎么知道我最喜欢这一口?"

中年妇女开心地笑了。李建国笑了,毛孩也笑了,但是他们的眼中却隐隐含了泪花。

马超开车,刘子光带路,将李建国等人直接送到了市立医院,这里的癌症放射诊疗中心在整个江淮地区都是一流的,而且,刘子光还有个老熟人。

汽车开进了市立医院的停车场,刘子光先让他们在车里等着,自己下车去找方霏。市立医院治疗恶性肿瘤的名声很响,床位紧张是人尽皆知的事情,虽然方霏只是个小护士,但她老爸可是院长,起码能混个走廊里的加床吧。

正好方霏在班上,看见刘子光进来,小女孩高兴地从座位上跳起来,冲到刘子光跟前,脚尖一颠一颠的:"你出来了!"

"嗯,出来了,过来看看你。"

"哼,算你有良心。"

此时急诊科的其他护士看到这一幕,都凑到一起嘀咕起来,然后一个人抬头笑道:"小方,你忙你的事儿,这边我们帮你顶着。"

"谢谢啦,回头请你们吃话梅。"方霏喜滋滋地拉着刘子光:"走,外面说话。"

到了走廊里,刘子光道:"我这次来先是要谢谢你这段时间对我家里的照顾,并且正式邀请你吃个饭。"

方霏红了脸,两只小手捏着衣角:"还有呢?"

"还有,我有个朋友病了,是癌症,能不能帮忙安排一下。"

"啊!在哪里,怎么不早说?"一听有病人,方霏脸上的红晕立刻退去,换上了严肃的神情,"带我去看看。"

刘子光赶忙带着方霏来到停车场,看到毛孩的母亲蜡黄的脸色,方霏就知道病得不轻,对刘子光道:"先让你朋友去大厅挂号,挂急诊,从我们科室走,我再帮你联系病房。"

说着拿出了手机,按了几个号码:"陈阿姨,我是霏霏,嗯,我妈妈最近挺好,对了,有件事想麻烦您,我有个朋友要住肿瘤科,不知道有没有床位……哦,这样啊,行,我这就带她过去。"

打完电话,方霏一拍巴掌:"搞定了!"

由于有方霏的关照,毛孩他娘直接被送进了住院部肿瘤科,这里人满为患,连走廊里都住满了人,不过奇迹的是,毛孩他娘竟然直接住进了病房,还是一间条件比较好的双人间。

刚一进来,一个中年女医生就带着三四个小医生、护士长等人过来了,方霏介绍道:"这位就是咱们医院肿瘤科的陈主任。"

主任亲自来看病,毛孩他娘受宠若惊,李建国也暗自吃惊,没想到方霏这丫头的面子这么大。

陈主任很专业地问了病人几个问题,又动作娴熟地摸了摸病人的腹部,这才对手下小医生交代了几句。最后,她对毛孩娘笑笑:"没事的,大姐,安心养病。"

"谢谢,谢谢,城里医生就是客气,比俺们县医院的医生客气多了。"毛孩娘感慨道。

陈主任笑笑,拉着方霏到一边说话去了:"霏霏啊,你妈妈最近回来了,我这里有块爱马仕的丝巾想给她呢,是朋友从欧洲带来的……"

刘子光挠挠脑袋,有些奇怪,陈主任竟然只字不提方霏的爸爸方院长,而总是提及方霏的妈妈,难不成她妈妈的官更大?

11 第一次约会

给毛孩娘安排好床位之后,方霏又帮着联系了护工,毕竟李建国是男人,不方便照顾,毛孩又小,所以请了个医院家政公司的阿姨,价钱也不贵,一个月六百。

毛孩娘知道之后,吓得从床上跳下来:"不住了,不住了,一个月六百,我的天爷爷,赶上乡下一年的收成了。"

同病房的城里人露出了不屑的目光。李建国道:"嫂子,看病要紧,你要是想省钱,就赶紧康复出院,这才是省钱的正路。"

嫂子无奈,只好妥协,两个眼圈红红的:"建国,可辛苦你了。"

"嫂子,我答应过大哥的事情,就绝对会做到,大哥是为了掩护我才牺牲的,我会照顾你们娘俩一辈子。"李建国掷地有声,嫂子暗自垂泪,毛孩也拿脏袖子抹着眼泪。

一阵悦耳的泉水声响起,方霏摸出了手机按下接听键:"什么,前面来了个重度烧伤病人?好,我马上回去。"

挂了手机,方霏对刘子光道:"我有急事先回急诊了,记住你的话哦,请我吃饭。"

刘子光笑答:"就今晚,不见不散!"

"好,不见不散!"方霏一路笑着走进了电梯。

"兄弟,过来说话。"李建国和刘子光一前一后来到靠窗户的走廊上,医院里严禁吸烟,两个人都没把烟拿出来。

"钱还够么?"刘子光问。

"应该差不多。我有个朋友,他欠我个人情,我跟他也借了些钱。"

"哦,不够你就说话,我再想办法。"

"不说这个了。我听说了,摊子被人砸了,这事儿你放心,给我一星期,绝对给你一个交代。"李建国信誓旦旦,眼中闪烁着愤怒的火焰。

"你不要出手,只要查出是谁干的就行了。"刘子光说。

"行,你等我电话。"

医院的事儿完了之后,刘子光让马超开车先带他回至诚花园,狗日的高经理,居然趁自己不在开除了那些和自己走得近的兄弟,这回要好好和他理论理论。

到了小区门口,刘子光下车,一摔车门:"马超你先回去,有事我再招呼你。"

雅阁怪叫一声,拐个弯跑了,刘子光往大门里走,见门岗果然换了,原来分配在车库的几个四五十岁的老同事顶替了原来的兄弟。

刘子光暗暗皱眉,门岗是个重要位置,必须精兵强将才行,这个高经理真是糊涂了,还有白队长,为了铲除异己啥也不在乎了。

门岗上两位大叔正是当初送老爸去医院的老张和老李,看见刘子光过来便招呼道:"小刘来了。"

"嗯,张叔,李叔,值班呢。"刘子光客气地答应着,摸出中华来给他们上烟。

值班期间,两人不敢抽烟,都把烟夹在耳朵上,老张神神秘秘地说:"小刘,你爸爸刚才来了,正在经理室和高总说话呢。"

"我爸他来做什么?"刘子光纳闷道。

"你还不知道吗?你也被辞退了,说是有案底了,总公司有规定,这样的人不能要。"

刘子光一听便明白了,怒火中烧,心道你个狗日的高经理胆子不小,欺负到老子头上了，老虎不发威，你真当我是 Hello Kitty 啊！

急匆匆走到物业办公楼走廊里，就听见经理室里面父亲谦卑的声音："高总，白队长，这是个误会，我儿子是无罪的，这份工作对我们家真的很重要，请高总您高抬贵手，帮帮忙吧，来，高总，白队长，抽烟。"

然后就听见高经理倨傲的声音："老刘啊，你也在咱们公司干了好几年了，啊，规章制度也很清楚，总公司那边制度卡得很死，你也是知道的，啊，那个，李总的脾气你也是知道的，啊，你觉得她会容许一个有前科的人继续待在咱们公司么？对吧，咱们要讲事实摆道理嘛。"

然后是白队长揶揄的声音："老刘，就你那个儿子，你自己还不清楚么？流里流气，打架斗殴，偷鸡摸狗，别说咱们公司了，就是外面扫大街去，人家也不敢要啊。"

办公室的门忽然被推开，刘子光面色平静地走了进来，正看见父亲手里拿着一盒十五块钱的中档香烟，很尴尬地站着，递出去的烟卷人家根本就不接，高经理半躺在宽大的老板椅里，白队长坐在旁边沙发上，得意地跷着二郎腿。

看到刘子光进来，高经理立刻就坐直了，白队长抖动的脚尖也停止了，办公室里立刻气氛凝重，鸦雀无声。

父亲赶紧打圆场，他一转脸，怒容满面："小光，快过来给高总赔不是！"

刘子光却丝毫没有服软的意思，他大声质问道："高总，听说我被辞退了？"

"这个……"高经理一边手忙脚乱地翻着文件，一边支支吾吾，"按照公司的文件规定，凡是有犯罪记录的员工……"

"犯没犯罪，法院说了才算！"说着，刘子光把一张纸拍在高经理面前，"你看好了，这是无罪释放的通知书！今后哪个再敢说我犯了罪，看我怎么收拾他！"说着，刘子光握紧了拳头。

一听这话，老爸就冲着刘子光发火了："你这个孩子怎么这样！动不动打打杀杀，成什么样子！"

接着，老爸用乞求的语气说："高总，您看，这孩子确实是清清白白的，这文书上都写着呢……"

高经理见老刘这样说,料想刘子光不敢在老爸面前撒野,不由恢复了几分底气,他说:"虽说法律上是这样说,但是刘子光被警察带走,小区里都传开了,恶劣影响已经有了,这和犯了罪也没有什么大差别。从维护我们公司形象的角度出发,我不得不做出这个决定啊!"

"你放屁!"高经理这种"欲加之罪,何患无辞"的态度,彻底激怒了刘子光,他挣脱老爸的阻拦,来到高经理面前。

"你你你,你要干什么?"高经理吓坏了,直往后缩,可是后面就是墙,退无可退,白队长的小脸也吓得煞白,悄悄地想溜走。

正当这时,办公室的门被敲响了,老张走了进来,手里还拿着一封快递:"高总,总公司的快递。"

至诚花园的这个物业公司,属于一个大集团,集团公司很有老派,重要公文都是通过实物邮件和电子邮件组合的方式,所以这封快递是上面下达的正规公文。

一般来说,这种正规公文都是牵扯到人员任免方面,恰好昨天高经理给总公司人力资源部发了个邮件,说本部门有个员工涉嫌犯罪已经被公安机关羁押,需要解除劳动合同,因为刘子光好歹算是个领班,总部人力资源部有挂号的,所以高经理必须走这个程序。

没想到人力资源部的效率这么高,今天就给回复了,而且还是正规公文,公司红头文件形式,让高经理心中一喜。

对于刘子光这尊瘟神,他是恨不得立刻送走,哪怕挨打都无所谓了,现在正好,把总部的公文给他看,还能证明不关自己的事儿,有本事就到总部人力资源部去闹吧。

高经理接过快递信封,叹了口气道:"老刘,小刘,不是我不想帮你们,实在这件事捅到天上去了,据说连集团李总都知道了,我想护也护不住啊,实在是抱歉,小刘,要是打我能解气的话,你就打我两下吧。"

刘子光一耸肩膀,很无所谓的样子。

"小白，打开给他们念念。"高经理一边惋惜地叹着气，一边将快递信封交给了白队长。

白队长会意，接过信封撕开封口，抽出一张挺括的白色硬纸来，干咳一声念道："职务任命书，任命至诚物业公司一期分公司保安部领班刘子光为……为……"白队长张口结舌，竟然念不下去了。

高经理一听不对劲，抓过那张纸一看，上面赫然写着"任命刘子光为保安部部长"！后面加盖了人力资源部的部门章，还有物业公司的公章，以及部长、老总的亲笔签名。

一时间高经理就觉得天旋地转，是不是在做梦啊，保安部部长，那可就只比自己低半个级别啊，而且进入这个级别，就是公司正式员工，有全套养老保险、医疗保险、住房公积金等等，月薪也从普通保安员的八百到一千二直接上升为两千，加上各种补贴、加班费、奖金等，怎么也有三千多块，等于鸡犬升天了！

其实更崩溃的是白队长，他垂涎部长这个位子已经足足两年了，可是一直没有扶正，只能以队长的身份暂代部门之责，现在好了，升级的希望完全破灭，那个小混混、小流氓、上班一共也没几天的刘子光，竟然摇身一变成了自己的顶头上司，一时间，白队长死的心都有。

说啥都没用了，这可是正规的公司红头文件，绝没有造假的可能，高经理到底是高经理，随机应变的本领很强，他将公文递给刘子光，又抓起他的右手热情洋溢地摇了起来："恭喜你，小刘！"

刘子光也有些愕然，拿着公文仔细端详。

那边高经理又去和老爸握手："老刘啊，你培养了一个好儿子啊，昨天晚上我和总部那边通了电话的，要力保你儿子，当时他们不同意，我是摔了电话的，没想到今天他们终于转过这个弯了。唉，不管怎么说，让小刘好好干吧，要对得起领导的信任哦。"

老爸激动得热泪盈眶，抓着高经理的手不放："谢谢你啊，高总。"

"好说，好说。"高经理矜持地笑着，从自己桌上拿过芙蓉王："老刘，抽一根！"

这边刘子光已经看完了公文,清楚了自己的待遇和职责,他嘿嘿地冷笑着,对白队长说:"老白,风水轮流转啊,以后你得听我招呼了。"

白队长笑得比哭还难看:"刘部长,以后多多关照。"

从办公室出来,刘子光埋怨道:"爸,你还不清楚姓高的为人么,这事就是他捣的鬼。"

老爸叹口气道:"你爸我在厂里也混了几十年,什么人没见过,这点猫腻还看不出来么? 不过人啊,有时候就要装傻才能活下去啊。"

刘子光无语,老爸又说:"可能总公司知道你的事迹了,这才提拔你的,这是好事,今晚得喝一盅。"

刘子光道:"爸,我晚上约了人了。"

"哪个? 是不是方护士?"

"嗯。"

"好好好,这更是好事,我和你妈自己庆祝,你们慢慢玩,记得别太晚,送人家回家要送到家门口。"

刘子光升任保安部部长,从此有了自己的专门办公室,此前保安部办公室是被白队长盘踞的,现在他只有灰溜溜地搬着自己的东西出去。

两个伙计帮着刘子光把房间打扫干净,刘子光坐在旋转气压办公椅上转了一圈,将腿跷在桌子上,开始给那几个被白队长辞退的临时工保安打电话。

几个人接到刘子光的电话时都很惊讶,明白后都马上答应赶回来,刘子光当了部长,还说啥,怎么着都得来捧场。

打完电话,刘子光拿起了考勤表。

至诚花园是一座中等档次、大型规模的住宅小区,有上百座楼房,高层、小高层、多层、叠加别墅都有,光进出口就有五个,还有绿地、池塘、会所等公用设施,以及一个大型地下车库,管理起来事务很是繁忙。

物业公司分为客服部、保安部、工程部、保洁部、绿化部、财务室和一个负责内部打杂的综合部,光是刘子光管辖的保安部,就有近百个保安,小区实在太大,现在的治安大环境又日益恶化,所以不得不增强保安力量。

这近百名保安中,只有一个部长、一个队长、四个领班是有正式编制的,其余的都是合同工,合同工也分三六九等,有诸如老张、老李这样社区街道安排的长期合同工,公司帮他们缴纳最低的养老保险,还有更低的一个等级,就是诸如王志军这样的临时工,每月八百块,没有保险金,就连白队长都能随意地辞退他们。

物业公司用成本较低的下岗工人和临时工,是因为公司收支实在不平衡,别看小区这么大,有相当一部分人是拒不缴纳物业管理费的,所以长期亏损,只好靠减少支出来维持。

刘子光当了部长,以后这个艰巨的任务就担在他肩膀上了,既要保证小区的安全,又要压低成本,尽量用最少的人员完成保安任务。

刘子光是看了内部文件才知道这些事情的,他将嘴一撇,这些傻×,开源节流才是王道,光知道节流有个屁用,应该把精力放在收物业费上才是。

不过现在他还用不着操心这个,他先拿着考勤表问:"白队长呢? 把他给我叫过来。"

正在擦桌子的保安赶紧跑了出去,找了一圈之后回来报告:"白队长不舒服,回家了。"

"哼,他要是能舒服了才叫奇怪,这考勤表咋画的? 早退,给他打个圈圈!"刘子光拿着圆珠笔在考勤表上画了一下,扔笔道:"以后几个门岗给我注意白队长的上班时间,晚一分钟都是迟到,别忘了。"

保安笑道:"忘不了,差一秒都给他记下来。"

白队长为人刻薄寡恩,大家早看他不顺眼了,现在换了上司,可算拨开乌云见明月了。

刘子光又拿起对讲机招呼了几个领班,让他们调派年轻力壮的同事去门岗守卫,把那些四五十岁的老同事换到轻松的岗位上去。

看看时间差不多了,刘子光准备回家,离家不算远,就没喊马超过来接,而是自己去地下车库开那辆张彪留下的捷达。

白色的捷达车是包工头的最爱,皮实、耐操,零配件便宜,即便是街头的修车铺都能修理,按说应该是辆好车,可是张彪这货实在太操蛋,他不是开车,是吃车,好好的捷达都被折腾得快散架了,怎么都打不着火,兴许是电瓶没电了。

没办法,刘子光只好步行回家,路过修车摊郭大爷那里,刘子光停下来,找个马扎子坐下,抛了一根中华给老头:"郭大爷,来根好的。"

郭大爷一伸手,香烟正好夹在两只手指之间,拿到鼻子下嗅了一下,老花镜后面的眼睛眨了眨:"嗯,好烟,不过大爷我抽不惯。"说着夹到了耳朵上。

刘子光笑道:"那郭大爷平时都抽什么? 不会是旱烟袋吧。"

郭大爷笑笑:"稍等,我的烟马上就到。"

正说着,郭大爷养的小黄狗颠颠地跑来了,嘴里叼着一盒烟,蓝白相间的烟盒很雅致。

郭大爷从小黄狗嘴里接过烟,问道:"找的零钱呢?"

小黄狗伸出舌头舔了舔嘴,咕哝了一声。

郭大爷装作很生气的样子举起了巴掌:"又让你买火腿肠吃了,你个狗东西!"

小黄狗赶紧拱着两个前腿给郭大爷赔罪,把个刘子光惹得哈哈大笑。

"郭大爷,你这狗还会买东西啊?"

"是啊,我给它五块钱,它就帮我买一包烟,剩下一块钱买火腿肠吃,这狗头,比人都精。去,给刘叔上烟。"

小黄狗真能听懂人话,从郭大爷手里叼过烟盒,又颠颠地跑到刘子光跟前,刘子光想伸手去接烟盒,它却忽然往后撤了一步。

"只能拿一根,拿多了它不干。"郭大爷在后面解释着。

刘子光嘿嘿一笑,就从烟盒里抽了一支烟出来,又摸了摸小黄狗的脑袋,夸奖了一声:"小狗真聪明。"

小黄狗舔了舔刘子光的手，表示接受他的表扬，然后又颠颠地跑回郭大爷身边了。

"这小狗，是我从花江狗肉馆救下的，我无儿无女，这狗就等于是我的儿子了，对吧，小四?"郭大爷亲昵地拍了拍小黄狗的脑袋。

刘子光看着手中的烟卷，过滤嘴是白色的，三个蓝色的小字：中南海。

点上，深深抽了一口，感觉确实和中华不一样，这种烟的味道比较冲一些，更加有劲。

"怎么样，不错吧，这才是男人抽的烟，四块钱一盒又不贵，你这一支中华，顶我半包烟了。"郭大爷自己也点上了一支，开始吞云吐雾。

刘子光以前没抽过混合型卷烟，现在一尝，觉得还真不赖，他嬉笑着问道："郭大爷，没想到您的口味还挺高，喜欢抽这种外国口味的烟。"

郭大爷吐出一股烟道："习惯了，年轻时候就抽 CAMEL，后来就改不过来了。"

刘子光一看手机，时间不早了，便起身道："大爷，其实我找您有点事儿，这两天交通不大方便，想借辆车骑骑。"

郭大爷道："这孩子，怎么都不早说? 你等等啊!"

说着，走到自己小平房后面，推出一辆黑黝黝的二八大架加重自行车。

"小光，这是老永久，加重的，辐条、内胎、闸皮我都换新的了，也上了黄油，你看看。"说着一摇脚踏板，后轮子转得像飞一样，链条转动，发出悦耳明快的声音，郭大爷一捏车闸，后轮嘎的一下停住，非常灵敏。

"郭大爷，这车?"刘子光挠挠头，这车真要骑出去，未免有点雷人。

郭大爷一拍车座："这才是男人的车! 送你了，明天给我买两条中南海就行。"

刘子光将烟蒂一丢："好，成交!"

刘子光骑着这辆经过翻新改装的二八加重老永久回到家，老爸看了也是大吃一惊，赞不绝口，声称这车要是早二十年，比汽车还威风。

刘子光实在无语，看来他们老年人的审美观是惊人的一致啊，不过仔细一看，这车确实洋溢着一种阳刚之美，大梁、车把、车圈都是货真价实的锰钢，如果那天自己骑的是这辆永久,追人贩子的速度应该会更快一些。

就是它了!

时间已经不早,快到方霏下班的点了,刘子光匆忙换了衣服,在老妈的逼迫下洗了脸,刮了胡子,跨上加重永久,风驰电掣一般驶向市立医院。

十五分钟后,市立医院大门口,换上了便装的方霏蹦蹦跳跳地跑过来,扭头看了半天,才发现跨在自行车上、叼着中南海的刘子光。

"啪嗒"一声,小护士的双肩包掉到了地上,樱桃小口张得老大,能塞进去一个灯泡。

"你……这是你的车?"方霏瞪大了眼睛,小手指点着刘子光的新座驾。

"是啊,酷吧?"刘子光得意洋洋。

"嗯,酷毙了! 我小时候也坐过。"方霏捡起包,跑了上去,抬起穿着牛仔裤修长的大腿,跨坐在自行车后座上。

"我做好了,可以开动了。"小护士说。

"走咯。"刘子光脚一蹬,二八永久在众目睽睽之下离开了市立医院。

"去哪里吃?"刘子光问。

"随便。"

"随便是哪里?"

"嗯,反正不能拿麻辣烫米线糊弄我,哼,今天我帮你的忙,你要表示诚意哦。"

"那,必胜客?"

"不要,死贵又难吃,才不要去呢。"

两人一边聊着,一边来到了本市的餐饮一条街,刘子光也觉得这顿饭似乎应该正规一点,看到路旁有个什么西餐厅的招牌,便停下道:"请你吃西餐吧?"

"西餐啊,很贵的哦。"方霏似乎有些动心,又有些犹豫。

"小意思,没告诉你呢,今天我升职了,现在是保安部部长。"刘子光道。

"是吗,太好了,你怎么不早说? 那就吃西餐,庆祝一下!"方霏兴奋地拿小拳头在刘子光背上一顿猛捶,这才从车上跳下来。

刘子光翻身下车,将自行车锁在路边,带着方霏进了这家西餐厅。

里面环境还算不错,清新雅致,服务员彬彬有礼,虽然摆脱不了山寨性质,但毕竟是认真地在山寨。

两人到二楼选了一个靠窗户的卡座坐下来,服务员去拿菜单的时候,旁边有个女人喊道:"方霏。"

方霏一扭头,看到不远处一个年龄相仿的女孩子,穿得很隆重,手里还捏着一份《知音》杂志,一个人孤零零坐着,似乎在等人。

"你是王雅丽,二班的,对吧,现在哪里工作呢?"方霏也认出了这位卫校的老同学。

"呵呵,我现在防疫站,马上就调到卫生局去了,当护士没前途的,我现在是事业编制,马上就能转行政编制了。"王雅丽不无得意地说道。

"是吗,真好,恭喜你了。"方霏只是淡淡地笑笑。

"对了,你现在哪里上班,还是市立医院的急诊室么? 护士太累了,一年到头没有出头之日啊……还是想办法跳槽吧……"王雅丽喋喋不休地说着,表面上是为方霏着想,其实无时无刻不在炫耀着自己的机关事业编制。

此刻楼下来了一辆黑色奥迪 A6,很牛地开上了路牙石,径直停在西餐厅门口,一个夹着皮包的年轻人从副驾驶位子上下来,冲着驾驶座热情地喊了一句:"替我问王县长好。"然后夹着包兴冲冲上了二楼。

看到男朋友到了,王雅丽急忙站起来:"怎么这么晚?"

"县里来人了,要陪,我这个当科长的走不开啊。"

"啪!"这位科长打了个响指,动作潇洒而成熟,远处服务生迅速走过来,声音很低:"先生需要什么?"

"九四年的王朝赤霞珠,一罐雪碧,要听装的。"科长很专业地说道。

穿着白衬衣黑马夹的服务生脸上泛起职业性的微笑,去安排科长大人的红酒雪碧去了,这边科长落座,将皮公事包放在旁边的坐椅上,从裤兜里掏出手机和一包没开封的金南京,丢在桌子上。

王雅丽热情地介绍道:"方霏,这是我男朋友赵振,土地局的科长。赵振,这是方霏,我卫校的同学,现在市立医院当护士。"

赵振抬头看了看方霏,眼睛不由得亮了一下,彬彬有礼地伸出手去:"你好,赵振。"

方霏很有礼貌地轻轻和赵振握了一下手,嫣然一笑。

王雅丽扫了刘子光一眼,问道:"方霏啊,怎么不介绍一下这位帅哥。"

方霏脸上一红,忙道:"这是我朋友,刘子光。"

刘子光很有礼貌地点点头:"你们好。"

"刘先生在哪里高就啊?"赵振伸手拿起了烟盒,撕开包装。

"我在一家物业公司做保安。"刘子光答道。

"哦。"赵振刚准备递出去的烟不露痕迹地缩回,自己点上了,再也不搭理刘子光。

此时正好服务生过来点餐,很客气地提醒赵振:"先生,不好意思,这里是无烟区。"

赵振大怒,将烟盒一拍道:"什么态度,叫你们经理来!"

服务生面露难色,恰好领班就在附近,是个年龄稍大的女子,过来一看,赶紧赔礼道歉:"对不起赵科长,他新来的,不认识您。"

赵振这才作罢,嘴里咕哝着:"越来越不像话了。"手里翻着菜单,点了几个很是昂贵的菜品:"澳洲大龙虾,法式焗蜗牛,红酒香菜烤羊排,金枪鱼杂蔬,意式牛肉蔬菜汤,再来个印度飞饼。"

两个人根本吃不了这么多,但是已经挨批的服务生根本不敢提醒赵振,更不会提醒他吃海鲜需要配干白,而是职业性地微笑着,拿着菜单走了。

那边方霏也点好了,一份红酒牛排,一份黑椒牛排,蔬菜沙拉,罗宋汤,都是今天的特价菜,外加一瓶价位很低的威龙干红。

王雅丽很得意地瞟了一眼方霏,故意大声说道:"赵振,点太多了吧,好贵的。"

赵振道:"没关系,回头要张发票,打在招待费里,这回南泰县要批地,得从我手里过。"说着,傲慢的目光不经意地从方霏身上划过,又瞟了刘子光一眼,大概在纳闷,方霏身材相貌都是一流,为啥找了个保安当男朋友?

菜品很快上来,赵振很帅气地拉开雪碧易拉罐的拉环,"啪"的一声,雪白的泡沫溢了出来,他将雪碧兑入红酒杯,然后举杯和王雅丽轻轻碰了一下,很文雅地说:"器而死。"

那边传来刘子光的声音:"服务员,给我拿一双筷子。"

听到这个,赵振和王雅丽不约而同地露出一个鄙夷的微笑,赵振将头伸过去,悄声道:"我有个朋友,就想找个干医的当女朋友,你看能不能安排? 方霏就行。"

王雅丽也低声道:"行,看我的。"

赵振娴熟而专业地使用着刀叉,吧唧吧唧地大嚼着澳洲大龙虾,时不时举起高脚杯和王雅丽干一个,两人还时不时低语几句,然后旁若无人地大笑,餐厅的服务员似乎早已习惯这位赵科长的特色做派,见怪不怪了。

倒是方霏有些不习惯,不时瞟一瞟赵振,有点吃不下去饭的样子,刘子光却无所谓,很快将他那份黑椒牛排吃完,方霏见他一副没吃饱的样子,赶忙用叉子把自己切好的红酒牛排送过去:"你吃。"

刘子光毫不客气,接过来吃了,又惹来王雅丽一阵窃笑。

两边几乎同时吃完,赵振大喊一声:"先挂在账上。"又对王雅丽使了个眼色。

王雅丽道:"方霏啊,老同学好久不见了,不如我们去酒吧玩?"

方霏眼睛一亮:"好啊,我都没去过酒吧呢,他们都说好玩。"可是忽然又撅起了嘴:"还是算了,我不能太晚回家。"

王雅丽道:"没事的,随便玩玩就好了,九点多就能回家,赵振的朋友都有车的。"

方霏拉着刘子光的胳膊:"你有没有时间啊? 咱们去酒吧玩。"

王雅丽忙道:"你朋友要是忙就不要去了,他们保安都是要值夜班的。"

这话其实就是在暗示不欢迎刘子光了,但是刘子光却很不识趣地说:"没事,我有的是时间。"

赵振有些不悦,猛抽烟不说话。

结了账之后,四个人下楼,赵振打了个电话,不出五分钟,一辆漆黑锃亮的帕萨特就开了过来,司机是个白脸年轻人,一手叼着烟,一手拿着手机,也没系安全带,一脸很屌的表情。

"行,我接几个朋友,这就过去。"白脸打完电话,对着赵振点点头,赵振笑着打招呼:"梁局长出国考察,这几天你可放羊了。"又转头对王雅丽介绍道:"这是我哥们儿,刘卓,咱市财政局梁局的驾驶员。"

白脸一撇嘴:"赵振,你马子?"转而一双眼睛又直勾勾瞪着方霏问道:"这你朋友?"

赵振神秘地一挤眼睛,道:"都是朋友,走,赶紧去酒吧,再晚就没位子了。"

帕萨特的副驾驶位子上,坐着一个小伙子,正埋着头玩手机发短信。

车里已经有两个人了,后排再坐三个就满了,赵振和王雅丽坐进去之后,并没有显示出要再往里挤一挤的意思,等方霏坐进去之后就完全没有空余的位置了。

"方霏啊,咱们老同学见面,你一个人就好了,要不然让你朋友先回去吧。"王雅丽很客气地说道。

"算了,我就不去了。"方霏从车里出来,小声道。

"咳咳,那啥,你们再打辆车就是。"赵振敏锐地发现,白脸司机对方霏似乎很上心,而方霏又不想抛下刘子光,便只好将就一下带刘子光一起去,心想到时候让他出点糗更好。

听到"打车"两个字,方霏骄傲地说:"不用,我们有车。"

然后,刘子光就在众目睽睽之下走到路边,打开链子锁,推出了他那辆加重永久。

方霏跑过去,往二等座上一蹦,就这样坐在自行车上,帕萨特那边掉了一地的眼珠子,大家都傻了,这也太雷了吧,小姑娘看着挺聪明的,做事咋这么没脑子?一个保安而已啊……

刘卓用只有自己听得见的声音骂了一个字："×!"很愤怒地一踩油门，帕萨特开走了，王雅丽从车窗里伸出头，来喊了一声："1912 门口，我们等你!"

刘子光问方霏："你真想去？"

方霏点着头，一脸的憧憬："嗯，听说 1912 蛮好玩的，是从南京那边请来的 DJ，我们医院那些人都去过，就我没去过，平时和她们聊天都没话题，而且还有我老同学，所以……嗯，其实，你要是不想去的话，我也不去了，咱们找个地方坐坐就行。"

方霏是个乖孩子，刘子光不想扫她的兴，便道："其实我也想去看看的。"

"太好了，我们走吧，你带我。"说着，方霏居然从后座上跳了下来，在刘子光一脸的愕然中爬到了自行车的大梁上。

方霏个头很高，足有一米七，幸亏是辆二八的大车子，不然坐起来还真憋屈。

"坐这里？不硌得慌么？"刘子光惊奇地问道。

"不硌，小时候爸爸就是这样带我的，不说了，快走吧。"

刘子光无奈地摇摇头，翘腿上了自行车，抄小路飞奔而去。

今天是周末，路上人多车多，主干道上堵得长龙一般，司机们都在不耐烦地按着喇叭，鸣笛声响成一片，更加令人烦躁不安。

与此同时，加重永久正在小巷子里轻快地飞驰，车铃铛清脆悦耳，方霏就像小孩一样坐在大梁上，两只手抓住车把中间位置，一任小巷里的风将自己的头发吹散。刘子光骑车很快，一路上只听见方霏的欢笑。

来到 1912 酒吧的时候，赵振等人还没有到。这是位于江北市步行街附近的一所著名酒吧，门脸装饰得很夸张，也很豪华，比孙伟的糖果酒吧高了不少档次，光看门口停着的汽车就能知道，一辆奥迪 TT，一辆宝马 Z4，就代表了 1912 的档次与品位，至于其他诸如别克君悦、天籁、奥迪 A6 之类的更是常见。

到 1912 消费的人几乎全是开车来的，此刻正好是晚饭后，就见停车场上的保安忙忙碌碌，安排着泊车，另外还陆陆续续有出租车抵达，一些穿得很暴露的摩登女子拎着小包包,目不斜视地下了出租,走进1912,也不知道是干啥职业的。

刘子光把车停好,和方霏一起在门口等,正好有个卖烟的大婶走过来,拿着装满香烟的木匣子展示着,似乎是刚做生意的样子,不好意思叫卖,半天也没见卖出去一盒,刘子光看到大婶身上的衣服很熟悉,是上个世纪八十年代红旗钢铁厂的工作服,老妈也有同样的一件,看来这位大婶还是老妈的同事呢。

刘子光知道下岗工人的艰辛,便拿出五块零钱过去买了一盒四块钱的中南海和一个塑料打火机,大婶感激地冲刘子光点点头。

等了十五分钟左右,赵振他们乘坐的帕萨特才到地方,酒吧门口已经停不下了,于是将车停在附近,几个人走进了1912。

幸亏先前已经来了几个朋友,占下了位子,所以大家都有地方坐,几个差不多年龄的小伙子坐在桌子旁喝着啤酒,见赵振和刘卓过来都打招呼,赵振介绍道:"这位是小斌,规划局的,这位是小洋,烟草专卖局的,这位是小国,市委的。"

介绍人的时候,表面上说给王雅丽听,其实主要是说给方霏,这些年轻的公子哥们在听到赵振介绍他们的时候,神情间都不自觉地流露出一丝倨傲的意思。

"这是我女朋友王雅丽,这位是她同学方霏,市立医院的。"赵振根本就将刘子光选择性地无视了。

好不容易坐定,几个人开始大侃,说的都是些机关轶事,哪个局长要高升了,哪个书记要二线了,谈到某人的时候,往往不说具体名字,而是用姓代表,反正大家都是混官场的,心里都清楚得很。

"市财政的吴这就要退了,四个副局长里面,最有希望的是梁,这次去欧美考察就是明证,市里对他很器重。"赵振侃侃而谈,转而又拍了拍刘卓的肩膀:"梁局还年轻,学历又高,几年内肯定还要动,到时候你也跟着水涨船高,安排个区局的科长不是问题。"

刘卓摆摆手:"没意思,我家老头不想让我从政。"说着不经意地扫了方霏一眼,一脸酷酷的表情,可惜方霏压根没往这边看。

那边王雅丽趴在方霏耳边轻轻说:"方霏啊,刘卓他爸爸是以前市人事局的科长,很有些人脉的,不如托他走走关系,调个工作。"

方霏淡淡地笑了:"嗯,谢谢你。"

王雅丽很不甘心,偷看了刘子光一眼,继续道:"方霏,你条件那么好,怎么找个保安当男朋友?你看看人家刘卓,家里三套房子,又在政府机关里上班,跟着领导当司机,前途无量啊,实话对你说吧,人家刘卓挺喜欢你的,想和你交个朋友。"

方霏有些不悦,但出于礼貌并没有表现出来,而是敷衍道:"再说吧,我没来过1912呢。"

王雅丽无奈地走到那边,趴在赵振耳边一说,赵振的眉毛也拧了起来,几个男的一起转头看刘子光。

刘子光穿着款式过时的劲霸夹克衫,二傻子一样空着手坐在沙发边上,看着舞池中的红男绿女,一脸好奇的样子,一看就是个土条。

就这样一个货色都能泡上的妞,居然正眼都不看刘卓。这对几个帅哥来说,刺激不免有些大。

"刘卓,你去请方霏跳舞,咱们几个去和他聊聊。"赵振吩咐道。

刘卓起身,一甩头发,过去请方霏跳舞,方霏很客气地回绝,说想再坐一会,王雅丽见状赶紧过去圆场,好说歹说才说服了方霏,三个人一起下去跳舞。

这边赵振拿着啤酒瓶,带着几个小兄弟走到刘子光身边,将他团团围住,但刘子光似乎把他们当成了空气,连睬也不睬,只顾着摇头晃脑跟着音乐打拍子,更把赵振气个半死。

"你叫什么来着,牛什么紫光对吧?我和你说点事。"赵振坐到刘子光面前道。

"一边去。"刘子光伸手将赵振拨开,"哥看节目呢,没空搭理你。"

刘子光根本没把这帮家伙当回事,他今天的主要任务是陪方霏玩。

但是这帮所谓的公子哥想的可不一样了,他们都是在体面的单位里上班的,衣食无忧,父母还有点小小的权力,和刘子光这种城市底层人物相比,还是很有些优越感的。

一个破保安就这么横,还有天理么,烟草专卖局的小洋脾气最爆,一口烟吐到刘子光脸上:"×!振哥和你说话,你聋了么!"

赵振一伸胳膊,将小洋拦住,道:"这里是四哥罩的场子,怎么着都得给点面子。"

小洋仍骂骂咧咧地不肯罢休。

赵振等几个人,嘴上都叼着烟,虎视眈眈地瞪着刘子光,黑暗中烟头的火光一明一暗。几个人自以为对这个小保安形成了强大的威慑气场,但是刘子光依然没事人一样,摇头晃脑地跟着音乐打拍子。

"牛紫光是吧,你出来一下,咱们到酒吧外边说话。"赵振先起身,伸出手指勾了勾。

刘子光一脸的不屑:"你们几个别找事!滚一边玩去!"

这下小洋更恼了,抄起了酒瓶子:"作死是吧!"

刘子光笑眯眯地对小洋说:"够胆就打过来,信不信我让你把玻璃碴都吞下去。"

"×!"这回赵振也拉不住了,小洋当真就抡起了酒瓶子。

就在一场打斗即将发生的时候,舞池中突然发出一声尖叫,人头乱晃,明显是出事了。这声音很耳熟,赵振当即就蹿出去了:"是王雅丽!"

其余几个人也顾不上料理刘子光了,紧跟着蹿出去。

舞池中央,刘卓正狼狈不堪地躺着,脸上全是血,王雅丽和方霏惊魂未定地站在一旁,他们的对面,两个高大的寸头男子一脸骄横地站着,手里还捏着烟。而酒吧的客人们就围在一边,饶有兴致地看着,敢在1912闹事的人肯定不是善茬,今天有好戏看了。

赵振等人也不含糊,上去就推搡对方,嘴里骂骂咧咧的。他们经常在1912玩,认识这里罩场子的人,所以有恃无恐得很。

赵振这边人多,以四对二,可是旁边座位上又站起几个人来,抱着膀子叼着烟走过来,都是一脸的痞气,粗壮的胳膊上刺着各种花纹,一看就是道上混的。

赵振有点心虚,大喊道:"四喜哥!"

几个酒吧保安已经闻讯赶来,不过明显气势上输于对方,赵振嘴里的"四喜哥"也没出现,酒吧领班过来劝解,低声说了几句什么,对方却丝毫不给面子,指着刘卓说要废了他。

正闹得不可开交,刘子光在后面轻轻扶住了方霏的肩膀:"怎么回事?"

"这个家伙,"方霏指着刘卓说,"跳舞时对我动手动脚,我推了他一把,他就撞在那个人身上。"方霏指着一个高大的寸头男子,接着说,"然后那个人就破口大骂,然后就动了手……"

刘子光一听方霏被欺负,这就要上去找刘卓理论,却被方霏死死拉住:"算了吧,还是回去吧。"

正当方霏拉着刘子光准备离开的时候,对方一个板寸青年忽然指着方霏喊道:"不许走,你们是一起进来的!"

"你他妈的以为自己是谁,说不让人走就不让人走?"刘子光正在气头上,说话带着强烈的火药味儿。

"妈了个×的,你谁啊?这么横!"对方一个带头的家伙傲慢无比地站出来,他个头挺高,一米八几的样子,饱满的肌肉块包裹在黑色紧身 T 恤里,一看就是练过的。

黑 T 恤上下打量着刘子光,从自己的记忆库中搜索不出这个人,便又将目光转向了方霏:"马子挺正的,前凸后翘……"

淫亵的话语还没说完,只听一声脆响,谁都没看见刘子光出手,就只见黑 T 恤脸上多了五个血红的手指印,人也被打了个踉跄。

一阵惊呼,客人中有人认识,这个黑 T 恤是一个叫疤哥的手下,练过健美和跆拳道的,也是道上有名的打手,没想到今天这么吃瘪,还没动手就让人赏了个大嘴巴子,还是脆的。

"那谁,四喜怎么不在?"赵振问酒吧保安。

"四喜哥前段时间进去了,场子没人看,正巧四哥也出去有事,不巧啊。"保安头目急得满头大汗,正拼死地打电话,不过看来效果并不理想。

一记响亮的耳光响起,那个有眼不识泰山的小保安居然先动手了,赵振等人看见,先是一喜,然后又是心中一紧,怎么说他们都是一起进来的,刚才还坐在一个桌上,被这帮人认为是一伙就遭殃了。

"振哥,怎么办,报警吧?"小洋也没有了刚才的嚣张,声音稍微有点颤抖,此时他心中还有一点点后怕,那个保安看起来身手不错,刚才要是真动手了,怕是自己要吃亏呢。

这一巴掌,刘子光还是留了手的,要不然非把黑 T 恤的满口牙给打掉,不过黑 T 恤可不领情,他暴喝一声,使出苦练已久的腿法,一个侧踢,以迅雷不及掩耳的速度向刘子光的头部踢来,动作漂亮迅猛,踢得极高,显示出了深厚的跆拳道功底。

几乎就在同时,刘子光也出腿了,一个极其简单的动作,就是在黑 T 恤的支撑腿上踹了一脚而已,黑 T 恤失去重心,当场摔了个狗啃屎。

见老大吃瘪,旁边有个流氓眼都红了,抡起椅子就要砸过来,哪知刘子光身形更快,一闪身就从旁边的桌上抄了个东西。小流氓只觉眼前一花,刘子光就闪到身前,自己的脖子上已经顶着一把银光闪闪的餐叉。小流氓哪里见过这样的身手,当时就吓得打起了哆嗦,手上的椅子早已滑落到脚下。

黑 T 恤爬了起来,知道遇到了高手,他擦一擦嘴角的血,恶狠狠地瞪了刘子光一眼:"走!"

几个人搀着黑 T 恤,狼狈不堪地走了。

"再玩会儿?"刘子光很恶意地在后面说道,引起一些客人的轻笑。

酒吧保安终于松了一口气,走到刘子光旁边,递了一根烟问道:"哥哥跟谁混的?"

刘子光淡然一笑,也不接烟,径直走到赵振旁边道:"赵科长,不是找我有事说么?"

"没事了。"赵振简单地答道,脸色铁青。

"嗯,没事就好,给你们先提个醒,以后谁敢对方霏有一星半点的不尊敬,我就打到他妈妈都不认识他。"说着,刘子光很自然地揽住了方霏的肩膀,恶狠狠地瞪了刘卓一眼。

刘卓赶紧低下头,躲开刘子光的视线,心里暗想,功夫好顶个屁用,等人家大队人马杀到,你连全尸都没有。

酒吧里发生这种事情很平常,所以酒客们并没有在意,但赵振等人却明白,对方吃了亏,肯定要喊人过来的,再不走可就来不及了。几个人匆匆结了账离开1912,神情都有些紧张,王雅丽明显是吓坏了,脸色煞白,到现在没说一句话,连招呼都没和方霏打。

见他们几个出门,方霏很是开心地问道:"以后你会保护我么?"

刘子光点点头:"不论谁欺负你,我都会帮你出头的。"

"那……你为什么要保护我?"方霏明知故问道,脸上飞起一抹娇红。

"你那么乖,我当然要保护你了。"刘子光嘿嘿一笑打趣道。

"答得不好……哦,他们走了,咱们也赶紧走吧,等那些人再杀回来就惨了。"方霏终于回过味来,拉着刘子光就要离开。

到了大门口的时候,才知道已经晚了,对方神速,已经拉了几十号人过来,1912门口满满当当,蹲着的,站着的,全是人,一个个低声说着话,腰间都是鼓鼓囊囊的。

赵振等人已经被扣住,很无助地站在一起,赵振很低声下气地和他们解释着什么,刘卓在后面偷偷拨打着手机,王雅丽连腿都在发抖,其余几个男人也怂了,低着头不敢说话。

方霏一看这阵势,吓得差点缩回去,不过被刘子光拉住了:"别怕,有我。"

方霏紧紧抓住刘子光的胳膊:"不行啊,他们人多,你打不过的,不如你赶快跑,别管我。"

刘子光拍拍方霏的脑袋,露出两排白牙笑了起来:"傻丫头,这点排场还不够看,过会你找个地方藏一下,别溅一身血就好了。"

方霏急得快要哭出来了:"你会死的。"

刘子光轻声道:"如果有人会死,也一定不是我。"

几十个人堵在门口,他俩还在卿卿我我,未免太不把人放在眼里了,黑 T 恤大怒,用棒球棍指着刘子光骂道:"你俩说够了没有! 那个男的! 你个小×养的给我过来,看我今天打不死你!"

刘子光猛一转头,目光锐利如电,吓得黑 T 恤一个激灵,一种不祥的预感从心中升起,毛骨悚然的,挺不舒服。

不过有这么多兄弟在,就是拿人压都把他压死了,怕毛啊!

刘子光又拍拍方霏的肩膀,这才慢条斯理地走过去,走到黑 T 恤面前,傲然道:"你们是一起上啊还是单个上?"

话语中充满了极其嚣张的挑衅意味,黑 T 恤不由得退了一步,不敢和刘子光对视,不过迅速想到刚才自己所受的侮辱,脸上五个手指印还在呢,他不由得狂怒起来:"兄弟们,扁他!"

正在此时,一个很淡定,但是却充满不可抗拒的威严的声音响起:"谁敢动我兄弟。"

众痞子扭头看去,只见一个魁梧的中年人走了过来,穿着很普通的衬衣、裤子,但是那种混迹江湖多年的气息却是怎么掩饰也掩饰不掉的。

"建国哥。"所有的小痞子都将手上的家伙藏在背后,站得笔直,如同迎接老师视察的少先队员一般,齐刷刷地喊出这三个字。

12 猛龙过江

李建国慢慢走了过来,看一下酒吧门口的态势,随口问道:"没事吧?"

刘子光微笑不语,黑 T 恤赔笑道:"没事,兄弟们还没开打,不知道是建国哥的兄弟,他也没提……"

李建国打断他道:"我问的是你们,没事吧?"

黑 T 恤摸不着头脑:"我们没事啊,能有啥事?"

"哼,幸亏没开打,真打起来,你们有几条命?"

黑 T 恤有些不服的样子,悻悻地狠啐了一口,但是在李建国面前,也只能硬忍着。

"兄弟,咋回事? 毛孩说你可能有事,正好我在附近,就过来看看。"李建国说着,掏出烟来请刘子光抽,刘子光摸出自己的中南海笑道:"哥们现在只抽这个。"

"嗯,这个好,醇厚有劲。"李建国拿出打火机帮他点燃。

那几十个小痞子都看傻了,建国哥是传奇般的人物,居然和这个没名头的新人这么熟,到底咋回事啊。

"其实也没啥,这小子脾气有点大,我略微教给他一些做人的道理,他就喊了这么多人来,小子挺有意思的。"刘子光吞云吐雾,一脸的淡然。

"嗯,我知道了,这事我来处理。"李建国说完,将烟头踩灭,走到黑 T 恤面前,脸色已经沉了下来:"黑豹,自己掌嘴。"

黑 T 恤惊呆了,似乎不敢相信自己的耳朵,一时间张口结舌。

"自己掌嘴,我再说第二次,我的作风你知道,不过三。"李建国的语气并不严厉,相反,是那种缓慢平和的口气,但在这群人听来,却是那么的冷峻。

黑豹愣了五秒钟,终于将棒球棍丢下,开始一下下抽自己的脸,刚开始下手不太重,李建国冷冷地说:"用力。"

"啪!""啪!"手掌快速接触脸蛋的声音一下下响起,每个人都听得清清楚楚,酒吧门口足有几十号人,但却鸦雀无声,看起来非常诡异。

黑豹的眼神很郁闷,很哀怨,如同被家长责罚的孩子,同时又带了几分赌气,每一下都极重,二十几个巴掌下去,一张脸已经变成了猪头,嘴角也沁出了鲜血。

李建国看看刘子光,刘子光正在和方霏谈笑风生,注意到建国投射来的目光,便摆摆手道:"干啥呢建国,给小辈留点面子嘛。"

李建国感激地点点头,对黑豹说:"你刘哥发话了,我给他面子,今天就先饶了你。"

黑豹停下手来,一张猪头上全是憋屈和愤怒。

李建国道:"我让你自己掌嘴,是为你好。"

黑豹一脸愤怒变成了不解。

"四喜你知道吧?"李建国问道。

"知道,妈×的,等他出来我非宰了他个×养的不可。"提到四喜,黑豹的一脸不解瞬间又变回了愤怒,而且是极度愤怒。

"四喜已经被整服了。"

"什么?谁干的?看守所里也能下手?"黑豹的愤怒又变成了惊讶,大嘴张着,能塞进个灯泡。

"这个哥哥动的手。"李建国一指刘子光,"前段时间他出点事进去了,被分配到四喜那个仓,四喜敢呲毛,被收拾了,一屋子人都被打趴下了,就这样。"

现场一阵"咝咝"的声音,所有人都在倒吸凉气,四喜是什么货色,他们再清楚不过了,那可是道上最有名的滚刀肉,早年练过拳击的,因为致人重伤才被省队开除,要论硬和狠,道上他称第二,没人敢称第一,黑豹就是栽他手里的,肋骨都被打断了三根,躺床上小半年才爬起来的。

四喜够狠,脑子也不笨,在看守所里是牢头,黑豹两次派人进去想搞他一顿,都反着了他的道,李建国的这位朋友,孤身一人能把四喜和同仓的十几个穷凶极恶的暴力犯打服,这得多厉害啊。

而且人家还是建国哥的兄弟,建国哥是啥样人,在场稍微混得好点的,都听过他的光辉事迹,哪个不是心服口服? 说起来这个哥哥一定也是条猛龙。

黑豹倒是条爽快的汉子,上前给刘子光鞠躬:"哥哥,不好意思了,我不认识您,对不起。"

刘子光风轻云淡地一笑:"没事儿。"

又给方霏鞠躬:"对不起姐姐!"

方霏吓得躲到刘子光身后,受惊小鸟一样抓着他的衣服,但刘子光却分明听到她吃吃的偷笑声,大概这丫头正在得意洋洋。

别看黑豹傻大黑粗,脑子并不笨,早看出刘子光和赵振他们一伙不对付了,他客气地问道:"哥哥,这几个人是不是你朋友?"

赵振等人早就傻眼了,虽然他们不是道上混的,但是也略微知道几个人的名字,刘子光是刚出来的,而且把四喜这么牛逼的人都干趴了,还能说啥? 只恨自己不开眼,无意中就得罪了大佬。

赵振反映还挺快,挥手喊道:"刘哥,咱是自己人啊。"

刘子光恶毒地笑道:"那几个人我不认识,刚才他们还调戏我女朋友。就那个谁,穿蓝衣服的。"刘子光拿手一指刘卓,后者当场脸就煞白了。

"妈了个×的! 建国哥的朋友你也敢惹,活腻歪了是吧!"黑豹愤然冲上去,照着刘卓的脑袋就是一巴掌抽下去。

黑豹的手劲很大,刘卓的眼睛立刻红肿起来,捂着脸哀号着,市委的那位小国一紧张,手里的电话都掉了,黑豹捡起来一看,顿时大怒:"我×! 你还盲发信息!"说着就是一个封眼锤。

小国被打得一个踉跄，语无伦次地叫道："你敢打我，我是市委的！"

"哎呀，我好怕啊！"黑豹夸张地叫着，手下的劲道却更足了，"打的就是你！"

其余几位噤若寒蝉，不敢上前帮忙，但这并不能救了他们，黑豹既然喊了这么多小弟过来，总要干点啥的，不然就亏大了，要知道喊人打架也是有出场费的，每人五十，事后还要摆酒，伤了残了进去的另算，成本可不低。

黑豹一声招呼，小弟们扑上去拳打脚踢，将几个人放翻在地，一顿胖揍，把王雅丽吓得直哭，方霏在后面悄悄掐了刘子光一把，刘子光会意，便道："行了，打几下是个意思。"

黑豹道："行，我给哥哥面子。"一声呼哨，兄弟们意犹未尽地停手，骂骂咧咧地散开了，留下五个鼻青脸肿的伤员。

"哥哥，回头毛家菜馆，弟弟请你，向你赔罪。"黑豹恭敬地说道。

"算了，我还有事，你们自己吃吧。"刘子光潇洒地摆摆手。

李建国也道："他还有事，下回吧。"

黑豹点点头："那行，哥哥咱们下次再喝。"又对李建国道："建国哥，您得去吧。"

李建国道："你先去，我回头到。"

黑豹领着人先走了，这时李建国才道："查出来了，扫'地地道道'场子的是老四。"

刘子光道："好，这事我知道了，黑豹是谁的人？看来和老四不对付。"

"黑豹是疤子的手下，疤子欠我个人情，就这样。"

李建国说话就是这样，极其简短，但是意思表达得很清楚。

"行，谢了，我先走，咱们有空再聊。"刘子光准备离开了，这时方霏才从他后面站出来，甜甜地笑道："建国哥，谢谢你哦。"

李建国点头致意："应该的。"

微凉的夜风里，刘子光骑着二八大永久送方霏回家，因为有些顶风，这回方霏坐在后面,一只手抱着刘子光的腰,一只手拿着手机发信息。

路很长,两人悠闲地在月光下骑行,刘子光问道:"小手好快啊,手机按得啪啪响,和谁联系呢?"

方霏嘿嘿一笑:"和同事,他们几个肯定要就近去我们医院急诊,我让同事们好好伺候他们几个坏蛋。"

刘子光哈哈一笑:"你也知道他们是坏蛋啊。"

"当然了,不就是些科长局长的儿子么,还真以为自己是纨绔子弟了,而且他们还敢小瞧你,哼!我帮你报仇啦。"

刘子光又发出一阵爽朗的大笑,摇动车龄,自行车在法国梧桐婆娑的树影下前行,月光穿透树叶的缝隙照在地上,晚风沙沙响,有一种宁静的美丽,两个人都不说话,只希望这段路越长越好。

终于来到方霏家楼下,方霏恋恋不舍地下了车子,嗫嚅道:"今天时间晚了,我爸爸在家,就不请你上去了。"

刘子光点点头:"嗯,知道了,你早点上去睡觉吧。"

方霏进了单元门,随后传来一阵"砰砰砰"上楼的声音,刘子光依然不动,过了半分钟,方霏的小脑袋又从单元门里冒出来:"你怎么还没走?"

"我要等你房间的灯亮了才走。"刘子光一指楼上。

这下方霏开心了,喜滋滋地跑上楼去。她打开家门,也不理会招呼自己喝汤的老爸,先跑进房间把灯打开,然后推开窗户向下看去,只见刘子光挺拔的身影正在路灯下伫立。

看见方霏探头出来,刘子光向上挥挥手,飞身上了自行车,飞驰而去。

方霏也向他挥手,可是始终不见刘子光回头,气得一跺脚:"没良心!"

"谁没良心啊?"方院长腰间扎着围裙走进来问道,一边问一边踮着脚往窗外看。

方霏的脸红了:"爸爸,不是说不准你乱进人家的房间么,怎么又跑进来了?"

"进来看看嘛,他送你回来的?"老头倒是蛮可爱。

"什么他啊她的,是女同事。"方霏心虚地说道。

"噢,把爸爸的衣服借给女同事穿了。"方院长一本正经地说道。

"哎哟,爸爸呀。"方霏撅着嘴把方院长推出了自己房间,一下扑到床上,抱着庞大无比的卡通灰熊仰面朝天,大眼睛眨啊眨的,嘴角一丝笑意浮现,忽然好像是想到了什么似的,又猛打起无辜的灰熊。

"扁你,扁你,扁你,都不回头看人家一眼。"

自行车在马路上飞驰着,刘子光一边哼着歌,一边摇头晃脑,眼睛却时不时地向身后瞄一眼,他有一种隐隐的感觉,似乎有一双眼睛在暗处盯着自己,但是几次回头,却都没有发现什么。

转过一个拐角,前面空荡荡的没有人和车,刘子光翩腿下车,用力在车座上推了一把,自行车依靠惯性继续向前驶去,而他则紧靠在墙角处,屏住呼吸等待着那个暗中的偷窥者。

二八永久自行车经过郭大爷的调校,车把很稳当,继续向前冲了四十多米才歪倒,咣当一声摔在地上,此时那辆一直尾随在后面的自行车忽然冲了出来,车上的人却被刘子光一把拽住,拎小鸡一样从车上拎下来。

定睛一看,竟然是毛孩。

"毛孩,你不在医院陪你妈,跟着我干什么?"刘子光质问道。

毛孩穿了一身黑白色块的旧城市迷彩服,衣服明显有些大,穿在他身上如同一件长袍,骑了一辆半旧的二六女式斜梁车,眼神闪烁,支支吾吾。刘子光生气了,拿出手机道:"你这个小孩真不省心,你妈妈都病成那样了,还不陪着她,出来乱跑,我这就给建国打电话,让他把你领回去。"

"别,刘叔。"毛孩终于开口了,两只小脏手在裤子上摩挲着,漆黑的小脸上满是惶恐和羞涩,"我……我跟着刘叔,是想给你护驾……"

刘子光心念一动,伸手在毛孩的后腰上摸了一把,果真摸出一柄锋利的剔骨刀来,这个淳朴的孩子,知道他刘子光仇家多,竟然暗暗跟在后面保护,怪不得李建国来得那么及时啊。

见刘子光不说话，毛孩又期期艾艾地说："俺娘知道，俺娘说了，叔是好人，现在好人不多了……世道又乱……我才……才　　　　"

刘子光眼眶一热，重重拍了下毛孩的肩膀："毛孩，啥也不说了，刘叔谢谢你。"

毛孩瞪着迷茫的眼睛，吸了一下鼻涕："刘叔，你不生气了？"

刘子光哈哈一笑："叔吓唬你呢，不过这刀子千万别带了，叔先帮你收着。"

毛孩不好意思地挠挠头，扶起了自行车，陪着刘子光往前走。

"毛孩，你跟谁学的盯梢？ 跟了我那么久，硬是没发现你。"刘子光问道。

"俺爷爷是打猎的，俺打小就跟着他在山里猎兔子野猪山鸡啥的，后来乡政府把猎枪、子弹都收了，没办法就只能撵着猎物走，撵累了就逮着了。"

刘子光暗暗吃惊，毛孩竟然有着优秀猎人的天赋，山林中的地形地貌和城市截然不同，他也能隐匿自己、追踪目标，这种本事很了不起的。

往前走了一程，到了巷口头，刘子光问道："毛孩，你住哪里？"

"我和俺叔一起住，就在这附近租的房子。"

"哦，建国家里还有谁啊？"刘子光随口问道。

"就只有我和俺叔，婶子头几年就跟人跑了，把俺叔的房子也卖了。"毛孩挠着头说道，显然对大人之间错综复杂的事情不太了解。

但刘子光已经明白，家家都有难念的经，在这个凋败贫寒的棚户区里，谁没有一把辛酸泪呢？

打发毛孩回去了，刘子光也回到了家里，父母竟然还没睡觉，电视也没开，就坐在桌子旁等着儿子约会归来，听到自行车进院子的声音，老两口就坐不住了，等刘子光一进门，老妈就上去满脸期待地问道："怎么样？ 确立关系了么？"

刘子光一头的汗："妈啊，哪有那么快啊，你想抱孙子也不能那么急，我心里有数。"

老爸干咳一声道："小光啊，你的态度一定要端正，咱家穷，爸妈也没本事，和人家小方家不能比，你现在好歹也算有个正式工作了，可得好好正干，态度正了，人家自然就能看得起咱,你说是不是这个道理?"

刘子光道:"爸,你放心好了,我既然干了这一行,就一定干好它,不给你丢脸。"

老妈还想拉着儿子问东问西,被老爸劝阻:"好了,别问了,孩子心里有数,明天还要上早班,早点休息吧。"

次日一早,刘子光来到保安办公室的时候,已经有三个小伙子等在门口了,他们都是前几天被白队长辞退的合同工保安,昨天接到电话,今儿一大早就乘着汽车从郊县赶来了。

兄弟重逢,啥也不说了,重新领了保安制服,再度上岗,小伙子们一个个精神抖擞,站在岗上就如同标枪一般,那股精气神都和平时不一样。

一直到九点半,白队长才姗姗来迟,看到几个眼中钉又来上班了,他自然是窝火难忍,但人在屋檐下,不得不低头,也不和别人打招呼了,一头钻进经理办公室,和高经理说事儿去了。

刘子光才不管他,考勤表上早早地帮他画了一个迟到的符号,至于其他兄弟,则是一律的全勤。尤其是那些下岗工人出身的中年保安,刘子光则尽可能地照顾他们,安排轻松点的岗位,早上迟到一会,下班早走一会,调班调休之类,只要打个招呼就行,这些人都是孩子正好上中学、老人年迈的阶段,上有老下有小,生活极其艰苦,能帮一把就帮一把。大家都是最低级的打工者,一个月几百块钱生活在城市里,不易。

刘子光这样一来,大家伙反而一改往日消极怠工的状态,不管是年轻的还是年老的,个个都是精神饱满,按时上下班,发牢骚说怪话的也没有了。

"刘哥仗义,咱不能给他丢人。"年轻保安们这样说。

"小刘这孩子不错,厚道,仁义,随他爸爸,孩子能干到部长不容易,咱们这些叔叔大爷,得多帮衬着点,不能净拖后腿。"中年大叔们这样说。

总之,至诚花园的治安状况随着刘子光这位保安部长的到任,很快好了许多,小偷小摸、捡破烂卖废品的再也看不见了,成绩斐然,就连高经理也无话可说,只能暗自嘀咕:这小子还真他妈有一套,想挑刺都挑不出。

刘子光一直在隐忍,老四扫了他的场子,打伤他的兄弟,这个仇要是不报,枉为人!不过却不是现在,暂时的隐忍能麻痹敌人,还能积蓄力量、搜集情报,等待最后发动雷霆一击。

至于那个不知道姓名的三哥,还有什么李子、杨子,刘子光也没打算放过,饭要一口口地吃,仇要一步步地报。

至于一些鸡毛蒜皮的小角色,就可以先收拾一下。

交通警察支队违章处理中心大厅,孙伟正捧着电话气急败坏地联系着。

"喂,我小伟,哪个大队扣的?你找王指导员……什么,不行,是支队一把亲自下令扣的?我×,怎么这么背!"

孙伟扣上电话,狠狠地在大厅柱子上捶了一拳,旁边的桌子上是厚厚一摞罚单,总额高达两万元,扣分更是不计其数,十本驾照都不够扣的。

本来像孙伟这种道上人物是不在乎这些小事的,扣分罚款算啥,直接弄个套牌拉倒。可是这回实在倒霉透顶,交警支队的一把手来视察的时候,恰好发现这辆马6车的违章记录,好家伙,足足拉了十几幅电脑屏幕全是它,逆行、闯红灯、超速、变道、违停、闯禁区,除了没出事故之外,基本上能违章的全违了,支队长当场大发雷霆,指示要严办,交警们立即出动,在大街上就把孙伟的车给扣了,拖回停车场押着,等处理完再说。

支队长亲自交代的事情,孙伟再找人也是没辙,再不交钱的话,罚款还要加收滞纳金,涨到一定程度,这辆车就要被拍卖掉,万般无奈之下,孙伟只好咬着牙认了。

孙伟也不用借驾照扣分了,直接把一本驾照的十二分扣完拉倒,罚单开出来,铁青着脸来到附近银行交钱,银行的人看见他手里一摞罚单,也都为之侧目,窃笑不止。

刷卡交了罚款，拿着单据去停车场取车，一路上孙伟这个憋屈啊，等他提到车的时候，却发现这辆马6已经不成样子了，轮毂花了，车身刮擦严重，变成了大花脸，汽油也用光了，根本打不着火。孙伟只好又步行去附近加油站打了一桶汽油加到车里，这才将车启动，缓缓开出了停车场。

本来心情就不爽，正巧今天又碰上堵车，好不容易车流长龙开始动了，偏巧前面一辆黑色的本田车就是磨磨蹭蹭不挪窝，孙伟心里一股邪火冒出来，推开车门就要上去踢那辆本田。

没等他发飙呢，本田车两个后门同时打开，两个彪悍的青年蹿出来，一左一右夹住孙伟，一根坚硬冰冷的东西顶住了孙伟的腰眼，他下意识地一哆嗦，是枪！

"伟哥，咱们找个地方去聊聊吧。"

怕什么来什么，这张面孔他再熟悉也不过了，正是他又怕又恨，怎么都弄不死、摆不平的刘子光。

孙伟当场就傻了。以前总是他堵别人，砍别人，今天终于轮到自己了。人家动了枪，开了车，算清楚了自己的行动路线，一路跟踪而来，这事儿，不能善了。

刘子光带了三个伙计来堵孙伟，跟了他一路了，最后还是决定在大马路上直接下手，越是车水马龙的地方越是安全，路人们才不会注意这些杂事呢。果不其然，当刘子光笑眯眯地揽着孙伟的肩膀把他塞进马6车后座的时候，那些心烦气躁的司机根本连看都没看他们一眼，只当他们是老朋友见面了呢。

两个人一左一右夹住孙伟，坐进马6后座，然后又过来一个人驾驶这辆车，此时前面绿灯亮了，车流慢慢启动，马6紧随着马超驾驶的本田雅阁向前开去。

"兄弟，有话好说，动刀动枪的多不好看。"孙伟努力保持着镇静，将右手伸进怀里，想去掏烟，可是手立刻被刘子光制止，并且将手伸进孙伟西服上衣的口袋里，拿出他的手机，直接扣掉电池，抽出SIM卡，随手抛出车窗。

这下孙伟是真害怕了，对方玩真的了。

上次刘子光到糖果酒吧来，自己赔了他一万块钱之后，孙伟实在气不过，通过道上朋友找了四个职业杀手,以八千块钱的"优惠价",要卸刘子光一条胳膊,结果事儿没办成,四个家伙反倒进了医院,孙伟收到风之后,敏锐地意识到刘子光肯定会报复自己,于是关了酒吧,去外地躲了几天风头,直到听说刘子光进去了才敢回来。

孙伟回来后第一件事,就是把自己的马6轿车开回去。他本以为刘子光起码判个十年八年的,这事就算到此为止,哪知道没过几天这家伙就放出来了,而且刚出来就拿自己开刀。

孙伟欲哭无泪,惊惶失措,心里迅速判断着事态方向,对方的行动很是专业老辣,让他心里一点底气都没有,正巧前面有辆警车,警灯无声地闪耀着,两个全副武装的警察靠在车边说着话。孙伟心中一动,下意识地舔了舔嘴唇。

刘子光冷冷一笑,早就猜出孙伟的打算,他笑眯眯地拍着孙伟的肩膀,如同十几年没见的老朋友一样在他耳边轻轻说道:"伟哥,只要你敢哼一声……"说着,用手上的硬物狠狠地顶了一下他的腰眼。

孙伟一个激灵,紧紧闭上了嘴,他心中明白,如果不喊,兴许还有的谈,真喊了,小命怕是立刻就要玩完。

汽车继续向前开,慢慢的车流越来越少,本田车在前面引导着,向着偏僻的江边开去,孙伟心中发寒,颤声问道:"你们要带我去哪?"

"到地方你就知道了,别说话,老实坐着。"看到车辆已经出城,刘子光便撕下和善的面具,露出一脸凶相。

汽车沿着江边的土路开了半个小时,终于抵达一处荒凉的江滩,江边的芦苇非常茂盛,一阵风吹过,芦苇丛如同波浪一般起伏,非汛期的淮江,水位很低,露出大片的江滩,连一个脚印都没有,只有一艘废弃的小渔船歪在滩上,更显得寂寥无比。

汽车直接开上江滩,马超一个漂亮的甩尾将车停下,马6也紧跟着停下,车门打开,孙伟被一脚踹了出来,在地上翻了几圈,灰头土脸,刘子光紧跟着下车,叼上一支烟,用手挡着呼啸的江风点上,指着孙伟喝道:"给我叉起来!"

两个穿着迷彩服带着白手套的小伙子上去将孙伟的两条胳膊按住,将他摆成一个"喷气式"的姿势,向前推着走,一直走到江边,往孙伟的膝盖窝踢了一脚,他当场一个狗啃屎栽倒在地,又被拽了起来。

面前就是滚滚江水,风声呼啸,芦苇丛在江风中发出沙沙的声响,孙伟跪在江边,不时地回头大喊:"你想干什么? 有话好说嘛!"

刘子光和马超抽着烟,谈笑中,根本不理孙伟,等烟抽完了,才踩灭烟头,从裤腰带上抽出一柄黑沉沉的铁家伙走了过来,孙伟认得,那是手枪。

孙伟号啕大哭,凄厉的声音随着江风飘远:"救命啊! 杀人啊!"他努力站起来想跑,可是两腿如同筛糠一般,就算放他跑,也跑不动半步。

"哗啦"一声,刘子光推子弹上膛,将枪口顶到了孙伟的后脑勺上,冰冷的枪口却如同烙铁一样烫得孙伟哇哇的怪叫,声音都变调了:"哥哥,你是我亲哥哥,求求你饶了我吧,饶了我吧。"

刘子光冷笑道:"你个狗日的,居然找人砍我,我还能饶了你? 还有,你怎么把车开回去了? 我同意了吗?"

说着,一枪柄砸在孙伟脑袋上,孙伟哭着回头:"我再也不敢了,以后我就是您孙子,亲孙子,这还不行么。"

"别怕,一会就好。"刘子光很冷静地说道。孙伟万念俱灰,知道这次真的是碰上硬茬了,千不该、万不该听那个强子的话,非要强出头帮人打架,终于误了自己的卿卿小命,在道上混就是这个命,别管混得再牛×,早晚都是这个结局。

冰冷的枪口依然顶在后脑勺,孙伟紧闭着眼睛,啥都不想,就等着死了,只听到"啪"的一声,孙伟身子剧烈地颤抖了一下,屎尿齐流,人直接瘫倒在地上,神志却还清醒,睁开眼睛,依然能看见灰色的江水在滔滔而去。

"我死了么?"这是孙伟的第一个念头。

可是身后的一句话却惊醒了他。

"妈的,居然哑火了。"

孙伟已经吓得想哭都哭不出来了。

刘子光装模作样地鼓捣着手枪,其实那只是一把发令枪。

鬼门关前走了一遭,孙伟的精神几乎崩溃了,但是刘子光似乎并不准备放过他,而是对马超喊道:"把你的家伙借我用用。"

马超从怀里掏出一把左轮手枪抛过来,刘子光利索地接过,再次将孙伟踹倒,用枪口抵着他的后脑勺。

孙伟已经傻了,连喊都喊不出来,裤裆里满是屎尿,脸上全是泪水和鼻涕。死亡并不可怕,可怕的是总在鬼门关打转,这种感觉是任何一个常人都无法承受的,他的精神已经到了崩溃的边缘。

第一枪没响是子弹哑火,这种巧合不会再有第二次,孙伟知道是躲不过去了,紧皱着眉头等着自己的终结。"啪嗒"一声,枪声响起,孙伟一个趔趄,栽倒在江滩上。

刘子光潇洒地一挥手:"闪!"

弟兄们钻进汽车,扬长而去,偌大的江滩上只剩下孙伟一个人。

半小时后,江风终于将吓昏过去的孙伟吹醒,摸摸后脑勺,被火焰灼了个大泡,头发也烧焦了一大块,原来……原来只是在吓唬自己啊。

终于回过味儿来的孙伟并没有暴怒,而是陷入深深的恐惧:这次人家只是给自己一个教训而已,可自己要是再干伤天害理的事,哪天真掉了脑袋也不是没有可能啊。

此刻,孙伟裤裆里臭烘烘的,脸上的泪水和鼻涕被风干了,紧绷绷的难受,后脑勺钻心的痛,身上满是污泥,简直狼狈到了极点。

但是,活着的感觉真好。

回到办公室,李建国已经坐在这里很久了,看见刘子光进来,李建国站起来道:"兄弟,有事给你说。"

"嗯,说。"刘子光给李建国上了一支烟,自己也叼了一支,从腰间抽出一柄银光闪闪的左轮枪,一扣扳机,枪口腾出一团火焰,刘子光用它点燃了香烟。

"老四那边，暂时不好动，他有个哥有些背景，动了他，难免吃官司。"

听了李建国的话，刘子光不由得想起一个人，眉头一扬道："是不是老三？"

"对，这人以前在治安大队当小领导，后来受了处分，下到市局三产里做事，私下勾结了一些开娱乐场所的，很有人脉。"

"哦……还有什么情况？"

"他们一伙里还有一个警察叫杨峰，这个人就更不简单了，他父亲是市委组织部的副部长。这个杨峰以前是练散打的体校生，后来估计是在他父亲的安排下，居然进了省公安专科学校混了个大专，毕业后就分配到本市当了警察。这个人好色，爱玩小姐，现在在治安大队，专管辖区内的娱乐场所。他吃拿卡要，也通风报信，和一些道上的人物交往很紧密。"

刘子光恍然大悟，到底是蛇鼠一窝，老三老四，还有那个杨峰，都是一路货色啊。不过李建国说的对，想报仇的话，必须先铲除老四的保护伞。杨峰是警察，自然不能碰，那就从他哥哥老三那里下手。

"谢了，该怎么办，我心里有数。"刘子光道。

13 寻 枪

夜色如水,弯月如钩。

滨江大道,是江北市的一处名胜,江景旖旎,树影婆娑,夜色中的淮江倒映着两岸的霓虹和天边的弯月,五光十色,波涛粼粼,间或有一两艘豪华游船缓缓驶过,一两声低沉悠长的汽笛声,更加映衬出淮江的美丽。

沿江是一条宽阔的大道,这是上届市政府倾力推出的改善市容十大工程之一,双向十车道,壮观漂亮,和淮江相得益彰,靠南岸一侧,是鳞次栉比的大酒店、高级会所、洗浴中心、酒吧等,灯红酒绿,纸醉金迷,是江北市有名的销金窟。

刘子光在树影下骑着自行车,沿着滨江大道一路骑行,边走边哼着歌,看起来就像是个上夜班的工人,骑了十来分钟,终于来到了目的地,大路边一座金碧辉煌的建筑物在夜色中闪耀着炫目的霓虹,豪华霸气,门头极大,四个穿着高开叉旗袍的女服务员站在门口迎宾,大门之上,是四个金光闪闪的大字,正和这座建筑的风格暗合:金碧辉煌!

刘子光啥样人,当日在分局的时候,杨峰的话他可一句没漏,"'金碧辉煌',不见不散",就冲这句就能猜得出这些人经常到这里来消费,这座综合性会所在江北市也是小有名气的,只不过档次太高,一般人不敢来罢了。

"金碧辉煌"的门口有个很大的停车场,招呼客人泊车的保安都穿着黑色的西装,里面也是纯黑的衬衣,耳朵上还挂着对讲机的耳麦,指挥着一辆辆豪华车倒进倒出，动作娴熟而干脆，门口一个同样黑西装打扮的汉子，剃了个秃瓢，眼中精光四射，不时注意着四下里的情况。

他已经看见了刘子光，但是丝毫没有加以怀疑，因为这个人实在是太平常了，就如同每天夜晚路过滨江大道的那些老百姓一样，这些人是一辈子都不可能进"金碧辉煌"消费的。

在他眼里，刘子光就是夜色背景中的一个活动景物罢了，他需要留意的是那些牌号熟悉的汽车和某些或者受欢迎或者不受欢迎的客人们。

马路上，那个骑着自行车的夜班工人很自然地翩腿下车，蹲下来摆弄着脚蹬子和车链条，似乎是车子出了故障。领班只是随意地瞟了一眼，根本没往心里去，他并不知道，在刘子光蹲着的那个位置旁边，隔离带灌木丛中早就隐藏了一个人。

穿着迷彩服的毛孩已经趴在这里三个小时了，猎人出身的他有着极佳的耐心和高超的隐蔽技术，那件八七式四色丛林迷彩服已经被改装成类似狙击手专用的吉利服，即便贴近观察都不会发现这里趴着个人。

一辆辆轿车呼啸而过，轰鸣声掩盖了刘子光和毛孩的对话。

"怎么样？"

"九点二十进去的，还是那几个人，还是那辆车，到现在没动静。"

"嗯，继续观察。"

说完，刘子光骑上自行车走了，这种侦查已经继续了一周时间，每天毛孩都要在这里蹲点观察，记录杨峰等人的行踪。不出刘子光所料，"金碧辉煌"是杨峰等人最常来的一个窝点，一周居然来了四次，每次都要玩三四个小时，有时候甚至彻夜不归，每次都要开一辆"淮O"牌照的帕萨特，参与者除了杨峰、李子和老三几个人固定不变之外，每天都是不同的客人。

虽然掌握了一定的规律，但是依然不方便下手，这些人警惕性很强，身手也不差，而且总喜欢成群结队地行动，基本不会落单，这让刘子光很是头疼。

又是一天过去了，午夜时分，马超开车接回了毛孩，今天杨峰、老三他们又是玩到十二点才乘车离去，各回各家，都是送到家门口下车，途中毫无下手机会。

不出所料,但刘子光并不气馁,拉着毛孩仔细询问老三他们的具体行动,一点蛛丝马迹都不放过。

毛孩的眼睛非常锐利,记忆力也出奇的好,他回忆了老三等人从下车到进入"金碧辉煌"的每一个点滴,终于被刘子光发现了值得关注的细微之处。

这辆帕萨特的司机是老三,就是那个在分局里用手铐虐待刘子光,又帮杨峰打点关系的便装中年男子,根据李建国的情报显示,他现在市局下属的押运公司当个小头头,有点小权力,人脉也很广。

老三每次在"金碧辉煌"下车之前,都要将一个黑色的手包锁进副驾驶位子上的手套箱,这个细节很值得玩味,按说他们几个是"金碧辉煌"的常客,有啥贵重物品尽可以带进去。宁愿锁在自己车里,也不愿带进"金碧辉煌"的东西,一定是一件对老三来说非常重要的东西,会是什么呢?

刘子光突然想到,老三、杨子他们既然和一些娱乐场所有利益往来,这东西说不定就是他们的黑账本……想到这里,刘子光精神一振。如果真是黑账本,拿到手的话,就可以彻底搞垮老三、老四等一伙人。刘子光心里这口气憋了十几天了,他这种强悍无比的人,说啥也要报这个仇。

次日晚上,老三驾驶的帕萨特再度来到"金碧辉煌"门口,车门打开,三个喝得面红耳赤的大汉走下车来,脚步都有些趔趄了,老三看起来还挺清醒,慢条斯理地拿过手包,检查一下密码锁,然后锁进了副驾驶手套箱,还抠了一下确认锁死了,才推门下车。

"嘀"的一声,帕萨特锁上了,四位客人肆无忌惮地狂笑着走进了"金碧辉煌",穿着黑西装的保安帮他们打开大门,旗袍迎宾小姐职业性地微笑着,这几位是常客,她们早已经司空见惯。

老三他们进去不久,两伙年轻人也乘着出租车同时抵达"金碧辉煌",一个个东倒西歪,也是喝大了的架势,走到门口的时候,不知道究竟是谁碰到了谁,两伙人破口大骂,然后推推搡搡,都是脾气暴躁的年轻人,很快上升到集体斗殴的层次。

若是一般群架，"金碧辉煌"的保安们乐得看热闹，可是这场群架就发生在自家门口，焉有不管不问的道理？领班拿起对讲机迅速招呼楼上的兄弟下来增援，随即带着门口的几个伙计上去制止斗殴。

哪知道这帮醉汉居然连"金碧辉煌"的面子都不给，逮谁打谁，推搡之下，连黑西装保安们也加入了战团，场面混乱到了极点。谁也没有注意，停车场上发出"嘀"的一声鸣响，那辆帕萨特的门锁悄悄开了。

一个人影鬼魅般潜伏过去，打开一条门缝，钻进了副驾驶的位子，他趴得很低，以至于从外面根本看不见里面有人，"金碧辉煌"的停车场很大，大大小小几十辆车停在这里，本来看守停车场的保安都去门口增援了，谁也没看见这辆帕萨特里发生的事情。

一分钟后，没等楼上的保安冲下来，那两伙醉鬼便逃之夭夭了，跑路的时候居然一点醉态都没有，搞得保安领班很是疑惑，心里怎么都觉得不对劲，可是又说不出哪里不对劲，挠着头想了半天，下意识地看看停车场，还是那些车，一辆都没少。算了，多一事不如少一事，领班心中暗想。

江边偏僻的马路上，停着一辆没挂牌照的白色捷达，这还是张彪留下的那辆车，被马超装上新的电瓶之后就能开了，为了不引人注意，他们特地动用了这辆不起眼的捷达，此时刘子光和毛孩坐在后座，驾驶员位子上是马超。

刚才"金碧辉煌"门口打架的两拨人，正是刘子光安排的，用来吸引保安的注意力，给马超留出办事的时间。

偷汽车这种事儿在江北市很常见，都是用广东买来的解码器偷开人家的车门，尤其是帕萨特、雅阁这种中高档轿车，由于便于销赃，最受偷车贼的宠爱，马超所在的汽修厂，暗地里也干些帮人改车、销赃的买卖，玩这个，马超不是外行。

至于副驾驶上的锁，更是小儿科，随便找个铁丝都能捅开，马超用了不到二十秒时间就搞定了这件事，现在那个老三视若珍宝的黑色手包，已经拿在了刘子光手里。

手包很昂贵，是真皮的，正面有个梦特娇的商标，上面带密码锁，不过这道锁已经完全没了意义，刘子光抖开三刃木划破皮子，一柄沉甸甸的铁家伙掉了出来。

竟然是枪，一把很大、很重的五四式手枪！发蓝已经斑驳不堪，散发着枪油的味道，枪身上铭刻着一行编码数字，看看握把底部，是空的，拉下枪机，弹膛也是空的，再看一下枪口，膛线都几乎磨平了。

刘子光做梦也没有想到，老三这个市局下属公司的小干部，居然也会配枪，不禁有些后悔自作敢明偷什么"黑账本"，结果偷来个烫手的山药。

深吸了一口气，刘子光冷静了下来。有枪没弹，很不符合常理，再仔细检查手包，果然发现了一个沉甸甸的弹夹，里面填了五发黄澄澄的子弹。刘子光将弹夹推入，娴熟地推弹上膛，又退出弹夹，拉动枪机，闪亮的子弹从抛壳口蹦了出来，被他一把握住。

见刘子光随意地把玩着手枪，马超被吓得不轻："刘哥，这是枪啊。"

"废话，这不是枪难道是狗？"刘子光道。

"那，你准备咋办？不会是要……"马超的脸都白了，涉枪的案子都是天大的案子，逮到以后可不好受。

刘子光说："放心，我有分寸，知道这玩意烫手，咱不留，回头拆成零件扔江里。不过估计这个时候，有人比咱还急。"

三个小时后，洗完桑拿，又搓了几圈麻将的老三终于尽兴，几位客人玩累了，就在"金碧辉煌"开了房间休息，老三帮他们安排好技师服务之后，便一个人走出了"金碧辉煌"。

已经是深夜一点，门口稍显冷清，该来的客人都来了，该走的客人也都走了，门口的迎宾小姐已经撤了，只剩下两个保安。

"三哥，就走了？"一个面熟的保安笑着打招呼。

"没办法，家里有老婆孩子啊。"老三今天心情不错，站下来掏出一支芙蓉王递给那保安，随便聊了两句闲话。

他确实有老婆孩子,但是此时归去,却不是去老婆孩子那里,而是去包养的二奶家里,这个二十八九岁的小少妇很有味道,比"金碧辉煌"的技师床上功夫还要好,老三总是舍不得她,只要有空就会去过夜。

抽了几口烟,跟保安打声招呼,老三快步走出了金碧辉煌,从裤兜里掏出车钥匙按了一下,走到帕萨特前拉开了车门,舒舒服服地坐进驾驶座,先把副驾驶手套箱打开,也没看里面,直接插上钥匙,打火发动,让车怠速运转几分钟,热一热车。老三是个细心的人,对车很爱护,一向如此。

扭开收音机,摇头晃脑地听着午夜谈话节目,老三不时发出一阵阵属于中年男人成熟睿智的冷笑,车热得差不多了,他才想起手套箱里的东西,右手伸过去往里一摸,空的。

竟然是空的!

刹那间,老三的脑子空白了几秒钟,再次将整个头都伸过去看,手套箱里确实空空如也,啥也没有。

他坐回驾驶座,迅速回想着曾经发生的事情,今天陪几个客人喝酒,稍微高了点,但是也不至于到失去记忆的程度,明明记得是带包了啊。

那个包对于老三很重要,因为里面有一把五四,五发子弹。

老三以前在分局治安大队工作,后来因为牵扯到一桩刑讯逼供致人重伤的案子,差点被革职处理,幸亏有市局领导力保才幸免,不过分局是待不下去了,转到三产保安公司去做事。

那些为银行武装运送钞票的押运车都是归市局金盾公司管理的,老三进去之后如鱼得水,混得风生水起。由于特殊业务关系,金盾公司可以执有枪械,老三此生有三个爱好,枪械、汽车、美人,为了满足自己,他想方设法给自己弄了一把即将淘汰的五四,附带持枪证一张。

这把枪虽然已经面临淘汰报废,但是关键时刻拿出来还是很唬人的,老三的朋友多,仇家也多,所以随身携带此枪,也算是个防身的家伙。

"金碧辉煌"是个以洗浴文化为特色的会所,更衣沐浴啥的挺麻烦,老三又不敢把枪交给别人保管，宁可藏在自己车里，老三平时很低调，知道他随身佩枪的人不多，而且这辆车又是公安牌照，一般蟊贼不敢动，何况是"金碧辉煌"的停车场，保安严密，从没出过事。

想来想去，头都要炸了，就是想不出哪里出了纰漏，车门是好的，手套箱的锁孔也是完好的，没有被撬的痕迹，这可真他妈的出了奇了！

老三紧闭双眼，倒在驾驶座上冥思苦想，后背都被汗水浸湿了，他的心脏在怦怦地跳，每隔几分钟他就要重新看一眼手套箱，希望能看到那个黑色梦特娇手包依然完好地放在里面。

可是奇迹终究还是没发生，包丢了，连同里面的五四手枪和五发子弹，一并丢了。作为前公安人员，老三很明白这件事的重要性和可怕性，倒不是怕丢了枪造成社会上怎样的动荡，关键是丢枪对于自己的影响实在是太大了。

这把枪是在册的，而且领导已经说了，再过一段时间这些旧枪要强制报废回炉，给他们更换新的九二式，这把枪是要上交的，到时候拿不出来，可是天大的事情，没有人能掩盖过去的。

老三的车一直没动，保安觉得奇怪，过来轻轻敲敲车窗："三哥，没事吧?"

"哦，没事，你忙你的。"老三终于醒悟过来，既然摊上了，就千万不能自己乱了阵脚，必须梳理记忆，仔细分析查找，争取在交枪之前把这把五四找到。

次日一早，老三急慌慌地来到昨晚吃饭的酒店，调取了他们的监控录像，看到自己的确是夹着皮包上的汽车，心里稍微平静了一下，起码搜寻范围缩小了。然后他又赶到"金碧辉煌"，调取昨晚的监控录像。

很不幸，由于停车场的灯光太暗，摄像头像素有限，怎么都看不清楚有没有人接触自己的车，翻来覆去看了几遍，就快要失去耐心的时候，忽然他发现了一件事：当自己进入会所二十分钟后，大门口发生了一场斗殴。

老三心思很缜密，立刻觉得不对劲，仔细看了录像，愈发地确定这是一场假戏真做的表演，两拨人是有预谋地在门口打架，吸引保安们的注意力。

但遗憾的是,保安们都记不清那两伙人长什么样,监控录像也很模糊,看不出个所以然来,老三心里明白,既然人家想弄这个事儿,就肯定会找生面孔,自己就别在这上面费事了。

事情查到这里,基本可以明白,有仇家在针对自己,可是老三的对头实在是多,他这个人又天生疑神疑鬼,一个个的想过来,似乎每个人都有嫌疑。

但是其中最有实力、嫌疑最大的还是疤子,这家伙挺能混,江北市道上算一号人物,也有点背景,所以一直以来和老四拼得半斤八两,各有输赢。

老四是老三的拜把子兄弟,但是和亲兄弟也没啥两样,老四能起来,全靠他这个三哥了,局子里查黄赌毒,他总能提前通报一声,减少不少损失,老四若是有兄弟栽进去,只要事儿不大,他这个三哥总能帮忙捞出来,当然这些年老三也没少拿少吃,也算是双赢了。

最近老四手底下严重缺人,四喜进去了,秃子也被人打伤了,疤子瞅准这个机会准备扩展地盘,居然把小算盘都打到老子头上了

行,敢偷我的枪,算你狠!老三愤愤然地想着,还是拿起了电话:"喂,疤子么,我是李有权,有事找你。"

电话那头响起粗鲁而又热情洋溢的回答:"是三哥啊,啥事?我正忙着呢。"

仿佛为了证明他的话一般,搓麻将的声音响起,随即就听见炸雷般的笑声:"哈哈,自摸,三暗刻!"

老三气得鼻子都歪了,这事儿绝对是疤子干的!听他那得意洋洋的声音就能猜出来,什么他妈的自摸,摸了老子的枪还差不多!

但是这事儿目前还必须隐忍,总不能去局里报案说自己的枪丢了吧,这件事知道的人越少越好,即便是和自己关系很好的杨峰也不能告诉,这小子贼精贼精的,万一被他拿到自己把柄就不好了。

所以,李有权还是强压住怒火,耐心地说道:"今天下午,好利来茶社三楼,我请你喝茶,谈点事。"

疤子的声音依旧热情洋溢:"三哥请我喝茶,稀奇啊,到底啥事?不说清楚我

可不敢去。"

老三压低声音道："啥事，你心里清楚，电话里不好说，咱们见面详谈，就这样。"说完挂了电话。

刚挂电话，公司办公室的小王就过来了，对老三说："李经理，张主任刚才打电话说明天集体交枪，你别忘了啊。"

"忘不了，早盼着这一天了，新枪是九二还是左轮啊？"老三一脸迫不及待的表情。

"谁知道呢，给啥用啥，不过听他们说，咱公司以后不给装备手枪了，统一都是防暴枪。"小王随口答道，打个招呼就过去了。

目送小王离开，老三脸上的笑容慢慢僵住了，逐渐变得冷硬起来。明天就要交枪！报废枪械回炉是极其严格的程序，需要查验枪号、注销持枪证，整个过程有三方监督进行，市局督查大队也派人盯着，而且时间那么有限，想打点关系进行操作都不行。

枪交不出来就要立刻上报市局，涉枪案子谁也捂不住，只要事发了就是一撸到底，公职都保不住，现在能不能力挽狂澜，就看疤子这小子识不识相了。

老三心神不宁地等到中午就开车离开了公司，早早到好利来茶社三楼坐着，叫了一壶好茶慢慢等疤子，到了三点左右，疤子姗姗迟来，身后还跟着两个马仔，来到老三跟前坐下，哈哈笑道："三哥气色不错啊，升官了还是发财了？"

老三心中一股恼怒升起，这话在他听起来分明是一种讽刺，讥讽自己丢了枪，惹了大麻烦，不能升官发财，这个疤子，太他妈阴险了！

老三没好气地往椅子背上一靠："疤子，我就不和你打马虎眼了，有事说事，拿了我的东西赶紧还回来，这事儿说大能大，说小能小，不过绝对不是你疤子能扛得起的！"

疤子调笑的表情忽然僵住，也正色道："老三，这话你得给我说清楚，我他妈拿你什么东西了？"

"少他妈装蒜！麻利地交出来，这事就算完，不然让你死都不知道怎么死的！"

老三怒了，拍了桌子站起来。

疤子身后两个年轻气盛的马仔瞪着眼睛要冲上来，却被疤子拦住："老三，东西可以乱吃，话不能乱说，我方疤子在道上也算一号人物，你这样吹胡子瞪眼吓唬我算怎么回事？"

老三坐下，强压住心头怒火道："这样吧，我让老四把四道街的场子都转给你，只要你赶紧把东西还回来。"

这下疤子更纳闷了，摊开手道："我他妈真不知道你说的是什么东西，拿什么给你？"

老三终于明白了，这货是要把自己往死里害，不管说啥都不会老老实实把枪交出来的，他脑海中电光火石般的做完这个判断，一股杀机涌了出来，但脸上却是丝毫不显山露水。

"疤子，你回去好好想想，我等你电话。"说完，老三拿起提包下楼走了，剩下疤子和两个马仔面面相觑。

"这货发神经吧？我他妈拿了他什么东西了？"

坐在帕萨特里，老三的胸膛剧烈地起伏着，他本来是一个冷静沉着的人，但此时已经被愤怒冲昏了头脑，疤子是什么玩意儿，不过是个地痞混子而已，居然踩到了自己头上！

老实说丢枪也没那么严重，大不了开除公职而已，凭着自己的人脉和实力，还怕闯不出一片天地么？但是被人拿捏着短处的感觉实在是太恶劣了，这股气怎么也咽不下去。此时老三的脑袋，就如同灌了两瓶假冒芝华士一般的昏沉而又兴奋。

你疤子不是要挟我么，好，我也要挟你一把，看谁硬得过谁！

老三知道，疤子有个女儿，今年四岁，宝贝得不得了。道上的规矩是祸不及家人，但那是常规情况下，如今疤子不仁，就别怪三哥不义了。

帕萨特直接向金宝贝双语幼儿园开去。

14　连环劫

至诚花园,保安办公室内烟雾缭绕,刘子光和李建国相对而坐,正在吞云吐雾。

"建国哥找我有啥事?"刘子光问道。

"疤子想请你吃个饭。"说着,李建国掏出一张烫金请柬,放在桌子上平推过去。

刘子光瞄了请柬一眼:"搞得挺正规,就吃顿饭,还劳动你大驾,疤子啥意思?"

"想让你帮他。"

李建国快人快语,开门见山,丝毫也不掩饰,刘子光倒是愣了一下,随即笑了起来:"帮他,就是给他当小弟了? 这小子挺有意思的,知道敌人的敌人就是朋友,行,是个可造之才。"言辞之间,轻描淡写,不像是在评论江北赫赫有名的大哥,而像是老师在评点学生。

李建国也淡淡地笑了:"疤子这个人,讲义气,可交。"

刘子光正色道:"好,看你面子,我答应见他,不过什么帮忙之类的就算了,我现在有正当职业,大小还是个领导,不可能去跟他混的。"

李建国点点头:"好,我把话带到。"说着掐灭烟头走了,刘子光也不送他,摆摆手就算再见。

刘子光的桌上摆着一台电脑,是从高经理办公室搬来的,美其名曰"制订工作计划",高经理对这尊瘟神是躲都来不及,哪还敢不同意。

电脑屏幕里上演着《红警》二代的经典画面，刘子光正玩得起劲，忽然房门轻轻敲响，刘子光头也不转，说一声"请进"，说完就觉得有些不对劲，忽地站起来望过去，果不其然，门口站着挂着拐的贝小帅和其他几个伤愈出院的兄弟，正笑眯眯地看着他呢。

刘子光急步上前，每人来了个恶狠狠的熊抱，亲热地问道："啥时候出院的？怎么也不打个招呼，让我派车去接。"

贝小帅道："半小时前办的出院手续，还没回家呢就先过来了。"说完往旁边沙发上一躺，四仰八叉地摊着，露出胳膊腿上的绷带石膏。

"哥，办公室不小啊，赶明我也来当保安算了。"贝小帅一边四处打量，一边用能动的那只手在沙发上乱按。

刘子光眉头一皱，说："小贝，以后上班时间没事儿的话还是少带着兄弟们到我这里闲逛。让业主们看见了，还以为我这儿是流氓窝点呢。"

"噢，知道了。"贝小帅随口答应着。他忽然看到桌上的请柬，顺手拿了过来。

"我×，疤老大居然给你发帖子，稀罕啊！"贝小帅仿佛被踩到尾巴的猫一样，差点蹦起来。

"咋的？有那么夸张？我还要看看有没有档期呢。"刘子光半开玩笑地说。

"大哥你不知道，疤老大当年在道上可是这个。"贝小帅一挑大拇指，摇头晃脑啧啧连声，"他可比老四那个×养的强太多了，讲义气，有种，而且还重感情。虽说这两年他主要做生意了，不过他和他媳妇的段子，至今被咱们江北市道上兄弟传为美谈啊。"

刘子光大感兴趣："哦？说来听听。"

贝小帅兴致也起来了，干咳一声，正襟危坐，开始讲段子。

大约在六年前，那时候疤子脸上还没有疤，不过已经是称霸一方的大混混了。有天他带着小弟们去 KTV 玩，经理将七八个坐台小姐带进包房，其中有一个梳着马尾巴的清纯女孩，那种眼神，那种神情，疤子一看就傻了。

疤子当时就点了这个女孩的台,经理殷勤地介绍说,这个女孩叫沈芳,是本地师范大学二年级的学生,有学生证为证,货真价实,绝对不是那种野鸡函授大专生。疤子微微颔首,啥也不说,只是喝酒唱歌,从头到尾都没碰过沈芳一个指头。

这就稀奇了,那个年头KTV还比较乱,小姐也放得开,到这种地方来玩,就是图个尽兴,况且疤子也不是什么善男信女,什么花样没玩过啊,可偏偏就是这次,浪迹花丛的黑道大哥成了正人君子柳下惠,让兄弟们异常惊讶。

随后的一段日子,疤子每天都来捧场,只点沈芳的台,也不说啥,就是唱歌唱歌再唱歌,一首赵传的《我是一只小小鸟》都被他唱滥了。

疤子痴情,但也不是傻瓜,早就通过经理了解了沈芳的家庭情况,沈芳是"高土坡"人,父母均下岗,父亲身染重病,拖垮了整个家,下面还有个弟弟正在上初中,不务正业不学好。为了凑钱给父亲治病,沈芳才不得已到KTV兼职。

疤子二话不说,拿了十万块钱送到医院,存到沈芳父亲的医院户头里,又派了几个小弟,从外面游戏厅把沈芳的弟弟揪出来,就告诉他一句话:我们老大说了,再不好好上学,就打断你的腿。据说这小子当场脸就吓白了,乖乖回到学校上课。

父亲的医疗费用解决了,顽劣的弟弟也改邪归正了,得知事情真相的沈芳连夜找到疤子,哭着要将自己献给他,但是出乎意料的是,疤子竟然拒绝了。"哥是混子,配不上你,找个好人家嫁了吧。"据说疤子当时是这样说的。

后来的事情大家不太清楚,只知道两年后沈芳一毕业,就嫁给了疤子,婚姻美满幸福,次年就生下一个漂亮的女儿。

听贝小帅讲完这个浪漫传奇的故事,办公室里沉寂了半分钟,所有人似乎都被感动了,刘子光掐灭烟蒂,重新拿起了请柬,上面的钢笔字秀气文静,一看就是出自女性手笔,或许正是那位沈芳代笔的。

"你这样一说,我还真想见见这个疤子,还有他媳妇。"刘子光欣赏着请柬道。

众人也都附和,说很想见见能让疤老大神魂颠倒的女子到底是个啥样。

贝小帅嘿嘿地笑了:"简单啊,疤子的女儿就在两条街以外的幼儿园,每天下午他媳妇都要去接孩子,想看的话直接过去等就是了。"

众人就都聒噪着要去,刘子光本来还觉得不好意思,不过忽然心念一动,仿佛回到了少年时代,那时候听说哪个学校有美女,同学们总是要提前逃课,跑到对方学校门口蹲着等的,人不轻狂枉少年,管那么多干啥?

"走,兄弟们组团去参观美女!"刘子光一声令下,大家伙齐声叫好,收拾东西换衣服,准备出发。

忽然,刘子光想到了锁在抽屉里的枪。这个东西实在烫手,留在办公室他心里不踏实。犹豫了一下,刘子光趁众人不注意,悄悄把枪掖在了身上。

"必须抓紧把它处理掉。"刘子光心想。

下午,金宝贝双语幼儿园门口的道路上,停满了一辆辆轿车,这所幼儿园是本市有名的私立双语幼儿园,师资力量强大,硬件软件都是超一流的,综合条件在本市绝对排名第一,比排名第二的"机关一幼"强出一大截去,当然学费也是不菲,即便如此,富人们依然趋之若鹜,纷纷挤破头把自己的孩子送来就读,美其名曰"不能输在起跑线上"。

临近放学时间,家长们都来接孩子了,幼儿园门口停着的有奥迪 A6 这样的政府官车,也有宝马奔驰之类的豪华私车,间或夹杂着一两辆迷你、甲壳虫之类的女性色彩浓重的车辆,估计是漂亮妈妈们的座驾。

四点左右,刘子光一行人来到了金宝贝双语幼儿园附近,幼儿园选址很好,正好位于一个小型的城市绿地旁边,除了马路对面的一家银行之外,基本没有什么商铺超市,过往的车辆也不是很多,可谓闹中取静,非常难得。

刘子光等人就坐在绿地的长椅上,盯着不远处的马路,望着那三五成群的小少妇们,贝小帅努力分辨着哪个是沈芳,不过还是可耻地失败了。

"妈的,好几年没见,又生了孩子大变样,谁知道是哪个啊。"小帅同志悻悻地说。

刘子光倒是发现了一位老熟人,风姿绰约的黑丝少妇,火_般的红色沃尔沃,那不是丢了孩子的年轻妈妈么,原来她的孩子也在这里上学啊。

此时李纨正倚在沃尔沃旁,和一个熟人说着话,那位妈妈比她要年轻,今年不过二十五六岁,开一辆黄色甲壳虫,每天都来接女儿放学,一来二去两人成了朋友。

"前两天怎么没见你来接孩子?"开甲壳虫的年轻妈妈问。

"前两天公司里忙,只好让助理来了。不过只要有空,我都是亲自来。"李纨说。

"你的助理都是开 A6 来的,你怎么还不换了那辆沃尔沃?"

李纨笑了笑。两个人只是泛泛之交,李纨也不想多说什么。

幼儿园门口二十来辆车,一大群人,谁也没有注意到一辆黑色公安牌照帕萨特的来到,驾驶座上那个人,面色阴沉冷酷,一双眼睛好像毒蛇般无情。

与此同时,一辆红色的捷达出租车开到了马路对面银行门口,司机身上的黑色制服不太合身,眼神也有些古怪,凌厉而紧张,车后座上有一位客人,坐立不安的模样,手里拎着一个长条形的黑色提包。两人一会儿看看人群,一会儿又看看银行里面,不时低声说些什么,似乎在商量事情。

距离这里五百米的街角拐弯处,停着一辆警用涂装的桑塔纳,巡逻间隙,老王和小胡正停下来休息,买一杯奶茶,抽一根烟,谈谈最近的治安形势啥的。

绿地长椅上,刘子光忽然坐直了身子,那辆帕萨特的牌照印象实在太深刻了,这不是老三的车么,他来这里做什么?

四点钟到了,幼儿园开始放学,他们的规矩很严,必须由孩子的父母或者孩子父母认可的人来接送幼儿,临时换人的话也需要电话确认才行,假装是孩子亲戚啥的想把小孩骗走基本是不可能的事情。

老三还没傻到光天化日之下强抢孩子的地步,他坐在驾驶座上静静地观察着,目光在这些私家车上扫过,很快定格在那辆黄色甲壳虫上。对了,这辆车就是疤子老婆的。

老三紧盯着疤子老婆,一直看着她走到幼儿园门口,把那个粉雕玉琢的小女孩领出来之后,才推开车门下车,装作很急切的样子走过去,低低地喊了一声:"嫂子,出事了。"

沈芳一愣,看着这个陌生的中年人,问道:"你是?"

"我是疤哥的兄弟老七,今天店里有人捣乱,疤哥让人砍了,现在正在医院急救,你们娘俩赶紧跟我去吧。"老三一脸的焦急,演得很真,绝对的实力派、演技派,这厮如果投身演艺界的话,糊弄个百花奖金鸡奖怕也不是难事。

果不其然,沈芳相信了他,赶紧抱起女儿要去开车,老三劝道:"嫂子,坐我的车吧,我开得快。"

沈芳想想也是,自己心烦意乱,万一开车出事岂不是更糟,抱着女儿向帕萨特走去,忽然心念一转,拿出了手机拨打丈夫的号码。

老三早有准备,暗地里用自己的手机不停地重拨疤子的号码,沈芳连续打了三遍都是占线,心情更加惊恐烦躁,不再犹豫,径直去上帕萨特,车前的"淮O"牌照只在她眼中一闪而过,并未往心里去。

沈芳和老三对话的场面被刘子光看在眼里,虽然没听见他们说的什么,但是第六感告诉他,老三绝对不是在干好事。

"小贝,那个女的你认识么?"刘子光一捅贝小帅。

"我瞅瞅……眼熟,好像就是疤子的媳妇啊。"贝小帅道。

"不好,要坏事!"刘子光忽地站起来,径直朝幼儿园门口快步走去。

母女俩上了车,老三坐进了驾驶位,迅速系上安全带,脸上不由自主地露出一丝阴险的冷笑。

很不巧,这个阴冷的笑容映在后视镜里,被沈芳看了个一清二楚,她心中一寒,刚才的一幕重新回放,是"淮 O"公安牌照!丈夫并没有这路兄弟!

沈芳到底是大学生,有些机智,开口道:"等下,我的包还放在车里,里面有银行卡和钱,必须拿着。"

好不容易把人骗上来,怎么可能这么轻易地放走?老三锁死了车门,不由分说道:"不用了,我这里钱足够。"说着就发动了车子。

跟疤子在一起多年,沈芳还是有些觉悟的,立刻明白上当了,她疯狂地去开车门,可是车门已经被锁死,根本无法打开,小女儿被母亲的疯狂举动吓坏了,哇哇直哭。老三冷笑一声,挂上倒挡,准备离开了。

沈芳在车里努力拍打着车窗,但是并没有引起别人的注意,因为此时家长们的注意力都放在幼儿园门口,等待着自家孩子出来。唯有李纨敏锐地注意到帕萨特里的不对劲,自从上回孩子被人拐了之后,李纨的神经就比较敏感,她的脑海中立刻跳出两个恐怖的字眼——绑架!

与此同时,银行门口的红色出租车内,两个人已经开始了行动,他们从兜里摸出黑色头套蒙在头上,推开车门拎着提包向银行走去。

五百米外的警车内,胡蓉端着奶茶,拿着车载对讲机的话筒和总台通着话:"一切正常,完毕。"

看到沈芳钻进老三的汽车,刘子光的脚步便从快步疾走变成了奔跑,不过还是来不及了,帕萨特迅速倒车,拦也拦不住,刘子光只看见沈芳焦急恐惧的脸在车窗内一闪而过,帕萨特一个甩尾,摆正了方向,老三迅速踩踏离合、挂一挡准备离开。

事态紧急,刘子光也顾不得那么多了,扭头一看,正看见李纨的沃尔沃停在一边,车门开着,车钥匙就插在驾驶台上,他一个箭步冲过去,李纨只觉得一阵风从面前掠过,耳畔传来一声招呼:"借你车用用。"然后就看见刘子光坐进了自己的汽车里。

这辆沃尔沃停得不是很合适,若想倒车出去的话要打好几把方向,但是刘子光行事雷厉风行,直接一把方向打到底,沃尔沃一声闷响,直冲上马路牙子,撞进花坛里,后保险杠当即就被刮得面目全非,轮胎和水泥地面剧烈地摩擦着,发出一股焦煳味道,和发动机的闷响融合在一起,给人一种似乎在赛车场上的感觉。

老三的帕萨特是手动挡,刘子光开的这辆沃尔沃却是自动挡,启动的动作稍微快一些,而且刘子光动作简单粗暴,这就更加节省了时间,沃尔沃如同离弦的红色利箭一般直冲向帕萨特。

此时一高一矮两个蒙面歹徒已经走进了银行的玻璃大门,银行保安看见情况不对,立刻上前阻拦,还没等他把橡皮棍抽出来,当胸就挨了一枪。锯短了枪把和枪管的五连发,近距离射击,威力大得惊人,保安被打得向后飞去,胸前一大片血淋淋的伤口,人当场就不行了。

银行内还有十几个顾客正在排队,顿时发出一阵阵尖叫,矮个劫匪二话不说,举起五连发冲着天花板开了三枪,将分布在各个位置的三个摄像头打碎,然后用奇怪的口音喊道:"打劫!全都趴下!"

为了不引起别人的注意,帕萨特走的是常规路线,倒车出去,然后再离开,这就给刘子光留出了时间,两点之间直线最近,他无所顾忌地开着沃尔沃冲进了绿化带里,2.4排量的发动机咆哮着,四个宽大的轮胎将绿化带里的泥土翻得到处都是,沃尔沃呼啸着从花园里冲出来,斜刺里径直撞向帕萨特。

这一切都发生在几秒钟的时间内,老三根本没有时间反应,他听见动静一扭头,就看见一头红色的巨兽从侧面撞向自己,下意识地一打方向盘,人是躲过去了,不过帕萨特还是结结实实地被撞到。

大众神车和北欧神车的较量,在这次撞击中得到了完美的体现,沃尔沃不愧"最安全的汽车"之称谓,气囊弹开,驾驶员安然无恙。

帕萨特里的乘客就惨了点,沈芳的头撞在车门上,当场昏了过去,不过就在撞击发生的那一瞬间,她将女儿紧紧抱在怀里。

老三也比较幸运,因为他绑着安全带,所以并未受到撞击,只是脑袋里昏昏沉沉的,有些不清醒,耳朵里嗡嗡的,啥都听不见,就看见一大群人从幼儿园方向朝这边冲过来。

"不好，要露馅儿。"老三的脑子嗡的一下就大了，他本想用疤子的妻女换回那把枪，量疤子也不敢报警，这样神不知鬼不觉即可化解丢枪的危机，但不想出了这种意外。

老三努力解开安全带，从副驾驶的位子出去，拉开车门，从昏迷的沈芳怀里把小女孩拽出来，夹在腋下，跟跟跄跄地向前奔去。

刘子光被气囊撞得晕头转向，不免耽误了一点时间，等他从沃尔沃里出来的时候，老三已经夹着小女孩向前跑了十几米了。

小女孩在老三腋下不停地挣扎着，又哭又闹，老三油亮的大分头也散开了，看起来狼狈不堪，夹着个小孩实在跑不快，老三的目光四下里打量，正好看到银行门口停着的出租车，想都没想就奔了过去，可是那出租车里却没有司机。

后面的愤怒群众眼看追了上来，前面街角拐弯处，又有一辆桑塔纳警车缓缓地开了过来，红蓝相间的警灯闪烁着。

前有堵截，后有追兵，老三走投无路，只好一跺脚，冲进了旁边的银行大厅。

刚才那撞车的声音正好和几声枪响混杂在一起，加上劫匪的精神高度紧张，竟然没有注意外面发生了什么。老三夹着小孩冲进银行大厅的时候，两个劫匪仓皇地回头，其中那个拿五连发的矮个家伙下意识地举起了枪。

"等等！"另一个家伙伸手阻止了同伙，他的目光落到了老三惊慌失措的眼神和腋下夹着的小女孩的泪眼上，到底是行走江湖多年的江洋大盗，立刻意识到发生了什么事情。

"趴下！"这名高个劫匪从裤腰带上抽出一把黑沉沉的手枪，指着老三的头冷静地说道。

老三当场就呆了，万没想到能遇到抢银行的劫匪，他本身就是金盾公司的高级职员，对于各种银行劫案很是熟悉，知道能干出这种买卖的人，都是杀人不眨眼的人物，是真正意义上的江洋大盗，和普通的黑道完全不在一个层面上。

一般黑道人物，大多开舞厅酒吧洗浴中心，或者垄断土方沙子生意，干的是半灰半黑的买卖,真让他们杀人,也得掂量掂量,哪像这种杀人越货的悍匪,杀个把人就如同儿戏一般,三米之外的地上就躺着一具尸体,鲜血淌得小河似的,就是明证。

老三二话不说,立刻蹲在地上,一手抱头,另一只手却依然紧紧抓着小女孩。

就在两个劫匪的注意力被老三吸引的这几秒钟时间内,银行柜台里的一名职员,悄悄用脚踩下了报警按钮。

紧接着,又是一个人旋风般冲进了银行大厅,正是紧追着老三进来的刘子光,两个劫匪刚刚放下的枪又举了起来,一长一短,两个黑洞洞的枪口瞄准了刘子光。

刘子光也呆住了,没想到银行里暗藏玄机,竟然有两个江洋大盗正在作案,黑洞洞的枪口瞄准自己的胸膛,旁边还躺卧着一具尸体,深蓝色的保安制服已经被血浸成了黑色,血腥味直冲鼻子,而老三这个卑鄙的家伙,则满脸惶恐地蹲在一边,大气都不敢出。

糟了,遇到银行劫匪了!这些家伙可是杀人不眨眼的角色,一个不小心就要再出人命,好在他们的枪口并没有指着人质,不如趁这个机会……电光火石的一刹那,刘子光的手迅速向后腰摸去。

就在同一时刻,银行柜台里的警铃响了,不知道哪个脑残的家伙设计的这种报警装置,踩下按钮的同时,不光公安局里的报警灯闪亮鸣响,银行柜台里也是一阵阵急促的蜂鸣音。

矮个劫匪大怒,回头就是一枪,十二号霰弹打在厚重的柜台玻璃上,玻璃顿时呈现出一片细密的龟裂纹状,柜台里的银行职员吓得尖声大叫,纷纷蹲下身子,外面的那些人质也凄惨地哭起来,紧缩成一团团形状,生怕劫匪一怒之下,枪杀人质。

拿五连发的矮个劫匪跳过去用枪托猛击玻璃,被霰弹击中的特种玻璃已经失去了强度,猛击了三两下就垮了。这个劫匪的个头虽然不高,但是动作极其敏捷矫健,一翻身就跳进了柜台,拖过一个女职员,将五连发顶在她的额头上,大吼道:"开保险柜!"

在矮个劫匪做这些事情的同时,拿手枪的高个劫匪一动不动,手中乌黑的枪口直指刘子光,击锤大张着,子弹已经上膛。

刘子光认识这把枪,和自己后腰上别着的那个铁家伙是一种型号,不过劫匪手中的五四显然成色更好一些,发蓝乌黑油亮,抛壳口闪着钢材的本色,拿枪的手很稳,枪口正对着自己的心脏位置,只要自己稍有异动,相信一颗七点六二毫米的五一式手枪弹就会咆哮着冲出枪口,以每秒钟四百二十米的速度击穿自己的心脏,然后带着一堆血肉从后心飞出,继续飞行数百米。

简单权衡了一下利弊,刘子光还是选择了妥协,他迅速将自己的两只手高高举起,脸上作恐惧状。

高个劫匪对他的反应很满意,枪口一指:"一边趴着!"

刘子光老老实实蹲到了墙角,一动不动。

柜台里面,女职员失魂落魄,哆哆嗦嗦拿出钥匙,插进保险柜钥匙孔转了几圈,伸手去拉把手,可怎么也打不开,女职员一转头,哭丧着脸说:"密码忘了。"

矮个劫匪暴怒,也不说话,对着女职员的脑袋就扣动了扳机,可是脑浆四溅的场景并没有出现,五连发霰弹枪的五枚子弹已经打空了。

虽然是空枪,但也把女职员吓了个半死,歇斯底里地抱着头尖叫,劫匪从上衣口袋里掏出几枚花花绿绿的子弹,一枚枚地往枪膛里塞,一边塞一边猛踢蹲在一边的金丝眼镜男职员:"你,给我开保险柜!"

男职员也吓得个半死,不过神智还算清楚,颤抖着手转动了密码盘,"砰"的一声,保险柜打开了,露出里面一沓沓的红色钞票。

矮个劫匪两眼放光,扔下黑色大提包,一挥五连发:"给我装!"

今天对于派出所女警察胡蓉来说,是非常平淡的一天,跟着师傅老王出来巡逻,半天下去没接到一条报警信息,就连丢钥匙、猫上树这种鸡毛蒜皮的事情都没有,老王师傅说得对,警察的生活其实是单调无聊的重复,那些惊心动魄的警匪追逐枪战的场景只在电影里才会出现。

今天实在无聊,小胡便私自改变了巡逻路线,想从幼儿园门口经过一次,因为每天下午四点的时候正好放学,维持一下交通秩序也是好的。

桑塔纳警车以十五公里的缓慢时速转过街角,两位警察正漫不经心地谈笑着,案子就突如其来地发生了,先是一辆红色的轿车从绿化带里冲出来,撞上正常行驶的黑色帕萨特,然后就听见几声巨响,像是枪声。

从帕萨特里冲出一个中年男人,拽出后座上的小女孩,往警车这里看了一眼,就径直冲向了银行,动作慌乱狼狈,然后从红色轿车里下来一个年轻人,直接追了过去,胡蓉不认识那个中年人,却对后面这个年轻人再熟悉不过了。

这不是本辖区的那个小混子保安刘子光么!

枪声就是警号,胡蓉连想都没想,一踩油门就过去了,桑塔纳一个漂亮的摆尾,正好堵在银行门口,拦在红色捷达出租车的后面,车门弹开,胡蓉右手按着手枪柄,猫着腰从车里钻出来,径直朝银行大门扑去,根本不理睬老王在后面急切地呼喊:"小胡,回来!"

警车的突然出现,让拿手枪的高个劫匪心中一沉,已经提前一星期进行踩点,确定这个地点既僻静又安全,还靠近出城的公路,最适合抢劫了,没想到人算不如天算,刚开始动手就出了意外,现在居然连警察都出现了。

高个劫匪没有丝毫犹豫,枪口一转,"啪啪"两枪打过去,子弹打在门柱上,间距很小,火花四溅,胡蓉差点中弹,不得已还是退了回去,一把抽出了腰间的警用转轮手枪,扳起击锤,瞄准银行里,心怦怦乱跳。

那边老王已经接通了总台:"指挥中心,这里是1156号巡逻车,大连路中段交通银行发生持枪抢劫……"

高个劫匪继续拿枪瞄准着门外,头也不回地骂道:"老二,你他妈快点儿!"

矮个劫匪在柜台里疯狂劫掠着,两个银行柜员帮他将黑色大提包装得满满当当,全是成捆的钞票,他高声回应:"大哥,怕个屁啊,咱手里有家伙,有人质!"

此时远处已经响起了警笛声,先前老三劫人的时候,李纨就已经报警了,然后银行警报系统也向公安局发出了警号,再加上胡蓉和老王的警车直接向指挥中心的报告,整个江北市的公安系统已经在短短五分钟内被调动起来,附近的警车全都拉响警笛过来增援了。

矮个劫匪将沉重的钱袋子甩过柜台,一跃翻了出来:"齐活儿,走人!"

高个劫匪骂道:"条子堵门了,都怪你动作太慢!"

矮个子"哗啦"一声推弹上膛,不服气地往门口走去:"妈的,看谁敢拦我。"

话音刚落,"砰"的一枪打来,矮个劫匪条件反射地往下一蹲,举枪回射过去,子弹打在警车的挡风玻璃上,"哗啦"一声,玻璃全碎了。对面又是一枪打过来,这一回准头提高了不少,几乎是擦着劫匪的头皮飞过去,他赶忙缩了回去,藏在大厅的柱子后面。

"×,枪打得还挺准!"劫匪吐了一口浓痰,钉在银行光洁的大理石地面上。

外面马路上,胡蓉隐蔽在车门后面,握枪的双手还在颤抖,这是她第一次向活人射击,以前在警校学习时老师讲的那些话全都抛到脑后去了,第一枪完全打偏了,第二枪稍微镇定了些,但是依然没有命中。

老王还在拿着对讲机呼叫支援,右手紧握着转轮手枪,可是连击锤都没有扳开。也难怪,这位老公安虽然警龄几十年,当街驳火的情况还是第一次遇到。

一个几十年没开过枪的老警察,和一个还在实习期的小警察,却把两个悍匪堵在了银行里,为增援的同行赢得了时间,很快就有两辆巡逻警车赶到,全副武装的警察从车上跳下来,拉开车门藏在后面,只露出一双眼睛紧盯着银行大门。

银行的大门是玻璃的,可以看见里面趴着一地的人质,但是劫匪的踪影却完全看不见,警察谁也不敢轻举妄动,只能死死守住大门。

此时沈芳已经被家长们从帕萨特里救出来,拍面颊、掐人中,片刻之后醒转,她第一句话就是:"妞妞呢?"

李纨宽慰她道:"妞妞没事,在银行里。"

沈芳转头一看,正看见银行门口停着的三辆警车,和如临大敌、握着手枪的警察,脸色刷的一下就白了,挣扎着要往银行里面扑去,却被众人拉住:"大姐,千万别冲动啊!"

此时刘子光蹲在角落里,一只手却暗暗伸到背后,悄悄动作了一下。事到如今,他更加不敢把那支五四拿出来了,真他妈的无巧不成书,怎么碰上劫匪打劫银行,这下是黄泥掉在裤裆里——不是屎也是屎了,万一把枪拿出来,指不定就被警察当作劫匪同伙了呢。

枪啊枪,真不是个好东西啊!

与此同时,老三也在懊悔不已,枪声已经完全惊醒了他,这事儿是越闹越大了,不用说,半小时之内,市局领导肯定都会到现场,由于自己身份比较特殊,和银行押款工作有牵连,所以肯定会被列为怀疑对象,到时候一排查,勒令自己交枪,就什么都露馅了,这还不包括自己绑架沈芳母女的案子呢。

枪啊枪,真不是个好东西啊!

若不是为了寻枪,怎么能闹出这种事情来? 事到如今,老三的肠子都悔青了,不该把枪锁在车里,不该带枪,甚至根本就不该佩枪!

银行门口堵了一堆汽车——劫匪自己预备的出租车,撞到一起的帕萨特和沃尔沃,还有三辆警车,红蓝警灯无声地闪烁着。六支手枪指着银行大门,远处的警笛还在继续,陆续有急促的刹车声响起,刑警、治安、特警陆续来到,分局领导和市局一位坐镇的副局长也来了,市局一把手正在县里考察调研,此时也正在火速赶来。

事儿,绝对是闹大了。

两个劫匪经验老到,一看没机会逃跑了,干脆固守银行,高个子劫匪用枪逼着银行职员放下了百叶窗,关上了电动卷帘门,电动门缓缓地落下,隔绝了阳光,也隔绝了人质们的希望。

银行里所有的灯都打开了,一片灯火通明,矮个劫匪再次跳进柜台,用枪押着四个银行柜员出来,喝令大家全都站起来,排成一个扇形挡在前面。

劫匪相当聪明,利用人质组成人盾,这样一来,狙击手就很难下手了,突击队也会感觉棘手,若想消灭劫匪,难免会误伤人质。

银行里排队的这些人,大都是附近高档小区的住户,以中年妇女居多,还有几个老头老太太,此时都已经吓得不知所措、双腿发软了,有个穿金戴银的妇女哭喊道:"放了我吧,我老公是市委的,你要多少钱都行。"

两个劫匪对视一眼,矮个子一步蹿过去,揪住中年妇女的头发掼到地上:"正好,就拿你这个官太太当人质!"

中年妇女吓得哇哇直哭,一股涓涓细流在大理石地面上流淌着,刺鼻的尿臊味弥漫在银行大厅里,但是人质们都不敢说也不敢动,更没人笑话这位吓到失禁的中年妇女,相反还暗暗感激她,有她在前面顶着,要死也暂时轮不到别人了。

人质中的青壮年男子没几个,除了银行柜员金丝眼镜男,就是老三和刘子光了,高个劫匪指着地上的保安尸体道:"你两个,给我搬过去。"

刘子光和老三对视一眼,都无奈地起身去搬尸体,老三已经认出了刘子光,心中一动:这小子怎么会出现在幼儿园门口,又怎么会紧追自己不舍,难道说他已经跟了疤子?

这些念头只在老三脑海中一闪而过,刘子光不过是个不值一提的小痞子,对付这种人,就是三只手指捏田螺——十拿九稳,现在要操心的是怎么安全脱身,怎么洗清自己的绑架罪名。

老三去抬尸体,自然就将妞妞放开了,四岁的小女孩还不懂事,双手抹着眼泪直往外面走,嘴里还喊着"妈妈妈妈",高个子劫匪一把就将她提了起来,放在胸前当个天然的小盾牌。

听到银行里面女儿撕心裂肺的哭喊,沈芳都快晕过去了,眼泪滂沱而下,李纨和几个年轻的妈妈在一边陪着落泪,都是当母亲的人,自然能体会沈芳的心情,女儿在穷凶极恶的歹徒手里捏着,换了谁都得这样。

李纨紧紧捏着儿子的小手,暗自庆幸这灾难没有摊到自己身上,如果被绑架的是儿子,自己兴许还不如沈芳呢。

忽然,沈芳的手机响了起来,她迅速抓起电话,连看也不看号码就按下接听键,歇斯底里地大喊道:"把我的女儿还回来!"

电话那头明显愣了一下,然后是中年男子焦急的声音:"芳芳,是我!刚才你打我电话了么?到底怎么回事!"

　　沈芳听出是老公的声音，却再也说不出话来，只顾着哭泣，李纨见不是事儿，接过电话说道："是妞妞爸爸么，你家妞妞出事了，就在幼儿园门口……"

　　话还没说完，就听见一阵忙音，对方已经挂了电话，可以想象那位父亲的焦躁心情，肯定是十万火急地赶过来。

　　放下电话，李纨才回过味来，事情发生得太过突然，一直没来得及梳理，应该是这样：一个开帕萨特的中年男人绑架了沈芳母女，然后他，就是那个曾经救过自己儿子的"飞人叔叔"出现了，抢了自己的沃尔沃飞越花坛去撞击帕萨特，又紧跟着那个绑匪进入银行。

　　沃尔沃的气囊已经被撞了出来，前头也瘪了一块，李纨的这辆 S40 可不是长安货，而是货真价实的瑞典原装，上回修理车灯、保险杠就已经花了不少钱，这回肯定维修费用不菲，但奇怪的是，李纨竟然一点也不心疼，满脑子都是那个风一般的男子。

　　贝小帅等人也吓傻了，这事儿太过戏剧化，一切的发生都在一分钟之内，没有给任何人留出思考的余地，本来说好是来看美女的，怎么变成了汽车追逐和枪战驳火，这火暴场面都快赶上好莱坞了！

　　当街砍人不稀奇，枪械驳火就少见多了，一如贝小帅这种道上混过几年的小痞子都没见过这种阵仗，瞪着眼睛张着嘴，束手无策当起了围观群众。

　　警车越来越多，一辆黑色涂装的厢式货车开了过来，一队特警鱼贯而下，黑色凯芙拉头盔，防刺布战斗服，护膝、护肘，战术腰带上悬挂着各种装备，七九式微型冲锋枪上加装了鱼骨、战术手电、红点瞄准镜等物，看起来很是专业。

　　特警们迅速占领制高点，架起了八五式狙击枪，封锁街道，清理现场，将无关群众疏散开来。

　　幼儿园内的所有学生均被疏散，看热闹的群众也被撤到警戒线以外，由于沈芳是人质的母亲，又濒临昏迷状态，暂时被安置在一辆警车里，等待着救护车的到来，警察们都忙得热火朝天，没人照顾沈芳，只好让李纨在旁边守护着。

　　一辆红白涂装的救护车"呜哇呜哇"地来到，这是和 110 联动的救护车，随车护士都是经过急救训练的专业护士,在通过封锁线的时候,坐在救护车窗边的方霏正好看到隔离线以外站着的贝小帅等人,她眼睛一亮,摇下车窗玻璃冲着他们摆摆手。

贝小帅也看见了方霏,张嘴刚要说话,救护车却已经开走了。来到封锁线内,穿着平底鞋和淡绿色护士服的方霏打开后车门,轻捷地跳出来,手里拿着氧气包喊道:"哪里需要帮助?"

"这边!"李纨将头伸出车窗喊了一句,方霏赶紧跑了过去。

正在此时,一阵刺耳的刹车声响起,几辆黑色的轿车硬生生停在警戒线边上,头前一辆车里钻出个身材高大的男子,脸上一道刀疤触目惊心,他身后的轿车里同时钻出七八个壮汉,一色小平头墨镜,看着就不像善茬儿。

小平头们在警戒前就站住了,只有那个疤脸大汉不顾警察的阻拦,硬要往里闯,边闯边扯着嗓子喊道:"芳芳,妞妞,你们在哪?"

沈芳听见老公的呼喊,挣扎着想要坐起来,却被方霏劝住。方霏扭头冲着这边喊道:"他是伤员家属。"

特警们望望自己的领导,领导犹豫了一下还是点了点头,疤子感激地一点头,钻过警戒线朝沈芳这边奔过来。

"老公,妞妞她……"沈芳再次泪如雨下,泣不成声,多亏李纨在旁边介绍道:"妞妞被人带进银行里,里面有劫匪正在抢银行,妞妞怕是成了人质。"

疤子忽地站起,将黑色的西装上衣脱下,里面竟然只穿了一件坎肩而没有穿衬衣,一身结实的古铜色腱子肉露了出来,满是伤痕,触目惊心。

"这是冲着我来的,芳芳你别怕,我去把妞妞换回来。"

疤子正要往银行里走,忽然被两个警察拦住,一个两杠三花的警官喝道:"方国豪,这里有警察,用不着你出头,给我下去!"

疤子抬眼一看,认得是分局的副局长谢安然。他焦躁地吼道:"谢局,我女儿在里面!"

谢副局长也急了,走上来拉住疤子的胳膊道:"有持枪劫匪在里面,你一个人进去又能怎么样？市局领导都来了,赶紧把褂子给我穿上!"

原来事情这么复杂,疤子的胸膛剧烈地起伏着,想了想还是披上了衣服,焦躁地守在老婆身旁,直盯着银行的大门。

大门依旧紧闭,落地的玻璃墙也被百叶窗挡住,看不清楚里面的状况,制高点上的狙击手根本瞄不到任何目标。市局的几个"白衬衣"也到了现场进行指挥,在一辆警车的引擎盖上摊开地形图进行布控,但苦于对银行里面的形势丝毫没有掌握,也是一筹莫展。

肩膀上一颗警监花的市局副局长宋剑锋是个干练的中年人,凌厉的眼神扫过银行大门,定格在门口的两辆汽车上,最终锁定了黑色帕萨特的牌照。

"那是哪个单位的车?"副局长厉声喝问。

交警部门的头头迅速问了手下,然后答道:"宋局,这是金盾公司的车。"

宋副局长继续厉声:"金盾的车怎么在这里? 谁是驾驶员!"

交警头头再次让手下查了一下,答道:"这辆车归李有权开。"

"李有权人呢? 为什么来这里?"

大家都回答不出来,宋副局长怒喝:"让金盾的人过来,马上!"

金盾公司的头头没来到,一辆挂着市级机关通行证的黑色奥迪 A6 缓缓开进了警戒区,后门打开,一个便装中年男子走了出来,虽然个头不高,但是极其精悍,头发梳理得一丝不苟,身上的白衬衣更是一尘不染。

"胡书记。"

"胡书记好。"

一片打招呼的声音响起,江北市政法口的人谁不认识他们的政法委书记胡跃进啊,这位政法一哥从最基层的派出所民警做起,副所长、所长、刑警队长、分局局长、市局局长,一层层升上来,步步脚印都很扎实。此人不但为人处世很是老练,侦破技术也是一流的,谈起胡书记,政法口的人没有不挑大拇指的。

胡书记冲大家点点头,直接参与指挥。简单了解了情况之后,对大家说道:"在马局长没来之前,这里由我指挥,派出所的同志们把警戒线往外扩展一下,以防犯罪分子掌握爆炸物,特警注意警戒,没有命令不许开枪。"

众警官都点头,胡书记想了一下又道:"给武警支队打电话,让他们派狙击手过来。"

特警大队的领导低声说:"胡书记,咱们自己有狙击手。"

"我知道,可是咱们狙击手太少,不知道歹徒具体人数的情况下,必须确保万无一失。"胡书记斩钉截铁地说道。

忽然,银行的卷帘门缓缓地动了,第一线的警察们紧张起来,纷纷举起了手中的枪。

一具血淋淋的尸体被抛了出来。

15 我能帮你们脱身

银行里丢出一具尸体，震惊了在场所有的人，警戒线以外的围观群众纷纷惊呼，为死者叹息，为人质们担忧，领导们则忧心忡忡，这回市政府牵头搞的"安全江北百日行"活动怕是泡汤了。

劫匪悍然杀人，穷凶极恶，而且手上有武器，有人质，在被警察全面包围之后不但不投降，还抛出尸体示威，一切都说明这伙劫匪绝非等闲之辈，如果稍微处理不当，怕是要再多出几条人命，形成极其恶劣的社会影响，那样一来，少不得要摘几顶乌纱帽了。

所以，领导们都很紧张，一双双眼睛紧盯住胡书记，等着他拿主意。

胡书记到底是老公安了，大手一挥道："犯罪分子非常狡猾，不宜强攻，让市局谈判专家来！"

一个电话打到市局，得知谈判专家已经在路上了，大家在焦急等待的同时，也开始准备强攻的手段，除了制高点的三名狙击手之外，又派遣了一个突击小组爬到银行的屋顶上，随时准备破窗而入。

三分钟后，一辆O记牌照的轿车快速驶来，一个肥头大耳的中年胖子从后座上跳下来，衬衫都被汗水浸透了，一只胖手还拿着纸巾不停地擦拭着汗水，众人都认得他，这是金盾公司的老总，梁胖子。

梁胖子突然接到市局的电话，说大连路交行营业厅发生劫案，和金盾公司的人有关,他立刻驱车赶来,一路上想了无数种可能,但不管是哪种设想,自己这个老总都脱不开干系。

果然,看见他来到,不管是胡书记还是宋副局长都是一脸的厉色,宋局指着那辆帕萨特道:"这车是怎么回事?"

梁胖子一边擦汗一边看过去,认得,那不是李有权的车么。

李有权这家伙,挺会来事,关系也比较复杂,没有他摆不平的事情,所以深受梁胖子的喜爱,但是此时此地他也顾不了那么多了,第一印象就是这小子利用职务之便,抢银行了!

"宋局,这是我们单位小李的车,具体发生了什么事,我真不清楚。"

梁胖子深信祸从口出的道理,虽然心里给老三下了定论,但嘴上不敢乱说。

"这个李有权,最近有什么反常情况?"宋局也是老公安了,问话都在点子上。

"没有啊,一切正常,上午办公室的同志通知交枪的时候,还和他有说有笑……"

胡书记敏锐地抓住了梁胖子话里的要点,打断他问道:"金盾公司明天交枪?"

"对,统一换装防暴枪。"宋副局长接口答道。

"李有权有没有佩枪?"胡书记继续追问。

梁胖子恨不得抽自己两个嘴巴,李有权不是一线押运员,但却配备了枪支,这是明显违规的事情,但自己念在李有权是老公安、做事又谨慎的分上,破例给他配了枪,若是没事啥都好说,只要出事,自己这个老总的位置就保不住了。

"那个……配了。"梁胖子头上的汗哗哗地往下淌,脸上的表情要多难看有多难看,现在可不是说瞎话的时候,稍有隐瞒,可就不是降职的问题了,而是追究刑事责任。

"什么枪? 几发子弹?"胡书记紧追不舍。

"五四,子弹不清楚,兴许有十……八,六发左右吧。"梁胖子艰难地说道,喉结蠕动着,似乎很不舒服。

胡书记和宋副局长交换了一下眼神,然后宋副局长面无表情地道:"你先停职吧,一边待着,有事再叫你。"

梁胖子哭丧着脸下去,心里把李有权八辈祖宗都骂尽了,这货平时看着精明,怎么一出事就是大事儿啊!

又过了几分钟,市局谈判专家终于来到,这是一位在省厅接受过培训的警察,身穿白大褂,戴一副金丝眼镜,看起来斯斯文文,很有亲和力,他简短地和现场指挥谈了几句,了解了情况,然后便投入了工作。

专家同志并没有像好莱坞电影里面那样,单刀直入走过去和劫匪面对面地谈话,而是躲在一辆看起来比较结实的防暴车后面,举起了高音喇叭。

"里面的人听着,你们已经被包围了,现在外面有几百个全副武装的警察,你们插翅难飞了,我奉劝你们一句,赶快悬崖勒马,迷途知返,对抗是没有出路的!"

回答他的是一声枪响,银行里传出嚣张的喊声:"外面的人听着,老子手里有一大群人质,你们要是不赶紧滚开,给老子让出路来,老子就每隔五分钟枪毙一个人质!"

歹徒极其猖狂,而且似乎子弹充足,这让领导们很是担忧,几个头头简单交换了一下意见,认为绝对不能向犯罪分子妥协,应当立刻准备强攻。

银行的领导也到了现场,还带来了这家营业厅的建筑施工图,警察们根据图纸做出了相应的部署,各个小队都进入了战位。

此时武警部队的支援也到了,四个狙击手各自就位,手持九五式突击步枪的反恐队员也随时准备上阵,警方士气大增。胡书记手持对讲机,目光扫过大门外的一线警察,制高点上的狙击手,屋顶上的特警队员,还有手持防弹盾牌、集结在银行大门两侧的武警,指战员们个个踌躇满志,都已做好总攻的准备。

忽然一阵幼儿的啼哭声从银行里传出来,同时传来的还有歹徒猖狂的叫嚣:"×你妈的,不给老子回话,当老子说话是放屁啊,老子这就毙一个给你们看看!"

沈芳听出是女儿的哭声,吓得一口气没上来,当场就晕了过去,方霏赶紧抢救,疤子紧咬着嘴唇,恶狠狠地拿眼睛瞪着那群领导。

胡书记面色严峻,按下了对讲机的通话键:"各小组注意!"

制高点上,特警和武警的狙击手们都拉动了枪栓,屋顶上,突击队员也扣紧了滑索,银行门口那一大堆警车后面,各路警察都举起了手枪,等待着最后的命令。

忽然,胡书记的手机响了,他紧皱着眉头想去挂掉,但是看到熟悉的号码,还是按下了接听键。

"老领导,是您啊……什么,夫人去银行存钱,现在联系不上,可能在里面……好,我知道了。"

挂了电话,胡书记轻轻叹了一口气,冲着对讲机说道:"行动取消,重复一遍,行动取消。"

当警察们在外面忙活的时候,银行里面也在进行着激烈的交锋。

那具血淋淋的尸体,是刘子光和老三在劫匪的枪口下合力抛出去的,但似乎并没有起到应有的效果,警察们不但没有妥协,还整了个白大褂躲在汽车后面劝降,高个劫匪当时就怒了,一枪打过去,那个可恶的高音喇叭就哑了。

但是两个劫匪却怒火难熄,矮个劫匪一把将妞妞拽过来,五连发顶在小女孩的脑袋上,疯狂地冲着外面叫嚣,要毙了小孩给他们看看。

这下刘子光看不过眼了,他两手很自然地下垂着,但是神经却已经紧绷起来,随时可以抽枪射击。虽然贸然出枪会给自己带来无穷的麻烦,但是为了一条无辜的小生命,他也顾不得那么多了。

当然了,能不用枪还是尽量不用,他用平静温和地语气说道:"两位大哥,别吓着孩子。"

矮个劫匪一扭头,用五连发指着刘子光喝道:"你是干吗的?"

刘子光岿然不动,因为他看到这名劫匪的手指并没有搭在扳机上,起码他现在并没有起杀机。

"我就是一小混混,啥也不是。"刘子光坦然道。

"他妈的,活腻了是吧,那好,老子先毙了你!"说着矮个子丢开妞妞,就要来揪刘子光,老三蹲在一边,用眼角瞄着刘子光,心中略微有些幸灾乐祸,让你硬充大瓣蒜,倒霉了不是。

气氛一下子变得极其紧张,银行里所有的人质都惊惧地闭上了眼睛,瑟瑟发抖,他们以为刘子光触怒了劫匪,肯定会被爆头。而刘子光也做好了反击的准备,那把五四已经上膛了,随时可以射击,这么近的距离,说打他右眼就不会伤到左眼,肯定确保一枪毙命,唯一担心的是那个高个劫匪的反应速度。

矮个劫匪举着五连发,瞄了刘子光半天,终于还是没开枪,朝地上啐了一口道:"真他妈有种,像老子年轻的时候。"

刘子光的危机解除了,劫匪大概也有点残存的良知,真把妞妞放开了,转而将蹲在地上的老三提了起来:"这货油头粉面的,一看就不是好东西,把他崩了,让那帮条子看看!"

老三顿时魂飞魄散,刚才还在笑话人家刘子光,这会儿灾难就降临到自己头上了,五连发霰弹枪黑洞洞的枪口伸过来,顶在下巴上,老三很清楚这枪的威力,一枪下去,自己的脑袋就变血葫芦了,再好的殡仪馆化妆师都没法给拼凑起来,将来追悼会上只能拿木头脑袋来代替——如果还会给自己开的话。

生死存亡关头,老三啥也顾不上了,急切地喊道:"别杀我,我有用!"

高个劫匪一摆手,制止了同伙的进一步行动,走过来用五四式手枪顶在老三脑门上问道:"说,你有什么用处,只要我有半分不满意,就让你脑袋开花!"

"我当过警察,他们那一套我都熟!别杀我,我能帮你们脱身!"

高个劫匪两只阴狠的眼睛紧盯着老三的脸,老三被他看得发毛,豆大的汗珠滚下来。盯了足足三十秒,手枪才从老三的头上拿开。

"好,说说看,你怎么帮我们脱身?"

劫匪准备再次杀人的时候,人质们都吓得瑟瑟发抖,紧闭着眼睛不敢观看,脑子里也嗡嗡的,一片空白,可是等了半天,枪声还是没响,有几个胆大的人质悄悄睁开眼瞟过去,正看见老三和劫匪窃窃私语着。

谈判继续进行,分局的谢副局长脱了警服,身上的佩枪也卸了,只在衬衣外面罩了一件防弹背心,卷起袖子准备去和劫匪面对面地谈话。

胡书记和宋副局长走过来,用力在谢安然肩膀上拍了两下,都是多年的老同事了,用不着那么多的废话,一个眼神就蕴含了无数的关切和期待。

谢安然点点头,简短地说了两个字:"放心!"就走向了银行。

他站在安全的位置上冲着银行里大喊:"里面的人听着,我现在给你们送一部手机过去,咱们通过电话联络,你们需要什么条件,一切都可以谈,千万不要伤害人质。"

半分钟后,里面传出喊声:"好,你过来吧。"

谢副局长高举着手机,慢慢地走过去,正当他走到距离大门还有十米远的地方,忽然一枪打来,正射在他脚边,火光四溅,他当场卧倒,领导们心中一沉,众警察"哗啦啦"拉动枪栓,作势欲射。

胡书记急忙抓起对讲机低声喝道:"不要轻举妄动!"

这一枪只是警告而已,劫匪喊道:"你就站在那里,不许再往前走了,把手机丢过来就行。"

谢安然本来是想凑到跟前,当面把手机交给劫匪,以便利用防弹背心上安装的摄像头观察银行里面的情况,诸如劫匪的人数、武器装备、人质的具体情况等,但这伙劫匪太聪明了,居然料到了警方的计划。

谢安然无奈,只好慢慢蹲下,将手机顺着地面丢过去,正好抛在银行门口台阶上,这样一来,劫匪还是要出来捡,几台摄像机都对着大门口呢,根据劫匪的身形相貌,就能查出他的身份来。知道是什么人干的,对于案件的处置有着莫大的好处。

但劫匪并没有上当,而是用枪指着一个银行职员出来捡手机,那个金丝眼镜男哆哆嗦嗦地从卷帘门下面的空间钻出来,捡起手机之后,老老实实地往回走,有枪口在背后瞄着,他可不敢趁机逃跑。

手机被拿进银行之后,谢安然的作用就算完成了,再往前半步的话劫匪就会开枪,无奈之下他只有原路返回,回到安全区域之后,才发觉后背已经湿透了。

胡书记和宋副局长过来拍拍谢安然的膀子，老谢摇摇头："没办法，尽力了。"

"劫匪很狡猾，不过再狡猾的狐狸也斗不过猎手，咱们拭目以待吧。"胡书记信心满满地说。

和劫匪的电话打通了，录音器转动着，分析着劫匪的声线，谢副局长亲自和他们通话。

"我是公安局长谢安然，你们有什么条件，尽可以和我说。"

电话里传来劫匪嚣张的声音："你不够格和我们谈话，叫你们领导来。"

谢安然顿了顿，继续道："我就是现场指挥，这里由我负责。"

劫匪忽然暴怒："放你妈的屁，你能负什么责？让姓胡的说话！"

众人皆惊，劫匪太厉害了，居然把江北市政法系统的底细都摸清了，看来真的不好对付。谢安然拿着话筒无奈地望着领导们，胡书记点点头，接过了话筒道："我是胡跃进，有什么话说吧。"

对方轻声嘀咕了两句，似乎在判断这个声音的真伪，片刻之后答道："姓胡的，你听好了，先给老子把那几个狙击手给撤了，被枪口瞄着，老子不舒坦！"

胡书记脸色变得冷峻起来，对宋副局长道："撤下狙击手。"

宋剑锋拿起对讲机，将狙击手撤了回来。

但是话筒里劫匪的声音依然嚣张愤怒："姓胡的，你哄孩子玩呢，你们不止一个狙击手！老子都看见了，除了特警还有武警，你再敢玩猫腻，老子就毙一个人质给你看看！"

胡书记的牙关紧咬，毅然下令："把狙击手都撤了！"

其余几个狙击手都将狙击步枪收了回来，高个劫匪扒开百叶窗的一条缝隙，看到制高点上的枪管消失了，不由得赞了一句："到底是干过公安的，真他妈有一套。"

老三诚惶诚恐，继续献策道："还有房顶上的突击队……"

劫匪继续说话："姓胡的，你小子还敢阴我！屋顶上的那几个条子是干什么的？三十秒内给我撤走，不然立马见血！"

胡书记握着话筒的手都发青了,但还是遵照劫匪的要求撤离了突击队,他捂着话筒低声对几个领导道:"不好,劫匪可能有内线。"

几个领导都下意识地将目光投向蹲在一边的梁胖子,此时梁胖子恨不得找个地缝钻进去,这关我什么事啊,都是李有权那个小子混蛋,好好的非要惹事!

看到一袭黑衣的突击队撤离,两个劫匪都满意地点点头,问老三道:"下一步怎么办?"

老三道:"挟持人质这种事,不在人质数量而在质量,咱们公安机关没有妥协的传统,除非选择的人质比较特别,比如这种。"说着就指了指妞妞。

劫匪深以为然地点点头:"还有呢?"

"我建议啊,只是建议,提出条件交换人质,找个合适的人质来把我们这些人换出去,然后带着人质上汽车脱身,要那种结实的装甲车,金盾公司的押款车就行,子弹打不穿,轮胎漏气也能跑。"

"那你倒是说说,什么人质才有分量,能让那帮条子不敢乱动?"劫匪现在对老三的话已经很相信了。

老三擦了擦额上的汗,用手指了指外面,低声道:"车号 1156 那辆警车后面,有个女警是胡跃进的女儿,拿她当人质,比谁都管用。"

矮个劫匪扒开百叶窗一条缝望出去,正好看见胡蓉警帽下面俊俏年轻的面庞,他裂开嘴笑了:"是那个小娘儿们啊,枪打得不错,差点崩到老子,好,就拿她当个肉盾。"

高个劫匪也嘿嘿地冷笑起来:"不错,她一条命能顶别人十条,小子,你没骗我吧?"

老三赔笑道:"哪敢啊,我一朋友正在追求这个小娘儿们,她的底细我清楚,绝对错不了。"

看他们三人相谈甚欢,刘子光心中渐渐有了打算,他的两只手又悄悄放在了背后,开始了动作……

高个劫匪拿起手机，按下重拨键，接通之后说道："姓胡的，听好了，我只说一遍，给我预备一辆装甲车停在门口，再要你们一个人质，我就把银行里的人放了。"

胡书记紧握住话筒道："装甲车需要联系驻军，我们做不了主。"

劫匪道："不要那么麻烦，金盾公司的押款车就行。"

胡书记和众位领导交换了一下眼神，大家再次不约而同地看了梁胖子一眼。

胡书记想了一下，道："好，我答应你，装甲车马上就到！我再给你派个重量级的人质，我们公安局的谢局长怎么样？"

谢安然这回也搏命了，穿着防弹衣，脚脖子处绑着七七式手枪，在地上蹦了两下，冲胡书记点了点头，表示准备完毕。

哪知道话筒里传出一阵狂笑："不行！他不够分量，我们要 1156 号警车后面那个小女警，只要她进来，就立刻释放人质！"

胡书记都快把话筒捏碎了，他恨恨地猛击了一下警车的车门，大怒道："一定有内鬼！"

众位领导也是又惊又怒，劫匪太嚣张、太无耻了，居然把主意打到胡书记的女儿身上，有她当人质，警方肯定投鼠忌器。

胡书记强压住愤怒，对着话筒道："等一下，我们需要商量。"

对方继续狂笑："好，不过千万别超过五分钟，我能等，我的枪可不能等。"

胡书记恨恨地挂了电话，让人将胡蓉叫过来。

小女警胡蓉听到指挥部召唤，将转轮手枪插回枪套，一手扶着警帽，一手按着枪柄，猫着腰跑到了指挥部，利落地敬礼："首长好！"

领导们并没有给胡蓉还礼，而是用一种沉痛的眼神望着她。

"蓉蓉，劫匪提出要求，让你去换银行里的人质。"胡书记道，眉眼间居然看不出表情的波动，但是胡蓉却看出，父亲的心在滴血，在煎熬。

"我坚决服从命令！"胡蓉挺直了腰杆，义无反顾地说。

胡跃进将手放在女儿的肩膀上，又帮她正了正警帽，用力地点点头："是我胡跃进的女儿!"

"不行!"宋副局长厉声喝道,"蓉蓉还在实习期,经验不够丰富,让她去换人质,九死一生,绝对不行!"

谢安然也极力反对,他额头上的青筋都爆出来了:"胡书记,我坚决反对!这种事应该让我们男同志上!"

胡蓉不但是他手下的小民警,还是胡书记的女儿,不管出于哪方面的考虑,他都不可能放任这个二十出头的公安队伍中的新兵去冒险。

但是胡书记斩钉截铁的一句话把他们都堵了回去:"有意见可以保留!这件事我全权负责!并且承担一切后果!"

说完,他的语气又柔软下来,摸着女儿的面颊轻声道:"蓉蓉,一定要冷静,进去之后见机行事。"

胡蓉紧咬着嘴唇不说话,眼泪就在眼眶里打转,别人不知道他们父女间的关系,实际上父女俩已经冷战了多年,最近三个月这是他们之间第一次说话,也许……也是最后一次了。

16 快枪手

胡跃进亲自帮女儿将武装带解下,给她套上防弹背心,仔细地扣上快速搭扣,做完这一切,他退后一步望着女儿,久久没有说话。

胡蓉也没有说话,就这样和父亲对视着,两个技术人员在她的防弹背心上加装着摄像头和麦克风,周遭的警察们也忙忙碌碌着,重新布置狙击手、安排押款车、疏通道路、疏散群众,周围嘈杂万分,但是在这对父女眼中,时间仿佛凝滞了一般。

是啊,很久没和父亲面对面了,上一次还是在自己报考警校前的那个晚上。

父亲老了,两鬓已经花白,眼角的皱纹也越来越细密,紧绷的嘴角和坚毅的眼神,都显示出他的硬汉本质,但是胡蓉知道,父亲的心在哭泣,母亲已经早早地离开了他们,现在又是女儿要以身犯险,不论是作为公安战线上的老兵,还是一个父亲,他都很难面对这种抉择。

但是,胡蓉不单单是他胡跃进的女儿,还是一名公安战士,头顶着金盾,肩负着重任,既然选择了这份光荣而又危险的职业,就不能在人民的生命财产受到威胁的时候退缩。

年轻的实习女警胡蓉,肩章上还只是两个拐,就要担负起深入虎穴、与丧心病狂的持枪劫匪殊死周旋的任务,她的眼神竟然如此镇定沉着,这让这些在公安战线上拼搏了多年的老前辈们都为之赞叹,到底是我们老刑警的女儿啊!

摄像头、麦克风还有 GPS 追踪仪等技术设备安装完毕,胡跃进亲手拿过一支手枪放在胡蓉手里,这是专门装备反恐部队的八四式微型手枪,体积极小,比六四、七七都要小上一圈,最适合隐藏,虽然威力欠佳,但是在近距离内还是有足够的杀伤力的。

胡蓉熟练地检查了一下弹匣和弹膛,"哗啦"一声推上子弹,将手枪藏在防弹背心内特制的暗格内,再次检查各种装备,一切准备就绪,在场的领导一个个走了过来,轮番和她握手。

没有过多的话语,只有关切的眼神、简单的叮咛,轮到胡书记的时候,这位江北市政法一哥却并没有去和女儿握手,而是摩挲着她的头发,说了一句:"晚上爸爸烧汤,等你来喝。"

一句平常的话语,在此时却显得如此的不平凡,在场的几位女警官眼圈都红了,胡蓉却坚定地点点头道:"爸,我一定去。"

说完,胡蓉义无反顾地转身钻进了已经准备好的押款车,转动钥匙发动汽车,朝银行驶去。

此时银行门口堵着的那些警车已经撤开了,让出了一条通道,远处大路上也实施了交通管制,一条宽阔的马路空荡荡的。

看到胡蓉驾驶着装甲押款车驶来,两个劫匪相视一笑,眉眼中都带了喜色,矮个劫匪更是摸出一包烟来,甩了一根给老三:"你小子可以嘛,干脆跟着我们混算了。"

老三受宠若惊,点头哈腰,接过烟卷自己点上,惶恐道:"不敢,不敢。"

趁着对峙的空当,劫匪已经将银行内的现金席卷一空,两个大口袋装得满满当当,此时正踩在脚下,两个家伙得意洋洋,自信满满。

"大哥,还是放几个人质吧,也好让人家心安不是?"老三小心翼翼地提出自己的意见,倒不是真心实意为人质们着想,而是为了自己考虑,他心说我帮了你们这么大的忙,怎么着也得头一个把我放了吧。

劫匪点点头,用枪指着人质中的几个老弱病残:"你,你,还有你们几个,出去。"

被他挑中的几个人如蒙大赦,挣扎着往外跑,无奈腿肚子转筋,只能互相搀扶着蹒跚而行,老三苦着脸,指着自己的鼻子道:"大哥,我……"

"你还有用,再陪老子一会儿。"劫匪道。

老三懊恼得不得了,一股恨意升上心头,要是换了平时,他早就把这俩小子整到求生不能、求死不得了,不过现在被人家枪口指着,只能乖乖装孙子。

八个人质被释放,他们钻出卷帘门,跌跌撞撞地走出来,十几个警察当即冲上去,两个架一个,快速将他们掩护到安全地带,医护人员随即上前救治,这些人质都是中老年人,保不齐受了惊吓来个心脏病高血压什么的。

几个公安头头也赶紧过去询问情况,但悲剧的是,这些人质从一开始就被吓蒙了,啥都想不起来,即便在启发下回忆起一些片段,也是互相矛盾、错漏百出,有人说劫匪有三个,也有人说四个,有人说劫匪拿的是双枪,有人说是冲锋枪,还有人说是机关枪手榴弹,总之这些老人被吓得记忆错乱,语无伦次,完全无法提供有效的线索。

劫匪释放了一批人质,但依然保留着四五个人质,等胡蓉进来之后再释放。

胡蓉将车停下,挂空挡,也不熄火,径直打开车门跳下来,面无表情地拉开后车门,向劫匪展示着空空如也的车厢,表明里面并无埋伏。

此时银行的电动卷帘门已经升到一半的位置,押款车停在台阶下面,这样就形成一个角度差,在银行里面正好可以看清楚押款车,劫匪确认没有伏兵之后,却并不出来,而是喝令胡蓉进来。

胡蓉正有此意,只有掌握了劫匪的准确人数,警方才能应对,此刻她的心剧烈地跳动着,手也在微微地颤抖,虽然她是警校的优秀毕业生,虽然她是胡跃进的女儿,虽然她是一名勇敢的女警察,但是,她毕竟还只是一个二十二岁的女孩子。

她深深地吸了一口气,将怦怦跳动的心脏安抚下来,慢慢地走上台阶。随着一步步向上走,银行里面的情况尽入眼底:几个人质瑟瑟发抖地站在前面,后面站了几个男子,一高一矮两个穿黑色衣服蒙着头套的家伙分明就是劫匪,矮个子手里端着一把五连发，高个子一手握着手枪，一手抓着个三四岁的小女孩。

还有一个留大分头、穿夹克衫的男子，嘴上叼着一支烟，表情很奇怪地和劫匪站在一起。

看到胡蓉出现，那个男子很尴尬地将抽了一半的烟从嘴边拿开，悄悄丢到脚下踩灭，这个动作更让警校高材生胡蓉心生疑窦，这个男人，可疑！

对了，他不就是前面绑架小孩的那个男人吗，怎么和劫匪混到了一起？她不由自主地转向了李有权，希望能用暗藏在胸前的摄像头拍到这个男人的脸。

老三心中一慌，懊丧不已，刚才矮个劫匪给了他一支烟抽，为了表示自己的乖巧顺从，他很配合地点上抽了起来，偏巧他又是个大烟鬼，这半天没抽烟都快憋死了，点上以后就放不下，直到胡蓉走进来，疑惑的眼神投向自己，他才恍然醒悟，赶紧把烟头丢下。

这下麻烦了，和劫匪站在一起抽烟，还被胡书记的女儿看见，可真是黄泥掉在裤裆里，不是屎也是屎了，日后追查起来，很难说清楚啊！

金盾公司是市局的三产，不光有押运业务，还有一些技术工程，所以老三对技术侦察手段很了解，凭着直觉他猜到胡蓉的身上可能安装有摄像头，如果拍到自己就麻烦了，于是，老三又做出一个极其错误的决定。

他微微侧头，对高个劫匪低声道："注意她身上可能有摄像头。"

高个劫匪立刻举起枪瞄准胡蓉道："站住，转身！"

胡蓉此刻已经走进了银行大厅，她顺从地站住了，缓慢地转身——在枪口下面谁也不敢逞英雄，但是这几秒钟的时间已经足够，指挥车里，几个领导都从镜头里发现了老三的身影。

"这个人是谁，干什么的？"宋副局长厉声喝道。

话音刚落，镜头晃动了一下，显示屏瞬间变成了雪花。

在场的几个领导心中一紧，不约而同地站了起来。

几乎就在同时，银行里传出一阵爆豆般的枪声，间隔极短，或许是三枪，或许是四枪或五枪，谁也判断不出，但可以确信的是，出事了！

所有人一起拔腿往银行里猛冲，江北市的政法一哥胡跃进竟然冲在最前面！

刘子光一直在蛰伏，听话顺从，不声不响，为的就是关键时刻的雷霆一击。

蹲在银行角落里的每一秒钟，他的全身肌肉都是紧绷着的，两只眼睛紧盯着劫匪的一举一动，两手垂在腰部位置，随时可以抽出手枪击毙两个歹徒。

但他必须等待合适的时机下手，因为这把枪是偷来的，如何才能把谎话圆过去，是他一直在考虑的问题，但始终未想出一条万全之策。

事态在一步步地进展着，警方和劫匪达成了协议，以警察换人质，解除封锁，提供车辆，似乎危局已经豁然开朗，但是刘子光却明白，警方绝对不会善罢甘休、向劫匪妥协的。

而且那个前来交换人质的警察正是和刘子光打过几次交道的胡蓉，对这个疾恶如仇、脾气倔强的年轻女警，刘子光印象非常深刻，当她出现的时候，刘子光下意识地预感到，绝对会出事！

果不其然，胡蓉进入银行大厅，老三就眼神闪烁，对劫匪轻声咕哝了一句，虽然声音极其轻微，但正巧蹲在老三背后的刘子光却听得一清二楚："注意她身上可能有摄像头。"

高个劫匪立刻举枪瞄准胡蓉，喝令她站住，转身。

胡蓉立刻站住，缓慢地转身，同时将两只手抬起来，表示没有武器。

高个劫匪一挥手枪，示意同伙过去检查，矮个子快步上前，伸手就从胡蓉的防弹背心上扯下一个扣子大小的零件，后面还连着细长的电线。

"这是什么？"矮个劫匪厉声吼道，暴怒之极的他揪住胡蓉的头发往地上猛掼，胡蓉势单力薄，被他粗暴地摔在地上，眼睁睁地看着劫匪拉动了五连发枪管下的唧筒，"哗啦"一声推弹上膛。

胡蓉的头皮一炸，下意识地伸手掏枪，但她的速度还是慢了半拍，八四式微型手枪还未完全掏出来，劫匪的枪口已经对准了她的脑袋。枪声响起的那一瞬间，她只看到劫匪的瞳孔收缩了一下，似乎张嘴骂了一句什么，然后那颗脑袋就炸开了。

血红一片,似乎整个世界都变色了。

当矮个劫匪将胡蓉掼到地上的时候,刘子光就知道机会来了,此时高个劫匪的注意力也集中在他们身上,老三更是惊慌失措,无暇他顾,那些人质都是面朝外,没有一个人注意到自己。

矮个劫匪将上膛的五连发指向了胡蓉,就在开枪前的那一瞬间,刘子光以迅雷不及掩耳之势拔出一直藏在身后的手枪,断然开枪,两颗子弹以极短的间隔,射入了矮个劫匪的脑袋。

谁也没有反应过来,刘子光的枪口就转向了高个劫匪,又是一个干净利落的Double Tap,两颗子弹穿胸而过,一股血箭飚出来。

矮个劫匪的躯体如同推倒的墙垛子一样,重重地倒下去,劫匪手中的五连发也摔了出去,顺着光滑的大理石地面向后飞去,正好落到老三脚下。

由于高个子劫匪站的距离偏远,更重要的是这把老五四的精度堪忧,刘子光为了确保命中,在转移枪口的一瞬间,选择了射击面积更大的目标——劫匪的前胸。

高个劫匪被子弹巨大的力量打得一个顿挫,向后飞起,同时抓着妞妞的手也松开了。

妞妞被吓傻了,撒开两条小腿向前狂奔,那边胡蓉单手支撑着身体刚爬起来,看见小女孩迎面奔来,赶忙一把将她揽进怀里,

这把五四式手枪里一共有五发子弹,在出手前刘子光就盘算好了,两个劫匪每人一个Double Tap,然后最后一颗子弹赏给老三,把他打死灭口,死无对证,一了百了。

但是正当刘子光掉转枪口准备对准老三的时候,情况突然发生了变化,中枪的高个劫匪竟然没死! 他躺在地上艰难地举起了手中枪,由于伤得很重,已经难以转动胳膊来打刘子光,只能勉强对准胡蓉和妞妞。

形势万分紧急,刘子光大喝一声:"小心!"身躯腾空而起,在半空中瞄准射击,两把五四同时迸射出耀眼的膛口焰,两颗子弹几乎是擦肩而过,一颗正义的子弹射

中了高个劫匪的眼睛,当场爆头,结束了他苟延残喘的生命,另一颗子弹则命中了刘子光的右胸,打得他一个趔趄,身子一歪,正好面对着胡蓉。

但见胡蓉满头满脸的鲜血,面容狰狞恐怖,右臂迅速抬起,将黑洞洞的枪口对准了刘子光。

坏了,这丫头疯了,刘子光脑海中电光火石般闪过这个念头,他动作再快也阻止不了胡蓉的射击,只能硬挨这一枪了。

枪声响起,刘子光一咬牙,可是并没有被击中的感觉,回头一看,老三手持五连发,眉心一个小小的血洞,两眼空洞无神,身子摇摇欲坠,晃了两三下终于砰然倒下。

再回过头来,胡蓉的胳膊依然平举着,枪口青烟袅袅。

杂乱而密集的脚步声响起,大队警察冲了进来,胡跃进手持六四手枪冲在最前面,看到满脸是血的女儿,他猛回头大吼起来:"担架! 急救!"

刘子光高举双手,手枪滑落在地,众警察不由分说将他按在地上铐起来,掉在地上的手枪被踢开,一身黑色 BDU 战斗服的特警队员们鱼贯而入,呈专业的 CQB 队形搜索整个银行大厅,确认劫匪全部死亡之后,才发出安全的信号。

警方清理现场,吓傻了的人质们被救了出去,与此同时担架也抬了进来,胡书记抱着自己的女儿焦急地喊道:"蓉蓉,你哪里中弹了?"

胡蓉说:"爸,是别人的血。"

但细心的胡跃进还是在女儿的制服衬衣袖子上发现了一道焦黑的痕迹,老公安出身的他一眼就看出这是子弹擦过的印记,卷起袖子一看,果不其然,胡蓉的胳膊上一道血糊糊的伤痕。

连胡蓉自己都惊呆了,啥时候中枪了都不知道,但很快她就明白了,这一枪是那个高个子劫匪在最后一息射出的子弹,在穿透刘子光的身躯之后擦伤了自己,假如没有刘子光替自己挡了这一枪的话,那颗强劲的七点六二毫米子弹将会重重地打在自己身上,如果打在没有防弹衣保护的位置,肯定会重伤。

对了，刘子光呢？胡蓉站起来望过去，只看见四个强悍的特警按着刘子光的脑袋，架着他的胳膊将他押送出去。

"错了，他不是坏人！"胡蓉失声喊道，但此时现场杂乱，谁也没有听见她的呼喊，胡书记指挥着急救人员将女儿抬上担架救走，而那个哇哇直哭的小女孩，则一直被胡蓉紧紧抱着。

银行大门口，警戒线还未解除，大量记者已经涌了上来，毅然只身犯险、解救人质化解危机的巾帼英雄——女警察胡蓉坐在担架上，在万众瞩目下从正门抬了出来，她一出现，无数的闪光灯便此起彼伏地亮了起来，掌声雷动，上百名公安干警，特警队员，武警战士，报社、电视台记者，以及人质家属等等，都不约而同地鼓起掌来，场面热烈，难以言表。

看到女儿安然无恙，沈芳快步冲了上去，满脸都是泪花，从担架上的胡蓉手里接过了女儿。看到这个感人至深的镜头，现场再一次沸腾了，照相机的快门声响得像机关枪一样。

不知道是谁捧来一束鲜花献到了胡蓉手里，胡蓉有些手足无措，接过了鲜花，目光在人群中扫过，父亲欣慰的笑容，宋副局长和分局谢副局长如释重负的脸庞，还有欢欣鼓舞的人群，这一切不都是自己一直梦想要得到的么？

可是，为什么此刻却开心不起来？

目光越过众人的头顶，胡蓉看到刘子光头上套着黑色的塑料袋，被特警们押解着上了那辆黑色的装甲车。

胡蓉张了张嘴，终于还是没喊出来。

17 这案子太复杂

直到上了特警装甲车，警察们才发现嫌疑人的外套上有一个弹孔，掀开衣服一看，胸前已经一片鲜红，特警小队长着了慌，赶紧命令车辆掉转方向，向医院驶去，同时电话联系指挥部，让他们通知医院做好准备。

警车鸣着尖锐的警笛驶进了市立医院的大门，医院保安迅速清场，戴着口罩的急救人员推着小车从里面冲出来，警车后部的两扇门打开，一身是血的刘子光被架了出来，直接抬上小推车，医护人员迅速将氧气面罩给他套上，然后推着小车疾步奔往手术室，四个持枪警察在后面紧随着，防止发生意外情况。

片刻之后，几辆派出去执行任务的救护车陆续回来，银行劫案中，死人比伤员还多，四具尸体装了一辆车，然后是手臂轻伤的巾帼女警胡蓉和受到惊吓的妞妞，以及其他一些人质，分别乘着救护车来到医院。

方霏从救护车上跳下来，摘下口罩长出一口气，忽然她注意到医院负责清扫工作的大妈正在用拖把清洗着地面，大理石的地面上星星点点全是血，一路滴向手术室。

好奇的方霏顺着血迹的指引走到了手术室门口，"手术中"的灯正亮着，两个特警手持微型冲锋枪，如同两尊门神一般分立左右，手术室门口的地上，扔着一件似曾相识的衣服。

方霏慢慢地蹲下，伸出两只手指将这件衣服提起来，很熟悉的苏格兰花呢纹路，右胸翻领处一个明显的弹孔，边缘被烧得焦黑，整件衣服几乎被血浸透，那血，还是热的。

泪水夺眶而出，方霏不由自主地将这件衣服抱在怀里，无声地痛哭起来，两个高大的特警面无表情，注视着这个小护士莫名其妙的举动，不为所动。

市立医院的新病房楼第十八层 VIP 病区，这里已经成为鲜花的海洋，花篮多到病房里摆不下，已经摆到了走廊里，但更多的花篮还在潮水一般的涌上来。各个媒体的记者蜂拥而至，还有前来慰问的各单位代表，将走廊挤得满满当当。

胡蓉已经换下了警服，穿上了蓝白条的病号服，胳膊上虽然只是擦伤，但依然按照领导的指示缠上了厚重的绷带，还搞了一根布带子悬在脖子上，显得伤势比较重，胡蓉很无奈地任凭他们摆布着，几个市局宣传科的女同事忙前跑后，联络着媒体记者们，进行采访工作。

十几个话筒伸到面前，闪光灯啪啪地亮个不停，电视台的专业摄像机也已经就位，忽然外面一阵哗然，大家让出一条通道，市委江书记在一大群人的簇拥下走了进来。现场顿时沸腾了。

江书记亲切慰问了英勇负伤的女警官胡蓉，并且送上了花篮。领导高度赞扬了胡警官英勇无畏、敢于牺牲的精神，夸奖她是人民的忠诚卫士、犯罪分子的克星，并且勉励在场公安干警和各单位干部职工，一定要发扬这种精神，敢打敢拼，为江北市的平安百日行动添砖加瓦。

领导以一记饱含力量的挥手姿势结束了讲话，群众热烈鼓掌，现场气氛达到了高潮……

市局大会议室，公安局的主要领导正在接受着记者们的集中采访。

"……这次银行持枪抢劫案，警方快速反应，迅猛出击，将损失降到了最低位，保护了国家财产和人民群众的生命安全；公安干警果断开枪，击毙了穷凶极恶的歹徒，避免了更大的危害发生。这充分体现了江北市公安机关雷厉风行、能征善战的良好工作作风……"

公安局局长兼政委马伯仁虽然案发的时候并不在现场,但是通过听取汇报,他已经简单地了解了案情经过,此刻正侃侃而谈,听得记者们频频点头,笔走龙蛇。

宋副局长和分局老谢在台下对视一眼:这一仗打得确实漂亮,劫匪有两把手枪一把五连发霰弹枪,简直武装到了牙齿,罪犯极其狡猾凶残,毫无人性,还有大批人质在手,局面如果掌控不住,很可能会造成极大伤亡和极其恶劣的社会影响,到时候不光是他们几个人摘帽子的问题了,整个江北政法系统都要地震。

幸运的是,案子几乎是圆满结束,唯一遗憾的是死了一个银行保安,除此之外,公安干警们的反应速度、应对策略,以及英勇无畏的精神,都是可圈可点的,尤其是胡蓉的大无畏行为,更是感动了现场无数群众,为江北民警的脸上大大增添了光彩。

兴奋过后便是沉思,这件案子非常复杂,市局三产金盾公司的中层职员李有权居然参与在内,如果是押运公司的内部人员和银行劫匪勾搭牵扯,这可是极大的丑闻,金盾老总梁胖子已经免职,并且被控制起来,等待进一步的审查。

通过技侦人员对现场的勘验,整个案件一共开了十九枪,先是劫匪进入银行,杀死保安员,三枪打碎摄像头,一枪打破柜台玻璃,然后是轮番使用五连发和五四手枪朝警方射击了五枪,其间警方回击了两枪,系实习警员胡蓉用转轮手枪进行的射击。

然后是警员胡蓉进入银行之后的驳火,这个笔录暂时还没有录,只能凭着现场情况进行分析,两个劫匪都是头部中弹死亡,高个子劫匪前胸两处弹孔都是贯穿伤,但并不致命,击中眼睛的那颗子弹才是要他命的,矮个劫匪被从脑后射入的两颗子弹击中,当场爆头死亡。值得注意的是,这两个人都是被两颗子弹以极其短暂的间隔击中的,这种射击技术在国外称作 Double Tap,也就是双发速射,难度相当之高。

李有权的死亡,是胡蓉用八四式微型手枪击中额头而死,这一点没有悬念,最让人捉摸不透的是,射死两个劫匪的手枪是李有权的佩枪,但是却出现在现场另一个人手中,这个人名叫刘子光,是某物业公司的保安人员,由于还在抢救之中,所以暂时也没有口供。

两名劫匪和李有权都死了,无法对证,李有权到底为什么会在这样的时间出现在银行里,门口相撞的两辆汽车又是出于什么原因?这些谜团绕在大家心头,让人百思不得其解。

不过线索很快被找到,和胡蓉一起执勤的老民警王德友的报告称,在银行劫案事发之前,他曾经看到李有权驾车狂奔至银行门口,拖着一个小女孩进入银行。

和帕萨特撞击的那辆沃尔沃的车主姓名也被很快调取出来,是至诚集团的董事长李纨,李董是本市商界的头面人物,贸然传唤不太礼貌,于是宋副局长下令,派两个警察去她公司录口供。

还有那个小女孩妞妞,是本市一位从事娱乐业的企业家方国豪的女儿,李有权强行带走妞妞的动机,还是要问一下方国豪才知道,分局谢副局长主动请缨,带着几个人去找方国豪了。

胡蓉的笔录,则由宋副局长亲自去做。

贝小帅都快急死了,他们是亲眼看见刘子光冲进银行的,警方拉起警戒线之后,他们远远地观望着。银行里每一声枪响,都好像重锤敲在他们心窝上。

刘子光被特警押走的镜头,别人都没注意到,贝小帅等人可是看得一清二楚。当场贝小帅就坐到了地上,脸色煞白:"完了,老大这回捅大娄子了。"

几个兄弟紧皱眉头,掏出烟来猛抽,商量来商量去也没有好办法,最后只能先回至诚花园的办公室,毕竟现在还是上班时间。

刚走到小区门口,就看到白队长夹着他的小皮包从里面出来,脸色一如往常般灰暗颓唐,看见众人也不打招呼,头一扭就要过去,忽然远处一声大喊:"小白!"

白队长闻声望去,只见一辆陌生的警车驶过来,正好停在他面前,从里面钻出来的却是老熟人,派出所民警老王。

"小白,正好找你有点事,市局要调你们单位刘子光的档案。"

白队长一撇嘴："他就一临时工,有什么档案。"忽然又醒悟过来,有些不敢相信地问道："王警官,是不是这小子又犯事了?"

老王点点头："嗯,牵扯到一件大案子,你就帮帮忙吧,提供一下他平时的工作表现什么的就行。"

白队长这个兴奋啊,恨不得把老王抱起来亲一口。老天开眼啊!刘子光这个祸害终于遭殃了,而且还是牵扯到大案子里,这回可跑不了他了!

"王警官,我马上去办!"白队长说完,撒丫子就往经理办公室方向跑去,他迫不及待地想让高经理分享一下这个天大的喜讯。

白队长一溜小跑,气喘吁吁地跑到高经理办公室门口,心急之下连门也不敲了,直接推门闯了进去。

高经理的大班台上铺了一张宣纸,他手里正提了狼毫准备挥毫泼墨练习书法呢,这也是被刘子光闹的,整天心烦意乱,不得已只好学书法来平静心绪。

白队长的闯入让高经理有些不愉快,他微微皱眉道："小白,什么事?"

"高总,好消息,刘子光又进去了!"白队长激动得连声音都发颤了。

"什么?"高经理把狼毫一丢,两眼放光。

"刚才派出所老王说的,牵扯到一桩大案子哩,现在市局都来调他档案了。"

此时的高经理神清气爽,昂头挺胸,哪还有半点不愉快的神情,他将两只手搭在白队长的肩膀上,用力地摇晃着,激动地说道："天网恢恢啊,天网恢恢啊!"

白队长眼中也泛起了泪花,用力地点着头,一切尽在不言中。

房门被敲响,两人一起回头,正看见派出所老王站在门口,身后还跟着一个穿警服的男子,大概就是市局的人了。

"高经理,警方需要了解一下贵公司员工刘子光的平常表现、社会关系等情况,还请你们配合一下。"老王很客气地说道。

高经理快步上前,热情洋溢地握住老王的手摇晃着,亲切地说："没问题,警民一家亲嘛,咱们可是共建单位,那什么,小白,赶紧开电脑,调资料。"

这边高经理陪着公安同志在沙发上说话,那边白队长打开电脑敲键盘,把刘子光的劣迹全都记录下来,什么打架斗殴、拉帮结派、恐吓领导、以权谋私……在高经理的口中,刘子光简直就是十恶不赦的人渣。但让老王纳闷的是,就是这样一个人渣,居然能在短短半个月时间内,就从临时工性质的保安员一跃成为有"二金"保障的保安部长——说起来也算是公司基层领导了。

高经理这边倒着苦水,白队长那边敲着键盘,足足打了两张 A4 纸才把刘子光的"罪行"记录完,用激光打印机打出来之后,高经理浏览了一遍,从抽屉里拿出公章盖了,交给老王同志。

"王警官,这回刘子光犯的是什么案子?"高经理似乎是不经意地问起。

"哦,银行劫案,动了枪,死了四个人。"老王淡淡地说道,看了看物业公司提供的资料,折起来放进了皮包里,起身告辞。

高经理和白队长对视一眼,两人眼中尽是欣喜,这回刘子光可跑不掉了,非挨枪子不可。

高经理亲自将两位警察送出办公室,走廊里,几个保安沉默地站着,显然是已经听到了刚才的对话,白队长抖擞精神,威严地低喝一声:"干什么! 都给我上班去!"

果不其然,老大又牵扯到银行劫案里面去了。确认了消息之后的贝小帅急得抓耳挠腮,无计可施,偏巧手机响了,拿起一看,正是刘子光家里的号码。

"小帅啊,你光哥呢,怎么手机也关了?"这是刘妈妈的声音。

无奈之下,贝小帅只好扯谎:"阿姨,光哥有点事要出差,可能手机没电了吧,回头我联系他,让他给您回电话吧。"

挂了电话,贝小帅的脸比苦瓜还苦:"没辙,刘大爷伤还没好,又高血压,要是知道真相非出事不可,先哄着老人家吧。"

至诚集团位于本市中心地带的富豪广场写字楼,占了整整两层,装修简洁明快,但却透着一股知性色彩,两名便衣警察在前台小姐的引领下,穿过庞大的办公区,来到李董的办公室前。

李董的秘书是个二十多岁的苗条女孩子,两只眼睛透着精明干练,她已经接到警方上门录口供的通知,此时正等在办公室门口,见警官来了,便轻轻叩响了房门,推门请两位警察进去。

李董的办公室很宽敞,足有上百平米,一圈弧形的落地长窗外,是江北市中心地带繁华热闹的街景,高楼大厦林立,城市风光尽收眼底。

脚下是厚实的浅灰色地毯,墙上挂着欧式风格的油画,李董正坐在宽大的弧形办公桌后面打电话,看见人进来,只是微微点头,示意秘书小姐安排客人坐下。

两位警察也是第一次见到这位传说中的商界女强人,她比想象中还要年轻和美丽,皮肤很好,气质很好,乌黑的秀发在脑后随意挽了一个簪,秀气的鼻梁上架着金丝眼镜,更显得知性十足。

听她的口气,好像在和电视台的朋友通电话,三言两语之后,电话打完了,李董展颜一笑:"不好意思,久等了,两位警官来点什么,咖啡还是红茶?"

两位警官赶紧客气道:"不用麻烦了,我们过来主要是想了解一下情况,您的汽车怎么会出现在银行门口?"

李纨笑笑:"这件事情说来话长,我已经爆料给电视台的朋友,他们打算做个专题,名字就叫《平民英雄》,相信不久就可以在电视上看到,既然你们已经来了,我就提前透露一下情况吧。"

警察拿出记录纸,拧开了钢笔,同时也打开了录音笔。

"事情还要从二十天前说起,那天我在送儿子去幼儿园的路上……"

和平饭店是一座五层的建筑,包含了餐饮、住宿、洗浴、桑拿按摩等服务项目,生意一直红红火火,饭店老板的身份比较特殊,这位爷在江北声名显赫,人称疤爷。

此时疤子正和分局谢副局长面对面地坐着,以往老谢来和平饭店,不是扫场子就是逮人,但这次却有所不同。

"我和老三虽然有点儿梁子,但也谈不上深仇大恨,这狗日的居然绑架我老婆孩子！亏得他是死了，不死我也要收拾他！"疤子余怒未消，脸上那道伤疤因为愤怒呈现出赤红色，显得格外狰狞。

"那老三在事发之前和你说过什么吗？"谢安然追问道。

疤子挠了挠头，想了想道："对了，事发之前老三约我喝茶，说了几句莫名其妙的话，到现在我都没弄清楚他什么意思。"

谢局长打开了笔记本："他说了什么？"

市立医院住院部十八层 VIP 病区，宋副局长正在给胡蓉做笔录，躺在病床上的胡蓉努力回想着当时的情景。

"我走进银行之后，看见两个蒙面的劫匪和一个中年人站在一起，其余人质或者面朝外站着，或者蹲在地上，都在劫匪的枪口威胁之下。很快，劫匪就喝令我停下脚步，转身向着侧面，然后上前拽出了防弹背心上的摄像头，并且将我打倒在地。

"记得当时我是仰面朝天倒下，劫匪在狂怒之下推弹上膛，打算开枪，在极端危险的情况下，我只好拔枪，但毕竟慢了一拍，如果不是有人从后面开枪打死劫匪的话，现在我就不是躺在医院里，而是躺在冰冷的太平间了。"

宋副局长紧皱眉头，思索了一下问道："是谁开的枪？"

"是刘子光，就是人质之一。"

"当时他的枪是从何而来，你看见没有？"

胡蓉摇摇头："劫匪正好挡住我的视线，什么都看不见，只听见枪声了。"

"然后呢？"

"然后他又开枪打伤了另一名劫匪，但那个家伙没有立刻死亡，临死前还向我开枪，多亏他又扑上来替我挡了一枪，同时开枪打死了劫匪，如果不是这样的话，我和妞妞生死难料。"

说到这里，胡蓉的眼神黯淡了一下，转开话题问道："刘子光伤势怎么样了？"

宋副局长简单地答道："还在抢救之中，有消息我会通知你的，现在说说李有权的事情吧。"

"李有权？"胡蓉眼露迷惑之色，不过很快就明白过来，"就是那个绑架小孩，又和绑匪勾结在一起的家伙吧，当时他手里提着一把霰弹枪瞄准我们，我就朝他开枪了……"

到底是第一次杀人，尽管这个人是持枪歹徒，胡蓉的心里还是不好受，脸色渐渐难看起来。

宋副局长赶紧宽慰她："没什么，这个人是害群之马，他的事情我们一定会查个水落石出的。现在问题的关键是，那把枪是李有权的佩枪，为什么跑到刘子光的手里去了？"

胡蓉摇摇头："我也不知道，确实没有看见。"

宋副局长合上了记录本："就这样吧，小胡你好好休息，争取早日返回工作岗位。"

市局技术侦察科，技术人员这两天正在反复分析着一段录像，正是胡蓉走进银行的那几秒钟片段。

视频里，两个劫匪互成犄角站立，手里都拿着枪，李有权和矮个劫匪站在同一条平行线上，嘴里叼着烟，脸上的表情比较奇怪，另一名嫌疑人刘子光蹲在李有权的侧后方，老老实实，表情木讷。

画面没有停顿，劫匪立刻走上来揪住胡蓉，拽出了隐藏的摄像头，画面在此时变成了雪花。

"倒回去。"宋副局长命令道。

画面倒回五秒钟前，再次播放起来。

"慢镜头，放大。"宋剑锋双目炯炯，盯着屏幕，手中的烟蒂都快烧尽了。

画面中，老三的嘴唇似乎动了几下，眼神也明显地闪烁了一下，随后劫匪便开始了行动。

"就是这个，定格！"宋剑锋一声大喝。

"请专家来读唇语，看他说了什么。"

忽然房门推开，一名警察走进来，对宋剑锋道："宋局，刘子光醒了。"

刘子光的伤不重，一颗子弹命中右胸，很幸运的是没有伤到肺叶，也没有伤到大血管，只是一条贯通伤，看起来可怕，其实并无大碍。

这也多亏了劫匪手里拿的是五四手枪，发射的七点六二毫米子弹穿透力极强而停止作用较差，如果是新款的九二式，他就没这么幸运了，九毫米子弹在身体里翻滚肆虐，不死也得脱层皮啊。

手术也没什么可做的，无非是止血、清创、包扎伤口，刘子光第二天就能动了，但是消息却严密封锁起来，不许记者采访、不许探视，刘子光躺在单人病房里，由两名特警严加看管。

第一拨看守对他还是横眉冷目，第二拨就完全改变了态度。银行大劫案的一些细节，公安内部已经传开了，大家都知道刘子光双发快射击毙劫匪的英勇行为，虽然案子还未水落石出，但前景已经可以料到，刘子光绝对是万众瞩目的大英雄。

医院病房内，刘子光赤着上身躺在病床上，右胸绑着绷带。

两个特警守护在刘子光身边，不时给他倒一杯水。

忽然房门被轻轻叩响，一个特警按住枪柄过去开门，打开一条门缝，就看见两个穿着制服的女警官。

是自己人。特警拉开了门，两个女警各自举起一束鲜花，低声道："胡书记的女儿委托我们送来的。"说着将花往特警手里一塞，转身走了。

特警瞠目结舌，愣了几秒钟才关上门，将这两束鲜花捧进来，啧啧赞叹道："这哥们真行，咱们江北市警界第一美女都托人送花过来了。"

两束花往床头一放，病房里立刻就多了几分生机，气氛也活跃了许多，政法委书记的女儿送花给刘子光，其意义不言而喻，两个警察彻底放松下来，坐在床沿上，就像多年的哥们儿那样和刘子光聊着天，三个人不亦乐乎。

忽然房门又被敲响，几个高大健硕的便装男子走了进来，俩特警刚站起来想喝问，话到嘴边又咽下，改成了举手敬礼。

来的几个人面无表情，为首的简单点头致意，出示了一张什么文书，然后便给刘子光戴上手铐，又给他披上件衣服，提起来就走，来去一阵风，两个特警还没完全反应过来，病房就空了。

几个人在众目睽睽之下将刘子光押上警车，一溜烟地走了。两分钟之后，又是一辆警车驶来，几个干练的男子走进病房，一看空空如也的病床，便质问道："刘子光呢？"

"报告，被刑警大队的人提走了，他们有马局长的签字。"一个特警敬礼答道，来人他认识，是市局的副局长宋剑锋。

"乱弹琴。"宋剑锋皱起了眉头，不知道是在说刑警大队的人，还是批评这两个特警。

刘子光戴着手铐，坐在桑塔纳的后座上，两个健硕的刑警一左一右夹着他，都是面无表情，警车鸣响了警笛，在车流中穿梭着，不大工夫就来到了市局，两个刑警押着他，一路来到审讯室。

这是一间没有窗户的屋子，屋子里很暗，只有桌子上的台灯发着光，刘子光被推到一张铁质的椅子上，三个警察先点上香烟，低声嘀咕了几句，然后其中一个警察掐灭烟头，走过来拧亮了台灯，将一百瓦灯泡的亮度调到最大，直对着刘子光的眼睛，照得他两眼发花。

"姓名。"

"刘子光"

"住址。"

"高土坡亲爱巷一〇八号。"

"说，银行劫案那天，你都干了些什么？"

"那天下午，我正好路过金贝幼儿园门口，看到一个人开着辆帕萨特……"刘子光慢条斯理地回忆起来。

"捡重点说，你的枪是哪来的？"一个震耳欲聋的声音在耳边响起。

"是我从劫匪身上抢的。"刘子光将身子向后一靠,不紧不慢地说道。

"胡扯!明明你就是劫匪!死到临头杀人灭口,还以为我们不知道么?告诉你,你的情况我们早就掌握了,现在给你一个机会,坦白从宽,抗拒从严!"伴随着吼声的是巴掌猛拍桌子的声音。

"你们要是真掌握了情况,就应该马上把我放了,哪还用在这里诈我?"刘子光一副胸有成竹的样子,把几个公安气得火冒三丈,但是他们又不能动粗,这件案子影响很大,而且现在对刘子光仅仅是怀疑,并没有什么切实的证据。

更重要的是,之所以这么急着突审刘子光,是因为马局长有交代:"现在社会上各种传言都有,你们一定要在最短的时间里把案情查清楚,绝不能放过一个坏人,更不能冤枉一个好人!"

几个刑警都是马局长栽培起来的人,因此对马局长的指示心领神会。这两天马局长的日子不太好过,毕竟是公安系统内部的人出了问题。如果通过突审,确认这个刘子光才是真正的劫匪同伙,那么李有权就不是内外勾结、监守自盗,这样一来,马局长的压力就会小很多;否则的话,如果李有权涉案,恐怕马局长难脱领导责任。

立功心切之下,警察拿出了杀手锏。一个警察扯下刘子光披着的外套,指着他胸前的文身图案问道:"你这个文身,是什么来历啊?"

"这个啊?随便弄上去的。"其实,刘子光身上的图案说是文身并不确切,因为这个造型古朴、内衬五角星、外面架着镰刀斧头的图案分明是用烙铁印上的。但是刘子光懒得费口舌解释了,况且就是说了也没有人会相信。

"你也当我们是傻子啊!"这个警察拿出一张图片,上面的图案和刘子光胸前的图案基本差不多,"根据我们调查,这是俄罗斯梁赞伞兵学校的徽记。"

刘子光啼笑皆非,天知道他们怎么将这枚铁厂标志认作成什么梁赞伞兵学校的徽记。不过这也无所谓,就让他们误会好了。

"你们都知道了还问我做什么?"刘子光嘲讽道。

"说,在你失踪的这八年时间里,到底去了哪里,干了什么!"

"我……我记不起来了。"刘子光干脆装起了糊涂。

"少跟我们耍花招！老实交代！"

"我真想不起来了。我大概是得了那种……对，失忆症。你们要是知道我这八年去了哪里、干了什么，千万要告诉我，我谢谢你们。"

"你……"

几个警察哭笑不得。

显然，眼前这个家伙不是等闲之辈。刘子光在失踪的八年时间里，记录完全是空白，而他的射击技术是如此的精湛，心理素质又是如此的出色，如果他胸前的那个徽记的确是梁赞伞兵学校的徽章，刘子光八成是当了数年的国际雇佣兵，而且很有可能受过专门的反审讯训练。对付这么一号人物，几个警察还真有点儿没底。

正在僵持时刻，审讯室的门打开了，一股阳光照了进来，几个高大的身影出现在门口。

宋剑锋大踏步地走进来，看到室内的情景，他心里已经有了数。宋剑锋指示警察给刘子光打开手铐，又见刘子光仍光着上身，便把自己的风衣脱下来披在刘子光的身上。随后他拿过几个刑警的讯问笔录瞄了一眼，说："这个人的笔录我亲自作，他伤口还没有愈合，先回病房。"语气中带着威严，几个刑警都不敢吭声。

宋锋锋说完带着刘子光出了审讯室，只留下几个刑警面面相觑。

18 美女爱英雄

公安局门口很久没有这样热闹过了,江北市各大媒体的记者扛着长枪短炮围在门口。电视台的当家花旦江雪晴以市局大门为背景,拿着话筒对着摄像机说道:"现在我们是在市公安局大门口进行报道。据我们所知,在大连路银行劫案中挺身而出、勇斗歹徒的一位神秘英雄现在正在这里配合公安机关进行调查。"

话方未落,宋剑锋和刘子光的身影就出现在了公安大楼的台阶上。刘子光的出现,立刻就引起了大门外记者们的一片骚动。要不是有保安们拦着,记者们早就冲进公安局大院里面去了。

刘子光不知道外面发生了什么,他诧异地朝记者们看了一眼,就跟着宋局长上了车。

公安局大门缓缓打开,没等记者们冲上去,十余名保安就组成人墙挡住了他们。趁着记者和保安们推推搡搡的空当,身材娇小的江雪晴瞅了个空子钻了过去,正好拦在宋剑锋的帕萨特前。

"宋局长,我想采访一下英雄。"江雪晴拦在车头前喊道。

帕萨特后窗玻璃降了下来,宋剑锋冲她招招手:"小江,你过来。"

江雪晴眼睛一亮,举着话筒跑过去,哪知道帕萨特"嗖"的一声就飙远了,气得江雪晴一跺脚:"哼,这个老宋,太狡猾了。"

随即她又狡黠地一笑:"不让我采访,我另有高招。"

帕萨特后座,宋剑锋和刘子光并肩坐着。

"这些记者们,消息来得比谁都快,权力比谁都大。案子还没有搞清楚,他们已经给定性了。"宋剑锋像是在给刘子光说话,又像是在自言自语。

听到宋剑锋的话,刘子光将两只手伸到宋剑锋面前。

"你……这是干什么?"宋剑锋问。

"既然案子还没有搞清楚,那就是说我还没有摆脱嫌疑了?那就请把我再铐起来吧。"

宋局笑了笑,说:"有些同志不注意工作方法,你不要往心里去,都是为了案情早日水落石出嘛。"

宋剑锋语又重心长地说:"小刘啊,除了个别细节,案情基本上都清楚了。你要相信正义,正义是迟早会来的,虽然有些时候来得晚一些。"

刘子光点点头,没说话。

宋局突然像想起什么似的,说:"哦,忘了介绍了,我叫宋剑锋。"

"你好,宋局长。"

"哦?你知道我?"

"刚才记者喊您的时候我听见了。"

"你很聪明,但你还不够聪明,因为你不懂得保护自己。从上次解救被拐儿童我就注意到你了。其实自己蛮干并不是一个好主意,如果配合警方,可能效果会好得多。"

刘子光说:"我一定注意配合,不过我现在想打个电话回家里。"

宋局哈哈一笑,他习惯性地一挥手说道:"不用了,我已经派人去通知你家人了,并且将他们接到医院来看你,能培养出这么优秀儿子的父母,我也想见一见呀。"

刘子光也跟着笑了,车里气氛顿时融洽起来。

此时已经是傍晚时分,医院门口的车辆人流都稀疏起来,天空中飘起了细密的小雨,一盏昏黄的路灯下,有个苗条纤细的身影正撑着一把紫色的小花伞翘首以盼。

凭着方护士在医院里的人脉,刘子光的手术进行完之后她就知道了具体情况,得知只是贯通伤、并未伤到内脏之后,她长长地出了一口气,但眼泪还是啪嗒啪嗒地掉。刚才听警察说刘子光暂时回市局作笔录去了,很快就会回来,方霏便一直站在门口等着。

距离门口还有一百米,刘子光就看见了那把小花伞,车到门口的时候,他喊了一声"停",司机踩了刹车减速,但并未停下,宋局是多少年的老公安了,早就看见门口梨花带雨的小护士,干咳一声道:"小王,先停一下。"

方霏很纳闷地看到这辆黑色的帕萨特停在自己面前,车窗玻璃匀速降下,露出那张熟悉的面孔,一如往常般英气逼人。

"小护士,等人呢?"刘子光笑着说道,推门下车,根本不像曾经中过枪的样子,强壮的身躯上披着一件米黄色的风衣,更显英俊挺拔。

目瞪口呆的方霏只用了一秒钟就反应过来。

小花伞一丢,整个人都扑了上去,强忍已久的泪水夺眶而出,倾盆而下,比那淅淅沥沥的小雨密集多了,刘子光的胸口迅速被眼泪打湿,他抚摸着方霏的秀发安慰道:"没事了,傻丫头还哭什么。"

"怎么没事,那是枪伤啊,我都看见弹孔了……呜呜呜,以后再不许和人家拼命了。"小护士才不管车里还有两双眼睛看着呢,钻在刘子光怀里尽情地哭泣着,眼泪鼻涕一把抓。

帕萨特里,宋局无奈地苦笑了一下:"我的风衣……"

"高土坡"棚户区,刘子光家所在的大杂院门口,出去倒垃圾的老太太被一位衣着靓丽、气质高雅的美女客气地拦住。

"老奶奶,请问这是亲爱巷一〇八号么?"

老太太惊讶地看着这位明显不属于"高土坡"的女子，迟疑了一下才道："对。"

"太好了，终于找到了，你们这个巷子真难找啊，曲里拐弯的和迷宫差不多，老奶奶，我再问您一个问题哈，这里有没有一个叫刘子光的住户?"美女夸张地发表了感慨，还用小拳头在空中挥舞了一下以示胜利之后，又问了下一个问题。

这回老太太的思维清晰了一些，答道："有啊，那不是老刘家的孩子么，就住在往里走第八个门，红色的大门，旁边有一堆炭球的就是。"

"谢谢您啊，老奶奶。"美女客气地说了一声，回头招呼摄像师："走，跟上。"

摄像师跟着江雪晴深一脚浅一脚地向大杂院里走去，留下倒垃圾的老太太丈二金刚摸不着头脑，半天后才忽然猛醒，惊呼道："老头子，你猜我看见谁了? 是电视台的主持人啊!"

老刘家的锅屋内，刘妈妈正在炒菜，儿子出差了，老两口在家随便吃点就行，青菜豆腐，一碟盐豆子，老头正在屋里一边看电视一边喝酒。

房间狭小，刘爸爸坐在床沿上，手里端着小酒杯，不时抿一口这一块钱一斤的散装白酒，心情非常不错。自打儿子当上保安部长，老爸的精气神就比以前强多了，尽管一条胳膊上还打着夹板，但走路腰板直挺挺的，灰暗的脸色也光鲜了许多。

二十一寸长虹彩电里演着今天的《江北新闻》，播音员用平淡的语调播报着新闻:我们继续关注昨日大连路发生的银行劫案，在这起案件中，英勇的女警官果断开枪击毙歹徒，将国家和人民群众的生命财产损失降到了最低……

十年历史的电视机，画面已经有些模糊，色调也不准，刘爸爸呷了一口小酒，品头论足:"什么世道啊，银行都敢抢……"

忽然房门被彬彬有礼地敲响，这可是很奇怪的事情，大杂院里的邻居从不会敲门，都是推门直接进来的。

"谁啊? 进来。"刘妈妈拿着锅铲子说道。

房门被轻轻推开，一颗小脑袋拱了进来，手里还拿着话筒，话筒上印着四个字母:JBTV。

"请问刘子光是住在这里么?"甜美而又文静的女声响起,有些耳熟,但是想不起来哪里听过。

见是陌生人,刘妈妈顿时拘谨起来,放下锅铲子,关了炉门,手往围裙上擦着,回答道:"是啊,你是小光的朋友?"

身材娇小玲珑的江雪晴钻了进来,拿着话筒说:"阿姨你好,我是江北电视台《百姓生活》栏目的主持人江雪晴,想采访一下你们。"

"哎呀,是电视台的主持人。"老妈顿时慌了神,不知所措起来。

江雪晴站在狭小的室内,扫视着这间英雄居住的房屋,屋里堆满了坛坛罐罐,活动空间很小,床头露出草苫子,两个枕头皮是红色印花的,还有个黯淡的双喜,想必还是老两口结婚时候留下的东西。

一个眉眼和刘子光有些相像的老大爷有些局促地坐在床头,面前的小桌子上摆着盐豆子和白酒瓶子,桌旁的水泥地上,放着一个洗脸盆,盆里滴答作响,傍晚下了点小雨,这屋里立马就漏了。

江雪晴采访过无数个家庭,其中不乏困难户,这种场景已经见惯不惊了,她沉着地问道:"大爷,请问您是刘子光的父亲么?"

老大爷点点头:"我是他爸爸。"

"是这样的,昨天下午的大连路银行劫案,刘子光见义勇为受了枪伤,我是特地来带二老去医院看他的。"

"啪"的一声,刘妈妈手里的盘子摔了个粉碎,人无力地瘫在门框边。

江雪晴进来的时候,已经惊动了大杂院里面的邻居,四五个人端着饭碗围在门口附近看热闹,看到刘妈妈瘫在地上,两个大婶赶紧扔下饭碗上去搀扶。

"大姐,你没事吧。"

"他婶子,你醒醒啊。"

几个妇女又是掐人中,又是灌热水,将刘妈妈救醒过来,她醒转过来头一句话就是:"快去医院!"

江雪晴一边招呼摄像师跟上拍摄,一边解释道:"阿姨你别担心,刘子光没有生命危险,你们收拾一下东西跟我走,车就在巷口外面。"

刘妈妈强打精神,打开五斗橱翻出一个布包,拿出薄薄一沓钞票,大概七八百块钱的样子,探寻的目光看向丈夫,嗫嚅道:"家里就这点儿钱了……那些整钱都被存了死期。"

老爸气得直跺脚:"就知道吃利息!儿子受的是枪伤!这点儿钱管什么用?"

泪光在老妈眼中滚动,邻居们见不是事,纷纷劝解:"老刘,别生气,我家里还有点儿钱。"

"看病要紧,我们家那口子刚开了工资,我马上给你拿过来。"

大家伙纷纷回家取钱,不一会儿就凑了五千多块,其中一位中年大叔拿得最多,一把手掏了两千块,老爸感激地说:"老贝,谢谢你了,你家钱也紧,等明天把存单取出来就还你,"

中年大叔一摆手:"别客气,这个钱也是专门留着给我那个不争气的儿子看伤用的,不等着用,老刘你先去,回头我让小帅再取点钱送过去。"

两双饱经沧桑的手握到了一起,用力地摇了摇,啥也没有多说。

大杂院的邻居们你一百我二百地凑着钱的时候,摄像机就在一边拍摄着,江雪晴握着话筒对着镜头很动情地说:"小雨淅淅沥沥地下着,天气有些寒冷,但是在这个破败的棚户区大杂院内,却透着别样的温暖和浓浓的人情味儿……"

凑够了钱,邻居又拿来雨衣和伞,送他们出巷子,前面有人帮忙打着手电,后面有人帮忙背着妈妈给刘子光预备的生活用品,一行人深一脚浅一脚地走在漆黑的巷子里,忽然前面两道雪亮的手电光出现,走近一看,原来是派出所老王和一个年轻警察。

"老刘啊,我是来接你们去医院的。"老王上前握住老爸的手,用力地摇晃了两下,加重语气说:"你养了个好儿子啊!"

情况紧急,也不便多说什么,刘子光的父母怀着忐忑的心情上了电视台的车,前面一辆110警车闪着警灯开路,两辆车直接向医院开去。

市立医院病房内,宋副局长在亲自给刘子光作笔录,外面细雨沙沙响,屋里安静祥和。

"这么说,那把枪是插在李有权的腰带上的了?被你抢去打死了两名劫匪。"宋局的钢笔在纸上刷刷地写着。

"对,他后腰上插着手枪,但一直没有拿出来,不过我已经看清楚手枪的轮廓了,当时情况比较紧急,如果我不出手,你们那个女警就会被劫匪打死。"刘子光解释道。

"嗯。"宋局点点头,"在警察进入银行以前,你听到劫匪和李有权之间的对话么?"

"我听到李有权指挥劫匪要挟警方撤离狙击手和突击队,提出让胡警官当人质和提供装甲车等种种要求。后来胡警官进来之后,他又提醒劫匪警察身上有摄像头。"

宋局笔走龙蛇,将刘子光的话记了下来,他特别注意到刘子光使用了"指挥"这个字眼,在其他证人的口供中,使用的是"指点"这个词,一字之差,万里遥远。

"很好,谢谢你的证词。"宋局合上笔帽,沉吟了一下又说道:"我还想问个题外话,你是怎么在极短的时间内抢枪、上膛、射击的?而且你的射击技术很高超,但在你的档案里,根本没有受过军事训练的记录,我很想知道原因。"

刘子光咧嘴一笑:"你们的同事不是找出答案了吗,说我是梁赞伞兵学校的毕业生啥的。"

宋局先是一愣,随即淡淡一笑:"他们一定是小说看多了,哪有那么多雇佣兵?"

刘子光收起笑容,没有任何表情,既不点头也不摇头。

宋局也是淡淡一笑:"我再问你最后一个问题,如果你不想回答,或者出于一些原因不愿意回答,就当我没问过。"

刘子光点点头:"你说。"

"你当过兵!"宋局忽然眼睛中精光四射,炯炯有神地瞪着刘子光,两道目光如同利剑一般,似乎要看透他的内心。

刘子光一时语塞。自己身手这么好,被人误认为是部队出身也情有可原,看着宋局那种期待的眼神,他真不好意思说出"没有"两个字。

良久,宋局从记录本上撕下一张纸递给刘子光,说:"这是我的电话。"然后合上了记录本,无声地点点头,走到了病房门口拉开门,在要出去的那一瞬间,忽然转头一字一顿地说道:"你的名字无人知晓,你的功绩与世长存!"

刘子光听见宋局长这句没来由的话,一时摸不着头脑,正要发问,宋局长已经头也不回地走了。刘子光肚子里没有多少墨水,他并不知道,这句原本铭刻在莫斯科红场无名烈士墓前的铭文,同时也是隐蔽战线上的同志们互相之间的问候语。

电视台的采访车在警车的引导下,迎着濛濛雨雾来到市立医院。看到电视台主持人江雪晴搀扶着一对老夫妻从车上下来,正在门口抽烟沉思的宋副局长苦笑了一下:"这个江雪晴,鬼主意真多。"

掐灭烟头迎上去,宋剑锋直接握住了刘爸爸的手:"您二位就是刘子光的父母吧,你们养了一个好儿子啊,他见义勇为,舍己为人,是真正的英雄。"

片警老王在一旁介绍道:"这是咱们市局的宋局长。"

"宋局长,我……"老爸的声音有些哽咽,刘子光这孩子从小就平庸,学习中流,体育不好,混了个破大专出来后就待业,然后又失踪了整整八年,回来以后倒是变厉害了,不过整天让家里提心吊胆,怕他和外面那些不三不四的人混到一起……现在儿子竟然被公安局的领导这样评价,这怎能不让当父亲的惊喜呢?

"好了,什么都别说了,您儿子的一切费用都由政府承担,我还有事先回局里,你们老两口赶紧去看儿子吧。"宋局长又和老妈握了一下手,跟老王打了个招呼,让他照顾好老两口,便要离去。

"宋局长,您就给我个采访英雄的机会吧。"江雪晴却又把宋剑锋缠住。

"好了好了,真拿你这个大记者没办法。"宋剑锋挥挥手,示意准许,又补充道,

"采访归采访,但播出前必须把片子送到市局宣传科……"

没等老宋把话说完,江雪晴已经高兴地跟在刘子光父母身后上了楼。

三分钟后,刘子光的父母来到病房,看到儿子安然无恙,老两口终于放下心来。虽然没有生命危险,但毕竟中了一枪,老妈说什么都要看看伤口,刘子光没办法,只好解开病号服,露出缠着绷带的上身,指着右胸道:"就这儿,打了一枪,穿过去了,没多大事儿。"

老妈的眼泪哗的一下就出来了,儿子再大,也是娘的心头肉,针扎一下还那么疼呢,何况是子弹打过去的,老人家强忍着泪水,不想在医院里哭出声来,老爸也来劝慰:"好了,这不是看见了么,儿子没事。"

一家人正在说话,一直在门外拍摄的江雪晴实在忍不住了,走进来说道:"刘子光你好,我想借用你一点儿时间做个采访好么?"

被突然打扰,刘子光很不高兴,微微皱了一下眉头,冷冷道:"出去。"

好冷酷的眼神,摄像师不由得打了个寒战,不敢再往前走,江雪晴也愣了一下,做电视台记者这么久,还从没被采访对象拒绝过呢,而且是这么生硬、这么不讲道理地拒绝。

按理说江北电视台的头牌花旦此时应该生气才对,但是不知道为什么,江雪晴的第一个念头竟然是:好酷!

老爸咳嗽一声,说道:"小光啊,我和你妈是坐人家江记者的车来医院的,你就帮个忙,接受一下采访吧。"

老爸开口说情,刘子光只好说:"好吧,不过要把摄像机关掉,我不习惯被这样拍。"

电视台做节目,把摄像机关了还做什么做啊,但江雪晴却鬼使神差地点点头:"好吧,老王你先出去休息一下。"

摄像师退了出去,只留下江雪晴单独采访,漂亮的女记者镇定一下情绪,用春葱般的手指捏着那支带着台标的录音话筒,放到了自己的嘴边:"能给我们讲一下,你是怎么见义勇为、击毙持枪歹徒的么?"

"抢枪,开枪。"刘子光简单说了四个字。

江雪晴瞪大了眼睛,两只又大又圆的眼睛,显得这个女孩子很卡通,她吃惊地问道:"就这些? 还有么?"

"没了。"刘子光依旧简洁地说。

江雪晴不死心,又问道:"那你开了几枪?"

"五枪,每人两枪,然后一个家伙没死,又补了一枪。"

"打在哪里?"

"头,胸口,眼睛。"

"……"

江雪晴有些发憷,面前这个男人太冷酷了,太镇定了,别说是一般人了,就是经过专业训练的警务人员,在击毙犯罪分子之后都需要做心理辅导,再看看他,简直就和踩死两只蚂蚁一样,毫无感觉。

在这一刻,作为新闻工作者的江雪晴忽然确信,这个男人一定有着非同凡响的经历,很可以深挖一下,当个爆炸性的新闻。

"我还有最后一个问题,你是做什么工作的?"

"保安,物业保安。"

夜,滨江大道香樟酒家,二楼落地窗前,两个中年男人正在对饮,这是一家高档私房菜馆,菜肴价格很贵,酒水更是不便宜,光那瓶五粮液就要上千块。

"老高啊,太破费了吧。"秃顶男人嗅着酒杯里的佳酿,客气地说道。

"哪里哪里,应该的,这家馆子很有路子,五粮液都是真的,厨子也不错,听说是高价从上海请来的。"坐在秃顶对面的正是刘子光的领导、物业公司的经理老高。

秃顶咂了一口酒,点点头:"没错,是真的,好酒啊。"

高经理赞道:"王部长到底是老饕了,您这个水平当个国家级的品酒师是绰绰有余。"

王部长谦虚地一笑，拿起雪白的餐巾擦擦嘴，开口道："老高啊，你想动一动的事情，我已经报上去了，不过最近公司人事紧缩，短期内可能不会有什么大动作，你耐心等着就行了。"

高经理呵呵一笑："那就多麻烦王部长了，对了，我们分公司有个姓刘的保安主管，以前就有过案底，今天又牵扯一桩大案子被抓进去了，不知道总公司对这种人是怎么处理的？"

"是这样的，对于有前科的人，公司原则上是坚决不要的，不过嘛，总会有些例外。怎么，这人是你亲戚？"

"不是不是。"高经理赶紧撇清，"我就是纳闷，这小子可能上面有人，进公司没几天呢就升级当了主管，我们白队长熬了几年都没他爬得快，对了，王部长知道这号人吗？"

王部长沉吟了一下，高经理话里的意思他已经很清楚，便说道："这样吧，回去后我查一下，确认属实的话，别管是谁的关系，都坚决辞退，绝不姑息。"

"王部长啊，你可是帮我解决了大麻烦啊，来，我敬你一个。"

两个男人碰了酒杯，一饮而尽。

二十分钟后，酒足饭饱，高经理提议暂不开车，先去旁边的金碧辉煌洗浴中心放松一下，解解酒，然后再回家，王部长欣然同意。

当高经理和王部长走进"金碧辉煌"大厅的时候，分局治安大队的杨峰正在洗浴区泡着，圆形的中药浴池边上，放着用干毛巾包裹着的手机，正"滴滴滴"响个不停。

"杨子，谁的电话啊，怎么不接？"李志腾躺在水池里问道。

"老三媳妇，打了几十个电话过来，我靠，她男人犯事嘛，找我有什么用。"杨峰一脸的不耐烦，丝毫看不出他曾经和老三是多么亲密的好哥们儿。

"对了，老三那个事到底咋整的？听说是被胡书记的女儿一枪爆头。"想起今天下午的银行大劫案，也出了现场的李志腾很感兴趣。

"谁知道呢，兴许是老三手头紧了，想走邪路呢，听说他牌桌上玩得挺大，都是上十万的输赢,下午刑大的人就去他二奶家抄底去了,不知道能搜出来什么。"杨峰摇头晃脑地说道,对身旁叫个不停的手机根本不理睬。

"对了杨子,你和胡蓉的关系怎么样了,得手了没有?"李志腾一脸淫邪地问道。

"哼哼,你说呢。"杨峰不置可否,脸上漾起了自信的微笑。

市公安局,银行劫案的案情分析会已经开了三个多小时。会议室里烟雾缭绕,马局长主持会议,几位副局长以及刑侦部门的头头参与,都是经年的老烟枪了,一根接一根地抽烟,屋里自然烟熏火燎,气氛也有些紧张。

"金盾公司李有权和劫匪之间的关系,还需要进一步确认,我认为其中疑点很多。他们是怎么认识的,又是怎么走到一起的?李有权是公司中层,每年分红就有十万,犯不上做这种掉脑袋的事情。他是当过警察的,明白持械抢劫的严重性,根本就没有动机做这种事情嘛。"

说话的是孙副局长,他主管后勤工作,市局三产就归他管。出了这件事,他脸上很不好看。押款公司出内贼,协助劫匪抢劫银行,这事儿传出去多丢人?出于这种考虑,他很想帮李有权开脱罪名,虽然李有权的绑架已经做实了,但起码不要和劫匪混在一起。

公安局主管刑侦的是宋剑锋,听了孙局的话,他当即不客气地反驳道:"技侦的同志已经读出了唇语,李有权在案发现场主动向劫匪支招,破坏我们的行动,直接导致胡蓉同志的生命受到威胁,这一点在其余几个人质的口供里都得到了证实。而且在两名劫匪毙命之后,他还拿起了五连发企图狗急跳墙,这已经很能说明问题。"

孙副局长刚要反驳,宋剑锋又补充道:"我们已经搜查了李有权的住所,发现他除了老婆孩子之外,在外面还养了二奶,买了一栋一百九十平米的复式住宅,平时还喜欢赌博,玩得还挺大,欠下起码六十万的赌债,开销大,生活腐化,我认为这都是他走上邪路的动机。而且正因为他当过警察,熟悉我们的路子,才更加有胆量、有把握铤而走险。"

孙副局长说不出什么话了，只好低头猛抽烟。

马局长干咳一声，看了一眼手下干将、刑侦大队长老徐。

老徐站起来说道："关于那个刘子光，我认为仍不能排除嫌疑，这个人最近八年的记录是一片空白，这本身就很不正常，而且他枪法奇好，身上又有一个奇怪的文身，种种迹象表明，此人有可能在境外从事过雇佣兵职业。"

马局长赞许地点点头，喝了口茶补充道："这个人是有些可疑啊。"

宋剑锋辩驳道："据调查，这个人在近八年里，没有任何出入境记录，所谓在国外受训、境外雇佣兵，纯粹是无稽之谈。这一点不用质疑。"

因为有马局长的鼓励，老徐在分管局长面前也有了勇气，又问道："他为什么要在那个时间、那个地点冲进银行？"

宋剑锋说："至于他为什么在那个时间冲进银行，不是已经有答案了么，是为了解救被李有权绑架的小女孩。"

老徐显然有些豁出去了，再度发难："刘子光开枪射杀两名劫匪，枪枪都是冲着要害去的，显然是不想留活口。他要不是劫匪同伙，为什么要这么做？"

宋剑锋有些被老徐牵强的理由激怒，他不客气地问："那你是想看到劫匪的尸体呢？还是想看到无辜群众的或者是我们的同事胡蓉的尸体？"

宋剑锋的话虽然带刺，说的却是不争的事实，大家再没什么好说的了。接下来马局长小结了几句，会议很快形成了上报市委的案件结论：英勇的实习女警和见义勇为的好市民，合作铲除了三名狼狈为奸的劫匪。

马局长在宣布散会的时候脸色铁青，他要求注意控制负面影响，对外不能公布李有权的真实身份，万不得已，就说是某公司的临时工。

散会之后，老徐找到宋剑锋，在走廊里递了一支烟给他，说道："宋局，刚才有点冲动，您别在意。我只是不明白，为什么李有权要在抢银行前绑架疤子的老婆孩子，这完全是两码事嘛，根本靠不到一起去。"

宋剑锋说："我也有这个感觉，但有些案件确实是说不清楚的，也许是两件事很巧合地凑到一起了,除了当事人,别人完全不会明白。也许是同于一般的绑架案,只是为了钱。现在李有权死了,想知道这件事,只有去地府问他了。"

老徐猛抽了几口烟,又问道:"那个刘子光,到底什么来历?为什么八年的经历是完全空白的,连警方都查不出来任何蛛丝马迹?"

宋剑锋淡淡笑了一下:"有些机密,不是咱们这个级别的人能触及的,你心里明白就好了。"然后大踏步地走了,只留下满面惊愕的老徐。

深夜,市立医院病房内,记者们走了,特警撤了,爸妈也被劝了回去,只留下贝小帅和几个兄弟陪着。

这间是 VIP 病房,只有刘子光一张病床,兄弟们把窗户打开,点上香烟吞云吐雾,忽然房门被敲响,吓得贝小帅连忙把烟头藏在身后,过去开门一看,原来不是查房的护士,而是李建国带着嫂子和毛孩来看刘子光了。

刘子光看见他们来了,抱怨道:"嫂子,这么晚了还过来?"

毛孩娘憨厚地笑笑:"大兄弟,听说你受了伤,俺心里就放不下,俺就寻思了,这老天爷是咋想的,尽让好人遭殃,过来看一眼,这心才放下,老天爷还算公道咧。"

刘子光笑道:"让嫂子挂念了,我这是小伤,过几天就出院了。"

李建国插嘴道:"兄弟,你的事疤子知道了,吃饭的事先放着,等你好了再说。"

"嗯。"刘子光点点头,"等我出院了,有不少事要干呢。"

深夜一点钟,滨江锦官城豪宅内,电话铃忽然响起,一条白嫩细腻的胳膊从被子里伸出,按亮了床头台灯。李纨先看了看来电显示的号码,这才拿起了电话。

"江雪晴你这个死丫头,这么晚打电话干什么?"李纨打了个哈欠道,同时看了一眼睡在旁边的儿子,还好,小家伙睡得很熟,没被吵醒。

电话里的背景音很杂,似乎是电视台的工作间,一个女声响起:"纨纨,我恋爱了。"

李纨笑了,坐直了身子,乌黑的秀发瀑布一般披下,散布在真丝睡衣上,她戏谑地说："咱们小晴又谈恋爱了,这个月第几个了? 又是哪家公子被你看上了?"

电话那头的声音很低沉："纨纨,这回是真的,不是什么公子,是个保安。"

李纨又坐直了一些,换了个舒服的姿势拿住话筒说道:"小晴,你捣什么鬼? 又是恋爱又是保安的,哪跟哪啊?"

"哎呀,纨纨你怎么忘了,不是你交代我要挖的那个大新闻么,大连路银行劫案的英雄,我几个小时前采访过他,真的是太 MAN 了,太 COOL 了! 那些小白脸、公子哥和他一比,简直连提鞋都不配。"

李纨的嘴微微张了一下,想说什么,终于还是没开口。

"十步杀一人,千里不留行,事了拂衣去,深藏身与名。"电话那头的江雪晴吟诵起李白的《侠客行》,"他真的是一个英雄,那种大隐隐于市的平民英雄,他让我热血沸腾了,让我春心荡漾了,我一定要追到他,一定!"

"小晴,"李纨终于开口说话,不知怎么地,她的嗓音有些枯涩沙哑,"你到底了解他多少?"

"这不正在了解嘛,我觉得这个男人就像大海一般深邃,总之我决定了,一定要征服这个男人,纨纨,你等着我的好消息吧。"

说完,江雪晴挂了电话,但这边李纨还久久拿着电话,听筒里发出"嗡嗡"的忙音。

儿子翻了个身,看见台灯的光芒,揉着眼睛哭了起来,李纨赶紧放下电话,关上台灯,抱着儿子哄起来。宽大的席梦思床上只有母子二人,卧室的窗帘没有完全拉上,露出落地长窗的一角,外面是江北市绚烂的霓虹在闪烁,只有这样,漫长孤寂的夜才不会那么寒冷。

一艘夜航的江轮慢慢驶过,发出悠长的汽笛,儿子被哄着入睡了,眼角边还挂着晶莹的泪,李纨抱紧了儿子,将身子蜷缩起来,一个身影不由自主地跳进脑海。

"等一下,你的卡忘了拿。"一张金色的银行卡递了过来,拿着卡的人是个衣着朴实的年轻人,除了比较英俊之外,实在没什么能让人留下印象的了,直到第二次因为儿子被拐的事情再次遇到他,李纨才想起这个人来。

　　他没什么背景,只是居住在棚户区的平凡年轻人,甚至没有正当职业,在物业公司当个临时工保安,但他有着一颗金子般的心,拾金不昧、侠义心肠,为了营救被拐卖儿童,他不惜以命相搏,以至惹来官司缠身,几乎身陷囹圄。

　　儿子就是李纨的命,为了报恩,她耗费巨资帮刘子光请了律师,又不惜代价疏通关系帮他摆平了这件事情,至于授意手下给他升职的事情,根本就是不值一提了。

　　李纨是商界女强人,很懂得别人的心理,她做的这些事情都没有让刘子光知道,包括这次让江雪晴帮忙给刘子光做个专题采访,都是无心之举,她只是觉得,这样一个有胆有识的年轻人被埋没,未免太可惜了。

　　可是江雪晴一通没头没脑的话,却触动了李纨内心深处另一种情愫,那个年轻人,真的像江雪晴说的那样,是大海一般深邃的男子么?

19 乡下这点事儿

　　半个月后,警民英模表彰会在人民舞台大剧场隆重召开,大会由市长主持,市委江书记作了重要讲话。江书记在讲话中高度赞扬了江北市的公安队伍敢打硬仗,面对强敌,果断出击,取得了巨大的战果,保护了广大人民群众的安全,为和谐江北、平安江北的建设作出突出贡献。同时,江书记也对广大市民的配合给予了充分的肯定。

　　江书记在讲话中重点表扬了江岸分局副局长谢安然和派出所实习女警胡蓉,这两位同志以大无畏的勇气冲在第一线,和丧心病狂的劫匪做殊死斗争。尤其胡蓉同志,身为一个女同志,又是经验不足的实习警官,面临危险迎难而上,深入虎穴,断然处置,击毙劫匪,保全了人质的生命安全和国家财产,鉴于这种英勇行为,市局已经向省厅汇报,为她申请公安英模称号。

　　随即,市局马局长宣布了嘉奖令和调令:所有参战公安干警,一律荣获集体嘉奖一次;江岸分局副局长谢安然,调任市局刑警支队支队长;实习女警胡蓉,提前结束实习期,授予三级警司警衔。

　　市长对着话筒说道:"下面,有请我们的两位英雄上场。"

　　聚光灯亮起来,满场掌声雷动,当女警官胡蓉和干练挺拔的谢安然走上主席台的时候,音乐也很适时地响了起来:

几度风雨几度春秋，

风霜雪雨搏激流。

历尽苦难痴心不改，

少年壮志不言愁。

金色盾牌热血铸就，

危难之处显身手显身手。

为了母亲的微笑，

为了大地的丰收，

峥嵘岁月何惧风流……

在场所有公安干警都不约而同地起立，随着慷慨激昂的旋律唱了起来。几个少先队员捧着鲜花奔上台去，将鲜花献给了英雄。此时此刻，胡蓉已经不能自已，她热泪满眶，在心里默默地念道："妈妈，你在天堂看见了么，我已经站在了英雄的舞台上。"

市委江书记和市委常委、政法委书记胡跃进分别为谢安然和胡蓉颁发任命书和新警衔。

看着父亲亲手将银光闪闪的一杠一花肩章别在自己肩膀上，胡蓉终于抑制不住情绪，泪流满面。台下响起了更加热烈的掌声。

随后，市长宣布，在这次警方的行动中，一些见义勇为的好市民参与进来，协助警方制服劫匪，为了表彰这种行为，市委、市政府决定设立一个"好市民奖"暨见义勇为基金，先期由金盾公司和交通银行各捐助五万元。首届"好市民奖"授予协助警方破获这起银行劫案的刘子光同志，并给予五千元现金奖励。

市长说："由于刘子光同志仍在医院养伤，奖杯、证书和奖金由市光同志的母亲代为领取。"

刘妈妈在一片掌声中登上了主席台。这是她第一次经历这种场合，在聚光灯的照射下，她幸福得有些眩晕。

夜市,"地地道道"烧烤摊,被老四派人砸烂的摊子重新开了起来,而且大棚比以前更大更新了,小马扎、小桌子和铁皮炉子都换了新的,甚至还在后面用三合板搭建了一个临时厕所。和以前相比,可谓鸟枪换炮。

大棚的正中央,整齐地排着一溜烧烤专用折叠小桌子,足有十来米长,两旁摆着清一色的大号塑料啤酒杯,二十来个壮小伙子围着长条桌子坐下,统一把上衣扒掉,露出健壮的肌肉,还没办理出院手续的刘子光就坐在桌子头上,身上缠着绷带,斜披着风衣,高高举起啤酒杯:"兄弟们,走一个!"

二十多个大号啤酒杯举起,随着一声声"干"字碰到了一起。黄澄澄的啤酒,白腻腻的泡沫,伴随着青春激荡的笑容,飘扬在大棚中。

十个不锈钢啤酒桶一字排开,谁想喝自己倒,冰柜里的肉串可劲地吃,吃到后面来不及穿串,就直接拿刀割下一条条的羊肉,扔到铁篦子上烧烤,撒点孜然、辣椒面,管他半生不熟,拿起来就往嘴里塞。

"今天老大请客,弟兄们敞开了吃喝。"

"据说老大这回得了一个什么好市民奖,有五千块的现金呢。"

"本来还有上主席台的机会,可是老大说了,那玩意矫情,没意思,还不如和兄弟们一起乐呵呢……"

今天刘子光很高兴,倒不是因为拿了那个有机玻璃的好市民奖杯,而是让母亲出席了表彰大会,充分享受了一次被所有人尊敬的感觉。大杂院的邻居们都对老刘家的孩子赞不绝口,老爸老妈容光焕发,说话的底气都比以前足了许多。

为人儿女,有什么能比让父母骄傲更开心的呢?

江北市的夜市大排档历来不缺乏卖艺者的足迹,通常他们都是挎一个吉他,背一个小电喇叭,嘴边挂着麦克风,在各个大排档间流转,唱一首歌五块钱,都是沦落风尘的穷苦少年,所以一般摊主也不会驱赶他们。

正巧两个卖艺的小伙子走进"地地道道"的大棚,看见长条桌子边坐着的汉子们,下意识地想扭头避开,却被刘子光叫住:"把歌本拿过来我看看。"

卖艺小伙递过覆着塑料薄膜的歌曲单子,刘子光随便翻了一下说道:"唱这个,《挪威的森林》。"

小伙子刚要唱,刘子光又说:"就你俩太少了,再喊几个过来,这种男人的歌,就得合唱才有味。"

说着,刷的拨出一张百元大钞塞过去,小伙子两眼放光,奔出去叫了三个同行进来,五位流浪歌手站成一排,拨动吉他开始演唱:

> 让我将你心儿摘下
>
> 试着将它慢慢溶化
>
> 看我在你心中是否仍完美无瑕……

流浪歌手沙哑而饱经沧桑的嗓音演绎着这首《挪威的森林》,别有一番感觉,大家听得摇头晃脑,不知不觉跟着哼了起来。忽然刘子光想起一个人来,问一个叫张军的保安同事道:"你知道王志军在干什么吗?怎么好久没有他的消息了。"

"刘哥,好像志军家里出了点事儿,挺麻烦的。"张军答道。

虽然和王志军相处的时间不长,但刘子光很清楚这兄弟绝对是值得一交的好哥们儿,他家里有事,作为兄弟就要伸出援手才是。

拿出手机拨了王志军的号码,和以前几次一样,依然是"您拨打的用户已关机,请稍后再拨"的回音。

刘子光挂了电话,脸上有些担忧,问张军:"你不是志军的同乡么,知道他家里的电话么?"

张军摇摇头:"他家一直没装电话。"

"那你认识他家的地址么?"

"虽然我们是一个县的,不过距离挺远,志军所在的那个乡挺偏僻的,我没去过。"

"这样一说,更得去看看了,我好像记得公司档案里有大家的身份证复印件,我回去找找,明天开车下乡,去志军家里看看出了什么事儿。"

随即又问马超:"明天跟我跑趟长途,去南泰县,你看开哪辆车好。"

马超说:"南泰县整天修路,挖得乱七八糟,还是开捷达吧,皮实,能走烂路。"

"那好,明天一早你开车到医院去接我。"

电视台,新闻部办公室,江雪晴气鼓鼓地坐在沙发上,秃顶的主任坐在办公桌后面笑眯眯地望着她:"小江,还没想通么?"

"想不通,做得那么好的节目,怎么就毙了呢,到底哪点不好?"江雪晴摇着头,撅着嘴,生气的样子很让秃顶主任心疼。

"小江,这是台里领导的意思,你要理解嘛。咱们作为新闻工作者,要配合大局、弘扬主旋律嘛。"

"草莽英雄难道就不值得弘扬了么? 我看台领导是吃错药了。"江雪晴这小丫头就这样,脾气上来,亲娘老子都不认。

"唉,当然值得弘扬了,不过凡事总要分主次嘛。现在的主基调是宣传公安英模,其他的可以暂时先放一下的。"

"这是偏见!"江雪晴忽地站起,扭头就走,低腰牛仔裤包裹着的小屁股左右摇摆着,透着一股青春气息。

这小丫头,怎么还是长不大呢? 主任无奈地摇了摇头。

第二天一早。马超开着白色捷达来到医院,刘子光昨晚已经回办公室拿了王志军的身份证复印件,再加上王志军的老乡张军,三个人一同驱车前往南泰县。

出医院大门的时候,刘子光藏在后座下不敢抬头,因为急诊室就在大门附近,万一被方霏看见他偷跑出去就糟了。

"刘哥,你躲谁呢?"张军一脸的纳闷。

"没啥,我躺下歇歇。"刘子光很自然地打了个马虎眼。

捷达加足了油向南驶去,出了市区又开了四十公里,宽阔的柏油马路终于到了尽头,换成了破烂不堪的水泥路,由于道路忽然变得狭窄,车流在这里遇到了瓶颈,几辆大卡车在路口一堵,后面一长串的私家车、小货车,拼死地按喇叭。

这时候就显示出马超过人车技的优越性了,方向盘一打,捷达直接冲上路边的田地,沿着田埂往前开了几十米,瞅准一个空当又回到路上,然后再左冲右突,不到五分钟便钻出这片车阵。

刘子光拍着马超的脑袋说:"你小子可以啊,有机会帮你报个名,参加个达喀尔拉力赛啥的,准行。"

马超傻笑两声:"我纯粹瞎玩儿。"

沿着破破烂烂的水泥路继续往前开,现在倒是不堵了,不过路面差得不像话,连马超这样的高手都不得不放慢车速,规避着一个又一个的大坑,虽然只有一百公里的路程,依然用了两个小时才到达南泰县城。

和破烂马路截然相反的是,南泰县城倒是整齐划一,高楼林立,双向六车道的柏油路旁,种着高大的椰子树,这让刘子光有些惊愕,江北市属于温带地区,怎么能长出这么高大的热带树木? 仔细一看才明白,这椰子树原来是水泥树干、塑料树叶的。

"这是咱县的新城,怎么样,漂亮吧,这是县法院,这是县公安局,这是县检察院。"同行的张军骄傲地指着远处一栋栋高大雄伟的建筑物,向刘子光介绍道。

"妈呀,那不是美国白宫么?"马超指着路旁一座庞大的白色欧式建筑物惊叹道。

"嘿嘿,那是县委大楼,壮观吧。"张军说。

"嗯,壮观,牛×。"刘子光和马超异口同声地说道。

捷达车穿城而过,继续往南走,王志军的身份证地址是南泰县大河乡朱王庄二队七号,这大河乡位于南泰县最偏僻的角落,经济相当落后,道路更是年久失修,加上前两天下了点小雨,这路便泥泞不堪起来,多亏开的是捷达,如果是底盘偏低的本田雅阁,怕是要趴窝了。

一直到中午十二点左右,满身泥巴的捷达车抵达了大河乡。今天是赶集的日子，镇上人头攒动，热闹非凡，刘子光等人没有心情逛街，找路边拉客的三轮摩托车问了朱王庄的路线，便驱车而去。

朱王庄距离镇子五里路，开车很快就到，这是一个典型的中原乡村，土墙外面刷着各种各样的标语："要想富，先修路，少生孩子多种树"；"吃水不忘挖井人，致富不忘共产党"；"一人结扎，全家光荣"；"买家电，到镇富荣商厦来"……

还有那摇摇欲坠的泥胚房子，上面铺着茅草，里面已经没有人住，依然能看见外墙上隐约的陈年标语："毛主席万岁"。

村里绿树成荫，茅草垛子边，黄牛悠闲地吃着草，各种颜色的狗成群结队地跑着，黑色的大肥猪悠闲地逛游着，背着小孩的农妇坐在大门口，穿着洗得发白旧军装的老汉坐在太阳地里，都用好奇的眼神望着这辆风尘仆仆的白色捷达轿车。

刘子光下车，很热情地叫住一个路过的拾粪老头，递过去一支烟问道："大叔，请问王志军家住在哪里？"

老头把烟卷架在耳朵上，一指远处："南头，大槐树底下那户就是。"

刘子光道一声谢，便要上车，路边一个脏兮兮的小男孩跑过来自告奋勇道："你们找王校长吗，我带你们去。"

刘子光一听正好，让小孩上车，引导着马超开向村子南头，不多时，一棵茂盛的大槐树映入眼帘，大树的遮蔽下有两个院子，一东一西，东面的是两层的农村土别墅，黄色琉璃瓦，水泥墙面，铺着五颜六色的马赛克，在它的旁边，是一个土墙垒成的小院子，矮小的平房，狭窄的院子，相形见绌，如同蜷缩在彪形大汉身边的乞丐。

小孩一指土墙院子说："这是王校长家。"然后下车跑去敲门："王校长，你家来客了。"

院门打开，是个三十岁左右的妇女，戴着眼镜，衣着朴素，看眉眼和王志军有点相像，那小孩看见她便喊道："王老师好。"

妇女扶了扶眼镜，摸着小孩的脑袋，有些狐疑地望着捷达车，刘子光从车里钻出来说道："大姐，我们是王志军的同事，来看看他。"

"哦，是二弟的同事啊，快进来。"妇女赶紧招呼他们进院子。

三个人下车进了院子,才发现王志军家有多穷,低矮的房子怕是有几十年历史了,一半是土块一半是砖头,院子里还有个小猪圈,不过里面没有猪,只有几只鸡在刨食。

一位头发花白的老人听见动静从堂屋里走出来,身上穿的是洗得发白的中山装,脸上带着老花镜,手里还拿着钢笔,看起来就像是个农村教书匠。

"爹,这是二孩的同事,从城里来的。"妇女介绍道。

"大叔你好,我们是志军的同事,也是朋友,他受伤之后还没看过他,这次特地过来探望一下,带了点小东西,是个心意,大叔千万别客气。"刘子光说着,示意张军和马超将礼物放下:两桶金龙鱼调和油,一袋子水果,两大盒维维豆奶粉。

"哎呀稀客啊,老婆子,快搬几把椅子出来。你们也真是,来就来,还拿东西。"老头热情地招呼着,请刘子光他们坐下。

王志军的母亲是个五十多岁的农妇,搬着两个凳子从屋里出来,看见有客人来,一脸的喜色,但细心的刘子光却发现,老人家的眼圈红红的,似乎刚哭过。

三人落座,王志军的姐姐给他们倒了茶,这才开始说话。

"大叔,志军呢?"刘子光问道。

院子里一阵沉默。

"大兄弟,志军他……被乡派出所抓去了。"姐姐低声说道。

怪不得王志军一直没有消息,原来是被抓了。刘子光赶紧追问:"到底出了什么事?"

王大姐扭过头看了一眼旁边高大的红砖院墙,低声道:"还不是这堵墙给闹的。"

刘子光这才注意到这堵墙,这是王家和隔壁共用的一堵墙,是新砌成的,上面还没涂泥灰,高大平整,和王家的低矮黄泥墙不可同日而语,但正是由于这堵墙,王家原本长方形的院子变得更加狭窄。

刘子光有些明白了,他问道:"怎么你们两家共用一堵墙,中间连个过道都不留?"

王大姐说："本来两家中间是有一条过道的,上个月隔壁老朱家盖屋,硬是把墙砌到这边,强占了俺家的宅基地,正好二弟受伤从城里回来,气不过就和他们争起来,结果动起手来打伤了人,这才被公安抓去。"

王志军的母亲补充道："他兄弟,俺家二孩是冤枉的,隔壁老朱家兄弟四个,都是有名的二流子,四个人打俺家二孩一个,末了还倒打一耙,说俺家二孩故意伤人,惊官动府逮进老监,到现在没动静,可怜俺的孩子啊,胳膊上的伤还没好……"说着就抬起袖子抹眼泪。

王志军的父亲严肃地说："老婆子,别瞎说,二孩确实动手打人了,政府绝对不会冤枉好人的,一定要相信组织。"

母亲哭道："谁不知道朱家老二和乡派出所的人熟,整天一起喝酒耍钱,咱家二孩这回是出不来了,非得蹲老监不可,可怜他还没娶媳妇呢……"

老父亲也烦躁起来,摘下老花眼镜揉着鼻梁,发出沉重的一声叹息。

王大姐幽幽地说："我和我们家那口子都是村上民办小学的代课教师,不会打架骂人,俺爹娘也是老实巴交的农村人,从来没和乡亲们红过脸的,姓朱的一家人欺男霸女,作恶一方,跋扈惯了的,要是平时俺也就忍了,偏巧这回二弟回家,正碰上他们在俺家闹事,把俺爹都推倒了,二弟才忍不住动手的。"

刘子光说："志军的脾气我知道,不是逼到绝路上他是不会动手的,这朱家也太欺负人了。"

马超和张军都不说话,拳头暗暗捏紧,恨不得这就上门把隔壁姓朱的暴揍一顿,为志军出气。

院子里再度沉默起来。半晌,王志军的母亲抹一把眼泪站起来："该吃晌午饭了,都别走,我杀鸡给你们吃。"

刘子光他们赶紧站起来："大娘,千万别忙活,随便对付一点就行。"

即便如此,王大娘还是杀了一只小公鸡,炒了几个鸡蛋,还有地里现摘的青菜、辣椒、黄瓜,做了一桌子菜,王大姐回家把丈夫叫来陪客,顺便拿了一瓶农村人自家酿的苞谷烧酒招待客人。

按照农村的规矩,妇女是不能上桌的,就王大爷翁婿两人陪着刘子光他们三个吃喝,席间双方推杯换盏,刘子光再度了解了王志军的家庭情况。

王志军的父亲是镇上完小的校长,女儿和女婿都是代课老师,儿子退伍回来,留在城里做保安,自家的二亩地,全靠王大娘一人耕作,一家人的年收入也不过几千块,日子过得很是清苦。

隔壁老朱家就不同了,兄弟四人都不是好东西,从小就是村里的二流子,打架斗殴偷鸡摸狗是家常便饭,不过越是这种人越是吃得开,再加上朱王庄里,姓朱的是大户,姓王的是小户,朱家四兄弟在村里更是横行无忌。

朱家盖新房,把墙头砌过来强占了王家的宅基地。争抢宅基地、坟地这种事情在农村很常见,谁家的男丁多、拳头硬,谁就占便宜,农村人不喜欢惊官动府,只愿意私了,一般的小事,能忍也就忍了。

王大爷是小学校长,也算知识分子了,打了几次电话报案,可是乡派出所迟迟不来人处理,相反却把朱家兄弟惹来了,跑到老王家推推搡搡、骂骂咧咧,正巧遇到回家养伤的王志军。

王志军是当过兵的血性汉子,咽不下这口气,便和朱家兄弟打起来,他骨折的伤还没好利索,硬是以一对四,把朱家四兄弟打得抱头鼠窜,这回乡派出所出警的速度却是极其的迅速,一个小时后就来了辆警车,把王志军拘走了。

志军被捕以后,朱家兄弟耀武扬威地回来,跑进王家破口大骂,把两只还未长成的小壳郎猪也给宰了,这才作罢。

"这场架到底是在朱家院子里,还是在咱家院子里?"刘子光忽然问道。

"是在咱家院子里,他们过来找事,把俺爹都打了。"王志军的姐夫答道。他是个戴眼镜的文弱书生,瘦得好像豆芽菜。

"朱家兄弟到底有没有受伤?伤的多重?"刘子光提出第二个问题。

"打架嘛,肯定要挂彩,不过肯定不算很重,他们四个都是自己跑走的。"

"打的时候,志军动家伙没有?"

"没有,铁定没有!"姐夫斩钉截铁地说。

大家都停了筷子,仔细听刘子光和姐夫的对话。就连锅屋里正拉风箱的王大娘也停下动作,支起耳朵来听,他们都敏锐地感觉到,这位城里来的朋友,会提供一些帮助。

"最后一个问题,志军被拘留了多少天,拘在哪里?"

"俺找人打听了,就关在乡派出所,到今天有二十天了。"姐夫答道。

"胡闹!"刘子光一拍桌子,"朱家四兄弟跑到咱家来打人,志军为了保护家人才动手,又没动用凶器,只能算正当防卫,凭什么抓人? 抓了人也要有个说法才是,要么治安拘留十五天,要么刑事拘留十四天,案子要是严重,直接转看守所、移交检察院,就这么不声不响关在派出所算什么事?"

听他这么一分析,还真是这个道理,王家一家人顿时对刘子光刮目相看,这大兄弟,懂法哩! 其实,刘子光这点法律知识,都是他在看守所里待着的时候学来的。

"这样吧,吃完饭我就去乡派出所看看,要个说法回来,惊官动府咱不怕,哪怕官司打到县里、市里都没事。"刘子光拍了拍胸脯说。

王大娘高兴得热泪盈眶,赶紧招呼女儿:"大丫,快去再杀一只鸡!"

"大娘,大姐,等我们回来再杀鸡也不迟啊。"刘子光笑着说。

饭后,马超开车,姐夫坐在前排,带着刘子光他们去乡派出所办事。

派出所就在乡政府旁边,是个仿古式建筑,金黄色的琉璃瓦上,装着红蓝相间的警灯,门口挂着两块牌子,一块是"大河乡派出所",一块是"大河乡治安联防队",大铁门里面,停着两辆没有牌子的面包车和几辆沾满泥巴的摩托车。

捷达停在门口,几个人下车走了进去,派出所门口竟然没有人,走进办公楼一看,走廊里空荡荡的,除了厕所门是开着的,其他的屋门都是紧闭。

"有人吗? 有人吗?"刘子光喊了两声,没人答应,找到门上挂着"值班室"牌子的房门敲了几下,还是没人。

无奈之下只好先上二楼,所长室的门紧闭着,里面传出如雷的鼾声,刘子光刚要敲门,忽然姐夫拉一下他的袖子,指着走廊尽头:"志军就关在那里。"

走廊尽头就是拘留室，一扇坚固的防盗门紧锁着，姐夫给王志军送被褥的时候来过一次。

刘子光直接走过去拍打着铁门："志军，你在里面么？"

里面传出惊喜的呼喊："刘哥，是你么？你怎么来了？"

"你这家伙，家里有事也不说一声，兄弟们都想死你了，我是来捞你的，等出来了可得好好罚你几杯。"

正说着呢，忽然所长室的门开了，一个红脸大汉走了出来，手里端着不锈钢的老板杯，一脸的怒色："干什么的！"

刘子光上上下下瞅了他几眼，问道："你就是所长？"

红脸汉子被他的气势暂时镇住了，再加上刘子光的江北市口音，更让他摸不清对方的底子，便收敛怒气答道："我姓朱，是大河乡派出所的所长，你是谁？"

刘子光摸出一包中华，却根本不给所长上烟，自己叼在嘴上，马超很有眼色地帮他点上，喷出一股烟雾，刘子光才开口道："我是王志军的朋友，我想问问朱所长，王志军犯了什么罪你要抓他，又为什么超期羁押，该转看守所你就转，该移交检察院你就移，老关在派出所算什么事？"

朱所长被他的态度和话语激怒了，中午刚喝的烈酒又涌上了头，他激动地拿粗胖的手指点着刘子光："你是干什么的，敢在这里教训老子！"

姐夫吓坏了，刘子光居然采取这种态度来对付派出所所长，这不是帮倒忙么？他赶紧悄悄去拽刘子光的袖子，暗示他冷静一些。

刘子光不为所动，冷笑道："朱所长，公安五条禁令你知道么？工作时间饮酒，还是穿着制服，你信不信我一个电话就让你脱衣服？"

朱所长倒吸一口凉气，暗道这小子不简单，可能有点来头，此时从楼下上来几个穿便装的年轻人，上来就问："门口的白色捷达是谁的？"

马超应道："我们的车。"

朱所长下意识地扭头朝外面看，从二楼望过去，正好能看见停在门口的捷达车，车身上遍布污泥，牌照也是很普通的私家车牌照，看不出任何有权势的特征。

朱所长的经验非常老道,凭这辆捷达车他断定这些人没什么背景,不过是扮猪吃老虎罢了,以为几句狠话就能吓倒自己,哼哼,过一会儿就让他们现原形。

朱所长说:"这几个人在拘留室门口探头探脑,也不知道是干什么的。"

那几位大河乡治安联防队的年轻队员立刻心领神会,横眉冷目,摩拳擦掌要过来抓这几个胆大包天的家伙。

但他们错了,这回刘子光真的不是扮猪吃老虎,他正拿着手机在通话:"……对,就是这个情况,宋局,要不你和他说说?"

说着,刘子光笑眯眯地将手机递给朱所长:"市局老宋想和你说话。"

朱所长有些疑惑,还是接过了手机,大嗓门响起来:"我是朱刚健,你哪里?"

电话里传出宋剑锋沉稳有力的声音:"我是江北市公安局副局长宋剑锋,找你们领导说话。"

朱所长冷笑道:"你要是局长,我就是局长的爹! 少给我装腔,小心我查到你号码,上家逮你去!"

说完,直接将手机丢到一边,吆喝手下上去抓人。

马超和张军的神经都绷紧了,可是刘子光却温和地笑笑,很配合地拿出了身份证等待检查。

联防队员才不看他的身份证,直接扭住胳膊,刘子光也不生气,反倒用怜悯的眼神望着朱所长。

好像哪里有些不对劲? 朱所长暗道,可是思来想去也没想出哪里出了漏子,难道还能有啥事不成?

忽然,办公室电话铃急促地响了起来,朱所长走进去一看来电显示的号码,头上的汗珠就下来了。

朱所长抓起了话筒:"喂,周局长……"

"朱刚健,你还知道是我! 中午喝了几斤假酒? 竟敢顶撞市局领导,我看你是这身警服穿够了吧! 宋局说了,这就下县考察工作,你等着,我要是挨训了,绝对饶不了你!"

电话听筒里传出一阵暴风骤雨般的训斥,朱刚健被县局周局长训得一张胖脸一会儿红一会儿白,拿着毛巾不停地擦汗,那点酒劲全出来了。

放下电话,朱所长看见刘子光还被几个联防队员扭着,顿时大怒起来:"乱搞!你们这是干什么,快放开!"

联防队员们面面相觑,不知道朱所唱的哪一出,迟疑着放开刘子光,朱所长这才换了脸色,伸出两只手去和刘子光握手:"哎呀!不好意思,我不知道你是宋局长的朋友,误会,纯属误会,哈哈。"

刘子光也笑道:"朱所长客气了,也怪我,一时心急没说清楚。"

朱所长豪爽地一拍大腿:"唉,还说啥客气话,都是自己人,晚上大河酒家,我请客。"

刘子光笑眯眯地掏出烟来给朱所长上了一支,又帮他点燃,又示意马超给联防队员们上烟,大家都点上后,气氛已经变得相当融洽。

"朱所长太客气了,晚上我一定到,我兄弟王志军的事情,您看……"

朱所长拧起眉毛,很严肃地说:"前段时间我不在所里,有些情况不太了解,这样吧,等我看了案卷,马上给你们一个满意的答复。"

刘子光点点头说:"那好,就麻烦朱所长了。"

"哪里话,都是自己人嘛。"朱所长很客气地要留刘子光坐下喝茶,被他婉言谢绝,带着马超、张军和王志军的姐夫,下了派出所的楼。

回到车上,马超就纳闷道:"刚才还横鼻子竖眼地要逮咱,怎么一转眼就成了自己人了?这朱所长的嘴脸变得还真快。"

刘子光笑着说:"要是不打那个电话,恐怕哥几个都要在所里过夜了。"

王志军的姐夫按捺不住激动的心情,问道:"大兄弟,你真的认识市局的领导?"

刘子光淡淡地说:"嗯,有点儿来往。"

"那可太好了,俺家二弟终于能出来了。"

刘子光笑着点点头:"那是肯定的。他本来就是冤枉的嘛。"又拿出三百块钱给马超,吩咐道:"去买两条紫南京给他们送过去。"

马超惊讶地瞪大了眼睛:"怎么还要给他们送烟?"

"你真不懂事,照哥哥的话去做就好了。"刘子光说。

"哪能让你出钱? 我来!"姐夫按住刘子光拿钱的手,非要自己掏钱,但哪里争得过刘子光,马超接了钱飞快地下车跑开了,在派出所旁边的烟酒店买了两条烟,用报纸裹起来送上了楼。

五分钟后,马超下来了,一脸的鄙夷道:"那帮联防队的小子还真好意思,给他们就拿着了。"

刘子光说:"愿意拿就是好事,如果我没猜错的话,过一会志军就出来了。"

果不其然,五分钟后,王志军便扛着铺盖卷出现在派出所大门口,人比在至诚花园的时候消瘦了不少,精神也很萎靡。

捷达车的四个车门同时打开,四个人走出来迎着王志军走过去,王志军眼睛一亮,疾步走过来,紧紧握住了刘子光的手,声音有些哽咽:"刘哥!"

又和其余三个人打招呼:"姐夫,张军,马超。"

刘子光伸手将王志军背上的铺盖卷接了过来,大手一挥:"没事了,回家!"

驱车回到朱王庄,离得老远就看见王大娘站在门口翘首以盼,捷达一直开到跟前,车门打开,王志军一头钻出来,含泪喊了一声:"娘!"

"二孩,你回来了。"王大娘有些不敢相信自己的眼睛,双手颤抖着,有些无所适从,乡下人不善于表达自己的激动心情,只是回头朝着院子里猛喊:"老头子,二孩回来了。"

王校长和王大姐听见喊声,忙不迭地从院子里跑出来,果然看到王志军活生生地站在跟前,把个王校长激动得说不出话来,王大姐也悄悄摘下眼镜,抹了把眼泪。

这边欢天喜地,惊动了隔壁老朱家,二楼上打开一扇窗户,伸出张紫红色的胖脸,狐疑地朝这边看过来,刘子光注意到这个人,伸出手指朝他点了点,发狠地笑了笑。

不管老朱家怎么想，先将王志军迎进家里，几个男人搬了板凳坐下抽烟说事，王大娘和王大姐忙活着张罗晚上的饭菜，今天是二孩重获自由的好日子，怎么都得好好喝一盅。

王志军抽着烟，说了自己被抓进去之后的遭遇，倒也没吃多少苦头，就是关着不放人，听说是朱家托了关系，要多关他两天，再罚点钱，杀杀王家的威风。要不是刘子光来了，还不知道要关到哪一天。

儿子被刘子光救了出来，王校长很激动，老泪纵横，连声道谢，王志军的眼中也是晶莹闪烁，拉着刘子光的手说："刘哥，啥也不说了，我没有哥哥，以后你就是我亲哥！"

刘子光也紧握住他的手说："好兄弟，没说的，在小区门口咱俩站岗的时候我就知道你是个厚道人，你这个弟弟，我认了！"

王校长接着说："二孩啊，以后可不敢打架了，这回多亏了你刘哥帮忙，下回就没那么好办了。"

王志军咬着嘴唇说："爹，难道非要忍着姓朱的蹲在咱们头上拉屎吗？"

王校长摆摆手："唉，忍一忍风平浪静，退一步海阔天空，不是爹窝囊，实在是斗不过人家啊，咱家就你一个独苗，万一有个啥好歹，唉，你就听爹一句吧。"

王志军气鼓鼓地不说话，刘子光呵呵一笑，劝道："王大爷，志军，你们爷俩就别怄气了，姓朱的要再敢欺负咱，回头我料理他们，绝对一次治改，永不再犯。"

说着说着，天就擦黑了，王大姐出去割了五斤猪肉，买了两条鱼，两瓶带纸盒子包装的洋河大曲，王大娘在家也收拾了两只鸡，一些青菜豆腐，锅屋里飘出酒肉的香气，是那种纯朴地道的农家田园菜肴味道，让人忍不住食欲大动。

可是刘子光却拿出手机看了一下，说道："你们先吃，我还要出去办点儿事，马超，开车跟我走。"

一听这话，王校长可急了，王大娘也从锅屋里跑出来，手里还拿着擀面杖："这孩子，怎么不留下吃饭？大娘烙了鸡蛋煎饼了。"

刘子光说："没事，把酒给我留着，回头来喝。"

劝不住他,只好看着他和马超开车走了,王志军奇怪地问张军:"刘哥干啥去?"

"不是约了派出所朱所长喝酒嘛?哪能失约。"张军答道。

一直到夜里十二点,捷达车才开回了朱王庄,老王家人全部都没睡下,等着刘子光呢,车门打开,一股浓重的酒气冲出来,马超跳出驾驶室,要去搀扶刘子光,被他摆摆手制止了。

"七八个人就想放倒我,还欠点儿。"刘子光从车里钻出来,虽然脚步稍微有些发飘,但是眼神却是清澈无比的。

"喝了多少啊?"王校长关切地问道。

"起码三斤,只多不少!对门朱家老二也去了,派出所那个所长本来想说和一下的,没想到他那么不给面子,三句话不和就走了。剩下派出所八个人,对我们光哥一个,铁盒装的口子窖整整十二瓶,光哥一个个和他们喝过来,最后全都给喝到桌子底下去了,就我们光哥一个人没事。"说起刚才的酒桌恶斗,马超依然是一脸的兴奋与崇拜。

"这孩子,咋喝那么多啊,身子都要喝坏的。"王大娘心疼得直搓手,跑进锅屋就去烧热水。

刘子光倒是没事人一样,进了堂屋往椅子上一坐,把王志军叫过来说:"志军,派出所那边都打点好了,以后他们再也不会看着隔壁那一家子欺负你们家不管了。"

王志军感动得不知道说什么好。刘哥为了他的事情,豁出命来和那些家伙拼酒,有这么仗义的兄弟简直是自己上辈子修来的福。

"哥,你坐着,我去给你端热茶来醒酒。"

等王志军端着热茶、马超捧着洗脸水从锅屋过来,却看到刘子光坐在椅子上,早已鼾声如雷,睡熟了。

一家人顿时鸦雀无声,王大娘从柜子里拿出给儿子结婚预备的床单和被套,铺在堂屋的床上,几个人帮刘子光脱了鞋子和外套,七手八脚抬到了床上。

20 斗村霸

　　"喔喔喔"，一阵公鸡的啼叫，将刘子光从梦中惊醒。他使劲甩甩头，努力回忆起昨晚在大河酒家的情景。派出所朱所长倒不像看上去那么蠢，他趁着请客的机会把朱家老二喊了过来，有心说和朱家和王家的宅基地纠纷。他介绍了一下刘子光的背景，说大家都是自己人。谁料朱老二一点面子都不给，皮笑肉不笑地喝了几杯就推说有事先走了，弄得朱所长老大地不高兴。还是刘子光陪所里的同志们喝了个痛快。朱所长这头是摆平了，只怕朱家那边还不肯善罢甘休。

　　起了床，穿上鞋子走到门外，一股清新的空气扑面而来，翠绿的草叶子上沾着晶莹的露珠，泥土的芬芳沁人心脾，王家的锅屋烟囱还在冒着烟，里面传出拉风箱的声音，看来王大娘比自己起得还早。

　　走到门口，发现停在外面的捷达车焕然一新，那些泥巴被擦得干干净净，白色的漆面一尘不染，锃亮无比，再看后面，王志军正拿着一块布，卖力地擦着车身。

　　"志军，这么早就起来了。"刘子光说。

　　"哥，我睡不着，就起来擦车。"

　　"睡不着就对了，今天估计不太平，咱得有防备。你先忙着，我打个电话。"

　　说着，刘子光拿出手机，先拨了个电话给高经理。

　　"高总，我是刘子光，这几天有点事请假，给你打声招呼。"

　　高经理的态度异常的好："没事，你忙你的，公司里一切正常。"

再打个电话给手下的保安领班,现在至诚花园保安部两个领班都是刘子光提拔起来的,对他言听计从。

"小李,召集兄弟们,除了当班的全拉上,带上家伙去'地地道道'等我通知。"

"好嘞,刘哥。"那边爽快地答应。

再给贝小帅打电话:"小帅,我是你光哥,你的伤怎么样了,能动么?……那好,给你一个小时,除了那些上学的,把能叫上的兄弟都叫上,到'地地道道'等通知,可能有事要办……记住了,那些上学的孩子,你要是带一个出来,以后就不要见我!"

电话那头的贝小帅顿时兴奋起来:"哥,终于要动老四了么?"

"不是老四,是你志军哥哥这边几个小杂鱼。"

洗车的清水是从王家院子里的压水井里打出来的,擦过汽车之后的泥水沿着斜坡流下去,一股流进土路旁边的水沟,一股却淌到了隔壁老朱家的大门口。

一直藏在大门后面窥探的紫红色脸膛终于找到了合适的理由,猛然推开自家院门,昂首挺胸走了出来。

这个汉子大概四十岁年纪,身量不高,扎实粗壮,身上披着一件灰色的西装上衣,袖口处还有个醒目的丝织商标,上绣四个大字:皮尔卡丹! 内穿半新不旧老头衫,下面是松松垮垮的藏青色西裤,裤脚卷着,赤脚趿拉着皮鞋,嘴上叼着烟,威风凛凛,霸气十足。

"王二孩你个驴×的干什么! 脏水都淌到俺家门口了!"汉子指着王志军的鼻子破口大骂。

王志军两眼喷火,这就要上去动手,被刘子光一把拉住:"志军,不要轻举妄动。"

见王志军被拉住,紫脸膛更加豪气了,跳着脚大骂:"王二孩,有种你就过来,打不死老子算你孬种,哼,瓢了吧,借你两个胆你也不敢! 你动老子半根毛,马上派出所就来人!"

汉子骂得极其畅快，声音高亢，很快就吸引了一些村民来看热闹，捧着饭碗蹲在地上看他骂大街。紫脸膛更加兴奋，跳着脚的骂，唾沫星子满天飞，而且不管他怎么骂，肩膀上松松垮垮披着的那件"皮尔卡丹"就是不掉下来，也算是个本事了。

刘子光点上一根烟，晃晃悠悠走到那汉子面前，也不说话，歪着头盯着他看，汉子被他看得发毛，眼神就有些闪烁，声调也下降了两个八度。

"你谁啊?"刘子光将一口烟喷在汉子脸上，极其蔑视地问道。

汉子强硬地答道："我和王家人说话，你算老几，也来插一杠子?"

"我是志军的兄弟，他家的事就是我的事，问你一声不行么?"

"外乡人，告诉你，我就是朱王庄老户，朱家老大朱长龙，你也四下里访一访，打听清楚我们朱家四兄弟的名声再来趟这潭浑水。"

"说完了?"刘子光问。

"没完!"朱长龙说，"今天不管是谁，只要敢趟这潭浑水，来一个我打一个!"

说完，朱长龙四下打量了一下，从墙脚操起一根棍子，刚回过身，刘子光就一脚蹬了过来，正中朱长龙的心窝，将他蹬到路边的小池塘里，说是小池塘，其实就是个污水坑，几只鸭子在里面凫水，看见这个大个活人摔进来，赶紧抖抖翅膀，"嘎嘎"叫着跑开了，周围看热闹的村民们也发出一声惊叹，这外乡人太猛了，上来就动手啊。

污水坑很浅，朱长龙仰面朝天躺在里面，全身都湿透了，一脸的污水，狼狈不堪，刘子光还不罢休，将烟头一扔，指着他大骂："少他妈在我面前装腔，想打我，你还嫩点!"

朱长龙从水坑里爬出来，刚才那一脚让他心有余悸，胸口还在隐隐的疼，但是在乡亲们面前还不能倒架，他色厉内荏地指着王志军喊道："你有种，你们等着瞧!"

说着，朱长龙慌里慌张地奔回家里，留下一串脏兮兮的脚印。

片刻后，从大门里冲出一个三角眼的中年泼妇和一个二十岁左右的青年男子，泼妇冲到捷达车前往地上一坐，拍着大腿哭天喊地骂起大街来，那青年男子的眉眼和朱长龙有些相似,但脾气却火暴了好几倍,他冲到刘子光跟前,抢起手里的铁锹照头劈下去。

好嘛,到底是初生牛犊不怕虎,上来就照死里收拾啊,那边土志军见状大喊道:"小心!"

刘子光早有准备,轻轻一闪,伸腿一绊,青年就摔了个狗啃屎,手中铁锹也飞了出去,刘子光揪着他的后脖领子提起来,照脸就是一耳光:"找死啊你!"

泼妇吓了一跳,刚想过来撒泼,却被刘子光凶悍的眼神所震慑,只能继续坐在地上大骂。

刘子光揪着青年,对泼妇道:"你继续骂,尽管骂,你骂一声,我就打他一巴掌。"

说着,又是几记耳光抽过去,记记都带着劲风,毫不留情,几下子过后,青年的脸就变成了紫红色的猪头,和朱长龙更加神似了,嘴角流血,眼神呆滞,俨然是被打懵了,把那泼妇吓得也不敢再骂。

刘子光把已经被打得晕头转向的青年丢到地上,怒喝一声:"滚!"

泼妇大喊一声:"我的儿啊!"赶紧上来扶着躺在地上的青年男子,灰溜溜地跑回家,"咣当"一声关上了大门。看热闹的村民们啧啧连声,竟然都是夸赞刘子光的,老朱家在村里横行惯了,声名狼藉可见一斑。

"小伙子,赶紧走吧,等朱大喊人来就来不及了。"一个袖着手蹲在太阳地里的老汉善意地劝道。

"大兄弟,朱家几个小子都不是善茬儿,可狠着哩,麻利地跑吧,再晚就让人堵庄里了。"这是一个抱着孩子的妇女在说话。

刘子光四下里点头致意:"没事,我正等他们来呢。"

朱家院子里没有动静,大概是在打电话联系帮手。刘子光也走进王家院子,看看时间差不多了,拿出手机给贝小帅他们发信息,又把马超喊出来:"小超,你开车去县城,把他们一帮人接过来,大河乡路不好认,要是迷路就麻烦了。"

马超点点头,跑出去手脚麻利地开动汽车,一溜烟消失在村头。

刘子光搬了一把椅子,一张方凳,放在王家院门口,方凳上摆上一杯茶,一盒烟,人舒舒服服坐在椅子上跷起了二郎腿,再点上一支烟,等待朱家四兄弟的反扑。

朱家四个兄弟,除了老大在村里混之外,其余三人都在县上,各有各的生意,在当地虽然谈不上呼风唤雨,大小也是个人物,接到大哥的电话以后,三兄弟各自带上几个仁兄弟,驱车赶回朱王庄。

从县城到朱王庄不算远,半小时后,各路人马就都到了,几辆松花江面包车往门口一停,一帮横眉冷目的汉子跳了下来,冷冷往这边瞪了一眼,便先走进朱家大院。

过了一会儿,朱家院门打开,朱老大一家人在汉子们的簇拥下走出来,朱家小子肿着一张脸,远远指着刘子光,带着哭腔喊道:"就是那小子打的我!"

朱家小子身旁站着两个壮年汉子,其中一个穿衬衣的刘子光昨晚已经见识过了,是朱家老二,此刻他正指着刘子光的鼻子骂道:"你小子不要不识抬举!昨天晚上要不是朱所长在那,我早就把你收拾了。你今天是敬酒不吃吃罚酒啊,撒野也不看看这是什么地方!"

另一个汉子身穿黑色阿迪达斯运动服,白色耐克鞋,寸头,眼神凶悍,他说:"哥,少跟他废话!"然后恶狠狠地看了刘子光一眼,对一帮汉子道:"看准了,记住了,就是这个不知死的家伙。"

刘子光微笑着冲他们招招手:"都来了,吃了么?"

朱家一帮人大概十七八个人,各自从面包车里取出铁锹把、双节棍等家伙,慢慢走了过来,将王家大门围住,那个穿阿迪的汉子高声叫道:"今天有一个算一个,都别走了。"

王志军和张军已经走了出来,分别站在刘子光左右,手里也拿着镐把和锄头,王志军胸脯上下起伏着,眼中全是怒火,张军就有点害怕的样子,手不停地打战。王校长和王大娘被关在院子里,砰砰地敲门:"二孩啊,可不敢再打架了。"

刘子光微微一笑,将烟头丢在地上,抬脚踩灭,问王志军:"志军,你能打几个？"

"我伤好利索的话，能打八个，现在只能打四五个。"王志军答道。

张军却有些底气不足："我……不知道，以前没　　没有打过。"

"那好，志军，左边这四个交给你了，其余的我全包。张军，把棍给哥，你回家护着大爷大娘。"

张军知道他刘哥的厉害，便不再硬撑，把锄头交给刘子光，转身进了院子，把院门关上了。

穿阿迪的汉子是朱家老三，是个暴躁脾气，看见刘子光这副嚣张的样子就气不打一处来，挥舞着双节棍就要打过来。

此时围观村民已经很多了，墙头上，屋顶上，大树上，到处都是人，远远地看着老朱家和老王家干仗，这么多人围观，竟然没有一个来劝架的。

"住手，千万别动手！"远处一声大喊，暂时制止了这场即将爆发的斗殴，一个老头气喘吁吁地跑过来，解放鞋上沾满了泥巴，一顶解放帽也洗得发白，帽圈处是白花花的汗碱，不过看村民们对他点头哈腰的态度，这人在村里很有威望。

"怎么又打，你们还把我这个村主任放在眼里么？"老头气冲冲地说。

"七叔，不是俺们想给你添麻烦，实在是咽不下这口气，你看俺儿的脸被打的，王家小子不知道从哪里请来的外乡人，都欺负到咱们姓朱的头顶上了。"朱长龙恶人先告状，气势汹汹地说道。

"老主任，是他们欺负人在先，都打到俺家门口。"王志军愤愤不平道。

"千万不能动手，都是乡里乡亲的，有啥话不能好好说？你们要打，就先打我。"老主任倒是个倔脾气，往中间一站，说啥不让朱家人再往前走。

"七叔，你这样就不地道了，怎么胳膊肘往外拐，向着外姓人？我看得起你，叫你一声七叔，惹毛了我，下届村主任选举立马让你下台，你让不让？"朱老三这个暴脾气，这就卷起了袖子，公然威胁起来。

老主任气得脖子上的青筋直跳："你个小龟孙！我三大爷怎么生出你这么个不孝的孙子，老王校长一家人老老实实，教书育人，哪里得罪你了？怎么还赶尽杀绝,不给人留活路了么? 你要动老王家,就先打死你七叔!"

被老村长插了一杠子,架是暂时打不起来了,刘子光又叼上一支烟,手扶着锄头把看热闹,不时看看手机上的时间,按说城里的援兵也该来了,这会儿还没到,怕是又堵在路上了。

朱老二大号叫朱长虎,是朱家四兄弟中最有出息的一个,承包了村里的采沙场,手里颇有几个钱,社会关系也比较广,昨天在大河酒家一起喝酒的就是他。虽然朱所长提了几句王家市里有关系之类的话,但朱老二根本没往心里去,强龙还不压地头蛇呢,市里有人算个屁,外乡人也想蹲在朱家头上撒野,门都没有。

此刻,朱老二看到刘子光信若闲庭的样子,气就不打一处来:这小子完全没有把自己这边十几个人放在眼里啊,这也太狂了吧! 想到这里,他挺身而出,扯开衬衣扣子露出一溜乌黑的胸毛,指着刘子光说:"我朱长虎把话放在这里,有一个算一个,谁也别想走,今天我要打不死你,我不姓朱。"说着就挥舞着一把铁锹冲着刘子光扑过来。

刘子光和王志军对视一眼,轻蔑地笑了,他身子一拧,借着腰劲将手里的锄头挥舞过去,正砸在朱老二的迎面骨上,只听"咔吧"一声,人当场怪叫着就抱着小腿倒下了。

双方已经剑拔弩张,神经紧绷着,两人这一动手,等于打响了信号弹,朱家十几个打手全都嗷嗷叫着加入了战团,村里一片鸡飞狗跳。

老主任势单力薄,拉住这个拉不住那个,正在捶胸顿足之际,忽然一记闷棍从背后打来,当场将他放倒在地,现场乱得一塌糊涂,也没人注意是谁下的黑手。

此时已经是正午时分,摊上吃晌午饭的时间,可是朱王庄的人哪还有心思坐在家里吃饭,纷纷端了碗跑来看打架,一边扒饭一边津津有味地看着群殴,不时进行一下点评。

朱家四兄弟带来的帮手,全都是一拜的仁兄弟,物以类聚,人以群分,这些家伙无一例外的都是乡下地痞二流子,打起架来也是不要命的狠角色,可惜这回碰上真正的狠角色了。

王志军是什么人，入伍前就是村里有名的壮劳力，二百斤的面口袋扛在肩膀上健步如飞的角色，入伍后被挑进伞降军当兵，说什么喂了二年猪那纯粹是坑笑，金质的伞降突击章可不是谁都能戴的。

退伍以后的种种压抑和无奈，以及回乡后所受到的屈辱和欺压，在这一刻完全爆发出来。王志军挥动一根镐把，如入无人之境，他皮糙肉厚，挨一两下根本没事人一般，可是谁要是挨他一棍，当场就得趴下。

这气势，连刘子光在后面都咂嘴惊叹："志军，你不是说只打四个的么，也留几个给哥哥啊。"

两头下山猛虎，对十七八个虚张声势的乡下土流氓，结局可想而知。朱家的打手中，几个机灵点的家伙丢下棍棒，撒丫子跑了，傻不愣登拿着铁锨把硬拼的，被一棍放倒躺在地上直打滚。

朱家四兄弟最惨，先是朱老二被刘子光一锄头放倒，然后是朱老四被王志军一镐把砸翻，朱老三最强悍，穿着一身阿迪达斯和耐克鞋，手拿着双节棍想学李小龙呢，结果连周杰伦也学不像，被王志军一棍打到手腕，双节棍脱手而飞，王志军嫌用棍打得不过瘾，索性丢了镐把，一手揪住朱老三的后脖颈子，另一只手握成铁拳，朝他的腹部猛掏。

王志军在前面猛冲，刘子光在后面跟着打扫战场就行了，朱家老大见势不妙，刚想往家里跑，被他一脚踹翻，按到地上一顿暴揍。

朱老二捂着小腿迎面骨，疼得泪花直流，抱着手机哭喊着："健哥，你快来啊，王家打人了。"

那边传来朱所长不耐烦的回答："昨天不是一起坐过了么，怎么还打！我说话不好使了是吧，你自己解决！"

听着"嘟嘟"的忙音，朱老二气得将手机砸了个七零八落："朱刚健，我 × 你祖宗！"

乡亲们都看傻了，碗里的饭都忘了扒，这哪是打群架啊，分明是拍电影，王家二小子真叫厉害,从部队下来后这功夫见长啊,一个人能打十个,还有城里来的那个大兄弟也不含糊,揍人专挑要害,一棍下去人就爬不起来。

一阵发动机的嘈杂声音从村外传来,听动静起码有十几辆车,乡亲们纷纷喊道:"王二孩,大兄弟,别打了,朱家又喊人来了,快跑吧!"

说话间车队就开过来了,打头的是一辆白色捷达,风驰电掣直冲过来,一声刺耳的刹车声,捷达一个甩尾,横着停在众人面前,四门同时打开,从里面钻出四个带着墨镜的汉子。

紧接着是一辆老款本田雅阁和一辆崭新的马6,也挨着捷达急刹车停下,再后面是一眼望不到头的红色桑塔纳出租车,正陆续到达。

车门开关的声音此起彼伏,不绝于耳,每辆车里钻出三四个人来,都是干净利索的短打装扮,T恤、牛仔裤、运动鞋。

乡亲们心里一沉,说这回惨了,猛虎再厉害也架不住群狼啊,可刘子光和王志军一看这情形反倒丢下棍子停了手,点起烟来歇上了。

只见雅阁的尾箱打开,有人从里面拿出一辆轮椅,贝小帅被扶着从车厢里出来,叼着烟坐了进去。又有人从尾箱里面扒拉出一大堆镐把、钢管,还有长柄消防斧头,兄弟们依次过来领了家伙,在刘子光和王志军身后摆开了阵势,村民们这才恍然大悟,原来是王家人的援军到了。

躺在地上的朱家四兄弟全傻眼了,虽然他们在乡里很吃得开,但是这种大场面还是从没见过,朱老大杀猪一般哭喊道:"乡亲们,外乡人都欺负到咱头上了,老少爷们跟他们拼啊。"

期待中的乡亲们义愤填膺伸出援手的局面并没有出现,朱老大错估了一点,这可不是外乡人上门欺负人,而是王家和朱家的宅基地纠纷,姓朱的姓王的都是朱王庄老户,而且王校长一家人那么和气,难得硬气一回,乡亲们在心里都是盼望王家能打赢,杀一杀朱家四兄弟的气焰。

贝小帅转动轮椅,来到刘子光跟前说道:"光哥,我们来晚了,要不把这几个货揪起来再修理一顿?"

"算了,咱不能以多欺少。"刘子光掏出中南海给贝小帅发了一根,轻蔑地看了看躺在地上的朱家四兄弟和打手们,忽然发现老主任也躺在地上,赶紧招呼道,"快,抬人上医院。"

村民们这才注意到后脑勺淌血的老主任,七手八脚把他架到汽车里朝乡卫生院送去。

"谁他妈动的手,连老人家都打!"刘子光指着一地人问道。

没有人吱声。院子里的张军却忽然醒悟过来,若有所思地拿出了手机……

"操!查出来才让你们好看。"刘子光狠狠啐了一口。

群殴结束,不过两家的事情还不算完,刘子光是个懂法的人,不会让人去朱长龙家里打砸抢,而是把兄弟们喊进王志军家院子里,沿着墙头一字排开。

一帮小伙子们摩拳擦掌,等着老大的号令,刘子光跳上矮土墙,大喊道:"一,二,三,推!"

几十个年轻的肩膀同时撞向红砖墙,一下,两下,三下,四下,终于,轰隆一声,刚砌好没多久的砖墙轰然倒塌,朱家的院子里烟雾腾腾,全是粉灰碎屑,呛得人喘不过气来。

朱老大的媳妇早就藏在屋子里瑟瑟发抖,昔日强横无比的泼妇,此时完全吓破了胆子,哪还敢出来骂街。

"志军,联系泥瓦匠和附近砖厂,兄弟们不走了,帮你把新屋盖起来!"刘子光站在矮墙上,豪气万丈地说道。

南泰县素来有着建筑之乡的传统,向全国各地输送了大量建筑业技术工人,南泰籍的民工干活认真,做事踏实,技术精湛,被建筑界称为"南泰铁军"。

朱王庄里不乏技术精湛的建筑工人,从泥瓦匠、水暖五金到强电弱电、油漆电焊木工,样样俱全,分分钟都能拉出来一支建筑队,王校长家说要盖屋,乡亲们纷纷表示愿意帮忙。铁锹瓦刀灰桶、大锯刨子水平尺、电焊管钳冲击钻……这些工具都不用借,直接从家里拿出来用,至于水泥黄沙砖头,更是方便,一个电话就能送到家门口。

刘子光这次回来看王志军,身上是带了几千块现金的,不过用来盖屋还是不够,不过他身边带着卡呢,让志军在家里看着,自己带着马超去县城取钱。

回来的时候,不光带来了两万块钱,还有一后备箱的灯具洁具啥的,村口的二十辆出租车已经打发走了,朱家人也被抬去了医院,王家院门口,支起了一顶彩条布大棚,里面摆了十几张桌子、几十把椅子,都是各家各户凑的,桌子上摆着散烟和茶水,弟兄们坐在一起吹牛谈天,不亦乐乎。

王志军的姐姐和姐夫都来了,拎着热水瓶到处招呼,满脸的喜气,老王家和朱家住隔壁,长久以来被他们欺负得不轻,今天终于扬眉吐气,哪能不开心?

锅屋的烟囱冒着烟,外面又用砖头砌了个灶台,一口硕大的黑铁锅支在上面,这么多人吃饭,一口锅肯定是不够的,而且按照乡下的规矩,东家要管盖房子的师傅们吃喝,所以老王家也是豁出去了,拿出给志军娶媳妇的钱来操办。

饭菜正在做着,却不见老王校长的影子,一问志军才知道,王校长提着东西去乡卫生院看望老主任去了。

"王大爷真是个厚道人啊。"刘子光说。

"是啊,俺爹当了几十年老师,这点工资基本上全贴补给困难学生了,我打小就没穿过新衣服,都是拾我姐的旧衣服。"王志军说。

正说着,忽然外面冲进来一个绿色的身影,看见王志军就大声嚷起来:"王志军,俺爹到底是谁打伤的!我绝对饶不了他!"

王志军头上的汗立刻就下来了,结结巴巴地说:"翠翠,你听我解释。"

刘子光这才注意到这个风风火火冲进来的是个女孩子,二十来岁年纪,穿一件翠绿色的衬衫,牛仔裤,长得不丑,就是横眉冷目太凶了点。

"我不听!王志军你说,是不是因为我爹不同意咱俩的亲事,你就下黑手把他打伤了?"村姑对王志军怒目而视,恨不得把他吃了。

王志军急得抓耳挠腮，偏偏又语塞说不出话来。

"咳咳，这位……翠翠是吧？可不敢乱说话，志军多厚道的人，哪能干这事儿？"刘子光插嘴道。

翠翠不搭理刘子光，望着王志军双眼含泪说："我爹是不对，嫌贫爱富看不上你，可是你也不能这样啊，你看看你现在，都成啥样子了？和这些不三不四的人勾搭在一起，还能有好么！"

忽然之间，王志军不语塞了，拧起眉毛厉声道："翠翠，你怎么骂我，冤枉我，都没关系，可你不能说我兄弟的坏话，我们都是正经上班的小区保安，哪里不三不四了！为了我家的事，这些兄弟一大早跑过来和朱家干仗，到现在没吃饭，和他们在一起，我愿意，我高兴！"

"你！"翠翠气得柳眉倒竖，眼泪啪啦啪啦地掉下来，忽然一转身跑了。

"傻小子，还不快追。"刘子光推一把王志军。

"不追，我和她是中学同学，原来也好过，后来他爹，就是村主任，嫌俺家穷，硬是把彩礼退了回来，唉，都是过去的事了，不提！"

说完，王志军意气风发地一挥手："哥，以后我就跟着你，在城里混出个人样来！"

"有志气，大丈夫何患无妻，赶明儿哥帮你找一个城里的媳妇！"刘子光一拍王志军的肩膀，赞许地说。

虽然豪言壮语脱口而出，但王志军的眼神依然不自觉地追随着翠翠远去的身影，当那个翠绿色的身影消失在草垛子后面的时候，王志军的眼睛明显黯淡了一下。

中午时间仓促，一时做不出那么多吃的饭，就先随便对付一顿，这一对付不要紧，基本上把村口的小卖铺给搬空了，火腿肠、卤鸡蛋、真空包装的猪蹄子鸡翅膀五香豆腐干，还有白酒啤酒可口可乐，全都搬了回来，王大娘烧了一锅面汤，蒸了一大锅的白面馍馍，一顿午饭就这样解决了。

到了下午,几辆满载着砖头和水泥预制板的拖拉机一直开到了院门口,吃饱喝足的小伙子们一起动手卸货,到底是人多好办事,几千块砖头没多大工夫就卸完了,惊得围观村民一愣一愣的,盖屋见过,几十口子壮劳力一起盖屋这么壮观的景象就没见过。

师傅们也就位了,挖坑打地基,和泥拌灰,拖拉机"突突突"地又开回去拉第二趟了。一车只能拉两千块砖,老王家这回鸟枪换炮,要盖五开间的两层小洋楼,起码要用十二万块砖,还不算拉院墙垒猪圈的,用刘子光的话说,叫"一步到位",把志军的婚房也给预备好。

这样一座楼,连工带料怎么都得十几万块钱,老王家穷得叮当响,哪能拿出这么多? 看着热火朝天干着活的工人们,王志军焦躁地搓着手,问刘子光:"哥,家里满打满算就八千块钱,还是给我爹娘养老送终的,姐夫家也只能拿出五千块,这砖头水泥沙子的钱,可咋结啊?"

刘子光豪爽地一摆手:"你放心,我全包,没问题。"

"可是,哥你也不富裕啊,只是工薪阶层,哪能一把手拿出十几万来。"

"这个你就别管了,没有把握的事,我不会做,你就等着住新房吧。"

傍晚的时候,王家正式摆酒款待城里的朋友们,虽然只是起屋,但酒席是按照结婚的排场来摆的,鸡鸭鱼肉样样俱全,烟酒管够,老王家也是豁出去操办了,一切规格都照最好的上,连村民们看了都震惊,都说傻先生寡大夫,平时抠抠搜搜一分钱能掰两半花的王校长怎么转性了?

吃完酒之后,一部分人先回去,到县城坐长途汽车回市里,另外一部分人暂时住在乡里招待所,等明天再过来帮忙。

晚上刘子光又给高经理打了个电话,帮几个同事请假,高经理满口答应,客气得不得了,甚至让刘子光有点怀疑,这老小子是不是在抠什么坏点子。

另外,刘子光又把马超单独叫过来,两人说了一些话,马超二话没说,开着马6一溜烟走了。

晚上传来一个不好的消息,老主任伤势比较重,到现在还在昏迷之中,乡卫生院看不了,已经转往县医院,如果县医院治不好的话,就得连夜送往市里的人医院,他女儿翠翠已经去乡派出所报案了,声称砸锅卖铁也要找出凶手,绳之以法。

王家人听到这话都很担忧,这要是闹出人命来,两家都有责任,别管是判刑还是罚款,都是他们承担不起的。

"没事,一切有我。"刘子光拍了胸脯说。

说着,刘子光看了一眼张军,张军冲他做了个鬼脸。

第二天,正在热火朝天盖房子的时候,村外开来四五辆警车,红蓝相间的警灯无声地闪烁着,把朱王庄的人吓了一跳,要知道乡派出所也不过是两辆面包车而已,现在来的可是上档次的警用轿车,只有市里公安才能配备的,难不成是昨天的群架打得太厉害,惊动了市里?

工地上的活计都暂停了下来,大家傻呆呆地看着警车开过来,正提着水壶给工人倒茶的王校长都傻眼了,水倒满了都不知道,唯有朱家二楼上露出一张笑脸,朱长龙的泼妇媳妇确信这是自家男人请来的警察,昨天晚上老朱家人可没闲着,到处托关系,一方面疏通官方的路子,一方面召集人马,找回场子。

没想到警察一来就这么多,肯定是县里来人了,这回看王家怎么收场,你不是狠吗,狠一个给警察看看啊。

警车停在村口,五六个穿着便装的男子从车上下来,在十几个制服警察的陪伴下,倒背着手,慢条斯理地走过来,一边四下里看着,一边说着话,一点也不像是来抓人的样子。

"哎呀!那不是吕乡长么,怎么也来了?"村民中有那见多识广的,发出一声惊叹。

"还有县公安局的周局长"。

"还有咱乡派出所的朱所长。"有人指着队伍末尾那个肥头大耳的胖子说。

来人们在众目睽睽之下走到了王家的工地旁，为首一个穿白衬衣的中年男子，打量一下正在建设的小楼，笑呵呵地对王校长说："老人家，盖屋呢?"

王校长傻呆呆地不知道说什么好，吕乡长急了，过来指点道："老王校长，这是市里来的领导，到咱乡调研来了。"

王校长如梦初醒，赶紧过去说："对对对，盖屋呢，乡里政策好，那什么……"说到这里便说不下去了，他一时间竟然想不起乡里有什么造福老百姓的好政策。

"国家免除了农业税，确实是好政策，不过三农问题不归我管，我下来主要是看看农村基层的治安情况，怎么样，咱们村里还算平安吧?"这位中年人说话大气得很，一看就是大领导。

在吕乡长的注视下，众村民哪还敢说什么? 纷纷赞颂乡里治安状况良好，路不拾遗，夜不闭户。

领导很满意，亲切地和王校长握了手，又看到人群中的刘子光，笑着和他打了声招呼，刘子光也举手示意，表情不卑不亢，自然随意。

领导倒背着手，遛了一圈就往回走了，边走边对吕乡长说："中午还要回去，就不打扰了。"

吕乡长赶紧客气："宋局长怎么这么快就回去? 中午乡政府那边都准备饭了……"

朱所长走在最后，瞅个空子找到刘子光，低声道："村委会朱主任脑袋受伤，他闺女不依不饶要打官司，我也捂不住，你看这事咋整?"

21 采沙场

刘子光一伸手,张军递过一部手机,刘子光不慌不忙地说:"我哪能让你为难,看,证据都准备好了。"

按下手机,屏幕里分明是朱家老三挥动木棍打向老主任的画面。

原来,张军这小子打架不行,脑子倒挺灵活。他躲在院子里的时候并没有闲着,而是用手机把外面的情况录了下来,原本是想留个证据,万一事情闹大了也好证明是朱家先挑衅,恰巧把朱老三动手的那一瞬间也拍了下来,成了铁证。

朱所长愣了一下,随即喜笑颜开说:"兄弟,你可帮了我大忙了,我这就安排所里逮人,那什么,我先忙,有空咱哥俩再喝。"

刘子光笑呵呵地说:"行,啥时候到市里来,我请你。"

朱所长夹着皮包一溜小跑追大队人马去了,一边跑一边拿出手机打电话,大概是安排人抓捕朱老三。

这边众村民还没从惊讶中回过味来,老王家盖屋,市里领导乡里领导都到场祝贺,这还了得!老王家二小子通了天了!

朱长龙的媳妇一屁股坐在地上傻眼了,心里一万个后悔,不该怂恿当家的去抢占王家的宅基地,现在戳了马蜂窝不是?她想了想,爬起来收拾了几件衣服打个包袱,灰溜溜地从后门走了,准备去娘家躲几天风头。

中午,有村民从乡里赶集回来,绘声绘色地向大家讲述了看见的事情,一辆警车开进乡卫生院,将正在治疗的朱家四兄弟全给抓了!

这可是平地一声惊雷,朱家四兄弟别说在朱王庄,就算在整个大河乡,也是跺一跺脚地皮震三震的人物,开沙场、酒楼、网吧、舞厅,狐朋狗友一大帮,和派出所的人也是称兄道弟,这回怎么突然就倒了?

根据消息灵通的人透露,是市里发了话,说要严打农村黑社会性质的小团伙,朱家四兄弟不幸当了典型。而且村委会主任被打成重伤这件事就是他们兄弟干的,躲都躲不了,这回老监是蹲定了。

朱家兄弟一倒台,就产生了一个大问题,村里的沙场怎么办?

大河乡名称的由来,就在于穿乡而过的那条大沙河,而朱王庄就在大沙河畔,大沙河盛产优质河沙,是建筑业不可缺少的原料,这几年房地产市场火暴,河沙的价格也一路上涨,挖河沙成了一项很赚钱的买卖。

朱老二承包村里的沙场也是动了手脚的,本来村里是打算公开竞标,可是朱家兄弟雇佣了一帮打手威逼恐吓,搞得只有他们一家来投标,结果可想而知,村委会被迫以极低的价格将沙场承包出去,每年损失的钱何止十万。

现在朱家兄弟倒了,沙场承包权肯定要易手,可是老主任又受伤住院了,村里群龙无首,这件事就不得不耽误下来。

这些事情都是刘子光端着饭碗蹲在太阳地里和老百姓聊天得知的,他倒是入乡随俗,穿个破汗衫,趿拉着布鞋,笑眯眯地见人就发烟,和村民打成一片,村民们都知道他是志军的朋友,像是城里来的大老板,人有本事不说,还那么随和,便乐意和他多说几句。

有人就怂恿了,干脆让王家二孩竞选村委会主任算了,他是退伍兵出身,又在城里打过工见过世面,人又忠厚善良,当村委会主任再合适不过了。

刘子光笑笑不说话,他看人多准啊,王志军这人太耿直了,不适合当村官,处理这些杂七杂八的事情,村委会主任这个职务还是本乡本土德高望重辈分长的人出任比较合适,不过那个沙场,刘子光倒是很感兴趣。

傍晚的时候,马超回来了,不过不是厂着马6回来的,而是乘坐乡里的三轮摩的,进屋后就拿出一个沉甸甸的皮包交给刘子光,刘子光看也不看塞给王志军。

"志军,数数。"

王志军打开皮包,惊讶得眼珠子都要瞪出来了,里面是十沓簇新的钞票,整整十万块!

"哥,这怎么能行? 我不能要啊。"

"给你就拿着,婆婆妈妈的像什么样子。"刘子光一摆手将王志军挡了回去。

王志军一咬牙:"行,那我就拿着。"

"哎,这才像话嘛。"

原来刘子光让马超去把马6卖了,换来了这十万块,正好凑齐给老王家盖楼。

第三天,村里的事情差不多稳定了,刘子光才带着众兄弟返回市里,乡亲们一路送到村口,直到他们走远还频频挥手。

回到市里,刘子光才想起自己的出院手续还没办,顺道带着王志军去了医院一趟,车刚停下,他就发现一个白色的身影风风火火从急诊室冲出来,站到了车门口,啥话也不说,就这样瞪着自己。

"咳咳。"刘子光有些尴尬地看着小护士,方霏忽闪忽闪的大眼睛里,似乎有一泓秋水,看得他很有些惭愧。

"有点事下乡了,也没来得及打招呼……"刘子光嗫嚅着说。

"你知不知道你的枪伤还没好,每天要打针消炎、换纱布的? 要是感染了怎么办!"方霏本来还怒气冲冲,但是看到刘子光,不知怎么怒气忽然就消了,只是低声责怪道。

"好得差不多了,不信你看。"说着刘子光挥动了胳膊,展示自己的健康正常,方霏这才放下心来。

此时王志军从另一边车门钻出来，目光望向远处，稍显怪异，刘子光顺着他的目光看过去，只见一个翠绿色的身影正陪伴着担架从救护车上下来，那辆风尘仆仆的救护车上分明印着"南泰县医院"的字样。

刘子光心中一紧，看来老主任伤势严重啊，不管怎么说，他是因为保护王家才受伤的，自己能帮的就得帮一下，于是朝着方霏汕笑了一下。

方霏冰雪聪明，已经注意到他们的眼神了，问道："又是你朋友？"

"嗯，这个老头人不错，为了掩护乡亲才受伤的。"

"掩护乡亲？难道是……"方霏睁着大大的眼睛，有些不理解刘子光的话，难道这年头还有日本鬼子和大狼狗么，乡亲们好好的怎么就需要掩护了？

不过身为护士的她并没有开这样的玩笑，而是说："那你们先过去看看吧，有什么情况找我就好了，我来安排。"

刘子光一拍王志军的肩膀："志军，该你上了，有事给我打电话，我先回公司帮你办手续。"

刘子光回到公司，走到自己的办公室门口刚准备掏钥匙，忽然发现有些不对劲，门是虚掩的，推开一看，里面两个工人正在抬桌子，地上一片狼藉，文件丢得到处都是。

"你们干啥呢？"刘子光纳闷地问道。

"小刘终于回来了啊，是这样，我让他们搬的，这间屋我要用。"不知道什么时候，白队长出现在身后，神气活现地说道。

"嗯？你要用，那我去哪里办公？"刘子光皱眉道，心中暗想果不其然，高经理和白队长这俩小子没闲着，肯定趁自己不在做了手脚。

白队长得意洋洋，这回刘子光被免职可是板上钉钉、确定无疑的事情了，为了这件事，高经理特地请总公司人力资源部的头头喝酒桑拿，敲定了的，而且还顺便帮自己说了好话，这保安部部长的位子，非自己莫属了，为此自己还给高经理送了整整四大盒子汇仁肾宝呢。

"你去哪里我不知道,要不你找高总问问?"白队长斜眼看着他,心中充满了鄙夷。

此时高经理正跷着二郎腿坐在办公室里,一脸的洋洋得意。他昨天已经在总公司人力资源部见到了辞退刘子光的文件,人力资源部的部长已经在上面签了字,只待分管副总签个字就可以盖章下发了。

要是刘子光来质问,就打发他去总公司闹事,至诚集团那么大的企业,省里都能排得上号,他一个小痞子算什么,还没走进楼里就得被保安拿下,哼哼,到时候有他的难看。这个眼中钉终于就要滚蛋了,想到很快就能看到刘子光愤懑的眼神,高经理一阵幸灾乐祸。

忽然电话铃响了,高经理看了下来电显示,是总公司人力资源部的,不禁心中窃喜,等了一天,就是等这个电话呢,他拿起来清清嗓子:"喂,我是高金宝。"

"高金宝,你搞什么飞机,害我被副总骂!刘子光是什么人?那是好市民奖的得主,见义勇为的英雄,你害谁不好害他啊!那份辞退文件作废了,以后不许再提!另外我还要通知你,总公司要嘉奖刘子光,加一级工资,发五千块奖金,就这样。"

电话那头,秃顶王部长暴风骤雨般的骂完,挂了机,这边高经理还拿着电话张口结舌,胖脸上一串汗珠滴下来,半晌,才无奈地吞了口唾沫,喉结艰难地动了一下,挂上了电话。

办公室的门被拧开,刘子光走了进来,后面还跟了一脸阴笑的白队长,还没等刘子光说话,高经理便站了起来,从办公桌后面转出来,亲切地握住刘子光的手说:"小刘啊,我首先代表公司,代表至诚花园一期分公司的全体同仁恭喜你,在外面做了好事也不说,你也真是的,不把我当朋友不是,哈哈。"

白队长傻眼了,看看高经理,再看看刘子光,事态的发展让他如坠五里雾中。

"我已经向总公司申请了,帮你加一级工资,另外总公司领导还决定奖励你五千块钱,恭喜你啊,小刘同志。"

说着,高经理伸出两只胖手,热情地握住刘子光的手,拼命地摇晃。

"高总,那些先不说,我就想问问,我的办公室咋回事?"刘子光冷笑着说。

"噢,是这样的,那间办公室背阴,面积也不够大,我想帮你调一间朝阳的,面积大点的,呵呵,事先也没通知你,就是想给你个惊喜嘛,你不会不同意吧?"高经理笑呵呵地说道,和蔼的面容真的犹如一位关爱下属的长者。

高经理搬起石头砸自己的脚,无奈之下只好将朝南的小会议室腾出来给刘子光当办公室,原来的保安办公室当做会议室使用,也轮不到白队长的份儿。

坐在宽敞明亮的大办公室里,刘子光将腿跷在桌子上,惬意地摇晃着,上调一级工资,每月能多拿二百块钱,另外还有五千块直接打到工资卡上,这笔钱正好拿来给家里添置家当,老爸老妈平时也没啥爱好,就是看个电视,不如就给他们买个大电视机。

说干就干,刘子光现在是保安部长,把工作安排下去,自己就没什么事了,正好上街逛逛。出门上了自己的二八大永久,他一路飞驰出了小区,直奔市中心而去。

随便找了家商场,挑了台五十二寸的液晶电视机,留下地址付款走人,正在付款的时候,手机响了,一看是王志军发来的信息,说是村委会老主任不太好,请他去医院一趟。

刘子光当即骑车直奔医院而去,路过一家花店的时候,他想了想,还是下车买了一束素雅的百合花,又挑选了紫色的包装纸扎上,这才来到市立医院,先去了急诊科。

"哎呀,这是给我的么?"正在值班的方霏看见别在刘子光车头上的百合花,惊喜地跑出来问道。

"是啊,送给你。"刘子光将花束取下来递给方霏。

"说吧,有什么事求我?"方霏接过花,做了个鬼脸说。

"还不知道呢,可能还真得麻烦你,听说我那个朋友伤得有点严重,我先去看看,有啥事给你电话。"刘子光说。

"哼,就知道不会白给我买花的,好吧,看在这束百合的分上,我答应帮你。赶紧去看你朋友吧。"

刘子光嘿嘿一笑,上车走了,望着他远去的背影,方霏捧着洁白芬芳的香水百合,甜蜜地笑了。

几个急诊小护士踵出来围住方霏。

"好漂亮的花哦!"

"男朋友送的吧?"

"小方你看你,嘴都笑弯了,上次那个开奔驰的小帅哥给你送了九百九十九朵玫瑰,都没见你这么开心。"

"能一样么,这要看是谁送的了,对吧,小方?"

护士们七嘴八舌地说着,完全没注意到远处医院行政楼上的一扇窗户内,方院长正笑眯眯地看着这里。

刘子光来到脑外科病房,王志军正在走廊口等着,见到他之后,也没说话,引着他来到观察室,只见老主任躺在病床上,带着呼吸机和监控,人到现在都没醒来,翠翠脸上带着哭过的痕迹坐在一边,显然她已经知道了真凶被捕的消息,态度明显改善,看见刘子光来了便起身打招呼,可是嗓子沙哑了也说不出话来,只能微微点头示意。

王志军说:"做过螺旋 CT 了,颅内还在出血,保守治疗是不行了,现在只有开颅,可是一时没有好的医生,听说技术最好的方大夫病号都排满了。"

"哪个方大夫?"

"就是市立医院的方副院长,又是医学院的教授,博导。"王志军一筹莫展。

"哦,是方院长啊,你们等着,我去托人说说。"刘子光转身就走。

又回到急诊室,却发现方院长已经在这里了,一帮护士显然对这位院长大人不那么畏惧,围在左右笑嘻嘻的,那束百合花已经放在广口的玻璃药水瓶里,摆在急诊室最显眼的位置。

刘子光还没说话,方院长先开口了:"你叫刘子光吧,你的事迹我听说了,小伙子挺勇敢的,不错。"

刘子光嘿嘿一笑,这老头挺和蔼的,干脆直接和他说算了。

"谢谢方院长夸奖,我过来就是想通过方霏找您的,我有个朋友颅内出血急等着做手术,您看能不能抽出点时间帮忙?"

方院长眉头一展:"哦,是那个南泰县送来的病号吧,我知道这个事,病情不算非常复杂,一般主治医生就能动刀,不过既然你开口了,我就帮个忙,回头我让脑外科的护士长安排手术。"

"那就谢谢方院长了。"刘子光一鞠躬。

"不要谢我,以后对我女儿好点就行了,多送送花,你看她今天多高兴啊。"

"爸……"方霏娇嗔地摇晃着方院长的胳膊。

事不宜迟,当天下午方院长就主刀给老主任做手术,得知这个好消息之后,翠翠终于破涕为笑,投向王志军的目光也更加柔和了。

手术进行了六个小时,直到晚上八点才结束,手术室的灯一灭,大家就围了上去,先出来的是方院长,他解下口罩说:"手术很成功,麻醉效力过后病人就会醒来。"

翠翠和王志军高兴得不得了,连声道谢,方院长却将刘子光拉到一边,拿出一个红包给他:"这是你朋友手术前塞给我的,为了让他放心,我先收了,现在还给你。"

刘子光有些迟疑:"这样不好吧,即便是我朋友,也不能坏了行规啊。"

方院长悲哀地叹了口气:"连你这样的年轻人也这么以为啊,虽然现在医疗行业风气不正,但你要相信,有良心、有医德的人还是存在的,而且会越来越多,最终成为主流,身为一个救死扶伤的医生,如果收病人的红包,那是一种耻辱啊。"

刘子光被方院长的一身正气感染了,接过红包说:"我明白了。"

过了两个小时,麻醉效力过后,老村长果然悠悠地醒转过来,此时已经是接近夜里十一点钟了,为了不打扰病人休息,刘子光和王志军先撤了出来,在走廊里坐着。

"怎么样,这回媳妇没跑了吧?"刘子光问道,显然有所指。

王志军憨厚地笑笑："其实翠翠一直没忘了我，她今年都二十二了，按照乡下规矩算老姑娘了，还没结婚就是等着我呢，现在就看她爹的意思了。"

刘子光说："你放心好了，我打赌一定有戏。"

正说着，翠翠走出病房说："大哥，志军，我爹找你们有事说。"

两人进了病房，看到老村长头上包着纱布，面色苍白，还是很虚弱，但神智已经恢复了。

"她大哥，二孩，你们坐，刚才俺闺女已经把事情都说了，这事不怨你们，怨朱家兄弟，说起来我还得感谢你们的救命之恩。"

王志军说："大叔，你身子刚好，多休息，别提那些了。"

老村长摇摇头："不行啊，有些事必须考虑，一天都耽误不得。"

王志军心中一喜，以为要提到自己和翠翠的婚事了，哪知道老村长继续说："咱村里的沙场，以前是承包给朱老二的，每年不知道亏损多少钱，现在朱家兄弟蹲老监了，我想重新承包出去，别人也都没这个实力，要不然志军你就担起来吧，村委会那边，我去说。"

天上掉下来的大馅饼啊，沙场可是个无穷的宝藏，大沙河流经朱王庄这一段，盛产优质河沙，现在建筑市场上的河沙价格节节攀升，每立方都能卖到一百元以上，那挖出来的不是黄沙，是黄金啊，老村长把沙场交给志军，那就是把宝藏拱手相送，下一步肯定就是嫁女儿了，这点丝毫不用怀疑。

王志军和刘子光对视一眼，两人眼中闪烁着黄金的光芒。

22 一分钱难倒英雄汉

沙场只生产最初级的产品,而作为建筑材料的黄沙有很大一部分附加价值在于运输成本,如果能有自己的车队,那利润就会大大增加,想到这个,刘子光就想到了一件事,那个打断王志军胳膊的张彪,答应转让自己泥头车队的事情还没落实呢,他立刻拨打张彪的电话,却已经是空号了,于是又打了个电话给贝小帅,让他挖地三尺也要把张彪给翻出来。

贝小帅办事效率不是盖的,半天工夫就查出来了,张彪这个不要脸的连医院治疗费都没给就跑了,现正躲在城乡结合部火花乡某个出租屋里,图谋东山再起呢。

第二天上午,刘子光招呼了几个兄弟上车杀奔火花乡,在一片乱七八糟的违章建筑前停了车,贝小帅说张彪这小子现在如同惊弓之鸟,滑头得很,看见不对头马上就跑,所以不好兴师动众地过去。

刘子光马上安排兄弟们前后左右围堵过去,自己带着几个人直奔张彪的老巢。

这是一条肮脏杂乱的街道,两旁充斥着防盗网加工厂、音像出租店、情趣用品专卖店,电锯的噪音不绝于耳,路旁扔着瓜皮果屑,癞皮狗满街跑。贝小帅在一间挂着红灯的出租屋前停了脚,指着上面低声道:"张彪那个×养的就躲在这。"

出租屋的玻璃门上贴着两行字:"按摩休闲,十元足浴",门头上挂着个搔首弄姿的女子图像,粉红色的玻璃门紧闭着,不知道里面正在进行着什么龌龊的勾当。

刘子光这就要上去敲门,却被贝小帅拉住:"哥,张彪在楼上。"

　　贝小帅腿脚不太方便,就在楼下守着,刘子光带几个人顺着旁边低矮的楼梯爬上去,来到二楼一间房子门口,正听见里面的对话声。

　　"我是派出所的!穿上衣服跟我走!你这是嫖娼罪,要劳改的,知道不!"

　　然后是一个惶恐不安的男声:"大哥你饶了我吧,我认罚,罚多少都行。"

　　刘子光禁不住笑出声来,这是玩仙人跳呢。

　　"砰"的一声,刘子光破门而入,正看见张彪套着件没有肩章和符号的老式警服,耀武扬威地站在床边,肮脏的床单上面半躺着一个女人,吊带衫故意拉掉一边,露出白花花的一片,床下跪着个瘦小的中年男子,裤子还没完全提上,吓得眼泪鼻涕都出来了。

　　看见刘子光这个瘟神进来,吓得张彪的台词都说不出来了,刘子光嗤笑说:"彪哥,玩得挺起劲啊。当初说的好像还有医药费、营养费、误工费啥的,怎么都没见啊?"

　　张彪嚣张的气焰立刻萎靡下去,哪还有半分"公安人员"的样子,低声下气地说:"大哥,我这不是正在筹钱么,最近实在手头紧。"

　　刘子光说:"我不管那个,你说第二天就交接泥头车队的,现在都过去多少天了,还不见动静,你这不是耍我么!"

　　说完直接上前一脚踢在床下那个瘦小男人的屁股上:"没你的事了。"

　　男人如蒙大赦,提着裤子一溜烟地跑了。

　　张彪对刘子光是心有余悸,他扑通一声就跪下了:"哥哥,你饶了我吧,我是真没有钱了,你看我现在都成啥样了。"

　　刘子光说:"我也不是不讲道理的人,不过你答应我的事就得办到,我的泥头车队呢?"

　　张彪一咬牙:"哥哥,你真想要的话,我带你去。"

　　押着张彪来到附近一个偏僻的汽修厂外面,张彪指着墙边停着的两辆破旧不堪、锈迹斑斑的无牌卡车说:"这就是我的车队。"

贝小帅单脚跳起来就给了张彪一个大耳光:"×！这也叫车队,废铁还差不多。"

张彪被打得一个趔趄,差点栽倒。贝小帅还不罢休,上前抓住他打的胳膊:"婊子养的,不见血你不老实啊。"

"哥哥别动手,我说实话了。"张彪捂着头,杀猪一般喊道。

"说！车队哪里去了?"贝小帅指着张彪的头问。

"这两辆车确实是我的车,去年花一万二从人家手里接的二手东风,买的时候就这样。"张彪哭丧着脸说。

"还说瞎话!"贝小帅扬起了拳头。

"小帅,等等,让他说。"在一旁抽烟的刘子光忽然出言阻止了贝小帅的动作。

"谢谢哥哥。"张彪投过一个感激的眼神,继续说,"一般干土方生意的,用的都不是自己的车,要不损耗大,来不了,交警、城管、路政都查得严。大家都是租的车,趁着夜里干活。原来也有七八辆车跟我干活,后来我出事了,他们就都跑了。"

刘子光点点头说:"行,这个另说。你平时都给哪个工地拉土方? 有啥关系也给我介绍介绍。"

张彪哭丧着脸答道:"哪有什么关系,就是带着人去堵工地的大门,逼着他们给活,要是碰上硬茬子就让人家揍一顿,运气好碰上瓢的,就干一炮,都是小打小闹,辛苦钱。"

这一点张彪说的倒是实话,拉土方没啥技术含量,纯粹就是个被黑社会垄断的产业,谁的势力大谁的活多,没有窍门可讲,张彪只是个不入流的城乡结合部的地痞,都混到玩仙人跳的地步了,应该没什么过硬的关系。

"你说这两辆车是你的,那钥匙呢?"刘子光又问。

"在这里,我都随身带着呢。"张彪哆哆嗦嗦地从兜里掏出两把钥匙交给刘子光。

刘子光顺手抛给马超:"上去试试,能打着么。"

马超爬进一辆车的驾驶室插上钥匙打火,机器吭哧吭哧半天,终于有点动静了，但另一辆车却怎么也发动不起来。

"有段日子没动，电瓶亏电了。"张彪惶恐不安地解释说。

"张彪，这两辆车我先借来用用，到时再还你，行不行？"

"不用还，不用还。哥哥拿去用就行。"这个时候，张彪哪敢说半个"不"字。

刘子光挥一挥手，张彪如蒙大赦，爬起来就跑。马超从车上跳下来，望着张彪狼狈逃窜的身影说道："就这两辆车，够吗？"

"够，咱们的优势不在车辆，而在货源。"刘子光自信满满地说。

马超给汽修厂的兄弟打了个电话，过了个把钟头，就有人送来了个卡车用的电瓶，装上去连上电线，一打火还真着了，马超又大致检查了一下车况，作出了评价："用得太狠，寿命早就到了，不过勉强还能跑，短途运输还行，跑远路肯定趴窝。"

"短途也行，好歹是辆车。"刘子光倒是很满意，笑眯眯地打量着两辆大车。

此后的日子，王志军回乡去办理沙场的承包手续，刘子光在城里联络买家，现在正是房地产市场火暴的时候，城里好几个小区都在开工建设，还有十几处大大小小的工地在筹建，刘子光印了一盒名片，自称"南泰河沙开发有限公司"的市场部经理，拿着一堆样品到处找人家问要不要河沙。

南泰县大河乡的河沙质量是远近闻名的，大沙河水质清澈，没有工业污染，沙粒含泥量低，质地坚硬，色泽清亮，是优质的建筑材料，原材料市场上非常抢手，各个建筑单位的项目经理纷纷表示有多少要多少，价钱好说，按照市价走就是，一方到场价格一百元。

一立方就是一百元啊！朱王庄的河沙资源据考证在一千五百万立方左右，而且以每年五十万立方的速度淤增，这是多么巨大的一笔财富啊！

那两辆破卡车被开到马超所在的汽修厂重新收拾了一番，清洗发动机，检修油路电路，玻璃擦亮，重新喷涂油漆，整完之后，哪还有废铁的样子？

现在刘子光已经小有名气了，马超靠着他的关系在厂里的地位也是与日俱增，从洗车小工晋级成为维修师傅，平时请假也就是一句话的事。

等王志军的沙场手续办下来,再租上几艘水泥船,满载着河沙从大沙河开进淮江,走水路抵达江北市,然后改用汽车短途运输,送到各个工地,上了磅秤就给钱,从此之后,金钱滚滚来,房子豪车啥都有了,生活多么美好啊。

美滋滋地想着,刘子光骑着自行车回了家,一进院子,正看到邻居们围在自家门口啧啧称赞着,一个巨大的纸箱子被拆开丢在一旁,五十二寸的大液晶彩电摆在中央,老爸老妈喜笑颜开地站在旁边,不停地说着,这是儿子用奖金买来孝顺的。

儿子获得了好市民奖,又得到了总公司的奖金,加在一起就是一万块钱,一万块啊!老妈当清洁工干整整一年也没有这个数,这如何不让二老开心。

见刘子光回来,邻居们纷纷夸赞他有出息,又问上回电视台拍的片子啥时候放,刘子光客客气气地和邻居们唠着嗑,拿出烟来请他们吸。

"小光啊,天就要热了,给家里添个空调吧。"说话的是院里的老邻居邓云峰,比刘子光大十岁,在晨光机械厂当电工。

"嗯,有这个打算,等开了工资,我去买一台大空调,起码五〇柜机。"刘子光说。

"那可不行,咱们大院的电线还是八十年代铺的,早就老化了,点个灯看个电视还行,用微波炉都费劲,五〇柜机肯定带不动,弄不好还得把线路给烧了。"邓云峰到底是电工,说起来头头是道。

"那有什么办法么?"刘子光问。

"好办,就是费点事,你买一捆六平方的线,我帮你跑线,再换个电表,用什么电器都笑眯的。"

"那太好了,先谢谢你了,邓大哥。"

把大液晶电视抬进屋,爸妈都感叹说太大了不习惯,简直像电影一般的感觉,不过说归说,心里还是美滋滋的。原来的老电视蒙上罩子放起来,说等将来换了大房子放在卧室里用。

吃晚饭的时候,父亲语重心长地劝说刘子光:"小光啊,现在手头宽裕了,也不能胡乱花钱啊,你还要买房子结婚呢,能存一个是一个,这台电视机是你的孝心,我和你妈就不说啥了，可是那什么空调啥的，可千万别买，费电还不舒服，比电风扇差远了。"

母亲也跟着帮腔："就是，现在房子涨得那么厉害，咱们附近的江湾小区，九六年的老房子了，每平方都上四千了，你将来买新房，就算买个小点的也得五六十万，我和你爸省吃俭用惯了的，把钱存下来不就是给你结婚用么？孩子，听你爸的话，可别乱买了。"

刘子光嘿嘿一笑："知道了，以后不乱花钱了。"

父亲很满意儿子的态度，又问道："你和小方的事情咋样了？小方是个好孩子，你可不能欺负人家。"

母亲插嘴道："要是能定下，就赶紧定，过了这个村就没那个店了，我和你爸可等着抱孙子呢。"

刘子光说："这事儿可急不得，人家方护士今年才多大啊，还不够法定结婚年龄呢。"

"啊？"老爸老妈面面相觑，没想到方霏竟然这么小，两人差距这么大，人家女方家里能同意么？

次日一早，王志军从乡下打来电话，说是手续办得差不多了，平底船也联系好了，不过朱老二家自从出事后把挖沙船和河沙烘干机、遴选机这些必要的机器都给卖了，技术工人也解散了，想要重新干起来，还得一笔费用。

自己结婚买房子需要钱，给老爸老妈改善生活条件需要钱，给贝小帅等伙计们发生活费需要钱，修理汽车买汽油需要钱，王志军家盖楼需要钱，毛孩的娘得了癌症整天化疗也需要钱，现在又是沙场添置设备需要钱……

刘子光感慨万千，盘算一下自己还有多少现金，从张彪和胖子那里要来的十二万，还有卖掉马6的十万块，加上自己的工资奖金，乱七八糟也有二十来万，可是光王志军家盖屋就用了一半，毛孩他娘治病又花了六万，帮兄弟们支付医疗费、喝酒请客犒赏弟兄们、维修车辆、采购家电……这点钱基本上全花掉了，翻翻口袋，只有几百块了。

虽然"地地道道"还在营业,每天都有点儿进账,可那只是杯水车薪,起不了什么用场,租挖沙船、买设备机器、租运输船和泥头车队、工人工资,这都是巨大的开销啊。

想到这些,刘子光就觉得头疼。

钱!钱!钱!离了这个东西,啥事都干不成啊。

刘子光心中搁不住事儿,马上一个电话打回去问王志军:"志军,全部办下来得多少钱?"

王志军给他算细账:"挖沙船一条就要十来万,真要干起来一条船肯定不够,两条船打十万算就是二十万,河沙烘干机和遴选机也要将近十万,起码雇佣十几个工人,租水泥船、租泥头车队,都要预付一些钱,最主要还有个大头是给村里的承包款,原来朱老二定的每年十万,现在我和村里定的是每年五十万,分期付款,先给十万,这样算下来,前期费用起码五十万。"

"有没有去银行问问贷款的事情?"刘子光提醒道。

"去县农行问了,人家根本不给贷,除非有抵押担保,可是咱一穷二白哪有啥值钱的?而且人家说了,不贷那么大数目给私人,只贷给企业法人。真是笑话,咱要是有五十万块钱注册公司,哪还要贷款啊。"

看来银行贷款这条路是走不通了,五十万,虽然在刘子光看来不是什么大数目,但毕竟今世不如往日,一分钱难倒英雄汉,短时间内让他弄到五十万,实在是件难事。

听刘子光不说话,王志军又说了:"村里那个承包款是一定要交的,我已经把盖房子的钱用上了,但还是不够,家里太穷了,我实在没办法啊,光哥。"

为了办沙场,把自家正在建的屋都停工了,王志军也算豁出去了,但刘子光念头一转,立刻说道:"志军,家里的房子不能停,乡亲们都看着呢,你要是把房子停建了,人家肯定觉得咱资金不宽裕,就信不过咱了,房子你继续盖,钱我来想办法。"

放下电话,刘子光想了想,自己这帮兄弟都是穷得叮当响,根本指望不上,李建国嫂子的癌症是个无底洞,自顾不暇,哪有闲钱?自己虽然对疤子有恩,但也没有其他来往,李建国有事都不找他,何况自己,所以这条路也不通。

想来想去,刘子光还是拿起电话拨了自家的号码。

"妈,你在家啊,我想和朋友合伙做点生意,你借我点儿钱吧。"

一听儿子要做生意,老妈很热情:"好啊,妈赞助你,三千块够不够?"

刘子光一时无语,半晌才道:"妈,我们要做大生意的,起码几十万。"

"哎呀那可不行,你又没做过生意,被人骗了怎么办,可不敢乱弄这些。"

刘子光无奈地挂了电话,老妈思想陈旧,省吃俭用攒下几个钱,当然舍不得冒险,在她心中,做生意就是去批发市场买几百双袜子摆在地摊上卖,或者在夜市推着三轮车卖烤肠,对于挖沙这种生意根本没有概念,是说不通的。

没办法,又给贝小帅打电话,贝小帅听了沉默片刻说:"哥,你别急,我想想办法。"

一个小时以后,贝小帅回话了:"哥,我帮你预备了五万块钱,中午来家拿吧。"

中午吃饭的时候,刘子光骑着自行车回了家,进家之后发现父母很严肃地坐在八仙桌两旁,桌子上摆着一个报纸包。

"这是……"刘子光狐疑道。

"小光,上午你妈都告诉我了,我仔细想了一下,你也老大不小了,再不创业干出点名堂就来不及了,既然你有这个想法,做父母的就没有不支持的道理,这里有三万块钱,是咱们家的家底子,你拿去吧。"

说着,老爸将报纸包打开,露出里面整整齐齐三扎钞票。

一时间刘子光觉得脸上有些发烧,鼻子有些酸,八年前,父母也是这样把毕生积蓄两万块拿给自己,让自己去炒股的,结果没几个月就赔得精光,现在自己一句话说要做生意,父母再次义无反顾地拿出从牙缝里抠出的积蓄,父母永远是儿女最坚实的依靠啊。

"小光啊,这三万块你拿着,我和你爸工资低,起早贪黑也挣不了几个工资,这可是给你买房子的钱,你可要小心啊……"老妈又开始啰唆,但刘子光没有半分的不耐烦,很认真地听着,不时地点头:"妈,我知道了。"

房门被敲响,刘子光回头喊了一声"请进",一个染成黄毛的脑袋伸了进来,是贝小帅,他一手拄着拐杖,另一只手里拿着一个报纸包,走进来之后先给刘大爷刘大妈问个好,然后将报纸包解开,得意地说:"五万块,数数吧。"

贝小帅这个整天哭穷的人,竟然能拿出这么多钱,让刘子光有些纳闷,不过现在急等着用钱,也顾不了那么许多了,他掏出烟来甩给贝小帅:"行啊小帅,帮了哥哥的大忙了。"

"小意思,有事你说话。"贝小帅点上烟,一脸的得意。

"砰砰!"刘家的门又被敲响了,不等回应就有两个人冲进来,前头那人怒气冲冲,手里还拎着鸡毛掸子,正是贝小帅的爹,后面跟着的是贝小帅的娘,也是一脸的怒色。

再看贝小帅,脸刷一下白了,刘子光顿时明白发生了什么事。

"你个小败家子,居然偷起家里的钱了,看我打不死你!"老贝叔挥起了鸡毛掸子,声色俱厉地喊道。

"小帅啊,家里的存折是不是你拿了?赶紧告诉妈,别惹你爸生气啊。"贝小帅的妈一边拉住老公,一边苦劝自己儿子。

"是我拿了又怎么样?你们的钱不就是我的!我有急用,真的。"贝小帅急得面红耳赤。

"还敢嘴硬,看我打不死你!"老贝叔高高举着鸡毛掸子,就是打不下去,也难怪,从小到大他就舍不得下狠手揍儿子,要不然贝小帅也不会沦落到今天这个样子。

贝小帅的妈已经发现了摆在桌子上的钱,明白了怎么回事,她拉着丈夫对刘爸爸说:"他大爷,这钱是我们十几年的积蓄,打算给孩子买房子结婚用的,上回他小姨要买车来借钱,我们都没给的。"

老爸老妈一起将眼光投向刘子光,刘子光二话不说,将五万块钱拿起来交给老贝叔,解释道:"想干点儿生意,找兄弟们筹钱,哪知道小帅这家伙偷拿家里买房子的钱,这钱我不能要,大叔你拿回去吧。"

老贝叔说:"小光,不是大叔不愿意借钱给你,实在是有难处啊。"

刘子光点头表示理解,可是贝小帅却憋红了脸嚷道:"老头,你今天要是敢把这钱拿回去,我就和你断绝父子关系。"

老贝叔气得差点岔气,但是却拿这个执拗的儿子没办法,手里拿着五万块钱要也不是,不要也不是。

"贝小帅!"刘子光怒斥道,"怎么说话呢,和爸妈说话能这样吗!还不赔礼道歉!"

然后贝小帅的父母就惊讶万分地看着一向桀骜不驯的儿子乖乖低下了染成黄毛的脑袋,低声说:"爸妈,我错了,不该拿家里的钱。"

出了奇了,儿子竟然变得这么听话,真是恶人自有恶人磨,一物降一物啊。老贝叔把牙一咬,拿出一万块钱说:"大叔也不是不讲究的人,这一万块就算我们帮小帅入股的,小光你一定要拿着。"

刘子光也不作假,当场接过,提笔刷刷写了借据交给老贝叔,说:"谢谢贝大叔了。"

这样一来,好歹贝小帅颜面上过得去,脸色也缓和了许多。

贝小帅一家人走了,刘子光望着桌子上的四万块钱,还是苦恼不已,这还差得远呢,连半艘挖沙船都买不了。

房门又被敲响,刘子光还以为是贝小帅回来了呢,没好气地说:"挨揍没挨够?"

"嘻嘻,你敢揍我么?"宛如黄莺般声音,正是方霏来了,背着双肩包,穿着牛仔裤和运动鞋,一副女学生打扮。

"咦,方霏你怎么来了?"刘子光站起身,不经意地将桌子上的钱推到角落里。

"我怎么不能来么,今天休班,就过来看看大叔大妈,你以为看你的么?哼。"

方霏背着手，撅着嘴娇嗔道。

"哎呀，小方来了，大妈倒水给你喝。"老妈一看见未来的儿媳妇就眉开眼笑，拿起热水瓶倒了一杯水，又拿眼色示意老爸，老爸会意，站起来说："对了，我出去买份报纸。"

"我也该出去买菜了。"老妈说。

老两口装模作样地躲了出去，给儿子和方霏腾出了屋子，走出院门，回望着低矮的大杂院，老爸叹着气说："啥时候才能拆迁啊，咱也不要多，给一套房子让孩子有个地方结婚就行。"

"等着吧，听说快了，十几年都熬过来了，还差这几年么？"老妈说。

屋子里，方霏嘿嘿笑着指着刘子光说："藏什么好东西呢，不让我看见。"

刘子光讪笑道："没藏，就是几万块钱，家里凑出来给我做生意用的。"

"那够不够啊，不够我这里还有张卡可以刷呢。"方霏瞪着大眼睛问道。

"你刚工作，哪有多少钱啊？"刘子光很不在意地说。

"哼，刚才我在门口都听见了，你到处借钱居然没想到我，实在气死我了，现在又小看我，我这张卡很厉害的呢，可以透五万现金的。"

乖乖，透支五万现金，那得是多高级的卡啊，刘子光瞪大了眼睛望着方霏，方霏以为他怀疑，便从钱包里拿出一张白金卡来在他眼前晃着。

但刘子光还是摇了摇头，说："五万还是不够，我这个生意，起码要五十万现金。"

"五十万啊……"方霏夸张地捂住了嘴。

方霏只不过是一个刚参加工作的小护士，工资也不过千把块钱，虽然有个当院长的老爸，但也不是那种一掷千金的富豪家庭，五十万对她来说，肯定是个大数字。

如果是一般人，筹集巨款肯定是个大心事，但刘子光却没事人一样，摆摆手说："不说了，我自有办法，对了，你来有啥事么？"

方霏撅起了嘴："没事就不能来找你玩么？"

刘子光意识到说错话了,赶紧改口:"能啊,想玩什么,我带你去。"

方霏却又嘿嘿一笑,提起手上的一袋橘子说:"其实也没啥,就是下班路过看见卖橘子的,就买点给大叔大妈送来尝尝,才不是来找你这个坏人的呢。"

放下橘子,方霏拍拍衣服:"好,我该走了,今天家里来客人了,要早点回去。"

刘子光也起身道:"那我送你。"

忽然手机响了,打开一听,是公司来的电话,说总公司领导下来视察,马上要开会,让刘部长赶紧回去。

"回去个毛,我有事呢。"刘子光挂了电话。

方霏却板起脸来说:"你这样可不行,亏你还是领导呢,我回去了,不要你送,你赶紧回公司。"

刘子光无奈,只好推着自行车出来,把方霏送到巷口头,自己骑车直奔公司而去。

23　临危受命

来到公司,会议已经开始,刘子光走进会议室大大咧咧地坐在靠墙的椅子上,跷起了二郎腿,椭圆形会议桌旁,高经理望了刘子光一眼,对旁边的秃顶男人附耳说了几句,然后那个秃顶男人也意味深长地看了刘子光一眼。

这次会议规格很高,至诚物业公司的总经理带着下面各部门的头头,以及集团的几个中层领导都参加了会议,会议的主题是如何加大征收力度,打一个漂亮的翻身仗。

至诚集团很大,下面有开发、工程、广告、物业等大的子公司,基本上从征地到建设到销售再到物业管理,房地产一条龙全程服务。在这个房地产市场节节攀升的好时候,集团业绩蒸蒸日上,唯有物业这一块不尽如人意。

至诚集团推出的花园系列,刘子光所在的至诚花园一期是最早的项目,也是最大的项目,有大大小小一百栋楼,业主数万人,简直就是个小镇的水平了,小区配套设施不差,绿化也不错,但就是物业费收不上来。

物业费收不上来的原因很多,最主要的原因还是因为管理差,小区内群租户特别多,好端端的三居室改成集体宿舍,乌烟瘴气,住户隔三差五的变化,其中不乏低素质的人,随地乱扔垃圾、打架斗殴、半夜放音乐啥的,派出所上门几次也是屡禁不绝,大多数居民对此很有意见,并且为此拒绝缴纳物业费。

还有就是安全状况堪忧,虽然小区配备了数十名保安,但是在白队长的管理下，松散疲软，人浮于事，胆小怕事，管严了业主闹事，不管了业主又抱怨，曾经发生过若干次业主和保安的纠纷，除了最近两次之外，大多是以保安们落败为主，地痞流氓追着小区保安殴打的场面可不少见，窃贼惯匪潜入小区，盗窃车辆、入室偷窃的事情也时有发生，这种水平的保安，业主们不愿意缴纳物业费也是情有可原。

这是最主要的两条，另外就是一些特殊情况，比如特别蛮横的业主，也没啥正常理由，就是不愿意缴，或者是长期空着房子，找不到人的那种。

至诚一期的物业费每平方两块钱，一座一百二十平米的房子，每个月就是二百四十块钱，一百栋楼，以大中户型居多，八千户人家，平均每户二百块钱算，一个月就是一百六十万块钱，一年就是一千九百万，这么大的现金流，即使对于至诚集团来说也是至关重要的。

但是由于管理不善，物业费只能收上来百分之六十，仅够勉强维持公司运营，远远达不到盈利的水平，长期以来，集团对这件事耿耿于怀，这次开会就是下最后通牒来的。

年底之前，不把物业费征收比率上升到百分之八十以上，大家就都等着下岗吧。

集团副总就是这个意思，再给最后一次机会，不行的话就全部换人，一个不留。当然高经理这种人是不用担心的，他上面有人，随时可以调到其他分公司去，级别不变，照样吃香的喝辣的，但是其他员工就不行了，尤其那些临时工性质的保安员、保洁员、绿化工人、水电工，就只有下岗一条路可走。

"征收比达不到百分之八十，那对不起，包括你们高总在内，全部回家。"副总皱着眉头，一挥大手，决绝有力，高经理神情严肃地点点头，配合得很好。参加会议的员工们噤若寒蝉，心中都开始打起了小算盘，一期分公司积重难返，这回怕是饭碗要砸了。

"那要是完成任务了呢，集团怎么表示？"下面忽然传出一个懒洋洋的声音，大家扭头看去，正是迟到了的刘子光。

"如果达到百分之八十，在座的自然都可以留下，继续在至诚集团发展。"副总盯着刘子光说，对这个愣头青很是不满。

"那要是超额完成了任务呢，怎么说？"刘子光将双手放在后脑勺上，好整以暇地问道。

副总将头偏向一侧，听人力资源部的同事说了这个愣头青的资料，便冷笑道："如果达到百分之九十，我会提请老总给你们集体涨工资，如果达到百分之九十五以上，我再来这里，当众给你们鞠躬！"

"好，我没问题了。"刘子光点点头不说话了。

然后是集团人力资源部和财务部的同事讲话，大意和副总说得差不多，集团已经将一期分公司同事的档案锁定了，只要完不成任务，就全部解约辞退，这可是集团董事会的正式决议，绝对不是开玩笑闹着玩的。

会议结束，高经理和白队长送领导们出去，剩下这帮人都围到了刘子光跟前，七嘴八舌地问他该怎么办。

物业公司除了保安部，还有客服部、工程部、保洁部和绿化部，以及财务室、综合部等后勤机构，大大小小光中层干部就不少人，现在全没了主意，都把刘子光当成了救命稻草。

高经理就是个废物，只知道给上面送礼，工作能力一塌糊涂，存亡之际，连那些他提拔上来的人也顾不了那么多了，都围在保安部刘部长周围。大家知道这位刘部长路子野，黑的白的都认识，前段时间一个人拿着把大砍刀赶跑了十几号流氓，大家都是看在眼里的，后来他又得了一个好市民奖，电视台都来过公司采访，而且他在刚才又当众夸下海口，这样的人不当主心骨，还能有谁当？

刘子光也是被那五十万款子的事情给气的，当众说了狠话，不过他倒不是真没办法，望着一双双期待的眼睛，他说："要想保住饭碗，大家要听我指挥，我说什么你们干什么。"

"刘部长，只要能完成任务，你说什么就是什么！"

"刘哥，你就发话吧，我们听着呢！"

刘子光点点头："那好，咱们统一行动。"

其实自打刘子光当上保安部部长之后，小区的治安状况就大为改善了，首先那种业主欺负保安的情况不再有了，十六栋那个开山寨宝马的胖子，因为殴打了保安，被揍了一顿，现在见了保安服服帖帖，还有那天在小区门口，保安拿刀赶跑了十几个黑道人物的事情，都在小区里传开了，这么猛的保安，谁还敢惹。

刘子光也在道上放出话了，谁敢在至诚花园打架闹事，不给哥哥面子，就别怪哥哥也不给他面子。这话传出去，谁还敢来瞎胡闹？保安凶猛，犯不上啊。

有刘子光这么威猛的领导，保安们的精气神也比以前足了，工作态度非常认真，拾荒的、收破烂的别想进小区，机动车辆进出登记非常严格，夜间巡逻更是细致认真，偷盗失窃案件已经绝迹，这一点，小区居民也是看在眼里的。

但是这些还不够，要想高效地征收物业费，还需要下猛药整顿群租户和拖欠钉子户，为了大家的饭碗，为了对得起父母的期待，刘子光也是豁出去了。

小区里有多少群租户，物业公司也是做过调查统计的，基本情况都掌握了，就是没办法治理，群租的关键在于业主自身，这些人买来房子就是为了分割出租，赚取租金，通常这种人都是油盐不进的货色，躲在别处只管收钱，出了事才出现，极擅歪搅胡缠，文的武的全白搭。

但是他们遇到了刘子光。

刘子光首先打了个电话给市公安局副局长宋剑锋，就说想整顿小区群租现象，希望警方能大力支持。

若是一般人说出这种话，宋剑锋根本不会搭理，但是刘子光就不同了，刘子光击毙劫匪的壮举，已经给他留下了极其深刻的印象，而且他认定刘子光有军队的经历，同是军人出身的他自然又对刘子光平添了几分好感。

群租现象也是警方关注的问题之一，事关社会治安总体形势，非常重要，宋剑锋略一考虑，立即表态大力支持。

宋剑锋一个电话打给当地派出所，让他们派员跟随小区物管，清理群租户，这样一来，刘子光的清理行动便有了官方支持，名正言顺了。

　　放下电话,宋剑锋想了想,觉得这是一个良好的契机,不妨借着这次机会,推动整个江北市整顿群租的行动。清除了社会治安的隐患,社会反响肯定不错。想到这里,他决定向马局长汇报一下⋯⋯

　　两日后的清晨六点五十分,正是集中治理的约定时间,刘子光带领一帮穿戴整齐的物业人员站在小区门口,等待着派出所配合人员的到来。

　　"刘哥,你说他们能来么?"工程部的主管惴惴不安地问道。

　　"能。"刘子光答道,目光望向远处,清晨的马路上车流还不算多。

　　"派出所能听咱的? 我是不大相信。"说话的是财务科的老男人,他是高经理的亲信,这次集中治理高经理也是知道的,他根本不屑于参加,而是派自己的亲信来盯着点,随时通报消息。

　　"就是,上回高总出面请他们清理违建,人家也不过派了一个片警、几个联防队员过来,这回⋯⋯哼哼。"综合部的老女人也冷笑着讥讽道,她也是高经理的人,即使裁员也裁不到她头上,一大早的赶来就是为了看刘子光的笑话。

　　其余保洁部、绿化部、工程部的同事,都被他们打击得沉默不语,他们说得虽然不中听,但也是实话。刘子光是什么人,不就是个中层小主管么? 哪有那么大的能量喊得动派出所的人啊,派出所不大力支持,光靠物业公司本身,是无力进行这种大规模整治的。

　　时间一分一秒地过去,约定的七点钟已经到了,小区门前的马路上依然没有动静,早起上班的小区业主狐疑地望着这帮穿戴整齐的物业人员。财务科的老男人和综合部的老女人冷嘲热讽,抱怨刘子光一大早把大家叫起来,其余各部门人员也暗自叹气,准备打道回府了。

　　只有刘子光望着远处,嘴角浮现一丝讽刺的微笑,宋剑锋能当上公安局长可是凭的真本事,这种人只要答应你的事情,就肯定会做到,无须怀疑,甚至连电话都不用打一个。

　　但是时间已经是七点零五分了,几个高经理的亲信已经扬长而去,门口只留下刘子光麾下保安部的同事们,以及工程部、保洁部的一帮临时工。

七点十分,一辆涂着汀北申视台台标的转播车出现在街角,车顶上有个扛摄像机的男人正背对着前进方向朝着后面摄录。

再往后,是浩浩荡荡的车队,打头的是一辆警用涂装的帕萨特,红蓝警灯无声地闪耀着,十几辆汽车紧随其后,几乎全都有国家机关的涂装,工商、税务、法院、行政执法⋯⋯

小区门口,众人都傻眼了,这是唱的哪一出?难道是路过的?不像啊,这些车辆开到至诚花园门口,竟然全都停下了,从车上跳下大批穿着制服的人员,藏青西装、佩戴国徽胸标的法官,全副武装、腰间悬着手铐电棍对讲机的警察,还有工商局、税务局、行政执法局的工作人员们,其中最威风的还数执法局的队伍,一水的白色钢盔、白色武装带、豆绿色的制服,肩膀上星辉闪烁,等级分明,煞是威风严整。

一辆黑色帕萨特的车门打开,宋剑锋从里面钻了出来,各单位的头头脑脑走到他面前,听宋局简单部署了一番就散开了,各自整顿队伍,准备行动。这么多执法单位一起行动,把小区居民都给吓坏了,那些一早爬起来买早点的大叔大婶望着嘈杂的人群,都端着锅子迈不动步子了。

刘子光走上前去,来到宋剑锋面前说道:"宋局长,你好啊。"

宋局长呵呵一笑,伸出手来和刘子光握手,一边摇晃着胳膊一边说道:"整顿群租,人人有责嘛,市里决定把你们至诚一期当做试点,如果搞得好,就继续搞下去,打一场整顿群租的百日战役。"

报社记者端着相机一顿猛拍,将刘子光和宋剑锋握手的画面拍了下来,转播车上的电视台摄像转动着摄像机记录着这场打击群租的大行动。

此时物业公司的同事们全都傻眼了,目瞪口呆地望着刘子光和市局领导握手言欢,财务科的老男人和综合部的老女人也远远地望着,眼珠子瞪得灯泡一样大,躲在暗处等着看笑话的白队长更是摸出手机,忙着给高经理打电话。

由市公安局牵头,法院、工商、税务、城管、物业配合的打击群租综合整顿行动正式开始,由于这次行动已经上报市政府,所以各单位都很卖力,尤其是城管队更是一马当先,按照物业部门事先锁定的一户群租钉子户,直接冲到楼上敲门。

时间不过七点半,大多数上班族还在洗漱和准备早饭时间,听到敲门声,里面的租住户叼着牙刷过来打开了门,一个城管队员立刻伸进一只脚别住房门,然后大队人马冲了进去,工作人员向一群吓傻了的租户宣读了本市《打击群租户暂行办法》,然后治理开始。

这是一套一百二十平方的三居室,已经被三合板分隔成六间单独的小房间,每间都有单独的洗漱淋浴卫生系统,里面灯光昏暗,气味熏人,三层架子床上,一些睡眼惺忪的人才刚爬起来。

群租一直是个顽疾,很难治理,那些群租户也都是些可怜的人,工资不高,只能选择这种群租方式,但是由于租户们频繁流动、脱离管理,以及由于房屋改造引发的邻里矛盾,致使群租问题已经上升为社会问题,到了非治理不可的地步了。

这次治理下了狠手,治理人员直接将租住户的私人物品清理出房间,然后挥动铁锤,砸烂那些乱七八糟的隔断,等业主来到,还会勒令他将房屋布局改回原样。

有些租住户还要抗争,但在综合治理行动面前却如同螳臂当车,敢于暴力抗法的,直接被公安人员扭起来带走,有些机灵点的人便拿出手机,和房东联系。

不大工夫,一个三十多岁的男人便到了现场,离得老远就暴喝一声:"谁敢动我的房子!"

法院人员当即上前向他宣读《暂行办法》,男子粗暴地将法官推开,喝道:"我不管那些,房子是我买的,你们凭什么进来,凭什么砸我的东西?我告诉你们,怎么给我砸的,怎么给我恢复原样,不然我到省里去告你们。"

执法现场,刘子光一直陪着宋局长,看到这个男子出现,便小声介绍道:"这个家伙在小区内买了十二套房子,全都改成这种小隔间进行群租,听说这人还有点背景呢。"

宋局长眉毛拧起来,说:"群租现象的根本源头就是这种人,这是我们的严打对象,我不管他有什么背景,妨害了广大居民的正常生活,就一定要依法治理。"

房东还在撒泼,电视台的摄像机将他的丑恶嘴脸完全拍了下来,随后,两个膀大腰圆的警察上去,熟练地将房东架住,以"妨碍公务"的罪名予以拘留。

上午的综合治理,收到了意想不到的效果,十余户"钉子"级别的群租户被清理,楼下摆着一堆堆的私人物品,大锤砸墙的声音不绝于耳,大批石膏板、三合板、抽水马桶、洗脸池被运了下来,房东们则一副义愤填膺的样子,有的打电话,有的讲道理,但再也没人敢阻挠执法了。

其余没来得及整顿的群租户,也都收到了《限期整改通知书》和《行政罚款通知书》,如果在规定期限内拒不整改的,将会被强制执行。

整个综合治理行动中,物业公司的人员就没上过第一线,跟着看热闹就行了,电视台倒是给足了刘子光镜头,还以为他就是物业公司老总呢。

到了中午,综合治理告一段落,大队人马撤离,只留下少部分人员继续扫尾,此时中午下班的小区业主们陆续回来,看到这种情况,无不交口称赞"物业公司总算干点好事了"。

中午,江北电视台的《午间新闻》用了五分钟的时间报道了至诚花园综合治理的现场情况,刘子光和宋局长握手的画面,还有和各单位领导一起指挥的场景历历在目,刘子光出现在镜头里时,电视屏下方的字幕是"物业公司领导"。

电视机前,高经理的一张胖脸都憋成了紫红色,手里的茶杯都快捏碎了,他这个恨啊,本来该是自己出风头的大好机会,竟然被刘子光抢了头筹,可恨电视台还张冠李戴,说他是物业公司的领导,这要是让集团的人看到,还不笑话死自己。

至诚集团,总裁大办公室,李纵正在批阅文件,忽然内线电话响了,是公共关系部打来的,按下接听键,是个沉稳的男声:"李总,请打开电视,有咱们公司的新闻。"

李纵拿起遥控器打开了电视,这是一整面墙的 LED 背光大屏幕,《午间新闻》正在播报的是本市集中治理群租现象的综合行动,画面里,身穿至诚物业制服的刘子光和公安、法院、工商、税务等单位的领导站在一起,侃侃而谈,谈笑风生。

李纵不自觉地从办公桌后面站了起来,走到大办公室中间,手托着下巴津津有味地看着电视。身为集团老总,下面进行这么大的行动,自己居然是最后一个知道的,这让她颇感兴趣,没想到这个刘子光不仅勇猛,还颇有些手段呢。

李纨饶有兴趣地看完了电视节目,回到了办公桌前按了通话键:"给我接物业徐总。"

秘书接通了电话,那边徐总也是刚得到消息,至诚一期搞这么大的行动,竟然没有向上通报,让负责物业这一块的集团副总老徐,也就是那位在一期分公司发狠的中年副总,很有些措手不及。

"这么大的行动,竟然不和上面通报,真是无组织无纪律! 回头我一定好好批评他们。"徐总有些不安地说道。

"哦,那倒不必了,我看效果还不错呢,就让他们接着搞吧,如果物业费征收比能提高的话,我会提请董事会给他们加薪的。"李纨说完,挂上了电话。

办公室的门被轻轻敲响,秘书小姐送进来一摞文件,是邻市竞标某地块的资料。现在房地产市场火暴,但是拿不到地的话一样赚不到钱,作为实力较强的房地产开发商,至诚集团的眼光已经不仅仅局限在本市了。

想到这块要竞标的地,李纨就一阵阵的头疼,蛋糕虽然诱人,但是也要有一副铁嘴钢牙才能吃下去啊,听说邻市好几家开发商虎视眈眈,大有势拿此地的架势,至诚集团虽然实力强大,但强龙还不压地头蛇呢,想要拿下此标的,肯定会遇到明里暗里不知道多少阻力。

至诚花园会议室,姗姗迟来的高经理正在主持会议。

"这个嘛,这次综合治理非常成功,啊,我呢,一直在集团总部协调各方面关系,也没来得及到现场来指挥,啊,你们配合的还是不错的嘛,值得表扬。"

高经理官腔十足,把功劳全揽到自己身上,但员工们心里早就有数了,谁也不理他,话一讲完,白队长和会计科、综合部的几个家伙便热烈地鼓起掌来,为高总叫好。

"下一步工作的重点,还是加强征收力度,主要由客服部和综合部牵头,财务科配合，我看好你们哦。"高经理笑意吟吟地扫过自己的几个亲信，亲信们无不挺直了腰板，接受着领导的检阅。

清理了群租之后，广大业主非常满意，再加上物业公司适时加强了保洁和绿化的强度，清扫了几个卫生死角，清理了小区中心广场的喷泉，修剪了草坪和绿化带，动用了洒水车清扫道路，给树木草坪洒水，小区搞得干干净净、整洁卫生，人们也愿意缴纳物业费了。

但是还有一些难以解决的顽疾，四十五号楼有位住在一楼的大妈喜欢养鸡，门前的绿化带被她改建成了养鸡场，大大小小几十只鸡跑来跑去，优哉游哉，每天早上天不亮，大公鸡就要引吭高歌，吵得人睡不着觉，鸡屎、鸡毛更是遍地飞，为此周围业主没少投诉，物业人员也几次来找这位大妈协商，可是毫无建树。

大妈其实不差钱，就是喜欢玩这个，说放养的鸡肉好吃、鸡蛋有营养，她家是有营养了，周围几座楼的邻居可都遭了殃，找她讲理根本没用，投诉到物业，物业人员来了照样没辙，反而激起了大妈的愤恨，坐在楼下指着上面的窗户骂了两个钟头，都不带重样的，这样彪悍的大妈，大家都是束手无策。

邻居们不敢招惹"养鸡专业户"，只好把气撒在物业公司身上，不解决鸡群扰民的问题，他们就联合起来不缴纳物业费，客服部协调了好多次，依然是无功而返，这个头疼的问题一直放到了现在。

客服部工作人员再度上门劝说大妈将鸡群迁走，哪怕你关在家里养也行，但是别占用公共绿地、别大早上的啼叫扰民就行，但大妈依旧我行我素，将上门的几个客服小妹妹骂得狗血喷头，眼泪都出来了。

值得一提的是，这位大妈也从来不缴纳物业费，而且毫无理由，就是不交！

客服部找到高经理反映情况，高经理也是没辙，不过这一户实在是一个绕不过去的弯，如果不治理的话，周围几座楼的业主都不缴纳物业费。高经理把手下心腹招来开会，这些只会拍马溜须的家伙又能有什么高招？无非是大眼瞪小眼、装傻充愣而已。

没办法，客服部的部长带着手下一帮小美眉找到刘子光想办法，刘子光把手一摊，说："高总都没办法，我又能怎么着？人家养鸡又没触犯法律，咱们去抓人家的鸡才是违法的呢。"

客服部的部长是个二十七八岁的小少妇，手底下也是一帮青春年华的小美眉，部长一个眼色使下去，小美眉们顿时围拢上来，撅着嘴撒娇卖乖，缠着刘子光不放。

"刘哥，你就帮帮我们吧，我们都知道你最有办法了。"

"好哥哥，我请你吃饭好不好？"

刘子光被她们缠得没办法，哈哈一笑说："好吧，我想想办法，不过咱们两个部门要结成友好单位哦，都是年轻人，要多来往才是哦。"

此言一出，客服部的女将们顿时将心放回了肚子里，小少妇拍了胸脯说："刘哥你发话了，我们绝对执行，咱们两个部门以后就是一家人，聚餐 K 歌，郊游爬山，全没问题。"

保安部的小伙子们大都是单身汉，早就对客服部的美眉们垂涎三尺了，刘哥仗义，帮他们拉红线，小伙子们都感动得不得了。

次日下午，四十五号楼前，养鸡大妈正坐在门口和几个老太太推牌九，根本没注意到一辆无牌小货车的来到，那辆小货车停在门口，后门打开，五个铁笼子一起打开，五条伸着血红舌头的猛犬从里面蹿出来，冲着肥美的鸡群便扑了上去。

楼前的绿化带里，大大小小三十多只公鸡母鸡小鸡正在悠闲地啄着食，草坪早就被它们弄得一塌糊涂，一只长着鲜艳羽毛的大公鸡做金鸡独立状，威严地扫视着自己的领地和妻妾们，大红色的鸡冠子高高扬着，一副不可一世的派头。

五条猛犬的闯入，打破了这种悠闲恬淡的田园生活，恶狗们见鸡就咬，白森森的牙齿，锋利的爪子，喉咙里的低吼，都让鸡群为之颤抖，有几只胆小的母鸡当场就吓死了，大公鸡为了保护领地，毅然和猛犬作斗争，可惜实力悬殊实在太大，被一头德国黑背扑倒在地，只一口就结果了性命。

养鸡大妈被这突如其来的情况惊呆了，半晌才尖利地叫起来，可是鸡群已经覆灭了，五头猛犬嘴里头上都是鸡血鸡毛，遍地都是鸡的残骸，场面之惨烈，堪比战场。

狗的主人一声呼哨，五只训练有素的猎狗便跳上了小货车，龇牙咧嘴地坐着，宛如得胜还朝的将军，小货车喷出一股蓝烟跑了，只留下气得发抖的养鸡大妈。

大妈愤怒了，当即打电话报警，派出所出警速度倒是挺快，可是面对这种情况，民警也是无可奈何。

三十多只鸡，也不值几个钱，又不是被人打死的，而是被狗咬死的，这案件到底该怎么定性？而且这位大妈的彪悍，派出所也是知道的，谁也不想搭理她，于是只是记录了口供便离去了。

鸡群覆灭，周围几座楼的邻居无不拍手叫好，大家都知道是物业公司干的，但是都心知肚明谁也不说，只是悄悄去物业客服部，把当月的物业费给交了。

大家还是低估了养鸡大妈的实力，的鸡群覆灭之后，她立即打电话将自己的儿子招来，大妈的儿子可不是等闲之辈，当即开了两辆车，拉来十几号兄弟到物业公司闹事。

为首一个青年，高大健壮，身穿黑色修身T恤，身后跟着十几个人，也都是一脸的江湖气，身上刺龙画虎，彪悍非常，过来就把物业公司的门给堵了，只许进不许出，什么时候解决问题，什么时候放人。

几个小流氓打扮的人往客服大厅一坐，叼着烟吞云吐雾，把客服小美眉们吓得花容失色，几个人悄悄跑到保安办公室，报告了刘子光。

刘子光眉毛一挑，大感兴趣："还有人敢到我地盘上捣乱，有意思。"当即披衣前往，几个小美眉心中顿时有了主心骨，跟在刘子光后面。

来到大厅，刘子光还没说话，那个穿黑T恤的青年眼睛一亮，颠颠地跑过来，点头哈腰："这不是刘哥么？"

来人正是疤子手下头马，和刘子光在1912门口有过一面之缘的黑豹。

刘子光淡淡点头："是黑豹啊，带人过来有啥事？"

黑豹赶紧掐烟："没事没事，都是误会，哥哥你吸烟。"

刘子光叼上烟，黑豹诚惶诚恐地帮他点上，说道："哥哥，求你件事，千万别告诉疤哥，他要是知道了，非活剥了我不可。"

刘子光吞云吐雾，神态自若："好说，小事儿。"

"那个谁，死过来！"黑豹指着身后一人喝道，那个黄毛小青年赶紧屁颠屁颠地过来，一脸的不安。

"这是刘哥，疤哥一家人的恩公，知道不！疤哥见了他都要上烟的！"

黄毛小青年赶紧赔礼："对不起刘哥，我不知道这地方是您老罩的，我妈那个老顽固，我早就不让她养鸡了，就是不听。"

这帮人走的速度比来的时候还快，当他们的汽车消失在视线内的时候，客服部的小美眉们全都跳了起来，一个个笑颜如花，围着刘子光欢呼。

"刘部长太伟大了！"

"光哥，我太崇拜你了！"

更令人惊讶的还在后面，半小时后，养鸡大妈亲自跑到客服部，缴纳了拖欠已久的物业费，还不住地道歉，说以后再也不养鸡了。

物业费征收超额完成指日可待，同时刘子光又收到了另一个好消息。

电话是方霏打来的，说那五十万块钱有着落了，让他来拿。

24 新人出更

刘子光骑着自行车来到中心广场,方霏早已坐在花坛边等他了,看到心上人来到,方霏欣喜地站起来,蹦蹦跳跳地跑到跟前,拿出一张银行卡说:"都在里面,密码是六个八,请你查验一下。"

刘子光接过还带着体温的银行卡,不可思议地看着方霏:"你不是开玩笑吧,五十万可不是个小数字。"

方霏得意地晃着脑袋:"我自有办法,你就别问了,不过咱们先说好啊,这五十万是借给你的,期限一年,按照银行贷款利率结算利息,一分钱也不能少。"

"好吧,咱们一言为定,我给你写张条子吧。"刘子光说着就要掏纸笔。

"不用啦,我还怕你不还么? 反正跑不了你的,哈哈。"方霏挥动着小手,笑颜如花,开心得不得了,能为男朋友解决头疼的问题,小女孩非常骄傲。

"那好,我就收下了,时间差不多了,我请你吃饭吧。"刘子光也不是矫情的人,收下银行卡大大方方地说。

"好啊,我也要吃必胜客。不过今天就算了,我急着上班呢,先便宜你了,等我有空再来宰你。"方霏说完,背着小书包就跑了,正好一辆公交车停在站台边,她跳上公交车,冲着刘子光挥动小手:"记着啊,必胜客。"

送走了方霏,刘子光走到路边一家自助银行,把那张卡插入 ATM,输入密码查询,果真是五十万元整,真看不出来方霏这小丫头能量这么大,几天时间就筹措到了五十万,解了自己的燃眉之急,这份情,刘子光默默地记下了。

刘子光拿出手机给王志军打电话。听到凑够了五十万,王志军惊喜异常,声音都发颤了:"太好了,这样的话咱们就可以直接注册有限责任公司、申请一般纳税人了,能开增值税票,添置机器也能抵扣税金,太好了!"

刘子光呵呵笑道:"志军你可以啊,几天不见,刮目相看,会计知识学得不错嘛。"

王志军也嘿嘿笑着:"哥,你别取笑我了,这都是翠翠教我的,她函授学的会计大专,都拿会计证了,咱们开公司,我看让她当会计挺合适的,不过还得你这个董事长同意啊。"

刘子光心念一动,问道:"谁出钱谁就是董事长么?"

王志军说:"是啊,这些钱全是大哥你出的,董事长的位子,你自然是当仁不让。"

"哦。"刘子光点点头,脑海里浮现了方霏的笑颜,不知道她坐在董事长大班台后面是什么表情。

王志军又在电话那头说道:"大哥,我本来是想在县里办个体工商户的手续的,现在资金到位,索性就去市里工商局注册有限公司算了,以后也好发展,也省得你带着钱乱跑了。"

刘子光觉得很在理,便一口同意了。

当天下午,王志军就带着全套资料到市里来了,刘子光陪着他去市行政服务中心办理注册登记。两个小时下来,该走的流程就差不多走完了,就等着审核领证。

然后刘子光陪着王志军去东郊机械大市场看了看,挑了几款价格适中、质量过硬的烘干机遴选机,预付了订金,只等着上门送货了,末了刘子光还让王志军把捷达开走。在乡下办事,有个车毕竟方便点。

送走了王志军,再回到公司,客服部报告给他一个大好消息,光今天一天就收了二百五十八户的物业费,其中一多半是在网上转账的,这说明广大业主对于物业服务的肯定和表扬,照这个速度下去,年底之前绝对能超额完成任务,客服美眉们喜不自禁,已经开始盘算奖金发下来怎么花了。

至诚一期打了个漂亮的翻身仗,实现了本季度的开门红,高经理自然是当仁不让地把功劳全揽在自己身上,亲自打电话向集团领导汇报,一张胖脸上全是笑意,开心得不得了。

至诚集团的会议室里,正在召开关于在邻市竞标市中心黄金地块的会议。房地产市场火暴,如果不抓住这个机遇的话,集团就会落在别人背后,所以集团高层的意思很明确,志在必得。

让他们充满信心的原因除了集团雄厚的实力之外,还有一个原因,那就是地块所在龙阳市的市政府李副秘书长和至诚集团的关系很好,朝里有人好做官,做生意也是一样,有李副秘书长这棵大树在,还用怕那些当地背景复杂的开发公司么?

即便如此,也要小心从事,毕竟是标的高达上亿的项目,小心驶得万年船,最终李总裁拍板决定,亲自去龙阳市竞标,具体事务和日程安排则交给集团另一位主管开发的尹总负责。

尹总是个四十多岁的男人,沉稳干练,经验丰富,安排随行人员和车辆、预订酒店、筹备和龙阳市相关领导的会面与磋商等事宜,他一手全部包了。

龙阳市距离江北市只有一百多公里的路程,属于另一个地级市辖区,两市之间不通火车和高速公路,唯有一条国道相连,因此最合适的交通方式莫过于汽车了。

尹总很快制订好了此次竞标的随行人员和车辆计划,一辆别克 GL8 公务车,其余是一水的黑色奥迪 A6,整齐划一,有派头,有面子,视觉效果很强。

除了办公室、秘书科、策划部、开发部的同事之外,尹总又特地安排了公司保安部的六个小伙子随行,毕竟此行是去别人饭碗里抢肉的,万一龙阳市那些开发商玩阴的,没有防备可不行。

集团总部的保安,和物业小区的那种保安完全不可同日而语,这些人都是精心挑选、层层选拔出来的优秀人员,有退伍特种兵,有武校出身的毕业生,有散打队退役的运动员,总之都是有功夫在身的猛人,这六个人,更是保安部里选出来的精英分子,每个人别的不敢说,徒手对付四五个壮汉那是如同儿戏。

富豪广场的玻璃幕墙里,至诚集团所在的楼层灯火通明,所有员工都在加班准备着明天的行程,一份人员名单被秘书拿进来,轻轻放在了正在阅读标书的李纨面前。

李纨扫了一眼名单,尹总的安排可谓无懈可击,随同自己出行的绝对是至诚集团的精兵强将,不过看来看去,李纨依稀之间觉得少了谁。

突然,李总裁莞尔一笑,拿起秀气的银杆万宝龙钢笔,在随行保安的名单后面加上了三个字,然后在下面龙飞凤舞地签上自己的名字,再交给秘书小姐。

两分钟后,尹总拿到了李纨的批复,熟悉的笔迹写着"刘子光"三个字,尹总微微皱眉,马上打电话给人力资源部。

"喂,刘子光这个人,在集团哪个下属单位工作?"

"尹总您好,刘子光是集团物业公司下属至诚花园一期分公司保安部的主管。"

"哦,我要这个人的详细资料,你马上送一份到我办公室来。"

五分钟后,一份打印的资料便放到了尹总的办公桌上。尹总一目十行看完,嘴角浮上一丝轻蔑的笑,目光定格在身份证复印件上那个年轻幼稚的面庞上。

这还是老一代身份证,照片上的刘子光不过二十出头的年纪,一张青涩的脸上还戴着眼镜,眼神迷茫而空洞。

或许是谁的关系户吧,想趁着这次机会露个脸,积累点成绩? 随他去吧。

一期分公司保安主管的资料,很快被碎纸机吞没,刘子光青涩的脸,随着碎纸机细微的嘶嘶声变成了一条条不可辨认的纸屑。

此时刘子光已经下班回家,正陪着老爸老妈吃饭呢,忽然电话铃响了起来,拿起来一听,是公司值班室的。

"刘部,刚才集团有电话过来,让你去总部报到,富豪广场十八楼。"

"啥事?"

"不清楚,就说让你去,就现在。"

"去毛!"

刘子光挂了电话,继续吃饭,没两分钟呢,手机又响了,这回是高经理亲自打来的。

"小刘啊,集团有任务交给你,明天跟着李总出差,你一定要好好努力,不要丢了咱们一期分公司的面子啊,对了,明天帮我给李总带个好。"

"哦,我知道了,再说吧。"刘子光含含糊糊地应付了一句,挂上了手机。

"小光,什么事啊,是不是公司有事找你?"老爸停下筷子问道。

"嗯,让我陪着什么领导出差。明天一大堆的事儿,还要去看挖沙船呢。"刘子光埋头吃饭,根本不当回事。

老爸放下筷子,郑重地说道:"小光,你这样可不行,公司领导一直以来对你很照顾,给你升职、加薪、发奖金,人要知恩图报才行啊。"

老妈听到是集团的公务,也附和道:"出差就去吧,能跟着集团领导出差,是领导对你的器重,人家给咱脸,咱可得接着。"

"妈,你这话说得挺有水平哦,好吧,等我吃完饭就过去。"刘子光说。

不大工夫,刘子光吃完了饭,骑上自行车直奔市中心富豪广场而去,十五分钟后便抵达了写字楼下,至诚集团有自己单独的电梯通道,一楼门厅内,一个穿着黑西装、戴着耳麦的男子拦住了刘子光。

"对不起先生,请出示你的证件。"

刘子光摸摸身上,不巧,下班回家之后换了衣服,物业的胸卡不在身上,他解释道:"我是刘子光,接到集团电话通知赶来的。"

黑西装狐疑地看看他,对着耳麦说了几句什么,然后又问刘子光:"你是哪个单位的?"

"我是至诚花园一期的。"刘子光答道。

黑西装点点头,说:"上电梯十八楼。"声音冰冷刻板。

刘子光进了电梯之后,黑西装又将对讲机换了一个频道,换了轻松的声音说:"伙计们,人上去了,傻×一个。"

刘子光这身行头真的不敢恭维,藏青色西裤,过时的劲霸夹克衫,方头黑皮鞋还是八年前的款式,方霏多次要帮他买几件 IN 一点的衣服,都被他婉拒了,说老妈买的衣服挺好的,穿着舒服。

上到十八楼,电梯门一开,豁然开朗,迎面是一堵巨大的文化墙,"至诚集团"四个金光闪闪的大字跃入眼帘,前台后面站着两个穿着职业套装的年轻女子,娥眉淡扫,略施粉黛,雪白的脖颈上系着淡蓝色的丝巾,相貌和气质不亚于五星级酒店的前台。

看见刘子光进来,一位小姐职业性地微笑了一下,问道:"请问您是一期分公司的刘先生么?"

刘子光答道:"是我。"

"刘先生,请向里走,左边第一个门就是保安部办公室,曹部长已经在等您了。"

"哦,谢谢了。"刘子光道声谢,直接向保安部走去,身后还传来前台小姐甜甜的回应:"不客气。"

集团总部的装潢就是高档,地上是驼灰色的高级地毯,走起来软软的很舒服,每间办公室门口都挂着中英文双语的牌子,靠近前台的第一间办公室就是保安部。刘子光来到门口,轻轻叩门。

里面明明有人在说话,但是没人应声,也没人开门,刘子光又敲了敲,终于有人拉开了门,里面一股烟味冲了出来,呛人得很,开门的人看也不看刘子光,直接扭头进门,只丢下一句话:"把门带上。"

刘子光跟着他进去,顺手把门关上,站在门口打量一下屋里的情况。这间办公室颇大,窗户敞开着,五六个穿着黑色西装的精干汉子,抱着保温杯,叼着烟,围坐在室内唯一的一张办公桌前,听一人讲故事。

"我开苏两拐的时候,要穿那种高空代偿服,很紧身的那种特制飞行服,能抗高空电荷的……"汉子讲得眉飞色舞，根本看也不看站在门口的刘子光。

刘子光敲敲门，提高声音说道："请问哪位是曹部长？"

众汉子一起回头，其中一个干练的壮年男子微微皱了下眉头，被剃须刀刮得发青的脸庞和钢针一般的寸头彰显着他成熟的男人味道。

"自己找把椅子坐吧。"曹部长说完，继续转头听故事。

"已经没椅子了，我坐哪里？"刘子光这个不开眼的，再次打断了别人听故事的兴致。

"不讲了！"讲故事那个汉子一推桌子站了起来，看起来有些不高兴，众人也都纷纷起身。站起来才知道，这伙人的身体素质真不是盖的，全都在一米八五以上，哪个不比刘子光高出半个头？一个个虎背熊腰的，身上的白衬衣被箍得紧绷绷的，统一的寸头，耳朵上挂着耳麦，一看就是专业级别的保镖。

曹部长坐回到办公桌后面，拿起一张档案看了看，又盯了刘子光一眼，问道："你就是刘子光？"

"我就是。"刘子光不卑不亢地答道。

"听说你进公司不到一个月就升成主管？"

"对。"

"听说你得过见义勇为好市民奖？"

"对。"

"我帮老百姓上树逮猫、捡到五毛钱交给警察叔叔，也是好市民啊。哈哈哈。"身后传来一阵肆无忌惮的哄笑。

刘子光也是莞尔一笑，根本不和这些人一般见识。

"是这样的，公司明天要去龙阳市投标一个项目，需要些随行安保人员，人手不太够，有人推荐了你。明天早上六点，你到公司门口集合。"曹部长用手指弹了一下刘子光的档案，顺手丢进抽屉。

"知道了。"刘子光转身就走。

"回来！"曹部长很不耐烦地喝了一声，当即有个手下堵在了门口，抱着膀子居高临下看着刘子光。

"你这个小子,我怎么哪眼看哪眼烦呢?"曹部长点上一支烟,指着刘子光训斥道,"一点规矩都没有。我说完话了么? 我让你走了么? 到了这里就得听我的话,让你动再动。明天给我换件上档次的衣服。"

"就是,看他那身衣服,就一副窝囊相。"

众保镖肆无忌惮地发表着看法,毫不掩饰对刘子光的厌恶。想来也是情有可原,集团保安部是一个很排外的小团体,这些人不是特种兵就是散打冠军,每人都有一两手引以为豪的绝活,若非如此,至诚集团也不会给他们开出高达万元的月薪。本来一切正常,忽然调来一个名不见经传的人物,还是那种最低级的小区物业保安,还要和他们这些专业级别的安保人员一起出差,这对他们来说简直就是凤凰和鸡鸭为伍,每个人心里都不大舒服,偏偏刘子光这货又是那么不识抬举。

刘子光慢慢地转身,一脸的笑意:"其实,穿的旧未必窝囊,穿的新也未必屌。"

"好小子,很狂啊,看来有两下子。给我们露一手?"曹部长忽地站了起来,特种兵出身的他最容不得有人在面前狂,他打定主意要教训刘子光一下。

其余五个保安摩拳擦掌围了上来,在他们看来,单挑刘子光这种小鸡子一样的货色,其中任何一人都绰绰有余。

刘子光也很不爽,自己正在筹办沙场,日程安排得满满的,忽然被集团叫去出差,要不是老爸老妈劝说,根本理都不理他们,临来的时候老爸还语重心长地教育自己"到了总部嘴甜点,见人就喊科长",刘子光已经挺客气了,没想到这几个小子这么欺负人。

"那就切磋一下吧。"刘子光嘿嘿冷笑着,开始脱自己的劲霸夹克衫,真打起来把衣服扯坏就不好了。

正在剑拔弩张之际,忽然屋门被敲响,前台小姐扭开门伸头进来,被屋里的架势吓了一跳。

"什么事,小江?"曹部长问道。

"总裁办公室打电话到前台,让刘子光过去。"

众位保镖面面相觑，没想到刘子光的运气这么好，这次只好先忍了，等找机会再收拾这小子。

刘子光将丢在椅子上的夹克衫捡起来笑笑："各位，明天见。"

跟着前台小姐来到总裁办公室，这里并不是李纳的办公室，而是李纳的助理、秘书们工作的地方，几个文质彬彬的女孩子倒是非常客气，从柜子里取出一个黑色的袋子给刘子光。

打开一看，是一套黑色的西装，质地考究，做工精良，另外还有一件封装完好的白色纯棉免烫衬衣和一条印着集团 LOGO 的领带。

"刘部长，这是公司为你准备的工作服，你试一下是否合身。"其中一个戴眼镜的高个子女孩笑吟吟地说道，看向刘子光的目光有些意味深长。

"啊，在这里就试？"刘子光捧着衣服有些纳闷。

几个女孩子咯咯地笑着，眼镜女孩说："旁边就有更衣室，你可以去那里试穿。"

总部办公室就是高档，连更衣室都配备了，刘子光走进更衣室，在充满了香水脂粉味的房间里换上了这套工作服。

走出来一看，女孩子们都惊呆了，人靠衣装马靠鞍，这句老话一点错都没有，刘子光身上这套黑色西装，布料柔软挺括，极其合体，肩膀、领口、袖子、腰围、裤脚，全都分毫不差，简直就是专门为他量身定做的衣服。

黑西装白衬衣，是最庸俗的搭配，也是最高雅的搭配，关键就在于人的气质和服装的材质裁剪，穿上这套衣服的刘子光，整个人透射出一股慑人的魅力，阳刚英挺而又不失儒雅睿智，和那些穿着紧绷绷黑西装的"大猩猩"们相比，简直是天渊之别。

"真帅啊。"女孩子们低声呢喃道。

刘子光也暗自惊讶，为啥这套衣服如此的合身？简直就像是专门为自己做的一样，这也太巧了吧。

按照眼镜女孩的指示,刘子光原地转了个圈,活动一下手脚,证实衣服确实合身,她才笑吟吟地说:"本来还要配一双皮鞋的,不过考虑到新鞋不如旧鞋跟脚,你还是穿自己的鞋子吧,只要颜色搭配就行,好了,今天就这样吧,你先回去,明天早上六点到公司集合,咱们一起去龙阳市出差。"

刘子光笑眯眯地说:"谢谢了,那我先回去了,咱们明天再见。"

女孩子们一起向他点头致意,将他送到门口,依旧由前台小江领着出去。

走廊里,小江低声对刘子光道:"保安部的人如果欺负你,就找刚才那个戴眼镜的人投诉,她是李总的助理,叫卫子芊,权力可大了。"

刘子光点点头:"谢谢你,小江,你心真好。"

小江的脸突然红了,小声道:"没什么,应该的。"

总裁办公室内,几个女孩子还在议论:

"这个人身材真标准啊,简直就是个衣服架子。"

"怎么那件工作服穿在他身上这么不一般呢?好像布料也和别人不大一样呢。"

卫子芊微笑一下说:"废话,这套衣服本来就是定做的,布料规格按照总监级别走的。"

穿着新衣服的刘子光昂首阔步,旁若无人地经过了保安部的门口,丝毫无视里面几道愤怒的目光。

如果目光能杀人,刘子光早已死了一百次了,保安室内的十二道利剑般的目光,恶狠狠地跟随着他,似乎要喷出火来,如果是一般人,早就被盯得浑身不自在了,偏巧刘子光是个皮糙肉厚的主儿,根本不在乎前特种兵和散打冠军的敌意,和小江谈笑风生着就过去了。

"曹部,下楼堵他去,揍这小子一个生活不能自理,看他还狂不。"一个保安愤愤道。

"必须的,看他那样儿,穿了套新衣服就不知道姓啥了,不揍他我憋屈。"另一位保安附和道。

曹部长将只抽了两口的烟卷掐灭折断在烟灰缸里,如同将刘子光腰斩了一般,随即斩钉截铁道:"揍他是便宜他,等明天再说吧,让他好好出点儿糗,没脸混下去。"

办公室内,李纨正在阅读文件,卫子芊轻轻走了进来,帮李纨添上热咖啡,小声说:"衣服很合身,李总的眼力真好。"

李纨摘下眼镜,轻轻笑一下:"那就好。"

"可是,保安部那几个人好像对他很不友善,要不要……适当地照顾一下?"卫子芊迟疑道。

"照顾? 谁照顾谁?"李纨眉毛一挑,丢下钢笔说:"不需要对他特殊照顾,当成普通员工看待就好了。"

"知道了。"卫子芊退了出去,轻轻关上了门。

外面霓虹闪烁,江北市的繁华尽收眼底,李纨离开办公桌,在落地窗前点燃了一支烟,双手环抱胸前,静静地沉思着。

她是生意人,是女强人,如何和人打交道是她的长项,对于刘子光这种出身低微的人,适当地给予帮助和提携就是最好的照顾,至于工作中的困难,最好还是让他自己处理比较好,如果他应付不了来自同事的刁难,就没有资格在至诚集团发展,最多只能待在物业分公司里当个中层干部。

次日凌晨五点,老妈就叫醒了刘子光,给他预备好了洗脸水、牙刷牙膏,皮鞋也擦得锃亮摆在床前,今天是儿子跟随集团领导出差的重要日子,老爸老妈非常重视,整夜都在谈论儿子的前途,激动得一晚上没睡好。

五点二十,老爸买回了豆浆油条,老妈又煮了四个鸡蛋,用塑料袋装着,一定让儿子带在身上,留着饿的时候吃,看着父母忙碌的样子,刘子光仿佛回到了小时候,每年学校组织春游踏青、祭扫烈士墓,爸妈也是这样为自己张罗的。

洗漱完毕,吃了早饭,穿上了昨天发的黑西装,将四个鸡蛋揣在口袋里,刘子光推着自行车出了家门。

"到地方打电话回家啊。"老妈交代了一句。

"放心好了,就两三天工夫,很快回来。"刘子光跨上自行车,飞驰而去。

出了巷口,正看到前面有个苗条纤细的身影骑着自行车,蹬过去一看,正是邻居高中生小雪。

"叔叔早。"小雪发现了刘子光,红着脸打了声招呼。

"你也早。"刘子光呵呵笑道,心中暗自纳闷这个小女孩咋那么容易脸红。

小雪很害羞,故意放慢速度等刘叔叔先过去,刘子光呵呵一笑,丢下一句"叔叔先走了"就飞驰而去。

十分钟后,也就是五点五十分的时候,刘子光来到了富豪广场楼下,将自行车放进车库,上了十八层。

员工们大多数已经到了,领导们在开最后的协调会,司机在车库里洗车,检查车况,秘书和助理们忙着将文件和一些易拉宝、招贴画送到楼下装车,保安们却无所事事,待在保安室里抽烟。

刘子光毫不见外地走进保安室,扯了一张椅子坐下,旁若无人地掏出中南海点了起来,那六个装扮一新的保镖看到刘子光一身黑西装,都鄙夷地笑起来,今天是出差的活,哪能还穿西装呢?他们都是一身国际雇佣兵打扮,5.11战术裤,TAD鲨鱼皮软壳,OAKLEY沙靴,泥色5.11棒球帽,黑超墨镜,耳麦从领子里探出来,要多潮有多潮。

保安们大声地谈笑着,掏出555,用ZIPPO点燃,潇洒地喷着烟雾,不经意地撩开上衣,露出战术腰带上悬挂的ASP伸缩甩棍、辣椒喷雾、狼眼睛战术手电等家伙,更加彰显他们的专业素质。

刘子光的西装虽然挺括合体,但是和人家的5.11一比还是相形见绌,但他丝毫没有惭愧的觉悟,反而用带着嘲笑的眼神盯着几位保安大哥。

昨天那个吹牛说开过战斗机的小伙子走了过来,将穿着5.11战术裤的腿踩在椅子上,以教训的口吻对刘子光说:"出任务,要穿出任务的衣服,懂不?"

刘子光不说话,其余几个人又都笑起来,前飞行员抖着自己的衣服问道:"知道这是什么牌子么? 知道价钱么?"

"知道,伊拉克那些被吊死的承包商都穿这个,淘宝上有卖,这条裤子没有一百五拿不下来。"刘子光一本正经地说道。

前飞行员的鼻子都被气歪了,其余保安却爆笑起来,为同伴的出糗,也为刘子光的无知。他们每个人的行头都是正版,一件软壳就要两千多呢,一身行头下来,没有万把块钱挡不住。

"功夫再高,也怕菜刀,穿的再屌,一砖撂倒。穿得人五人六,连这点道理也不懂,可悲。"刘子光摇头晃脑,起身走了。

前飞行员理所当然地认为刘子光是在讽刺自己,怒极之下挥拳向刘子光打去,身为空手道黑带的他出拳速度极快,钵盂大的拳头带着一股劲风打向刘子光的脑袋,眼看一场人间惨剧就要发生,忽然一声断喝响起:"雷鸣!"

拳头硬生生停在距离刘子光的面部只有两厘米的地方,劲风将刘子光的头发都吹起来了。名叫雷鸣的前飞行员冷笑着收起拳头,对喝止他的曹部长说:"我就是吓唬丫一下。"

自始至终,刘子光纹丝不动,听了雷鸣的话,也就是一笑而过。父母对自己的期望很高,他也不想惹是生非,不过人家欺负到头上了,也不会强忍,刚才雷鸣的拳头若是不及时收住的话,恐怕现在就有人要满地找牙了。

保安部的头头曹达华,和他的部下们不同,不仅四肢发达,头脑也很清醒,他知道重大任务当前,真要闹出事来不好收场,这才及时制止了雷鸣的暴力行动。

一场虚惊,保安们继续谈笑风生,夸赞起雷鸣的出拳速度来,雷鸣点上一根555,眉飞色舞道:"这货脸都吓白了,我还以为有些斤两呢,没想到这么怂,真没意思。"众人一阵哄笑,将坐在角落里的刘子光视作空气一般。

对讲机里传来办公室的通知,曹部长站起来拍拍手喊道:"伙计们,下楼!"

众保安纷纷向外走,曹达华这才从抽屉里摸出个摩托罗拉的对讲机扔给刘子光:"频道调好了,自己琢磨一下怎么用吧。"说完戴上棒球帽下楼去了。

乘坐电梯直达地下停车场,一辆丰田陆地巡洋舰、三辆黑色奥迪 A6、一辆黑色别克 GL8 已经擦得锃亮,静静地停在那里,保安们围在陆地巡洋舰边抽烟谈天,这是他们乘坐的工作车,而奥迪则是普通工作人员的乘车,那辆 GL8 才是领导的座驾。

工作人员也陆续下来,都是些穿着职业套装的男女,一个个干净利落,确实是集团挑选出来的精兵强将,不大工夫,全部登车,外面只剩下七个保安,他们要等全部车辆就绪之后才上车。

看看差不多了,曹达华对着耳麦问道:"卫助理,我让雷鸣去跟总裁的车?"

对讲机里传来卫子芊的回答:"曹部长,这次不一样,让刘子光跟总裁的车。"

曹达华的脸色有些难看,没想到这小子的后台这么硬,竟然能和老总靠上边,这次竞标是有惊无险,跟着跑一趟就是大功一件,这小子真是走了狗屎运了。

"雷鸣,你上陆巡,刘子光,你上 GL8!"曹达华发布完命令,跳上了陆巡的副驾驶位置。

那边雷鸣的脸色都变了,以往出差,都是自己跟李总的车,充当第一保镖,现在居然被这个新来的小子抢了头筹,一时间他甚至有些不敢相信自己的耳朵,不过同伴们的目光已经证实了这是真的,看到刘子光颠颠地跑向 GL8,并且拉开车门坐了进去,雷鸣的肺都要气炸了。

"我×!"充满愤怒的一脚踢在陆巡的巨大车轮上,车里的人都颠了一下。

25 出师不利

按理说保镖应该坐在副驾驶的位子上，但是刘子光却没有这种觉悟，直接拉开车门，坐在了后舱里，GL8 陆上公务舱的名头不是盖的，真皮航空坐椅非常舒坦，面前还有个小小的液晶屏幕，车厢里另有微型吧台，可以提供冰冻饮料和酒水，刘子光舒舒服服地坐在椅子上，扭头看了看邻座的人，客气地说了一声："你好。"

邻座是位女士，身穿裁剪合体的职业装，正转头看着窗外呢，听见刘子光的招呼声，回转身来一看，竟然还是熟面孔。

这不是丢孩子那位黑丝少妇么？怎么跑到至诚集团来了？

刘子光并不知道这辆车上坐的是集团老总，还以为面包车里坐的是一般工作人员呢，便熟络地寒暄起来："是你啊，在这上班？"

"对，我在至诚上班。"

"这单位效益挺好的，我在下面物业，这次上来是帮忙的，我叫刘子光。"刘子光自我介绍道。

"久仰了，你好，李纨。"

说着，李纨莞尔一笑，将右手伸了过去。

"孩子呢，去幼儿园了？"刘子光一边握着李纨香软的小手，一边扯着家常，还将小冰箱打开，拿出一罐可乐给李总，说："来，喝！"

做这些事情的时候，他丝毫没注意到后座上卫子芊和另外两个女秘书震惊的目光。这家伙,胆子太大了吧,一点也没把自己当外人!

让卫子芊等人更震惊的事情还在后面呢。

刘子光将可乐递给李纨,随口问道:"吃饭了么?"

"嗯……"李纨歪着头想了想,今天起得太早,出门的时候儿子还在睡觉,没来得及做饭,到公司以后又忙着开协调会,也没时间吃东西,到现在肚子还空着呢。

"呵呵,太忙忘了吃。"李纨说。

"我妈煮了四个鸡蛋让我路上吃的,给你吧。"刘子光从西装口袋里拿出个塑料袋,里面装着四个白水煮蛋。

后面卫子芊和两个秘书的眼睛都瞪圆了。

更加出乎他们意料的是,李总竟然笑着接过了鸡蛋。

"太好了,小时候我妈妈也经常给我煮鸡蛋当早饭,不过只有一个。我吃不了那么多,拿一半吧。"

李纨接了两个鸡蛋,拿了一张餐巾纸垫在膝盖上,开始剥鸡蛋壳,那边刘子光将另外两个鸡蛋小心地包了起来。

李纨问:"怎么? 你不吃?"

刘子光说:"现在不饿,等饿了再吃。"

望着这个男人像孩子一样将母亲煮的鸡蛋细心地包起来放到口袋里,李纨忽然有一种奇怪的感觉,刘子光这个人给她的反差实在太大了。

第一次见面的时候,他是个拾金不昧的好青年,第二次见面时,他是飞车救人、奋不顾身的英雄,第三次见面,他则是一副神勇无敌、铁血无情的硬汉杀手形象,在李纨的心中,刘子光应该是那种侠骨丹心的刚烈好汉、曾经沧桑的成熟男子。

但是刚才他的表现,却是如此亲切的一副邻家男孩形象,单纯、质朴、自然,如同正午的阳光一般温暖。

想要快速的了解一个男人,要看他的头和脚,李纨身为生意场上的人,更是深谙此道,刘子光的发型是很普通的短发,一看就是那种街头剃头铺子五块钱剪出来的,但是却干净整齐,整洁大方,他脚上穿的是一双低档牌子的黑皮鞋,多年前的旧款了,鞋底也有些磨损,但却擦得锃亮,一尘不染,以此分析,刘子光的家境很一般,是那种平凡而又脚踏实地的老百姓家孩子。

从他对待母亲煮的鸡蛋的态度上还能看出,这是一个孝顺、体贴、细心的好男人,看他的档案还是未婚,真不知道哪个女孩子能有这么好的福气嫁给他,集团里倒是有好多未婚的女孩子,不过好像都配不上他……

剥着鸡蛋,李纨竟然心猿意马起来,开始胡思乱想,此时车队已经开上了马路,打着双闪向北方开去。清晨的街道车辆稀少,不用多久就能开出城区了。

"李总,电话。"后座伸过来一只拿着手机的纤纤素手,正是卫子芊。

刘子光扭头一看,笑了:"是卫小姐啊,这么巧。"

卫子芊也很勉强地一笑,心说你这个傻子,和老总坐在一起还大大咧咧的,真让人头疼。

令人惊奇的是,刘子光明明已经知道了李纨的总裁身份,但却没有丝毫的大惊失色,或者受宠若惊之类,反而平平淡淡的,如同什么事都没发生过一般。

李纨接了手机开始通话,原来是前面车上尹副总打来的,问她要不要事先和龙阳市的李副秘书长联系一下。

李纨说昨天已经通过话了,现在时间还早不用打电话,等八点钟以后再说。

放下电话,李纨开始吃鸡蛋,她吃鸡蛋的姿势很文雅,用手捏着煮鸡蛋,小口小口地咬着,光洁细嫩的鸡蛋白与两排扁贝一般整齐洁白的牙齿,以及樱桃小口互相映衬着,很有一种观感上的强烈刺激。

刘子光目不转睛地盯着李纨看,李纨察觉了他的目光,扭过头来一看,刘子光毫不躲闪,目光清澈无比。

"怎么? 我脸上有花么?"李纨微微地蹙起了眉头,到底是大集团老总,即便是微微的嗔怒,GL8 里的气氛也立刻变得微妙起来,后座上的三个女孩子的心立刻悬起,替这个不知天高地厚的家伙捏一把汗。

"没有,我只是觉得,你吃东西的架势和你的身份不太符合。"刘子光微笑着说。

"呵呵,应该怎么吃? 气吞山河般的架势?"李纨扑哧一下笑了。

气氛一下又缓和了,一时间卫子芊忽然明白了李总为什么要把这个分公司保安调上来使用了,宠辱不惊,是个人才。

车队向北行驶了十几公里,两边的风景已经从高楼大厦变成了无边的麦田,高大挺拔的行道树一闪而过,车流不算多,照这种速度,一个小时即可抵达龙阳市。

可是车队速度却忽然放慢了,前导车用对讲机通知后面几辆车,说是前面修路,要改道。

又修路! 省内道路一年到头总是不断在修,谁都知道有什么猫腻,这几年省里的交通厅长都变成高危职务了,谁也坐不满任期,但是该修路的还得修。

没办法,车队只得改走省道,这一来路程就有些绕了,路上的车流也拥堵起来,好在车队几个司机的水平都蛮高,一直紧紧跟着没有掉队。

省道上堵满了大客车、大货车、拖拉机、农用三轮,走一段距离就有收费站,车队被迫以六十公里的时速缓慢前进,还只能走走停停,这一拖就是一个多小时,转眼就到了八点钟,想到还没和李副秘书长联系,李纨拿起了手机。

拨通一个号码,居然传来的是"您拨打的号码已关机,请稍后再拨"的回音。这就奇怪了,李副秘书长是个勤勉的官员,从来都是二十四小时开机的,李纨又换了一个号码拨过去,是办公室的电话,依然没人接听。

再打家里的电话,响了一声就有人接。

"你好,请问黄阿姨在么?"李纨口中的黄阿姨,是李副秘书长的夫人。

对方是一个陌生的男声:"不在,你哪里?"

"我是黄阿姨的朋友,我姓李,请问您是谁?"

"我是公安局的,有事给我说。"

"哦,没事了。"李纨放下了电话,心中狐疑不已,公安局的人竟然跑到李副秘书长家里接电话,很不对头啊。

沉吟片刻,继续打电话,这回打的是江北电视台江雪晴的手机。

"晴晴,我是李纨啊,刚才给你姨夫打电话,竟然关机,打家里,阿姨也不在,你知道发生什么事了么?"

江雪晴的声音带了哭腔:"早上……早上小姨打电话来,说,说姨夫他,他跳楼了,呜呜呜……"

电话挂了,李纨的神情有些复杂,卫子芊在后面惴惴不安地问:"李总,发生什么事了?"

"没什么,李秘书长出了点儿事,咱们的计划不变。"

说完,李纨就望着窗外沉思起来,李副秘书长其实官位不算高,但是却协助市长管基建这一块,县官不如现管,有他从旁助力,至诚集团竞标的阻力会小一点,现在他出事了,一些原本没有预计在内的阻力肯定会冒出来。

但是为了这个项目,至诚集团已经投入了大量的资金和精力,光是标书的制作就耗费了多少个日日夜夜,现在已经是箭在弦上,不得不发,若只是为了李副秘书长的死就让整个计划胎死腹中,不是李纨的风格,也不符合至诚集团的企业文化。

"牵一发动全身,龙阳之行,变数多多啊。"一直沉默望着窗外的刘子光忽然冒出来这句话。他听力极其敏锐,又是紧挨着李纨,刚才江雪晴在电话里说的他都听到了。李副秘书长跳楼的事情,绝对不是单一事件,背后肯定纠结着各种错综复杂的关系、各种盘根错节的力量,在这个节骨眼上去龙阳办事,肯定不会一帆风顺。

"如果有一点困难就退缩,那至诚集团就不会是今天这个规模!"李纨忽然提高了声调,斩钉截铁地说,温婉小女人瞬间变成了女强人。

刘子光不说话了,继续望着窗外。李纨心底却一声叹息,看来自己还是高看这个男人了,遇到一点挫折就打退堂鼓,到底不是干大事的料啊。

气氛有些尴尬,大家都不说话了,李纨扭头对卫子芊说:"子芊,让前导车加速,务必在九点前抵达龙阳市。"

卫子芊立刻拿起对讲机通知陆地巡洋舰里的曹达华,让他加快速度,曹部长沉稳有力地接受了命令。

陆地巡洋舰马上打开了爆闪,并且用高音喇叭呵斥前面挡路的农用三轮车,听起来倒是威风十足,但是他们忽略了一点,龙阳市民风彪悍,就是警车开道都不好使,何况是普通民牌越野车,前面的车就是不让路。

司机一生气,加速从侧面超车,想把这辆装满石子的农用三轮别到路边去,这一招如果在高速路上或许有点用,但是这些开农用车的司机一般都没学过交规,也不看后视镜,反正在自家门口开车,都是我行我素惯了的,两边都是硬茬,顿时便出了事,陆巡和农用车刮擦,机动三轮翻倒,石子落了一地,幸运的是司机和两个押车的都没受伤。

这下还了得,农用车司机顿时火冒三丈,跳到陆巡前面挡着路大骂不已,雷鸣正一肚子火呢,跳下车一记直拳,那司机就变成了熊猫眼。

这下可戳了马蜂窝了,这司机就是附近村里的人,一声招呼,四下里便围上来不少村民,将陆巡包围起来,曹达华见状赶忙出来协调,可是哪里又能协调的来?现场一片混乱,后面的车更是堵成一团。

说大不大、说小不小的交通事故,非常给人添堵,GL8 里的李纨拧着眉头不说话,这种小事用不着她这个老总出面,自然有相关员工前去解决,反正命令已经传达过了,九点之前不能抵达龙阳市,相关责任人就等着下岗吧。

严格来说,这起交通事故的责任人在于农用三轮一方,长期占用快速车道,后车闪灯鸣笛示意都不理不睬,而且最重要的是,开农用三轮的司机根本就没有驾驶证,真打起官司来,他们必败无疑。

保安们正是认准了这一条,气势汹汹,得理不饶人,仗着人高马大,居高临下对那些乡民推推搡搡,大声呵斥着,企图以声势吓退别人。

刘子光将脑袋伸出车窗看了看,缩回来冷笑道:“他们这种处理方式,搞不好会把整队人都给害了,别说九点钟到龙阳了,下午都不一定能到。”

“为什么?”卫子芊不服气地问道,要知道至诚集团的保安可是高价聘请的专业人员,对于处理这种矛盾纠纷有着丰富的经验,要不然公司也不会给他们开出万元的高昂月薪。

"强龙还不压地头蛇呢,这地方民风彪悍,惹不起啊。"刘子光随手一指窗外,李纨、卫子芹,还有两个女秘书以及司机扭头看过去,全都吓了一跳。

路边一溜破败的黄泥土墙,被行道树的枝叶遮挡住大部分墙体,但依然能隐约看见白石灰粉刷的标语:"抢劫警车是违法行为!"

仿佛为了验证刘子光的话似的,大批乡民从村里成群结队地涌出来,扛着锄头镰刀抓钩子,一个个神情都不善,眼看车队就要陷入"人民战争"的海洋了。

女秘书们吓得花容失色,呼吸都急促起来,在这种城市交界处,报警都挺麻烦的,警察即便出动,起码也要个把小时才能抵达,何况这里的人连警车都敢抢劫,警察就算来了也不好使啊。

李纨秀气的眉毛紧紧蹙着,手里拿着手机,大概在考虑是不是给前面车里的尹总打电话。

尹总也很生气,一件小事就耽误得整个车队不能前行,曹达华真是太没用了!

此时曹达华已经急得如同热锅上的蚂蚁一般,村民越聚越多,道路拥堵,车流瘫痪,被打的村民躺在陆地巡洋舰前面装死,其余村民鼓噪辱骂,揪住他们几个保安不放。

雷鸣气得脸通红,手按在 ASP 甩棍的黑色橡胶手柄上,随时可以抽出来投入战斗,这种美国进口的太空合金钢质地的甩棍极其坚硬,可以挑动一辆汽车,在专业人士的手中使用,一击之下,将人打个脑浆迸裂不成问题。

六个专业保镖,都配备了甩棍和辣椒喷雾,车里还藏着棒球棍和玻璃钢防暴盾牌,真要打起来,别说是几十个村民了,就是一帮手持凶器的流氓恶棍,保镖们也未必怕了。

但是保镖不是干这个用的,他们的任务是保护雇主的人身安全和行程顺利,对方又不是专门过来捣乱的,而且是自己开车不当引发的交通事故,如果因此影响了投标,等待他们的只有辞退!

保镖是用来解决麻烦的,不是用来制造麻烦的啊。

但是现在想顺利解决已经很难了,村民围得到处都是,扛着锄头铁锨,气势汹汹的,大有闹大的意思,南来的北往的汽车堵成两条长龙,不断地鸣笛,现场乱成一片。

曹达华本来还想留下两个人解决事情,其余车辆先走,但是现在路已经被堵上了,不把事情解决掉,车队是别想向前半步,权衡之下,他上前询问对方,多少钱能私了。

对方狮子大开口,要赔偿机动三轮的维修费,以及误工费、人员医疗费,少了一个数绝对不行。

"一千块? 门都没有! 你怎么不去抢劫! 最多五百,多了不行!"曹达华开始讨价还价。

对方大怒:"一千? 老子要的是一万! 少一分钱都别想走了。"

一万块! 就算买辆新车也用不了那么多吧,而且这个钱属于意外支出,要从保安们的工资里扣,大家自然不能答应,曹达华声称要报警处理,对方根本不怕,声称经官就经官,谁怕谁。

正在争吵,尹总分开众人走过来,眉毛倒竖:"怎么回事! 还有完没完!"

村民们见他西装革履,气度非凡,认定他是大领导,便将矛头指向他。

尹总到底经验丰富,义正词严地指出:"人又没受伤,车也没啥大损坏,打电话叫交警过来认定责任,你们应该负全责,到时候一分钱赔偿也没有,还得赔我们越野车擦伤的损失,你们愿意耗着,那我们奉陪,反正是去你们乡里谈开发的事情,到时候让王乡长来接就是。"

一提到开发、王乡长,村民们就哑了,尹总适时地掏出五百块钱丢给村民,说:"乡里乡亲的,都不容易,给你们五百块误工费算了,就这样吧。"

村民们见好就收,收了钱招呼一声,渐渐散了,尹总又指挥曹达华他们帮着把翻倒的农用车扶起来,一打火,啥事没有,双方握手告别,道路恢复畅通。

车队再次启动,经历了这场小插曲之后,每个人心里都有些不痛快,出师不利,是否预示着投标工作的不顺畅呢? 但这话谁也不敢说。

后面的路程无惊无险,顺利在九点钟之前抵达了龙阳市。这是一座老牌县级市,最近 GDP 增长迅速,已经引起了省里的高度重视,小道消息说就快晋级成为地级市了。

龙阳市的城市建设很不错,高楼大厦比比皆是,柏油马路宽阔平坦,行道树高大茂盛,但却有不少枯萎死亡的,据说这些树都是从南方移植来的,水土不服也情有可原。

集团班子下榻在龙阳市中心的丽景湾大酒店,这是龙阳市唯一的四星级宾馆,也是最高档的宾馆,软硬件都很不错,集团驻龙阳市的办事处已经订下了十二个标准间、一个商务套房,五辆汽车驶入停车场,人员登记,入住客房。

唯一的商务套间是给李纨预备的,进入房间之后,她就把办事处主任给叫进来问话了,问他当地到底发生了什么事情。

这位主任是当地人,消息比较灵通,掌握了一些小道消息,据他说,龙阳市的市长前天去省里开会,到现在没回来,据说已经被省纪委的人控制住了,很可能已经被双规,然后今天早上李副秘书长跳楼,现在龙阳市官场已经乱套了。

李纨赶紧问:"那竞标的事情受不受影响?"

主任说,老市区拆迁是市委书记定下的基调,不会更改,招投标的事情肯定不会受到影响。

李纨长出了一口气,那就好。

那边尹总也打电话过来,说已经和市招标办的负责人通过话了,今天的竞标照常进行,依旧定在十点钟。

李纨再次长出一口气,开发龙阳市老城区,也是至诚集团的战略计划,只要这块地拿下来,集团未来五年的饭碗就不愁了,时间还有一个小时,足够准备各项工作了。

打发走了办事处主任,李纨坐到梳妆台前简单地补了一下妆,抽了一支烟定定神。对着镜子里的自己,她不禁恍惚起来,皱纹,眼角已经悄悄长了一些鱼尾纹,身为一个四岁男孩的母亲,一个大集团的老总,一个单身女人,这些年来李纨承受了太多的压力,太多的重担。

"我不能倒下去,我必须战斗。"李纨对着镜子默默地说道。

门铃响了,是卫子芊在叫门,已经到时间去招投标中心了。

李纨穿上外套走出去,工作人员已经准备好了,簇拥着他们的女老总下了电梯,几辆汽车已经简单擦拭过,依然锃亮无比,那辆陆地巡洋舰因为车身上一道难看的擦痕,这次就不去了,李纨在卫子芊的陪同下坐进第二辆奥迪,刘子光陪坐在副驾驶位子上,其余保镖分乘其他车辆,一路向龙阳市招投标中心开去。

路程没有多远,三公里外就是,这次竞标的标的是龙阳市老城区的中心地段,老黄金商圈,可谓寸土寸金,除了当地几家开发商之外,邻近市的一些集团也参与进来,都想拔得头筹。

这场竞标,一定是腥风血雨。

26 突出重围

车开到招投标中心附近就开不动了,前面堵塞了无数汽车,还有警车在闪着警灯,一群当地人站在路边议论纷纷。李纨按下车窗玻璃仔细听了下,他们好像在说车祸、盗窃什么的!

道路堵塞,前面车里的曹达华带着雷鸣下车步行去查看状况。刚才在酒店的时候保镖们已经将5.11换了下来,穿上了适合正式场合的黑色西装。不过ASP等防身武器还是随身携带的。

两人往前走了一百米左右,发现路上横着两辆汽车,一辆破旧的夏利正和一辆高档凌志轿车挤在一起,夏利车的前头已经碎了,凌志车的左前门也变了形,侧气帘都弹了出来。老百姓围得水泄不通,都在兴致勃勃地看热闹。

奇怪的是,到场的不仅有交警,还有刑警,几个警察拉着警戒线,忙着拍照取证。听围观群众七嘴八舌地说,这辆外地牌照的豪华轿车正往前开,不知怎么就和一辆夏利挤在了一起,两边车里的人就下来吵,后来外地车上放在副驾驶座的包就被偷了,离奇的是,包并没有被拿走,小偷也没有偷钱,只偷走了什么招标文件,更离奇的是,小偷不光偷东西,还在包里放了一只血淋淋的狗爪子……

曹达华和雷鸣对视一眼,心里都有些寒意,挤开人群走回来,先报告了尹总,尹总眉毛一挑,问道:"凌志车?是不是挂平川牌照的凌志400?"

"是的,尹总您认识?"曹达华问道。

"那是平川市佳苑房地产公司黄总的车,他们也是来投标的……"尹总说完,下车走向后车,趴在李纨的车窗边低声说道:"情况不太好,出事的是平川黄总的车,他遇到一点麻烦,好像是冲着招投标这件事来的。"

黄总这个人历来高调,旗下佳苑房地产也是数得着的大公司,资金雄厚,白的黑的都沾一点,这次投标也是志在必得,没想到刚到龙阳就被人搞了一个下马威,看来龙阳之行,真是龙潭虎穴啊。

"黄总人没么?"李纨平静地问道。

"应该没事,听说已经被警察带走问话去了。"

"那就好,龙阳市还是有人管的,开车,去招投标中心。"李纨升起了车窗玻璃,面无表情。

尹总摇了摇头,这位女上司的脾气他是知道的,不撞南墙不回头,意志之坚韧,远非常人可以比拟的。

往前走是不行了,交通堵塞得厉害,只能倒车绕道,好在司机们技术高超,几辆车慢慢倒出来,换了一条道路向招投标中心驶去。

没开出去多远,道路再次堵塞,这回还是车祸,两辆拉客的机动三轮横在路中央,地上一片红红蓝蓝的破碎塑料片,损伤不是很严重,但双方就是互不相让,将整条道路的交通完全堵塞,交警来了也不好使,开三轮的都不是善茬儿,膀大腰圆秃头刺青,也不接受调解也不打架,就蹲在一边吸烟,谁动他们的车就和谁玩命。

事情已经很清楚了,这哪是什么车祸,分明就是故意阻断交通,不让人前去招投标中心。不用想也知道这是本地开发商干出来的勾当。

两条路都被堵死,乘车前往已经不可能了,尹总再次下车来到李纨车窗边,低声问道:"李总,您看……"

李纨直接推开车门,走下车来说:"步行去,我就不信他们能把所有的路都堵上。"

尹总焦虑地说:"他们肯定不会只有这些伎俩。太危险了,李总您再考虑一下吧,要不然您先回酒店,我带人过去。"

李纨说："投标是大事，既然我来了就一定要到场，我已经决定了。"然后一转头招呼："卫子芊，跟我走。"

卫子芊毅然从车里钻出来，咬着嘴唇，抱着装着标书的公文包站到了李纨的身后。

其他工作人员也都各自拿着文件包从车里下来，至诚集团的团队非常年轻化，都有着一股不服输的闯劲，就是凭着这股闯劲，集团才在短短几年内发展得这么大、这么强。

李纨微微点头，含笑说："谢谢大家。"然后昂首阔步，走上了一边的人行道，众人紧随其后，一帮男女直奔招投标中心而去。

以曹达华为首的保镖们也深深感到危机四伏。养兵千日，用兵一时，至诚集团花费那么高的薪水供养这些人，为的不就是这一刻么？六个保镖前后左右护着员工们向前快步走着，黑超墨镜下鹰隼一般的目光紧盯着周围，手按着 ASP，随时准备暴起。

刘子光早就预料到了这些事情，小地痞兴风作浪，他丝毫没放在眼里，没事人一样跟在李纨身后走着。

往前五百米，就是龙阳市招投标中心大楼，还没等走到跟前了，卫子芊就指着远处惊讶地喊道："李总，你看！"

众人一起停下脚步，正看见招投标中心大门口黑压压的一片全是人，堵得水泄不通！

尹总神色一沉，打发曹达华过去看看情况，其余人先驻足等待。

不大工夫，曹达华回来了，眉眼间俱是冷峻神色，他说招投标中心门口情况非常复杂，大门口被三十多个老头老太太给堵了，说是不解决他们的征地拆迁补偿问题，谁也不能进这个门。外面围得则是前来投标的开发商，这些人全被拦在门口不能进去。

按说在项目开发方案和开发商落实之后，才会涉及征地拆迁补偿问题，而且即便是要求解决征地拆迁补偿问题,也不应该闹到招投标中心门口啊,很明显这里面有问题。本地开发商为了拔得头筹,制造车祸封路不说,竟然把招投标中心的大门都给封了,真是无所不用其极啊!

"有没有人进去?"尹总问。

曹达华摇摇头:"就我所见,好像还没有。"

各种手段都用尽了,为的就是将竞争对手拦在门外,把招投标变成自家的独角戏,这当地开发商打得一手好算盘啊。至诚集团的人是又生气又担心,毕竟他们是外地人,人生地不熟的,真要发生了冲突丝毫占不到便宜,但是就这样放弃又不甘心。

所有的目光都投向李纨,李总果然是女中豪杰,二话没说,昂首走了过去,一副虽千万人吾往矣的气势,年轻的员工们受到老总的鼓励,也都高高地挺起胸膛,昂首阔步向招投标中心走去。

招投标中心楼上,中心的宋主任正忧心忡忡地望着窗外,今天是老城区改造项目招标的日子,按理说应该有几十家开发商前来竞标的,可是时钟已经指向九点半,会场里居然只有神州开发公司一家的代表。宋主任当然明白是谁捣的鬼,龙少,只有龙少才能干出这种事情来。

所谓龙少,是龙阳市神州开发有限公司的老总,本名叫龙少平,不过三十出头的年纪,混得却是风生水起,各种头衔一大堆,更是龙阳市黑道的一哥,因为他年轻,喜欢赶时髦,养藏獒、玩小女明星啥的,所以江湖上人称"龙少"。

此时龙少正坐在路边一辆奔驰 S600 里,懒洋洋地看着门口这些闲人,这个标,自己早就放话出去了,志在必得,本地人自然知难而退了,可是那些不知死的外地开发商,竟然还一个个地跑过来,尤其是平川市佳苑开发的黄小三,一个小木匠出身的平川佬,仗着手下养了几个武校的毕业生,就敢和自己叫板,结果自己略施一招"掉包计",就把他吓破了胆。听手下的马仔讲,姓黄的已经放话说"以后再也不会在龙阳投一分钱",灰溜溜地滚蛋了。

可还是有些不知死的鬼陆续跑来,幸亏早有安排。想到自己布置的几步"妙招",龙少不禁洋洋得意起来……

"老大,你给那些老头老太太们一人两千,是不是太多了?这就好几万呢!"奔驰车驾驶座上的秃头扭过头来对龙少说。

龙少一巴掌甩过去:"你懂个屁!这叫'前期投资'。相比这么大的项目,这点钱算什么?"

其实龙少之所以要采取这些非常措施,里面还有一个隐情。招投标中心的宋主任是个一根筋,龙少给他送了五十万,竟然退了回来,说什么"旧城区改造,要本着公开、公正、公平的原则",什么他妈的狗屁原则,还不是嫌钱少!

龙少本来想派人直接做了他的,后来觉得那样影响不好,也就忍了。你不是要公开、公正、公平么,那老子就给你公开、公正、公平,让那些竞标者主动退出,就留我一家投标,看你怎么开标!

招投标中心楼上,宋主任已经打电话报警了,可是派出所的人来了以后也傻了眼,面对这些六七十岁的老头老太太,碰又碰不得,他们也没有什么好办法,只能进行劝阻,但是劝了半天,没有一点效果。

楼下前来投标的开发商,一个接一个地来电话问这是怎么回事,宋主任只能劝他们再耐心等一等。刚刚宋主任又接到一个电话,是平川市佳苑房地产的黄总打来的,说是龙阳的投资环境太恶劣,人身安全受到威胁,不竞标了,自愿退出。

宋主任心乱如麻。老城区拆迁改造,是龙阳市一个很重要的项目,需要高资质、实力雄厚的集团参与,才能获得最大成功,神州开发的实力很一般,只建设过一些小区居民楼,把这么大的项目交给他们,宋主任不放心。

最近龙阳官场动荡,市级官员们忙着处理自己的一摊子事情,这个时候找谁也找不到,宋主任打了七八个电话,终于长叹一声,心力交瘁的他一下子坐到了沙发上。

此时，招投标中心外的马路上，一行人正踏着坚定的脚步走过来，为首是一位风姿绰约的女子，卡其色的小风衣衣袂飘飘，目光坚韧，俏脸生寒。

奔驰S600里的龙少忽然忘了抽烟，盯着那女子，眼睛一眨都不眨。

"这妞谁啊?"龙少打了个响指。

"龙哥，这个小娘儿们是江北人，至诚集团的头头。"奔驰车驾驶座上的秃头望着远处的李纨，向自家老大解释道。

"哦，原来是李总啊。"龙少摘掉墨镜，顺手挂在黑衬衣的口袋里，手托着下巴，两只眼睛尽在李纨洁白的脖颈、丰满的前胸和修长的大腿上打转，不自觉间，喉头耸动了一下，是在咽口水。

龙少玩过的女大学生、走穴小明星不在少数，但是如此这般饱含知性美，又有气质有内涵的女子，还是第一次见到，其实最吸引他的还是李纨的身份，江北市至诚集团的董事长兼总裁，身家巨万，甚至比龙少还要有钱。

"能配得上我龙少平的女人，非她莫属。"龙少自言自语着，眼光已经有些迷醉。

秃头吃惊地望着老大，龙少的涎水都快滴出来了，不就是个小娘儿们么，至于么?

"龙哥，你咋了，跟被枪打了一样。"秃头瞪着眼睛问道。

"啪"的一声，龙少又一巴掌甩过去："你妈的才跟枪打了一样，闭嘴!"

秃头立刻不敢做声。

此时至诚集团的一群人已经接近了招投标中心的大门。从江北市出发的时候是五辆车，二十四个人，到了龙阳市之后一部分人留在了酒店准备后续工作，出来之后道路被封，司机们先开车回去了，团队只剩下十六个人，除了保镖们之外，全都是手无缚鸡之力的眼镜男和女职员。

保安部长曹达华的神经紧绷到了极点，他有种不祥的预感，今天怕是有大事发生!

　　此刻的招投标中心门口,已经围了上百人,热闹得像演戏一样了。只见三十多个六七十岁的老头老太太,都坐在小马扎上,有的看报纸,有的在拉呱,还有的打毛衣,把个大门堵得水泄不通。四五个警察正在劝阻,但老人们谁也不听。招投标中心的大门里面,七八个保安手足无措,他们谁也没有经历过这样的场面。大门外面有不少人西装革履,应该是来投标的开发商,而更多的则是来看热闹的群众,不过,也有二十来个膀大腰圆、刺龙画虎的家伙混在里面,鬼鬼祟祟地注视着招投标中心门口的一切。

　　不知是哪一家来投标的开发商失去了耐心,有人喊了一声:"不等了,我们挤进去。"说着几个人就要分开门口的老人往里挤。

　　忽然间,看热闹的人群里出来一个壮汉,一把就把带头往里挤的男子揪住:"你干什么? 敢碰我大爷!"穿西装的男子没有防备,一下子摔了个跟头。

　　"住手!"现场维持秩序的警察立刻上来制止。其实,对于招投标中心门口发生的事情,他们已经心里有数了,虽然对付堵门的老人们他们有些无从下手,但是对付这些滋事的流氓他们还是有办法的。

　　"你想干什么? 闹事是吧。"警察扭住了壮汉。

　　"他敢动我大爷! 我饶不了他!"

　　"少废话! 有话跟我到派出所说去!"

　　"他先动的手,你怎么不抓他! ……"壮汉骂骂咧咧地跟着警察走了。

　　"哎哟……我被刚才那个小子撞死了……哎哟……"门口的一个老人突然呻吟起来,"你们快叫救护车啊!"

　　刚才带头往里冲的那个男子赶紧解释:"我就是轻轻碰了他一下啊!"

　　"你撞了人还有理了啊!"

　　"警察,你们怎么不把他抓起来!"

　　"我已经打 120 了,救护车一会儿就到……"

　　人群里七嘴八舌的都是些刺龙画虎的家伙,西服男子百口莫辩。

　　不过,经历了这场闹剧,门口的开发商们再也没有人敢硬往里冲了。

面对这种情况,李纨也是一筹莫展,她不停地给宋主任打电话,但总是占线。至于曹达华等人,更是束手无策。只有刘子光在一旁冷笑,他是在"高土坡"长大的,当年工厂里大批工人下岗的时候,这招是工人们对付厂长的绝招,他见识多了。

招投标中心楼上,宋主任正在接电话。

"我知道你们的困境,我现在也为难,你们再耐心等待一下……没事,今天有特殊情况,截止时间可以适当延迟,实在不行改天也行!"

"宋主任!"不知什么时候,神州开发公司的代表已经走进了办公室,"招标公告上确定的截止时间怎么能说改就改呢?"

"我想你应该比我更清楚原因!"宋主任没有好气地说。

"宋主任,如果擅自更改截止时间,你就不怕这次招标无效么?"

"你这是在威胁我?"

"没有,绝对没有。我只是善意地提醒。"神州开发公司的代表阴阳怪气地说。

"你! 给我出去!"

"OK! OK!"

神州开发公司的代表出去了,宋主任却像斗败的公鸡一样,瘫坐在椅子上。

奔驰 S600 里,秃头正在接电话:"……好的,我知道了。"

他放下电话,对龙少说:"龙哥,那个姓宋的想推迟截止时间。"

"他敢!"龙少立刻坐直了身子。

"我们的人已经警告他了。"

龙少点点头:"招标公告确定的时间他都敢改,反了他了! 他要是敢改截止时间,我就能让这次招标无效! 拉出来的屎想吃回去,没门儿!"

"还有,大门口的兄弟折进去一个。"

"怕什么? 放话下去,凡是进去的弟兄,在里面蹲一天,我补助一千块钱。我就是要跟他们打消耗战。问问门口的弟兄人手够不够? 不够的话再调过去三十个。"

秃头就要打电话，龙少又说："还有，让老六他们做好准备。"

招投标中心大门内，宋主任的出现，引起了门外开发商们的一片骚动。不少人都在大声质问他："老宋，马上就到时间了，我们还进不去门呢，今天这算是咋回事啊？"

宋主任表情尴尬："今天实在是对不住大家了。我们招投标中心有一个后门，大家沿着右边巷子往里走就是。对不起，委屈大家了。"

众开发商像捡到救命稻草一样，一哄而散。

曹达华紧紧跟在李纨后面，边走边嘟囔："早说么，让我们在门口堵了这么久。"

刘子光听见后又是一阵冷笑。他觉得今天的事情绝对不会这么简单。

果然，还没等大家走到招投标公司的后门，一声呼哨，二十来个膀大腰圆、刺龙画虎的家伙慢悠悠地晃过来。小巷本来就不宽，这些人的出现，立刻把路全都堵上了。

众开发商一看势头不好，纷纷往后退，李纨却纹丝不动。在前来投标的开发商中，至诚集团的人最多，在这个时候要是退缩，集团在业内的形象肯定会大打折扣。

老板临危不惧，下属们更是不能当缩头乌龟。曹达华走到这帮家伙面前，彬彬有礼却又强硬地说："不好意思，请让一下。"

"嘿，谁的拉链没拉上，把你露出来了，滚一边去。"对面领头的一个家伙一拨曹达华，没拨动，领头的一摆手，一帮地痞呼啦啦全围上来了，将至诚集团的人围在中间。

此刻，几个至诚的女员工吓得都发抖了，眼泪也流下来了，卫子芊紧紧抓住公文包，里面是厚重的标书。待会打起来，不管怎么样她都要护住标书，现在已经不是如何进入招投标中心的问题了，而是如何保护好李总，保护好标书。

至诚的保安们纷纷抽出 ASP，"唰"的一声甩开，摆出出防卫的架势。

对面领头的家伙见没有把对方吓退,"呸"的一声朝地上吐了口痰,傲然道:"我叫老六,今天我把话撂这了,十点之前,你们谁也别想从这过去,除非把我们都打趴下了。"说着他脱去上衣,赤裸着上身,又随手从路边捡起一块砖头,扎好马步,深吸一口气,大喝一声,把砖头拍向脑门,瞬间砖头断成两截。

曹达华倒吸一口凉气,显然这人是练过硬气功的。他通过耳麦通知下属们:"克制! 一定要克制!"

按说老曹手底下这些伙计,个顶个都是身手不凡,雷鸣是空手道黑带,小李是省散打冠军,小王是练跆拳道的体院优等生,若论单打独斗,这些流氓地痞丝毫占不到便宜,但是这又不是比赛,纯属街头缠斗,完全没有规则可言,真动起手来,自己这边不但人少,还要护着一帮女孩子,肯定要吃亏。

现场气氛已经极度紧张,细心的刘子光发现,表面上沉着冷静的李纨其实也在颤抖,她光洁的额头上,已经出现了密密麻麻的汗珠,但依然在安慰着卫子芊:"子芊,没事,光天化日之下他们不敢乱来的。"

已经有人喊着"报警",警察什么时候能赶过来大家都没有底,可投标的时间眼瞅着就要到了。

还不敢乱来? 这已经乱来了!

自从下了车,刘子光这位火线提拔起来的保镖就一直大大咧咧地站在李纨背后,一声不吭,仿佛事不关己,这会儿刘子光终于忍不住叹了口气。

不管怎么说,自己也是这个团队中的一员,更何况李总待自己不薄,升职加薪,提携关照,人家对得起自己,现在李总有难,自己总不能看着不管吧。

想到这里,刘子光轻轻对卫子芊说:"卫助理,保护好李总。"然后卫子芊便惊讶地看到这个新来的不起眼的保安大踏步地向着老六走去,同时,李纨却轻轻舒了一口气。

"你叫老六?"刘子光一边问,一边掏烟自己点上,打火机忘了带,用的是酒店的火柴,"刺啦"一声擦着火,点烟的动作很嚣张,很拉风,当然在老六看来,也很欠揍!

"我就是老六,你他妈又是谁!"老六张口就骂。

"你这套江湖把戏骗谁呢?"说着刘子光捡起地上的半块砖头,用力一捏,竟然硬生生捏成几块,又把手上剩下的一块碎砖头放在鼻子下闻了闻,问道:"老实说,在醋里泡了几天?"

老六被问得张口结舌。

刘子光嗤笑道:"你要是在别处耍这套把戏,说不定还真蒙过去了。在这个地方,偏偏有这么完整的一块砖头,你当我们是傻瓜啊?"

老六又羞又怒,大喊一声,从背后抽出一把小斧头,刘子光的动作更快,他一记简单到了极致的正面直踹,蹬在了老六的肚子上,老六整个人如同风筝一般飞了出去。

这下可戳了马蜂窝,一帮地痞立刻露出真面目,袖子里、裤腰带上藏着的铁棍、斧头、两节棍全都亮出来了。

"坏事!"曹达华脑子一懵,从一开始就知道不该带这小子来,果然是个惹祸精,对方是本地黑道,能惹得起么! 他刚要说点什么,就觉得腰间一轻,然后便看见刘子光手中多了一根 ASP 甩棍。

ASP 在手,刘子光如虎添翼,但见他冲入敌群,甩棍上下翻飞。刘子光不仅力气大,速度也快,加上地痞们站得非常密集,更加方便了刘子光,仅仅几招,对面就倒下了五六个。

突然地痞中闪出一个人来。这个人一现身,眼尖的卫子芊就吓得尖声叫起来。

因为这个人手里端着一把枪,黑洞洞的枪口正瞄准了刘子光。

这是一支锯短了枪管的猎枪,锃亮的枪管,胡桃色的枪托,在阳光下闪耀着杀机。

这把枪是龙少为了以防万一准备的最后杀招。不过,龙少在给老六他们配枪的时候,压根就没有想到这把枪能派上用场。谁知形势瞬息万变,刘子光的勇猛把拿枪的那个家伙吓破了胆,为了保命,他竟然把枪亮了出来。

李纨也注意到了枪管发出的寒光，心说完了，这回要出人命了，刘子光再厉害也挡不住子弹啊！

可是枪声并没有响起，刘子光一个力劈华山砸下去，甩棍带着千钧力量打在枪管上。这种超级坚韧的太空钢材打造的甩棍虽然重量很轻，但强度极高，顿时将枪管打弯，刘子光紧接着又是两棍子敲下去，拿枪的家伙就看到自己手中的猎枪变成了一堆七零八落的零件。他用一种饱含着惊讶的表情抬头看看刘子光，等待他的是一记猛击，正敲在手腕上。

"啊——"拿枪的家伙发出一声惨叫。

"我的妈呀！"一个地痞被吓得大叫一声，扔下手头的家伙扭头就跑，其余的也缓过神来，跟在后面拼命逃窜。眨眼的工夫，除了几个爬不动的躺在地上呻吟之外，二十来个地痞流氓已经逃得无影无踪。

十秒钟之内，战斗结束。刘子光一共放倒了七八个，外带一支猎枪。

他将甩棍在地上一磕，复位成手柄长短，抛给曹达华，嘴角上叼着的中南海连烟灰都没掉。

曹达华接过甩棍，冷着脸没说话，刘子光是保安部的人，没经过自己同意就动手，这分明是不把自己放在眼里，而且他的身手很不错，动手的时候冷静得可怕，步法走位精准，敲击准确，全是一招制敌。更可怕的是，自己完全看不出他的路数来，应该属于那种会点武术，又自己浸淫琢磨了许多年的高人。

有这种人在，自己的保安部部长还能做得长久么？

李纨看了一眼地上躺着的几个地痞，说了声："走，投标去。"就率先向招投标中心的后门走去，在场的人愣了一下，不约而同地鼓起了掌。

27　一封情书

　　"什么？老六那儿没有守住？……被一个人干翻了七八个？……全都进去了？"奔驰S600里，秃头接电话的时候眼珠子都要瞪出来了，从驾驶位上跳出来，想冲上去又不敢，不上去又不甘心，只能指着招投标中心大楼的方向愤恨地对龙少说："龙哥……他们……我×！"整个人已经语无伦次了。

　　龙少也惊呆了，香烟烧到手才一哆嗦丢开。

　　"龙哥，咋整？吹哨子喊人吧！"秃头一张脸憋得通红，只要龙少一声令下，他就马上打电话联系，把所有能叫来的弟兄都喊来，把这帮不知死的家伙堵在招投标中心里，全都竖着进去，横着出来。

　　龙少摩挲着下巴，若有所思地点点头，慢慢说："咱们先走。"

　　"龙哥，仇不报了么？"秃头瞪着眼睛问道，一脸的不可思议。龙哥的作风可不是这样，跟他这么多年，就没见他吃过亏！

　　龙少阴恻恻地一笑，奔驰车的窗玻璃升了上去，贴了深色太阳膜的车窗将他阴险的脸完全挡在了里面。

　　至诚集团的竞标团队终于进入了招投标中心，其他开发商也借他们光进来了，虽然心里还有点惴惴不安，但天塌下来有至诚集团顶着呢，这个标的实在是太诱人了，没人舍得放弃。

曹达华等人谈笑风生，刚才的紧张情绪全不见了，但是他们却不约而同地和刘子光保持着一定距离。

只有卫子芊走在刘子光身边，悄悄对他伸了伸大拇指，小声说："好样的！"

刘子光轻轻一笑而已。

到了招投标中心大楼里，空荡荡的大厅摆满了椅子，原本应该热闹非凡的招标会现场被龙少这样一搞，显得冷冷清清，不过工作人员还都在，收了大家的标书之后，李纨提出想见一下宋主任。

至诚集团的名气很响，是这次夺标的大热门，工作人员汇报之后就将她带了上去，其他人员在会场等候。

主任办公室，一脸憔悴的宋主任正坐在办公桌后面，看见李纨进来也只是微微点头，招呼她坐下。

"李总啊，真没想到你还能进来，本地的黑恶势力实在是太不像话了，为了阻止正常招标竟然无所不用其极，实在是是可忍孰不可忍，这样下去开发商都被吓跑了，还怎么公正、公平、公开地招投标啊。"

宋主任到底是建委官员出身，说话都带着浓浓的官腔，李纨点头表示同意他的说法，又满怀担心地问起："这次我们是进来了，可是以后怎么办？议标、开标这些程序很容易被打扰啊。宋主任你把我们招来，要给我们创造一个良好的投资环境啊。"

宋主任沉吟片刻，拿起茶杯喝了一口，才说："具体情况我已经反映上去了，今天的事情性质极其恶劣。这样下去，咱们龙阳市招商引资的大好环境就被破坏完了，这样吧，标书你们先留下，具体工作不急着开展，等把这股恶势力打下去再说。"

"宋主任能给我一个时间表么？集团的工作很多，我们不能耗在这里太长时间。"简单的对话，李纨已经摸清了宋主任的路子，他还是希望能将这个工作做好的。

"要相信政府、相信公安机关嘛。"宋主任最终还是没给李纨时间表，而是打了个官腔。

　　递交了标书，中心的大门也通了，一行人怀着各自不同的心思回到了酒店，简单的午餐之后便回房间休息，从早上六点忙到现在，大家都累得不行，唯有保安部的几个同事，依然警惕万分，留了两个人在楼下大厅放哨，万一当地黑道流氓卷土重来可不是闹着玩的。

　　黑道流氓没来，却等来了一个好消息。消息灵通的办事处主任屁颠屁颠地跑来报告，由于上午的事情影响太过恶劣，惊动了上层，领导都拍了桌子，说必须要严打这种带有黑社会性质的组织。

　　确实，动了枪，事情性质就不同了。

　　众人都是欢欣鼓舞，男同胞们在房间里抽烟聊天，说起上午的事情都是眉飞色舞，一脸的兴奋，女同胞们也是叽叽喳喳，大呼过瘾，只有李纨和尹总以及卫子芊，一直在套间里计划着价格标的事情，看来神州地产势必退出角逐了，那么阻力将会大减，原定方案要稍作更改才是。

　　到了晚上，又是一个好消息传来：公安机关迅猛出击，一举打掉了一个为害多年的带有黑社会性质的组织"黑龙帮"，这个以帮人收欠款、垄断土方运输为收入来源的组织在张某、王某的组织带领下，涉嫌私藏枪支、故意伤害，在抓捕行动中，已经有二十八名组织成员落网，另有三名涉案者在逃，公安机关缴获自造土枪一支、管制刀具若干、用于犯罪的汽车一辆、手机若干部……

　　这是龙阳电视台《晚间新闻》的正式播报，另外有确凿的小道消息称，龙少平也被公安机关拘留了，他再也不能横行霸道、挡人去路了。

　　天网恢恢，疏而不漏；不是不报，时候未到。这个作恶多端的龙少，终于玩火自焚了。说起来通知李纨的还是那位平川佬黄总，早上的事情可把他气得够呛，搞房地产的谁也不是善男信女，十几个电话打出去，各方面压力都压向龙阳，这个事儿，谁也遮不住。

　　终于拨云见日了，大家最后的担心也没有了，李总宣布，今晚公司请客，在酒店餐厅开庆功宴。

酒宴上,李总亲自向各位同事敬酒,酒桌上的李纨略施粉黛,依然是精干的白衬衣加薄呢裙的打扮,头发挽成一个髻,衬衣的袖子挽起来,端着一个晶莹剔透的玻璃杯走到保安们坐的这一桌前。

"今天的事情,大家辛苦了,没有你们的努力,我们现在就不会坐在这里,我代表集团所有同仁,敬你们。"说着,李纨举起了手中的酒杯,红艳艳的葡萄酒在杯子中摇曳着,在灯影照耀下晶光闪耀。

保安们有些局促,李总是集团老总,平时难得和普通员工一起聚餐,能和她碰杯喝酒,更是可遇不可求的事情,曹达华带领同事们刚要站起来,李纨却轻轻摆了摆手,制止了他们。

"你们太高了,还是坐着吧,不然把我挡住看不到了。"

确实,除了刘子光之外,保安们的身高没有低于一米八五的,虽然李纨的身材也不算娇小玲珑的类型,但是在他们跟前还是很有差距的。

保安们呵呵笑起来,也就没起身,李纨探着身子过去,和他们一一碰杯,对每人都说了一声"谢谢",然后举起高脚杯,轻轻抿了一口。

李总不会喝酒,集团的人都知道。就这一小口红酒,李纨雪白的脸上就腾起了两朵红云,格外娇羞迷人,一时间让保安们都有些痴了,要知道李总可是全集团男性员工的心中偶像啊。

保安们杯子里可不是红酒,而是货真价实的高度白酒,但是没有一个人打酒官司,而是集体一仰脖子,一饮而尽。

喝了这杯,卫子芊又帮李总添了一点点,李纨面向刘子光举起酒杯微笑着说:"小刘,这次你的表现很不错,亮出了我们至诚人的威风,我要单独敬你一杯,感谢你为集团所作的贡献。"

刘子光赶忙站了起来,他的身高和李纨站在一起倒是般配得很,端起酒杯也没有什么多余的话,就是简单的一句:"谢谢李总,都是应该做的。"

李纨点点头,高脚杯的杯沿轻轻在刘子光的白酒杯中部碰了一下,那一瞬间,刘子光看到李纨光洁的皓腕和纤细的手指,皮肤晶莹剔透,吹弹可破,几乎能看见皮下的血管和脉络,在质地优良的高级红酒杯映衬下,更显娇嫩。

"干!"李纨点头微笑。

"干!"刘子光也说。

一声清脆的酒杯撞击声之后,刘子光将杯中酒干了,李纨依然是浅尝辄止,但是酒精的力量依然让她的脸蛋更加红了,她客气地笑笑,对大家说:"你们吃好喝好啊。"就在卫子芊的陪同下去其他桌敬酒去了。

刘子光刚刚坐下,面前的酒杯就被人抢了过去。雷鸣不怀好意地笑着,拿着酒瓶子帮刘子光倒酒:"行啊,小刘,挺能打的啊,今天还真得谢谢你,以前有什么对不住的地方,千万别往心里去啊。"

说着客气话,就把刘子光的酒杯倒满了,然后端了起来客客气气送到他跟前,看着这张假惺惺的脸和满满当当足有半两白酒的杯子,别管真心假意,人家场面功夫做到了。

刘子光豪爽地端起酒杯,一饮而尽,因为这杯酒是端的,所以雷鸣不用陪,等刘子光喝完,他又端起了自己的杯子:"小刘,咱俩先走三个。"

刘子光却把白酒杯反过来放在桌子上,拿过一边喝红酒用的大号高脚杯说:"小杯子是女人用的,是爷们就用这个喝。"

随后不由分说,拿起酒瓶子"咣咣咣"倒满了一杯,足有三两白酒,放到了雷鸣面前,又拿了一个杯子给自己倒满。

"咱哥俩先走三个,我先干为敬。"刘子光举起酒杯,喝白开水一般将烈酒倒进了喉咙,冲着雷鸣一亮杯底。

玩命战术啊,雷鸣一咬牙,也端起酒杯干了,三两五十二度烈酒下肚,那感觉真不是闹着玩的,雷鸣就觉得一股滚烫的热流从喉咙一直蔓延到胃里,很不舒服,一杯酒下去,他就剧烈咳嗽起来。

"小雷喝得太猛了,悠着点,剩下两杯先存着,我来和小刘走一个。"曹达华也换了红酒杯,给自己倒满,杯底在桌子上碰了一下:"小刘,干杯。"

刘子光的酒杯也倒满了,两人各自干了,保安们一起为曹部长叫好,那边雷鸣喝了口酸奶,也恢复过来,都是要脸的人,这种场合哪能甘居人后,他咬着牙又给自己倒满,找刘子光喝酒。

两人连续走了两个,三杯下肚,就是将近九两白酒,加上前面集体干杯的三个酒,就是一斤多,本来雷鸣这体格,喝一斤白酒也能撑得住,但是架不住这么猛烈的喝法,三两三两的干,跟喝白开水似的,这玩意谁能降得住啊。

第三杯下肚的时候,雷鸣已经头脑不清晰了,站起来脚步打晃,说话舌头都大了:"你们喝着,我上个厕所先。"扶着墙走了两步,一头栽倒。

其他桌的同事被惊动,纷纷投来惊讶的目光,曹达华赶紧打圆场:"没事没事,小雷今天太高兴了,喝得猛了点,一会儿就好。"

说罢安排两个同事扶雷鸣回房间休息,这下保安这桌子上的人就少了三个,只剩下三人和刘子光对阵。酒场如战场,狭路相逢勇者胜,别看刘子光只有一个人,这种气魄就先声夺人,让曹达华等人不敢小觑。

曹部长暗示两个手下施展车轮战,刘子光是来者不拒,管你几路来,我只一路去,别的规矩我不在乎,但是必须用大杯子喝,一口气全干。

保安们都是身高一米八五以上、体重九十公斤以上的彪形大汉,体格在那放着,酒量自然不会差,有雷鸣的前车之鉴,他们也不敢轻敌了,只能轮番上阵,喝一杯歇一会,吃点菜喝点果汁冲淡一下胃里的烈酒,然后接着喝。

过了一会,上去送人的两个保安也下来了,坐下来的时候悄悄给曹达华使了个眼色,曹部长顿时明白,这两人在楼上的时候肯定服用了大量的海王金樽,又喝了不少酸奶保护胃黏膜,把自己全副武装起来才下来和刘子光"战斗"的。

两个生力军正好接替另外两个已经被刘子光灌得晕头转向的伙计,但是看到桌上并排放着的四个空酒瓶子的时候,两人对视一眼,汗都下来了,这不是喝酒,是灌水啊。

本来白酒就没预备多少,总共才六瓶而已,照他们这种喝白水一般的喝法,别人刚刚酒过三巡,这边已经见底了,本来刘子光还想让服务员再拿两瓶过来,被曹达华劝住。老曹心里这会直打鼓啊,本来就是想把刘子光给灌倒而已,结果人家没趴下,自己这边先倒了一个,剩下几个伙计也都口齿不清,目光呆滞,要是再喝下去,怕是要出人命。

"来点啤酒吧。"曹达华主动示弱,让服务员拿了两箱青岛啤酒过来,按照他的估计,刘子光也就是三板斧而已,开头挺猛,再坚持下去就撑不住了,弄点啤酒投一投,看看他的底子到底有多深。

这场酒喝下来,真是天昏地暗,东倒西歪,啤酒瓶子满地扔,除了曹达华和刘子光之外,几个保安全溜到桌子底下去了,曹部长本人也是思维迟钝、举步维艰,去厕所"放水"都得扶墙走,直到现在他才算明白了刘子光的酒量,可以用一个日本姓氏诠释——"酒井"!

保安们疯狂酗酒,李纨根本不知道,这会她正拿着手机在阳台上打电话呢,家里的儿子想妈妈,要妈妈哄着才能睡觉,李总在外面唱了半个小时的儿歌才把儿子哄睡着,回来一看,好嘛,保安们全趴到桌子底下去了,只有刘子光还坐在桌边慢条斯理地吃菜,脸色都没变。

"尹总,怎么也不劝一下。"李纨责怪道。

尹总赶忙站起来:"兄弟们今天都受累了,需要喝酒发泄一下……"

李纨摆摆手,说:"赶紧把他们都扶到房里去,酗酒可不是好事。"

由于保安们人高马大,一个个死沉死沉的,最后还是请来酒店的服务员才将他们抬到房间里去,另外又在洗手间里找到了已经吐得一塌糊涂,并且躺在呕吐物中鼾声如雷的曹达华。服务员们强忍着酸臭味道将他扶起来,驾到房间里,用毛巾擦干净再丢到床上,为此跟着忙前跑后照顾的尹总没少给人家小费。

第二天早上,保安们才从宿醉中醒来,一个个头疼欲裂,跑到浴室里狠狠地冲了半小时的淋浴才解了乏,再看房间里狼藉一片,床上地上都是呕吐物,努力回想昨天发生的事情,却只记得酒桌上和刘子光走了三杯,后面的全忘了。

雷鸣才惨呢,睡到半夜呕吐了,头就枕在呕吐物之中睡了好几个小时,等到早上醒来,整个头都是臭的。洗刷完毕之后换了新衣服,对着镜子打领带的时候,看到镜子里自己满是血丝的眼睛,雷鸣不禁悲叹道:"曹哥,我是不是酒量很差?"

回答他的是曹达华一阵雷鸣般的鼾声,雷鸣回头看了一眼,无奈地摇摇头,号称千杯不醉的曹哥也喝趴了,看来昨天那场酒还真是惨烈,不知道刘子光那小子喝死了没有。

换好了衣服,打开房门,就看到穿着运动装跑鞋的刘子光从外面回来,脸色红润,气色极佳,脖子上还缠着一块小毛巾,看样子是刚刚晨跑回来。

雷鸣有些纳闷,挠着头问道:"跑步去了?"

"是啊,早上不跑一圈,浑身不舒坦。"刘子光答道。

"你不是就穿着一身衣服来的么,哪里来的运动服和跑鞋啊?"

"哦,昨天喝完酒去夜市转了转,买了一套阿迪的运动服和跑鞋,开价三百,八十块拿下,不错吧。"刘子光说着,小跑着过去了。

雷鸣气得鼻子都歪了,伙计们一个个醉得死猪一般,他还有能耐去夜市讨价还价买便宜货,他还是人么!

今天工作安排不多,李总、尹总带着几个工程师、设计师去招投标中心议标去了,反正龙少团伙已经被打掉,没什么危险存在了,保安们昨天又喝了那么多酒,索性给他们放假一天,自由活动。

一直到中午,保安们才算缓过劲来,在自助餐厅吃午饭的时候,他们都下意识地躲着刘子光,生怕他又拿着一瓶白酒走过来要和人"走一个",经过大家分析判断后得到一个共识,刘子光这家伙身体里肯定有一种特殊的酶可以分解酒精,以至于千杯不醉,以后绝对不能和他喝酒!

整个下午无所事事,保安部的同事们就在一起打牌消遣,顺便商议怎么对付刘子光。

"李总不是特别看重他么,那就下个套让他出丑,以后再也抬不起头来。"雷鸣贴了一脸的小纸条,手里抓着扑克牌咬牙切齿地说。

"这小了精着呢,想给他下套可不易。"一个同事说道。

"那可不一定,只要是人就有弱点,姓刘的肯定有软肋,咱们慢慢找就是。"曹部长插言道。

"嗯,我想到了,卫助理是咱们公司排名前三的大美女,又是名牌大学的 MBA 出身,眼界比天还高,最恨那些不知所谓的男人骚扰她了,上回设计部那个白领给她发 E-MAIL 求爱,不是被她挤兑得当场下不来台,最后羞愤辞职的么,不如这样……"雷鸣挤了挤眼睛,放低了声音说起来。

众人听了,都拍着巴掌说好,一脸的幸灾乐祸。

在他们几个人筹划坏主意的时候,刘子光已经在市区逛了一大圈了。

龙阳市的出租车有两种,一种是夏利轿车,起步价五元,另一种是三轮摩托车,两块钱就走,五块钱哪儿都去。

刘子光坐的就是这种廉价的三轮摩托,在龙阳市内走街串巷,顺便和摩托佬侃大山。可别小看出租车司机这种行当,接触的社会阶层相当广泛,视角能够深入到城市的各个角落,想要迅速了解一座城市,找他们聊天是最迅捷有效的办法。

傍晚时分,李总和设计师们胜利归来,先在会议室给大家开了个小小的碰头会,向大家宣布:至诚集团的方案已经获得专家组的一致认可,成功入围。大伙顿时欢欣鼓舞,纷纷鼓起掌来。

趁着旁人不注意,坐在门口的雷鸣悄悄将一张纸条放进了衣架上卫子芊的风衣口袋里。

片刻之后,李总宣布今晚出去吃火锅。大家更加兴奋起来,四星级酒店的菜肴虽然高档,但并不好吃,还不如外面的"小肥羊"吃得过瘾呢。

出门的时候,卫子芊取下自己的风衣披上,双手下意识地揣在口袋里,似乎摸到了什么，拿出来一看，不禁柳眉倒竖，那张纸条上写了极其简单的一句话："卫助理，我喜欢你，想和你交个朋友，晚上十点到我房间来好么？刘子光。"

走在队伍末尾的雷鸣和另外几个保安看见卫子芊的表情，都不禁暗暗偷笑起来，这下有好戏看了。

这是一张酒店信笺撕成的纸条，上面的字用铅笔写成，潦草不堪，如同小学生的涂鸦，卫子芊看了之后，眉毛一扬，不动声色地将纸条叠起来，依旧塞在口袋里走了。

按照保安们对卫子芊的了解，这个位高权重的总裁助理绝对不会给调戏她的人留任何面子，她将会选择一个公开的场合，在大庭广众之下朗读这封明显带有性骚扰味道的情书，而且还会小小地点评一下"情书"的内容。

以卫助理的文采，当然不会使用"癞蛤蟆"之类明显带有讽刺意味的字眼，但是却会比这更加辛辣无情，到时候现场所有人都会用嘲讽鄙夷的眼光去看刘子光，让他丈二金刚摸不着头脑，让他跳到黄河也洗不清，让他浑身是嘴也没法解释。

想到这里，雷鸣和伙计们对视一笑，跟着大队出去了。

丽景湾大酒店对面的马路上就有一家火锅城，至诚集团在这里定了一个大号包房，两张大桌子正好能坐下全部人，所有人就位之后，李总照例是要讲话的，今天李纨看起来心情不错，只是简单说了一句："大家随意吧。"然后直接开吃。

由于吃的是火锅，等鸳鸯锅烧热还需要一段时间，在这个空当里宣读那份情书、让刘子光下不来台是最合适的机会了，但是众保安却失望地发现卫子芊没有任何表示，反而有些神不守舍的样子。

牛羊肉和各色蔬菜陆续端上来，火锅底料也冒泡了，包房内烟雾缭绕，大家开始了畅快的吃喝，由于昨天喝伤了，今天保安们滴酒不沾，纷纷点了可乐，刘子光却依然整了瓶啤酒，还假惺惺地招呼保安们："哥几个，不再来点？"

保安们赶紧摆手拒绝，由于刚做了亏心事，看着刘子光的眼神就有些闪烁，刘子光心中狐疑，暗地里观察一番，却没发现任何不对劲的地方。

　　但是李纨却发现了自己的助理有些不对劲,原因很简单,卫子芊是向来素面朝天、不屑于打扮的,可是今天却几次去洗手间,在镜子面前仔细端详自己。

　　古语说得好,士为知己者死,女为悦己者容,难不成是卫子芊这小丫头动了春心? 说起来卫子芊也不小了,今年足有二十七岁,已经半只脚步入大龄剩女的行列,最可怕的是她根本没有心思谈恋爱,一心扑在事业上,到现在个人问题没解决。

　　李纨暗暗打定主意,如果卫子芊真的打算谈恋爱了,自己一定给她开绿灯,该休假的休假,该帮忙的帮忙,一定让自己的助理有个好的归宿。

　　卫子芊是个晚熟的女孩,中学时候就戴眼镜,戴钢丝牙箍矫正器,被男同学们嘲笑为眼镜妹、暴牙妹,以至于对男生有着一种天生的敌意,后来上了大学,丑小鸭变成了白天鹅,出落得如同出水芙蓉一般,男同学们趋之若鹜,却被她狠狠地羞辱,成为学校里冰山一般的存在。

　　工商管理硕士毕业之后,卫子芊应学姐李纨的邀请进入至诚集团工作,从此她夜以继日地忙碌,更没时间处理个人问题,久而久之成了老大难,而且整天接触的就是公司里那些扎着领带、喷着古龙水的男人,在卫子芊眼里,他们只是使用男卫生间的员工,而不是真正的男人。

　　卫子芊心目中真正的男人形象,是刘子光这样敢作敢当、智勇双全的男子,至于什么学历、家境则根本不是她考虑的范围。实际上当昨天刘子光挺身而出,潇洒利落地解决掉招投标中心门口的暴徒的那一刻,卫子芊的芳心就悄悄动了。

　　忽然收到了刘子光写来的情书,对于这种大胆而热辣的行径,卫子芊又紧张又兴奋,小脸潮红,含春带俏,不时偷眼打量坐在另一张桌子上的刘子光。

　　卫子芊的目光被曹达华锁定了,保安部长鹰隼一般的眼睛发现了卫助理眼角瞟着的人正是刘子光,他轻轻碰一下雷鸣,朝着卫子芊努了努嘴。

　　雷鸣也不是傻子,马上发现了卫子芊的异状,他做了一个夸张的表情,苦着脸低声说:"我×! 早知道写我的名字了。"

　　后悔也晚了,只能满怀着憋屈郁闷的心情吃了这顿晚饭,吃完之后,同事们都回酒店休息去了,走到酒店门口的时候,一个保安忽然说:"不行,一股邪火发不出来,得出去找个洗头房解决一下。"

另外几个保安也随声附和,曹达华看一下时间,笑骂道:"不是有邪火,是精虫上脑了吧,你们几个小子快去快回,小雷你不能去,晚上还要值班。"

四个保安勾肩搭背地去了,曹达华和雷鸣走进大堂去。他们的对话全被酒店门童听到,等人走光之后,门童掏出了手机,鬼鬼祟祟地走到角落里去……

四个保安在街上漫无目的地走着。他们几个都是第一次到龙阳来,人生地不熟的,上哪里去找洗头房?正走着呢,忽然一辆出租车停在边上,司机伸出头来问道:"几位大哥,打车么?"

一个保安摆了摆手,继续前行,司机还不死心,怠速往前开着车,伸着头喊道:"几位大哥是外地人吧,这么晚了找个地方去玩吧,龙阳所有的娱乐场所我都认识,价格公道又安全。"

保安们顿时心动,停下脚步问道:"有什么好地方?"

"大都会洗浴中心,一百全活,扬州技师,绝对没得说。"司机口沫横飞,小眼睛中精光四射。

四个保安交换一下眼神,纷纷点头,拉开夏利车的车门,将自己庞大的身躯塞了进去,小小的夏利车顿时往下坠了一下,但司机依然喜笑颜开,哼着小曲将四个客人送到了大都会洗浴中心。

等四个客人换了拖鞋上去,前台领班给司机发了一张百元钞票,打发他走了,又拿起对讲机安排了几句……

酒店房间里,雷鸣坐立不安,在房间里走来走去,不停地抽烟,曹达华问道:"小雷,你怎么了?"

"我×,我郁闷!憋得难受,早知道跟他们出去了。"

曹部长很体恤手下,轻描淡写地说:"出去玩没啥意思,星级酒店里这点服务还没有么?大不了我出去转转,给你腾空。"

"没有啊,我在住宿指南上翻过了,没看见有特服啊。"雷鸣觍着脸说。

忽然床头边的电话铃响了,曹达华拿起话筒很职业地说了一声"你好",随即却又邪邪地一笑,把电话递给雷鸣:"找你的。"

雷鸣接过了话筒,里面传出一个甜甜的声音:"先生你好,请问需要按摩服务么?"

雷鸣咽了一口唾沫,看了看曹达华,淫笑道:"曹哥,你不要一个?"曹部长很潇洒地冲他甩了甩手:"我老了,玩不动了,出去转转,抽根烟。"

曹达华披衣起来,出门走了。

酒店监控室,几个穿着制服的男子面前是几十个监控屏幕,大堂、停车场、走廊、电梯里的情形一览无遗,其中一个肩膀上带着三朵花的家伙说道:"电话都打了,现在有四个叫了小姐的,待会可能还有,别管几个,十分钟之后咱们就上去逮人。"

其余几个人摩拳擦掌,一脸的坏笑。

果然,监控屏幕里,出现了几个穿着吊带裙的女子,拎着小包进入了电梯,过了一会就出现在至诚集团所住的楼层走廊里。

走廊里,卫子芊扯了扯裙子下摆,心情有些紧张,已经是夜里十点钟了,很多同事都入睡了,走廊里的灯静谧柔和,厚实的地毯吸走了所有的脚步声,没有人发觉自己偷偷出来,跑到了刘子光的房间门口。

很巧,和刘子光同住一个房间的工程师家里有事先回去了,和卫子芊同屋的那个傻丫头早就呼呼大睡进入了梦乡,这都为卫子芊的深夜造访创造了必要的条件。

抑制着紧张的情绪,卫子芊轻轻地敲了敲房门,然后看了看腕表,正好是十点整。

她却完全不知道,此时走廊上的监控探头已经罩住了自己。一楼监控室的那几个男子已经带上了手电筒和电击器准备出门了,临出门的那一刻,有人回头朝监视屏幕看了一眼,顿时嚷道:"1518 号房还有一个,别漏了。"

丽景湾大酒店里发生的这一幕究竟是偶然事件还是有针对性的预谋？至诚集团在龙阳市的投标项目是否会一帆风顺？被抓的龙少是否还会兴风作浪？

　　刘子光的事业今后跃上了一个新的平台，但又会遇到哪些难题呢？他的沙场今后会怎样？还有杨峰等几个警察中的败类，以及神秘的"四哥"，他们和刘子光之间今后又会发生什么故事呢？

　　更让人头痛的是，刘子光的生活中又闯入了一个女人——卫子芊。他又该如何处理这些剪不断、理还乱的儿女情长？

　　《橙红年代》的大幕正在徐徐拉开，更多精彩，敬请期待！

图书在版编目（CIP）数据

橙红年代（壹）：风云乍起 / 骁骑校著. —济南：山东
人民出版社，2011.4
ISBN 978-7-209-05669-4

Ⅰ.①橙… Ⅱ.①骁… Ⅲ.①长篇小说—中国—当代
Ⅳ.①I247.5

中国版本图书馆 CIP 数据核字（2011）第 031673 号

选题策划：中文在线、山东人民出版社
责任编辑：李岱岩
装帧设计：张 晋

橙红年代（壹）
——风云乍起

骁骑校 著

山东出版集团
山东人民出版社出版发行
社 址：济南市经九路胜利大街39号 邮 编：250001
网 址：http://www.sd-book.com.cn
发行部：(0531)82098027 82098028
新华书店经销
山东临沂新华印刷物流集团有限责任公司印装

规 格 16 开(169mm×239mm)
印 张 21.5
字 数 300 千字 插 页 2
版 次 2011 年 4 月第 1 版
印 次 2011 年 4 月第 1 次
ISBN 978-7-209-05669-4
定 价 29.00 元

如有印装质量问题，请与印刷单位联系调换。电话：(0539)2925659